전남대학교 동아시아 연구소 총서 ①

한국과 중국의 문학적 공간과 의미

- 한국학으로서 한·중 소설 다시 읽기-

전남대학교 동아시아 연구소 총서 ①

한국과 중국의 문학적 공간과 의미

한국학으로서 한·중 소설 다시 읽기

전 영 의

역락

서문

　이번 기회에 지난 10년간의 연구결과물 중 일부를 한 권의 책으로 출간하게 되었다. 한국과 중국은 한자·불교·유교라는 공유된 문화자산을 가지고 있는 문화공동체로서 오랜 기간 영향을 주고받았다. 근현대 시기에 들어서면서 한국과 중국은 유사한 역사적 경험과 기억을 가진다. 근대이행기 제국주의 국가의 폭력과 강제개방, 문화접변과 혼종, 2차 세계대전 시기 일본군의 만행, 1960년대부터 1980년대까지 한국과 중국사회에서 나타났던 국가폭력은 이후 소설적으로 형상화되었다. 이런 지점들은 필자가 한국과 중국소설을 비교연구하면서 관심을 가지게 된 이유가 되었다. 본서는 양국 소설들의 문학적 공간을 탐색하면서 의미를 찾아보려는 것을 목적으로 한다. 이러한 한·중 문학 비교연구는 한국학과 동아시아학 연구에 필요한 것들이다.

　탈냉전시대에 동아시아의 가치에 대한 심도 있는 논의가 전개되고 있으면서도 정작 동아시아 학문에 관한 비교 연구는 진척되고 있지 않다. 한국과 중국 현대소설에서 비교연구도 몇몇 연구자들에게로 한정되어 있다. 근대이행기 문학의 도시공간에 대한 비교융합연구는 아직 미비할뿐더러 근대이행기를 배경으로 한 텍스트들의 선행연구들이 식민지적 근대성이나 인물연구에 초점을 맞추고 있다는 것도 필자가 아쉬움을 가졌던 이유이다. 냉전시기에 접어들면서 동아시아는 공산주의 혹은 반공주의 국가로서 근대 이전에 가졌던 공통점 이외에 또 다른 특수성과 보편성을 갖게 되었지만 여전히 그 담론을 규정하기는 어렵다. 그런 점에서 지난 10년간 한국과 중국의 소설들을 살펴보고 각각의 공간에 미친 영향과 의미변화, 감성 등을 찾으려고 노력하였다. 이러한 연구가 동아시아와 한국학의 문학담론에 대한 논의의 기초를 마련하는데 조금이나마 도움이 되었으면 한다.

필자는 그동안 연구하면서 지도교수께 많은 영향을 받았다. 학문적 성향이나 시각, 관심사 등이 자각하지 못하는 사이 유사해졌을 것이라 생각한다. 여전히 제자로서 뒤를 이어가기에는 멀었지만 부끄럽지 않은 학자가 되려고 한다. 지도교수이신 임환모 교수님께 마음 깊이 감사드린다. 항상 따뜻한 마음으로 지켜봐주신 이미란 교수님, 동아시아 연구소 엄영욱 교수님, 같이 공부하며 삶과 학문의 지혜를 나누어주시는 동저학 교수님들께 감사드린다.

지금껏 긴 시간동안 변함없는 애정으로 학문적 조언과 방향을 제시하고 이야기를 나눈 배우자, 사랑하는 아들, 나의 부모님께 감사드린다.

2018년 눈 내리는 겨울...
용지관에서 전 영 의

차례

일러두기

1. 본서에서 중국의 고유명사(이름 및 지명)는 한자 혹은 원어로 각기 다르게 표기
   되어 있다. 이는 필자가 사용한 인용 텍스트가 번역본으로 책마다 표기방법이
   다르기 때문이다. 인용텍스트 원문 그대로 옮겼음을 밝힌다.
2. 각주에서 '참고할 것'의 의미는 단순한 인용이 아닌 필자가 논지를 펴기 위한 근
   거로 참고했다는 것을 말한다.
3. 텍스트 대화문 인용 시 「 」, " " 두 가지로 사용되고 있다. 조정래의 텍스트는
   작가가 처음 사용한 「 」를 그대로 인용하였음을 밝힌다. 그 외는 " "를 사용
   하였다.
4. 각주 서지사항에서 한국 텍스트는 「 」, 『 』, 중국 텍스트는 < >, ≪ ≫,
   영미 텍스트는 흘림체를 사용하였다.

한국학이란 무엇인가

Ⅰ. 한국학이란 무엇인가

1. 동아시아학에서 한국학과 비교문학의 상관성

18세기 말 19세기 초 제국주의 국가들에 의해 강제로 국호를 개방했던 동아시아 국가들은 한 세기를 거치는 동안 정치, 사회, 문화, 의류, 식생활 등 사고와 생활방식이 서구화되어갔다. 최근에는 국가 간의 상호이해를 바탕으로 교류하면서 동아시아 발전을 위해 협력하고 있다. 20세기에 이르러 舊㈜소련연방을 비롯한 공산주의 국가들이 몰락하고 후기구조주의가 대두되면서 지식인들 사이에서는 근대적 이성에 관한 비판이 일기 시작했다. 일반적으로 동아시아는 동북아시아 삼국인 한국·중국·일본과 이를 제외한 동남아시아를 생각한다. 그러나 '아시아'라는 단어는 제국주의 국가들의 식민전략에 의해 만들어진 오리엔탈리즘의 폭력성을 보여주는 단어이다. 이것은 '서구가 보편적이고 동양은 특수적이라'는 이분법적 표상세계를 만들어버린다. 1978년 사이드가 발표한 『오리엔탈리즘』[1]은 기존의 오리엔탈리즘에 관해 반향을 불

---

1) 에드워드 사이드 지음, 박홍규 옮김, 『오리엔탈리즘』, 교보문고, 1978 참고할 것.

러일으켰다. 그의 정의에 따르면 '오리엔탈리즘'은 동양에 대한 서양의 우위 즉 지적·기술적·문화적·군사적·경제적인 모든 분야에서의 우위를 나타내려는 상징적 표지이다. 이는 비유럽국가들을 지배하기 위한 합법적이고 획일적인 담론이었다. 제국주의 열강들은 이와 같은 논리를 근거로 하여 18세기 말부터 19세기 후반에 걸쳐 아프리카와 아시아, 미국 대륙 등에 식민지 국가를 건설하였다. 오리엔탈리스트들은 아시아에 대해 '무지하고 더러우며 추악하다'는 인식과 '서양 너머 동쪽에 꿈과 환상이 존재한다'는 상반된 이미지를 가지고 있다. 그러나 '오리엔탈'에 대한 긍정적 이미지는 이들의 상상계에서 도출된 허구적 이미지의 표상일 뿐이다. 동아시아 담론은 이러한 오리엔탈리즘을 극복하고자 하는 데서부터 출발한다. 특히 한국·중국은 한자·유교·불교 문화권이라는 공통점을 가지고 있다. 일본과 외세의 침략, 난징대학살, 생체실험, 일본군 성노예 등 일본이 양국에 행했던 만행으로 인한 피해, 근대화 과정에서 일어난 국가폭력과 민주화운동, 조계지나 식민지로서 근대화되는 과정에서 나타나는 현상들, 전쟁의 당사자나 참여자로서 겪었던 전쟁의 기억은 한국과 중국에게 유사한 경험과 기억을 심어주었다. 냉전체제로 인해 한때 국교가 단절되었었지만 1990년대 들어서 문호를 개방했던 양국은 이제 국제화 시대의 중요한 파트너가 되었다. 각국의 실리와 이해관계에 따라 온도차가 있지만 한국과 중국은 동반자적 관계라는 점에서 양국에 대한 비교연구의 중요성은 더해지고 있다. 이 책은 첫째 '문화적 공통성과 이질성을 가진 한국과 중국이 동아시아 지역 공동체 중 하나로서 정체성을 가지고 있다면 이를 문학으로서 밝혀볼 수 있지 않을까', 둘째 '유사한 경험과 역사적 기억 속에서 한·중 양국이 문학공동체를 이룰 수 있다면 이 안에서 한국학의 방향과 가능성을 가늠할 수 있지 않을까'라는 몇 가지 의문에서부터 출발하고 있다.

공동체란 지역세계의 시공간적 사회구성방식에 주목하며 공통의 규범과 관습, 문화 등을 공유하고 이를 바탕으로 강한 연대와 결속력을 갖는 것을 의미한다. 지역문학이란 지리적 구분이라는 물리적 경계를 바탕으로 그 공간 안에서 인간의 감성과 활동에 대한 공간적·시간적 움직임들을 문학이라는 물리적 범주 안에 담아낸 것이다. 이를 볼 때 문학공동체란 언어·인종·문화 등을 뛰어넘어 인간의 사고와 감성, 활동 등이 반영된 추상적이고도 역사적인 문학결사체이다. 그렇다면 한자·불교·유교 문화권, 조계·식민이라는 유사한 역사적 경험, 일제의 만행으로 인한 피해 등을 경험한 양국은 유의미한 감성과 연대를 가지고 있어 문학공동체를 이루는데 그리 어려움이 없을 것이다. 최근 한국과 한국문화, 한국학에 관한 관심이 높아지고 있어 한국과 중국의 문학을 비교 연구하는 것을 통해 한국학의 가능성과 방향을 모색해보는 보려는 시도는 어렵지만 상당히 재미있는 일이라 할 수 있다.

한국학이란 문학, 사학, 정치, 경제, 교육, 문화, 미술, 음악 등 다양한 학문 분야에서 아시아, 혹은 세계화적 시각을 가지고 한국에 대한 여러 것들을 하나의 학문으로서 연구하는 것이다. 한국학이 중국학·일본학 등 다른 동아시아 학문과 구별되는 내재성과 독창성, 특수성을 가지면서도 문학공동체로서 중국과 어떤 연계성을 가지면서 나아가야 할 것인가는 앞으로 한국학을 연구하는 학자들이 풀어야할 과제이기도 하다. 봉건체제 붕괴이후 나타나는 근대적 표지 안에서 '제국 열강들의 침략, 이로 인한 문화접변, 혼종과 변화, 냉전과 화해라는 공유되는 역사적 배경을 지닌 한국과 중국의 근현대 소설들을 비교 연구하는 것은 동아시아 문학공동체로서 한국학의 가능성과 방향을 모색하는데 도움이 될 것이다. 이러한 한·중 문학 비교연구는 아시아 문학의 견인차 역할로서 한국문학을 재인식하고 서구 문학 중심 일변도인 세계문학계 안에서 동아시아 문학공동체로서 한국문학이 나아가야할 방향을 생각하게 한다.

최근 핵무기 폐기와 자본 개방, 한국전쟁 종결이라는 세 가지 문제는 한반도를 세계무대의 중심에 놓아버렸다. 한국과 북한이라는 당사자를 두고 미국, 중국, 러시아, 일본 등이 각각의 패와 지분을 쥐고 간섭하려고 하는 것을 볼 때 한국에 대한 관심이 높아진 것은 당연하다. 한국학이야 말로 한국의 정치, 경제, 사회, 문화, 문학, 교육, 예술 등을 아우르는 것이며, 특히 이 모든 것들을 텍스트에 담고 있는 것이 문학이기 때문에 한국학 안에서 문학 연구는 중요하다고 할 수 있다.

오랜 기간 동안 한국과 중국은 한자·불교·유교 문화권으로서 정치, 경제, 사회, 문화 등에 영향을 주고받았으며 나름의 독특한 정체성을 지니고 있다. 근대에 들어 제국열강에 의한 강제개방과 오리엔탈리즘, 식민과 탈식민, 일본에 의한 자국민 학살, 강제징용, 일본군 성노예, 731부대의 생체실험, 2차 세계대전 종결, 한국전쟁이라는 역사적 기억은 양국의 소우주적 세계를 분열 혹은 해체하게 만들었다. 그러나 이러한 문제들은 식민침략의 피해자로, 한국전쟁의 당사국과 참전국[2]으로 한국과 중국뿐 아니라 동아시아 국가 전반에 걸쳐 나타난다.

---

2) 한국전쟁에서 한국을 지원했던 동아시아 국가는 필리핀, 태국이 있으며 북한을 지원했던 국가는 중공(중국)이다.

『아리랑』3)에서 나오는 디아스포라, 일본군 성노예, 강제징병과 같은 문제들은 한국만의 문제가 아니라 2차 세계대전 당시 일제에 의해 식민 침략을 동시에 겪은 아시아 국가들의 문제이다. 『아Q정전』4)에서 신해혁명 이후 농민의 전형이 되어버린 아Q와 비슷한 인물은 『아리랑』이나 『태백산맥』5) 혹은 다른 한국문학 안에서도 찾아볼 수 있다. 외세에 의해 강제로 문호를 개방하고 조계지로서 문화접변과 혼종을 거듭한 군산과 상해는 도시의 유사성과 차이를 갖는다. 중국의 문화대혁명과 4·19 학생운동, 천안문 사태와 5·18 광주민주화운동은 시기와 성격이 유사한 듯 다르지만 이 과정 안에서 시민들이 겪었던 것은 분명히 국가폭력이었다. 이렇듯 한국소설과 중국소설을 단순히 국문학과 중문학이라는 틀 안에서만 바라볼 것이 아니라 한국학 내 비교문학이라는 카테고리 안에서, 더 나아가 동아시아학 내 한·중 비교문학이라는 범위에서 주체적 시각을 가지고 이해해야 한다. 한국문학과 중국문학은 양국의 문화적 교류, 영향, 역사적 경험으로 인해 소재, 주제, 공간과 시간, 사건 등이 접점을 가진다. 양국 문학의 비교는 동아시아의 정체성, 독자성, 공통성, 교섭성 등을 생각해보는데 좋은 자료가 된다. 이런 점에서 한·중 문학비교는 한국학이나 동아시아학 연구에 있어 일정한 부분을 차지한다.

문학공동체로서 한국과 중국의 문학은 동아시아의 통시성과 공시성을 교차하고 있다. 양국의 문학을 민족적 관점에서만 한정시켜 바라볼

---

3) 조정래, 『아리랑』 1-12권, 해냄, 1994.
4) 루쉰, 『아Q정전』, 베이징 신문 ≪천바오≫ 1921.12.04-1922.02.12 연재.
5) 조정래, 『태백산맥』, 한길사, 1986.

것이 아니라 주체적 시각 안에서 동아시아 문학의 한 부분으로서 바라
보아야 한다. 한국문학과 중국문학이 어떤 길항의 관계를 맺고 있는지
비교 연구하는 것은 동아시아학 내에서 한국학의 위치와 앞으로의 방
향을 모색하는데 중요한 일이다. 한국과 중국의 역사적 시대배경을 살
펴볼 때 근대문학6)은 현대라는 큰 틀 안에서 근대와 현대, 혹은 근대,
현대, 당대, 신시기 등으로 세분할 수 있다.

자국 내의 자생적 변화, 서구 문화의 강제적 유입, 봉건사회의 종결
등 근대시작의 기점과 원인은 다양하지만 과거 봉건사회와의 다른 분

---

6) 중국 근대의 기점은 분명하지만 한국의 근대 기점은 단정 지을 수 없으므로 양국의 근대
기점 시기를 살펴볼 필요가 있다. 먼저 한국은 현대라는 범주 안에서 다시 근대와 현대로
나눈다. 학자들마다 시대구분과 근대시작기점에 대한 의견이 분분하다. 18세기 영·정조
시기, 갑오경장 이후, 고종이 즉위하고 외세의 침략, 일본의 메이지 유신과 청나라의 아
편전쟁이 일어났던 1860년대, 20세기가 시작된 1901년, 호남에서 독자적 의병이 조직되
어 일본군을 격파했던 1908년, 3.1운동, 8.15 광복 이후 등 다양하다. 18세기 영·정조시
기(김태준·김일근·김윤시·김현), 갑오경장 이후(김사엽·조윤제·백철·조연현·김
우종), 1860년대(전규태), 1901(박영희), 1908(구인환·김동리), 3·1운동이후(조동일), 8·
15이후(임헌영) 등 다양한 견해가 있다.
윤병로, 『한국 근·현대 문학사』, 명문당, 1991, pp.24-25 참고할 것.
한국에서 근대의 조짐이 엿보이던 시기는 영·정조 시기였다. 이 시기에는 실학사상으로
인해 농업과 상공업이 발달하고 부유한 상인계층이 등장했다. 매매 등을 통한 신분제의
혼란 등이 나타나는 등 근대로 이행하는 과도기적 성격의 조선사회 모습이 보인다. 갑오
농민운동을 계기로 조선의 군사력을 장악한 일본은 강제로 조선의 개혁을 추진했다. 조
정의 관제개혁, 청나라와의 조약 폐지, 개국기원 사용, 여성의 재혼 허용, 도량형 통일,
통화정리, 은행과 회사 설립, 신분제도와 노비제도의 폐지 등 조선은 급격하게 변화하였
다. 이후 일제의 식민지로 전락했지만 이 과정에서 민중들은 성숙한 자의식을 보이면서
스스로의 자주성을 지키고자 노력했다. 이런 점에서 영.정조 시기부터 한말까지의 시기는
한국이 봉건사회에서 근대로 발전해나가는 과도기적인 시기였다.
중국의 시대구분은 근대(1840년 아편전쟁~1919년 5·4운동)와 현대(1919년~1949년),
당대(1949년~1976년), 신시기(1976년~현재)로 나뉜다. 중국 내 자생적 변화, 서구화의
접촉 등이 중국의 근대를 구분하는데 중요한 기준이 되지만 신해혁명, 호적의 「문학개량
추의」. 5·4운동 등은 중국의 현대 시작을 알리는 사건들이다. 사회주의의 유입으로 중
국문학의 성격이 달라진 당대는 중화인민공화국 건국을 기점으로 시작한다. 문화대혁명
종결 이후 개방적 사회주의로 전환하게 된 1976년 이후는 신시기이다.
김영구·김진공, 『중국현대문학론』, KNOS출판부, 2007. 신정호, 『중국현대문학의 근대
성 재인식』, 전남대학교 출판부, 2005 참고할 것

위기 안에서 양국의 근대문학이 출발하였다. 외세에 의한 강제 문호개방, 근대화과정에서 나타난 모순, 봉건적 잔재를 극복하는 과정, 외세의 침략과 식민지배, 냉전과 국가폭력 등 양국이 공유하는 역사의 보편성과 특수성은 양국의 문학 비교 연구가 가능하다는 것을 보여주는 징표이다.

문학공동체로서 한·중 비교문학을 한국학적 관점에서 이해하기 위해서는 다음과 같은 지점들을 고려해야 한다. 첫째, 동아시아 공동체로서 불교, 유교, 한자문화권이라는 문화적 보편성, 이것들이 전파, 정착, 발전하는 과정에서 나타난 차이 혹은 상이성들을 생각해보아야 한다. 둘째, 근대이행기 한국과 중국이 조계지 혹은 이후 식민지가 되는 과정에서 나타난 공간과 장소의 유사점, 변화, 차이, 자아인식과 주체성 등을 주목해야 한다. 셋째, 근대화 이후 국민국가 시대에 자국민들이 겪었던 국가폭력과 자본주의 폭력, 권력과 욕망 등을 주시해야 한다. 민족적 관점에서 자국 문학만 한정하여 바라볼 것이 아니라 한국학, 더 나아가 동아시아학의 일부분으로서 단독적인 한국문학과 중국문학 연구와 더불어 한·중 문학을 비교 연구해야 한다. 이런 과정들은 앞으로 한국학이 동아시아학의 중심 학문으로서 자리매김하고 방향을 설정하는데 도움이 될 것이다.

2. 해외 한국학의 현황

17세기에 이르러 형이상학적 성리학보다 실생활에 도움이 되는 과학이 중요하다는 인식이 사대부들에게 생겨나면서 이들 사이에서 실학과 서학, 과학 등이 퍼지게 되었다. 19세기 초 제국열강들의 침입과 물리적 개항, 일제의 강제 을사조약으로 인해 대한제국(조선)이 주권을 침탈당하자 민중들 사이에서는 현재의 상황을 깨닫고 해결해 나가려는 운동이 일어나기 시작했다. 주권을 회복하기 위한 여러 방법 중 하나로 국문을 익히고 신문을 통해 세계정세가 돌아가는 상황을 인지하며 현 상황을 인민 대중에게 알리고자 하는 여러 움직임이 일었다. 이런 과정에서 민족주의적 역사의식이 발화되었다. 조선을 동화의 대상으로 보았던 일제는 원만한 통치를 위해 조선의 역사, 문화, 문학, 지리, 예술, 민속, 무속, 신앙, 사상 등을 심도 깊게 연구하였고 이러한 자료들은 현재까지도 일본 유수의 대학들에 남아 있어 한국학자들에게 귀중한 자료로 활용되고 있다.

한국학에 대한 본격적인 연구의 시작은 1980년대부터이다. 1980년 한국정신문화연구원의 한국학대학원, 1981년 이화여자대학교 대학원 한국학과가 생겨나면서 '한국'을 하나의 학문대상으로 보고 이를 통합하여 '한국학'이라는 큰 틀 안에서 한국을 연구하고자 하는 시도가 생겨났다. 현재는 한국국제교류재단, 한국학중앙연구원, 문화체육관광부 등에서 학술연구를 지원하고 있으며 2000년대 이후 한국과 중국에서는 대학이나 연구소 등 연구기관끼리 활발하게 교류함으로써 한국학 성장에 기여하고 있다. 특히 한국중국문화학회나 한·중인문학회와 같은 학술단체에서는 매년 중국 소재의 대학과 공동으로 한·중 문화와 문학에 관한 국제학술대회를 개최함으로써 한국학 내에서 비교문학연구가 활성화되는데 힘을 쓰고 있다.

　서양에 한국이 알려지기 시작한 것은 19세기 후반 유럽과 미국의 선교사, 외교관, 여행가들이 한국에 관해 저술, 출판하면서부터이다. 이들 대부분은 자국에서 고등교육을 받은 지식인으로서 자신이 경험했던 한국의 언어, 역사, 문화, 종교, 풍속, 관습 등을 저술하였다. 이런 자료들은 서양 학자들의 한국학 연구에 기초적인 자료가 되었다. 하버드대, 워싱턴 주립대, UCLA, UC버클리, 하와이대, 조지 메이슨대 등 미국 대학 내 연구소와 학과를 중심으로 한국학 연구가 시작되었으며 현재까지도 심도 깊은 연구가 이루어지고 있다. 유럽 학자들 역시 유럽한국학회 (AKSE : Associaition for Korean Studies in Europe, 1977) 환태평양 한국학국제학술회의(PAKS : Pacific Association for Korean Studies, 1992) 등 다양한 한국학 관련 학회 등을 매년 개최하면서 한국학 연구에 힘을 쓰고 있다.

　K-pop의 영향으로 영화, 드라마 등 한국문화 전반에 걸쳐 유럽 젊은 이들의 관심이 높아지면서 자연스레 한국어를 배우려는 이들이 늘어났다. 프랑스, 독일, 영국, 네덜란드와 같은 유럽소재의 대학에서는 교양 강좌나 언어교육센터를 중심으로 한국어 수업을 진행하고 있다. 한국국제교류센터나 해외대학과 MOU를 맺은 국내 대학에서는 매년 한국학 혹은 한국어 관련 전공 교수들을 세계 각국으로 파견하여 한국어와 한국문학·문화 수업을 통해 한국학의 지평을 확장하는데 기여하고 있다.

　미국이나 유럽의 대학에서는 동아시아학이라는 큰 틀 안에서 한국학을 중국학, 일본학과 함께 연구한다. 예전에 동아시아학이라면 바로 중국학을 의미할 정도였지만 현재는 일본학이 중국학과 더불어 동아시아학의 상당 부분을 차지하고 있다. 이렇듯 일본학이 빠른 시간 안에 동아시아학의 상당부분을 차지하게 된 이유는 일본 정부와 기업의 전폭적인 지원 덕분이다. 2차 세계대전 이후 패망했던 일본이 한국전쟁을 통해 경제를 회생하면서 일본학을 전파하기 위해 미국과 유럽의 대학에 전폭적인 재정지원을 하였다. 중국의 경우는 정부가 세계 각국의 대학과 교류하면서 공자학원을 만들고 매년 20~30%의 운영비를 지원한다. 이러한 중국 정부의 노력으로 중국어와 중국문학, 중국학은 세계에 빠르게 확산될 수 있었다. 한국의 경우 세종학당이 이와 같은 역할을 담당한다. 세종학당은 한국어와 한국문화를 교육하는 기관으로서 온라인 교육개발, 한국어 표준교육과정 및 교재 보급, 한국어교원양성교육 및 파견 지원, 문화교육 홍보 사업, 국내외 전문가 초청 상호협력을 도모하고 한국어 교육의 전문성을 강화하고 있다.

중국에서는 조선족 출신 교수들이 주축이 되어 한국학을 연구하기 시작했다. 현재는 조선족 출신뿐 아니라 한족 출신 교수들도 한국학을 연구한다는 점에서 중국에서의 한국학이 소수민족 학문이 아니라 독립적인 학문으로 자리 잡아가고 있다는 것을 확인할 수 있다. 1990년대 이전에는 북경대 조선문화연구소, 연변대 조선문제연구소, 길림사회과학원 조선연구소 등 각 대학 부속 연구소에서 한국어와 한국어교육에 관한 연구를 시작하였다. 한중수교이후 한국과 중국의 온화한 분위기는 한국학을 연구하는데 보다 나은 학문적 환경을 조성할 수 있게 만들었다. 한·중 양국의 정부기관에서뿐 아니라 교수나 학자와 같은 민간인 전문가 집단에서도 교류를 시작하였다. 이들은 대학, 연구소, 개인 차원에서 학술 프로젝트를 진행하거나 국제학술대회를 개최하고 한국학에 대한 체계적이고 활발한 연구를 진행하고 있다.[7] 중국내 한국학의 조류가 과거 북한 중심에서 현재 한국 중심으로 변화하면서[8] 중국내 한국학 관련 기관이 양적으로 증가세를 보인다. 중국 대학의 한국학 관련 교과목 개설 현황9)을 살펴보면 개설된 교과목 대부분이 한국어 교육과 한국문화에 대한 이해에 초점을 두고 교육과정을 구성하고 있다. 그러나 한국문학교육은 한국어를 이해하기 위한 보조적 성격을 갖는다는 점에서 아쉬움이 남는다. 북경대학, 연변대학, 중앙민족대학 등은 중국에서 한국학이 자리 잡는데 공헌한 대학으로 한국학 관련 학과가 일찍 개설되었다. 90년대에는 복단대, 남경대, 산동대, 길림외대 등 중국 대학 내의 한국어학과들이 신설되면서 현재 중국 각 대학에는 한국어학과가 포진되어 있다. 이들 대학들은 한국어, 문법, 실용회화, 한국의 문화, 역사, 사상, 문학 등 한국학 전반에 대한 강의를 실시한다. 학과의 설립목적이 실용중심인지 학문중심인지에 따라 교과목 설계가 달라지기도 하지만 한국어학과를 중심으로 한국학연구가 활발하게 이루어지고 있다.10) 그런데 학과설립목적과 상관없이 중국대학 한국어학과 대학원생들의 문학관련 논문을 살펴보면 주로 한·중 문학 비교연구가 많다. 이는 한국어와 한국문학에 능숙해질수록 학생들의 관심사가 한·중 문학 비교 연구로 치우친다는 것을 증명하는 것이다.11)

---

7) 송현호, 「중국 지역의 한국학 현황」, 『한중인문연구』 35집, 2012, p.479.
8) 위의 논문, pp.470-474 참고할 것.
9) 위의 논문, pp.475-478 참고할 것.
10) 소아스 런던 대학 한국학과에서 가르치는 과목을 살펴보면, 기초한국어, 한국어집중연구, 19세기 한국의 역사와 문화, 20세기 한국의 역사와 문화, 중급한국어, 한국어필기개론, 한국어작문, 영한번역, 한국어회화, 한국현대소설강독, 한국현대시고급강독, 한국어고급작문, 한국어의 역사, 한국의 언어와 문화에 대한 논문작성, 한국문화와 사회의 토픽, 한국어와 한국문학에 대한 자유연구계획, 한국어의 구조 등으로 한국어와 문화뿐만 아니라 한국문학에 대한 관심이 높다는 것을 알 수 있다.
    김영, 「영국에서의 동아시아 한국학의 연구동향」, 『한국학연구』 21집, 2009, pp.431-432.
11) 필자가 중국대학에 2년 동안 재직할 때 지도교수로 담당했던 학생들의 논문이 한·중 문학 비교 연구였다. 어학 전공자들에게서도 한·중 언어 비교 연구를 찾아볼 수 있었

미국이나 캐나다와 비교해서 영국의 한국학 전공자들은 한인 교포가
아닌 주로 현지 유럽인들이다. 중국대학 한국어학과는 한국어, 회화, 번
역, 작문 등의 교과목을 집중 설계하는데 반해 영국대학 한국어학과는
한국어 관련 교과목 외에도 문학, 역사, 문화 등 한국학 전반에 걸쳐 교
과목을 개설하고 한국학 연구소에서 정기적인 세미나와 집중 워크숍을
개최하고 있다. 영국에는 런던대학, 셰필드대학, 옥스퍼드대학, 캠브리
지대학 등에 한국어 및 한국학 강좌가 개설되어 있다. 영국 내 한국학
과가 있는 대학은 네 곳뿐이지만 한국학 전공 학위수여자들이 많다는
점에서 한국학 연구가 심도 깊게 이루어지고 있음을 알 수 있다. 대학
뿐 아니라 영국 박물관의 한국관, 빅토리아 앤 알버트 뮤지움의 한국
전시관, 영국 도서관의 한국인 사서, 영국 외무성 등에 한국학 전문 연
구학자들이 포진해 있다는 것을 볼 때 영국 내 한국학에 대한 관심은
생각보다 높다. 한국연구재단과 국제교류재단의 후원, 한국학중앙연구
원 해외 한국학 연구지원의 뒷받침으로 영국대학 내 한국학과에서는
단순한 언어 습득차원의 한국어교육이 아닌 본격적인 한국학 연구를
지향한다.

하버드 대학에는 아시아 센터, 페어뱅크 센터, 일본 연구소, 한국학
연구소, 하버드 옌칭 연구소 등 아시아 관련 연구소들이 있다. 한국학
연구소(Korean Institution)는 1981년 페어뱅크 센터에서 분류되어 만들어졌
다. 1대 소장 에드워드 와그너 때는 독립적 기구로서 역할이 미비했지
만 2대 소장 카터 애커트(한국현대사 전공) 취임 이후부터는 독립적인 조직

_____

다. 이런 점에서 한국학 내의 한·중 비교연구는 상당히 중요하다고 생각한다.

으로 역할을 하였다. 2004년 3대 소장 데이비드 맥캔(한국현대문학)이 취임하면서부터 한국학에 대한 연구가 활발하게 이루어지기 시작했다. 그러나 다른 연구소의 중국학, 일본학 연구 성과에 비하면 한국학 연구소의 성과는 상대적으로 부족하고 한국학 관련 개설 과목 비중은 낮은 편이다.12) 동아시아 랭귀지 센터(EALC)의 문학 전공의 교수 분포를 보면 중국인 7명, 일본인 3명, 한국인 1명으로13) 한국인 출신 교수가 절대적으로 부족하다. 하버드 내 교과목 개설현황, 교수진 현황, 논문 주제별로 본 학생들의 논문 경향14) 등을 고려해볼 때 미국 학계에서는 한국학보다 중국학이나 일본학에 대한 관심이 높다는 것을 알 수 있다. 미국 아시아학회에서 한국학 분야의 5년간 패널 핵심주제를 비중이 높은 순으

---

12) 김성규, <05-06년도 동아시아의 관련 개설 과목>, 「하버드 대학의 동아시아 연구소들」, 『역사문화연구』 29집, 2008, p.400 참고할 것.

	교양필수	EALC	인류학	행정학	역사학	사회학	영상 및 환경
중국	10	91	4	6	7	1	
일본	5	53	6	4	7	2	1
한국	1	24					1

13) 위의 논문, p.401 <EALC 홈페이지에 보이는 전공별 교수 분포> 참고할 것.

	어학	문학	역사	종교	총수
중국	1	7	5		13
일본	2	3	5	2	12
한국	1	1	2		4
베트남	1				1
기타	불교 1, 티베트 및 히말라야 1				

14) 위의 논문, p.402 <논문 주제별로 본 학생들의 논문 경향> 참고할 것.

주제로 다룬 국가	박사	석사	학사
중국	14 (8)	24 (13)	7 (2)
일본	5 (0)	7 (4)	1 (0)
한국	5 (5)	12 (11)	2 (1)
기타	6	7	10
총수	30	50	20

2006년 제출한 아시아 관련 논문으로 ( ) 안은 논문제출자의 '주제로 다룬 국가'와 '제출자의 민족계통'이 일치하는 것으로 보이는 숫자이다.

로 살펴보면 '식민지시기, 현대 한국 및 북한, 19세기 조선' 순서이다.[15] 한국학의 연구주제는 주로 식민지 이후 한국문화의 식민성과 근대성에 대한 논의에 관심이 집중되어 있다. 그러나 근대적 문물의 수용과 식민성에 관한 타 아시아 학문과의 비교, 문학 안에서 드러나는 식민지 문화의 억압성과 폭력성의 양상 등 비교 연구는 미비하다. 이러한 국내외 연구동향들을 살펴볼 때 한국학에 대한 이런 상황들은 '동아시아학'이라는 커다란 카테고리 안에서 한국학에 대한 관심을 촉구하는 하나의 동기가 된다. 이렇듯 한국학은 한국어 교육을 넘어 한국문학과 비교문학, 역사, 사상, 철학, 미술, 미학, 음악 등 한국학 전반에 걸친 연구로 확장되어야 함을 보여준다.

3. 한국학과 한국어교육

1900년대 급격히 활성화되었다가 2000년대 이후 쇠퇴기를 맞이한 호

---

15) 2001년에는 남한경제위기, 남북문학, 근현대 토지계획, 근현대 국가와 민족, 식민지 이후 여성문제, 식민지 체제 하의 조선인, 한국영화의 리얼리즘, 고려의 장례, 중국의 북한 난민, 16세기 조선, 2002년에는 현대한국예술, 20세기 한국전통음악, 한국문화의 여성문제, 한국사학사, 한국의 언어정책, 19세기 조선사회의 변화, 한국의 비구니, 식민지 대중문화, 남북정상회담 이후의 화해, 고대국가의 기원, 1990년대의 한국, 19세기 조선의 종교와 이념, 2003년에는 식민지 이후 여성문제 식민지 시기 문학, 조선시기 문학, 미술, 고구려, 미주이민 100년, 부시행정부의 남북한 정책, 일제말기 전쟁기의 변화 일제시기 문화의 식민성, 한국의 종교와 문화, 기독교의 토착화, 2004년에는 한국전쟁, 한국의 지방과 지방색, 북한의 위기, 한국사회의 제문제, 식민지의 다양성, 현대 남한의 음악, 한국종교의 제문제, 식민지 근대성, 식민지의 출판문화, 단성호적, 1960년대 근대화, 2005년에는 박정희시대, 현대의 양성문제, 해방공간의 문학, 조선말기의 유교와 여성, 한국학과 전산화, 일제의 검열정책, 식민지의 신여성, 현대 한국영화, 한국시각예술, 현대한국기독교, 중세불교 등 주제가 다루어졌다. 이영호, 「한국학 연구의 동향과 동아시아 한국학」, 『한국학연구』 15집, 2006, pp.13-14.

주에서의 한국학 교육, 1900년대 말부터 지금까지 지속되고 있지만 정체현상을 보이는 일본의 한국어 교육과는 달리 현재 중국과 몽고를 비롯하여 베트남과 같은 동남아시아, 터키·우즈베키스탄·카자흐스탄 등 중앙아시아, 인도·파키스탄 등의 남부아시아 등에서는 한국어교육에 대한 수요가 꾸준히 증가하고 있다. 이는 한국의 경제력이 성장하면서 재외동포 인구가 급속히 증가하고 있다는 것을 말해준다. 둘째, 아시아 국가들과의 경제교류가 활발해지면서 각 나라의 경제에 한국이 차지하는 비중이 커지고 있다는 것을 반증한다. 셋째, K-POP이나 한류 드라마의 영향도 무시할 수 없을 것이다. 한국문화에 대한 호감으로 한국어를 배우고자 하는 통합적 동기를 가진 학습자와 한국회사나 한국관련 회사에 취직하는 것을 목표로 하는 도구적 동기를 가진 학습자들로 인해 외국인 유학생들이 급격하게 늘어나고 있다.16) 이러한 이유로 각 대학들은 외국어로서의 한국어 교육 강좌를 개설하거나 프로그램을 만들어 실시하고 있다. 한국어 교육은 크게 일반목적 한국어(Korean for General Purposes)교육과 학문목적 한국어(Korean for Academic Purposes)교육으로 나눌 수 있다. 전자의 경우 주로 의사소통능력 향상을 목적으로 한국어 읽기, 말하기, 듣기, 쓰기를 우선시 하는 교양 한국어 교육이며, 후자는 비판적 사고력 강화와 학문적 문식성(Academic Literacy)을 기르는 것을 목

---

16) 연도별 외국인 유학생 증가 현황(매년 4월 1일 기준)을 보면 유학생들이 매년 70% 이상 증가하고 있음을 알 수 있다. <연도별 외국인 유학생 증가 현황>

연도	2001	2003	2004	2005	2006	2007	2008	2009	2010	2011	2012
전체 학위+어학	11,646	12,314	16,832	22,526	32,567	49,270	63,952	75,850	83,842	89,537	86,878
학위과정	4,336	7,981	11,121	15,577	22,642	32,056	40,585	50,591	60,000	63,653	60,589
비율%	37.2	64.8	66.1	69.2	69.5	65.1	63.5	66.7	71.6	71.1	69.7

김지형, 「학문 목적 한국어 교육의 체계와 내용」, 『영주어문』 25집, 2012, p.77.

적으로 하는 전공 한국어 교육이다. 외국어 교육은 언어교육의 방향이나 의사소통, 사회적 필요를 위한 수단을 넘어 문화 분석 능력과 개인의 성장을 도모하는 일이다.17) 서로 다른 문화적·언어적·역사적 배경을 가진 대화자들은 언어를 통해 문화 간의 의사소통능력을 발전시킬 수 있다.18) 그렇다면 이때 외국어 교육은 자문화와 타문화에 대한 개방적이고도 비판적인 태도를 지니고 양 문화에 대한 부족한 지식을 인식하고 발전시켜 나가는데 도구와 방법이 될 수도 있다.

2000년대 후반 들어서 학문목적 한국어 교육을 원하는 학습자가 증가하면서 많은 외국인 학습자들이 국내 대학으로 유학을 하거나 대학원 진학을 하고 있다. 하지만 이들의 전공은 주로 어학에 치우쳐 있고 한국문학이 가지는 방대함 때문에 한국 문학교육을 기피하거나 필요 없는 것으로 치부해버린다. TOPIK 5급이나 6급을 받은 학생들조차 한국문학을 읽을 때 '일상적으로 잘 쓰지 않는 어휘'와 '어렵고 복잡한 문법'으로 인해 어려움을 느낀다고 말할 정도이니 그 아래 급수의 학생들이 한국문학을 대할 때 느끼는 어려움이란 상당할 것이라 짐작할 수 있다.19) 그러나 외국어 교육에 있어 문학이란 중요한 가치를 갖는다. 문학텍스트를 학습하고 이해하는 과정에서 외국인 학습자들은 자연스럽게 목표 언어의 문화, 그 언어를 사용하는 사람들의 사고방식과 감정을

---

17) 임경순, 『외국어로서의 한국어 교육을 위한 한국문화 교육론』, 역락, 2015 참고할 것.
18) 김혜영, 「한국어교육과 문화교수의 연계」, 『국제한국어교육학회 국제학술발표논문집』, 2015 참고할 것.
19) K대학 학습자 <16개국 80명, 중국39명(48.75%), 홍콩11명(13.75%), 일본6명(7.55%), 베트남4명(5.0%), 말레이시아, 사우디아라비아 각 3명(3.75%), 기타 국가14명(17.5%)>의 요구분석 결과이다. 이명귀, 「한국어 문학수업을 위한 학습자 요구분석」, 『국제한국어교육』, 2016, p.184 참고할 것.

받아들이게 되고 언어능력도 향상된다. 그렇지만 여전히 학문목적의 외국인 학습자들 중에는 문학수업을 어려워하여 수강을 희망하지 않는 이들도 있다.[20] 결국 한국어교육을 받는 당사자인 외국인 학습자들이 한국문학을 어렵다고 느끼기 때문에 그동안의 한국어 교육이 언어능력이나 문화능력 향상에만 초점이 맞춰져 있었고 문학교육이 소외되어 왔지 않았나 싶다. 이러한 이유로 문학중심수업에 대한 연구나, 수업설계, 교재편찬에 관한 논의는 제대로 이루어지지 않았으며 여전히 부족하다.

한국학에서 한국어문학교육은 한국학과 문학,[21] 한국문화와 문학,[22] 다문화와 문학,[23] 한국문학 교육과정과 방법,[24] 한국어교육과 문학,[25]

---

20) S대학 연구 분석에 따르면 문학을 배운 경험이 있는 학습자와 미경험자들 중 48명 (56.4%)만 문학수업을 원하였고 37명(43.5%)는 원하지 않았다. (총 85명, 문학학습 경험자 51명, 학습 미경험자 34명)
　신영지, 「외국인 유학생을 위한 한국어문학교육의 방법 연구」, 『우리말교육현장연구』 10집 1호, 2016, p.9 참고할 것.
21) 김남길, 「인문학의 한류를 위한 '한국어 학' : 무엇을, 어떻게?」, 『겨레어문학』 제51집, 2013.
22) 김수진, 「문학작품을 활용한 한국언어문화교육연구」, 『한국어교육』 20집, 2009.
　김혜영, 「한국어교육과 문화교수의 연계」, 『국제한국어교육학회 국제학술발표논문집』, 2015.
　오정미, 「문화적응을 적용한 문화교육 수업 사례 연구」, 『겨레어문학』 제49집, 2012.
　오지혜, 「문학문화적 접근을 통한 한국어문학 교재 내용 체계 연구」, 『우리말교육현장연구』 제10집 1호, 2016.
　오지혜・윤여탁, 「한국어교육에서 비교문학을 활용한 현대시 교육 연구」, 『국어교육』 131집, 2010.
　유현정, 「문화 교육으로서의 한국 문학 교육방안연구」, 『한성어문학』 34집, 2015.
　유홍주, 「문화교육을 위한 현대소설의 활용 방안 연구」, 『인문사회』 21집, 2016.
23) 강희숙, 「다양성의 시대, 타자 중심 윤리의 실천으로서의 한국문화교육」, 『어문론총』 62호, 2014.
　김경희, 「문학을 활용한 여성 결혼 이민자를 위한 한국어문화 교재 개발 연구」, 『외국어교육연구』 23집, 2009.
　전한성・민정호, 「다문화가족이 함께 하는 한국어 문화 교육 프로그램 개발 방향」, 『국어문학』 61, 2016.

해외한국학과 문학,26) 의사소통(듣기, 말하기, 읽기, 쓰기) 교육과 연계한 문학

교육,27) 매체와 문학교육,28) 문학사와 문학교육29) 등으로 나누어 발전

되어 왔다.

정명숙, 「다문화 학생을 위한 한국어 듣기 교육 방안」, 『Journal of Korean Culture』 32, 2016.

최권진·채윤미, 「다문화가정 자녀 대상 한국어 교육의 현황과 교재 분석」, 『동악어문학』 54, 2010.

최용기, 「다문화 사회를 위한 한국어 교육의 현황과 과제」, 『나라사랑』 119, 2010.

24) 남연, 「중국인 학습자를 위한 한국문학 교육과정에 관한 연구」, 『한국어교육』 15집, 2004.

박나리, 「한국어교육적 관점에서 본 국내 대학 한국어문학과의 교육과정」, 『영주어문』 제32집, 2016.

박영순, 「문화어를 통한 한국문화교육의 내용과 방법 연구」, 『세계한국어문학』 6집, 2011.

25) 이명귀, 「한국어 문학수업을 위한 학습자 요구분석」, 『한국어교육』 27집, 2016.

26) 강경희·강승혜, 「한국어문학교육 연구 현황과 동향 분석」, 『언어와 문화』 11집, 2015.

고경민, 김세준, 「한국어 교육에서의 문학텍스트 선정과 활용에 대한 고찰」, 『겨레어문학』 제54집, 2015.

김지형, 「해외 한국학 온라인 강의의 구성과 운영 방안」, 『어문학』 132, 2016.

배현숙, 「한국어 교육과정의 현황과 문제점」, 『우리어문연구』 17집, 2001.

신주철, 「한국어교육에서 문학작품을 활용한 맥락 활성화 교육방안」, 『제25차 국제한국어교육학회 발표집』, 2015.

오지혜, 「국외 한국어교육의 문학교재 구성을 위한 언어 학습자 문학연구」, 『새국어교육』 제95호, 2013.

윤여탁, 「한국어 문학 교수-학습 방법의 현황과 과제」, 『국어교육연구』 18집, 2006.

윤여탁, 「한국어 문학 지식 교육과 연구의 목표와 과제」, 『한국어교육연구』 9호, 2013.

27) 양명희, 이선웅, 「한국어 교육 중급 문법, 표현 항목 선정에 대한 일고찰」, 『반교어문연구』 36권, 2014.

이윤자, 「학문목적 한국어 읽기 교육의 전략 기반 지도 방안 연구」, 『문화와 융합』 39권 2호, 2017.

28) 박현진·프라스키니 니콜라, 「멀티미디어를 활용한 한국어 문학 수업」, 『한국어교육』 21집, 2010.

유해준, 「주제 중심의 한국어 교육 어플리케이션 개발 방안」, 『어문론집』 63, 2015.

유영미·최경희, 「한국어문학 교육학에 있어서의 매체 활용 방향」, 『국제한국어교육학회 17차 발표집』, 2007.

29) 남연, 「한국 문학사 교육을 위한 한국 현대 문학작품 선정 연구」, 『한국어교육』 26집, 2015.

노철, 「외국인을 위한 한국 문학사 교육의 위치와 문학사 서술방향」, 『국제한인문학연구』 제11호, 2013.

한국어 교육에서 능력별 문법 항목과 어휘에 대한 기준은 어느 정도 체계화와 일관성을 갖추고 있으나[30] 한국어 교재 내에서 다루어야 할 문학작품에 대한 목록화는 체계적이지 않다.[31] 이런 연유로 수업 프로그램 개발이나 교재편찬과 같은 교육적 목적 수행을 위한 한국문학 텍스트의 목록을 재구성해야할 필요성이 있다. 한국대학에 진학한 외국인 학습자와 한국 학생들 간의 갈등양상도 빈번하게 찾아볼 수 있는데[32] 이 역시 한국문화와 자국문화의 차이에서 비롯된 것이라 할 수 있다. 이처럼 외국어 교육에서 문학 교육은 의사소통교육뿐 아니라 한국학생과 외국인 학습자들 또는 외국인 학습자들 간의 문화적 갈등 해소를 위해 한국문학과 문화의 통합적이고도 체계적인 문학교육이 필요하다. 이런 지점들은 한국학에서 비교문학이 꼭 필요한 분야라는 것을 암시한다.

---

30) 국립국어원, 『한국어교육문법·표현내용 개발 연구 1-4 단계』, 국립국어원, 2012-2015.
    양명희·이선웅, 「한국어 교육 중급 문법, 표현 항목 선정에 대한 일고찰」, 앞의 논문, p.66 참고할 것.
31) 윤여탁은 버클리 대학교 *Reading Modern Korean Literature*, 북경대 『한국어』, 중앙민족대 『한국현대문학』 수록된 문학작품목록 분석. (윤여탁, 「한국어 문학교수방법의 현황과 과제」, 앞의 논문, p.132), 유현정은 교재별 문학텍스트 분석. (유현정, 「문화교육으로서의 한국 문학 교육 방안 연구」, 앞의 논문, pp.438-441), 이현주는 대학별 한국어 교재 문학텍스트 목록 수록. (이현주, 「외국인을 위한 한국문학교육 연구」, 『새국어교육』 82호, 2009, pp.394-396), 황인교 외 2명은 본인들이 재직 중인 학교 어학당 교재 텍스트 목록 분석. (황인교·김성숙·박연경, 「집중적인 한국어 교육과정의 문학 교육」, 『외국어로서의 한국어교육』 29집, 2004, pp.234-235), 정연숙은 한국어 교재에 빈번하게 수록된 텍스트를 중심으로 어느 대학 교재에서 인용했는지 목록화. (정연숙, 「문학텍스트를 이용한 한국어 교육양상」, 『국어교과교육연구』 21호, 2012, pp.368-369) 이렇듯 많은 연구자들이 한국어교재에 수록된 텍스트를 목록화하려고 시도하고 있으나 방대한 분량으로 인해 학교별, 텍스트별, 혹은 개인의 기준으로 선택해서 텍스트를 목록화하고 있다.
32) 강희숙, 「다양성의 시대, 타자 중심 윤리의 실천으로서의 한국문화교육」, 앞의 논문, p.114.

4. 의사소통능력함양과 교양차원에서 한국어 문학 교육

최근 한국대학에 진학한 외국인 학습자들에게서 나타나는 문화 간 의사소통장애는 의사소통방식, 가치관, 심리적 차이라는 세 가지 요인33)으로 인해 발생한다. 사회통합을 목적으로 하는 한국 다문화 정책의 일환으로서 한국어 교육은 학습자들의 다양한 문화를 수용하고 그들의 이질성을 받아들여 우리사회가 발전할 수 있는 계기를 만들어 준다는 점에서 중요하다. 원활한 의사소통은 한국인 학습자와 외국인 학습자 간의 역동적인 상호작용을 이루고 나아가 한국문화와 자국 문화의 관계에 대한 인식과 공감을 넓힐 수 있다. 문화 간 주체로서 인지적·정의적 측면에서 균형 있게 성장 발전할 수 있다는 점에서 의사소통 능력 함양은 외국어 교육에 중요한 부분을 차지한다. Moran은 문화, 산물(구조물), 실천, 신념(관점), 공동체, 인간이라는 다섯 가지 개념을 통해 문화현상을 설명한다. 구체적인 사회 환경과 공동체가 여러 가지 상호작용을 실천할 때 문화는 각 구성원들이 사용하는 산물(구조물)을 포함한다. 이는 가치관이나 태도 신념(관점)을 반영하는 하나의 방법이다.34) 학습자들은 한국문화 전반을 알고자 하는 욕구가 생겼고 이를 만족시키기 위한 방법으로 한국학에서 한국문화 전반에 걸친 이론적 탐구와 교육이 중요하게 되었다. 문학이란 사회의 문화적 기저를 바탕으로 언어, 사고방식, 가치관 등이 투영되어 있기에 문학교육은 문법적, 사회언어

---

33) 전홍, 「한국 유학생의 문화 간 의사소통 장애 양상 연구」, 『국제한국어교육학회 23차 학술대회 발표집』, 2012, pp.223-242 참고할 것.

34) Moran, *Teaching culture : Perspective inpractice*, Boston : Heinle & Heinle, 2001.

학적 능력 향상이라는 기대를 넘어 상호 문화적 능력습득 차원에서 꼭
필요하다.

외국인 학습자들은 문학텍스트를 통해 언어습득과 문화이해라는 1차
적 학습목표를 달성하고 간접적 체험과 이에 따르는 문화적 충돌을 경
험한다. 가치의 길항 관계를 깨달으면서 텍스트를 심도 깊게 이해하고
미적체험과 향유 단계까지 나아갈 수 있다. 이때 외국인 학습자들은 문
학교육의 주체적 학습자로 참여하면서 문화적 차이를 발견하고 갈등과
조정을 통해 비판적 주체로서 발전해 나아가야 한다. 그렇다면 한국어
문학교육은 의사소통이라는 1차원적인 학습목표를 넘어 문화적 심미성
을 깨닫도록 하는 것이 목표라 하겠다. 외국인 학습자들이 한국어 의사
소통 관련 지식, 한국어 문법·어휘 같은 언어학적 지식, 한국문학작품
이나 문학교육에 관한 지식, 한국어 통역이나 번역에 관한 지식, 한국사
회·문화에 관한 지식35) 등을 얻도록 하려면 문학교육은 다음과 같은
세 가지 측면을 포함해야 한다.

첫째, 듣기·말하기·읽기·쓰기라는 의사소통 능력을 통합적으로
신장시키기 위한 언어자료, 문화자료로서 문학텍스트를 선정한 후 학습
자들의 교재로 채택해야 한다. 가치 있고 권위 있는 자료, 풍부한 언어
문화를 지닌 자료, 학습자들이 실생활에서 사용할 수 있는 자료36) 등을
선정하는 것이 중요하다. 이러한 교재를 통해 학습자들은 문학 독해능
력을 향상시키고 정확하고 유창한 언어를 사용하며 고차원적 의사소통

---

35) 윤여탁, 「한국어 문학 지식 교육과 연구의 목표와 과제」, 앞의 논문, p.68 참고할 것.
36) J. Collie and S. Slater, *Literature in the Language Classroom* : A Resource Book of Ideas and Activities, Cambridge University Press, 1987, pp.3-6

능력이 신장될 수 있도록 해야 한다. 둘째, 맥락활성화를 위한 문학교육을 통해 전문적 의사소통 능력을 신장시켜야 한다. 셋째, 문화능력신장을 위한 문화지식으로서 문학비교 및 문학사 교육이 필요하다. 이러한 단계별 문학교육을 실행하기 위해서는 이러한 측면들을 포함한 가치 있는 문학 텍스트를 선별하는 것이 중요하다.

구체적으로 가치 있고 권위 있는 자료란 묘사, 서사, 풍자, 비유와 같은 문장을 활용하여 학습자들이 신문이나 광고문에서 배울 수 없는 문장들을 익힐 수 있는 문학 자료이다. 풍부한 문학작품 안에서 문화맥락을 이해해야 하며 문학텍스트를 통해 다양한 어휘, 표현, 문체 등을 학습할 수 있어야 한다. 이렇듯 외국인 학습자들이 가치 있는 문학텍스트를 읽는 동안 상상력의 지평을 확장하고 고급스러운 언어능력을 기를 수 있다. 이런 점에서 텍스트를 선정하고 맥락을 활성화하는 것은 한국어 문학교육에서 중요한 부분이다. 한국어 문학 교육은 크게 문학을 활용한 한국어 의사소통 교육과 문학을 통한 한국의 사회·문화 교육으로 나눌 수 있다. 전자는 문학작품을 활용하여 의사소통능력을 함양하는 것이며, 후자는 문학작품에 반영된 사회·문화를 알아보고 이를 통해 문화능력을 기르는 것이다.[37)

의사소통능력을 향상시키기 위한 교수학습은 기본적으로 언어지식(발음, 어휘, 문법 등 언어요소), 언어기능(듣기, 말하기, 읽기, 쓰기, 번역하기) 의사소통기능(언어운용규칙, 담화규칙, 의사소통전략), 문화요소(언어이해·표현과 밀접한 관계를 갖는 문화요소로 문화의미, 배경, 비언어적 정보) 등을 포함하고 있다. 외국어 교육에서 의사소통

---

37) 윤여탁, 「문학교육과 한국어 교육」, 『국제한국어교육학회 발표집』, 2003, p.138 참고 할 것.

능력이 중요하지만 이와 함께 문화능력, 문법지식, 문학능력도 함께 중
요시된다. 바람직하고 고급스러운 외국어능력은 생활외국어를 능숙하
게 할 뿐 아니라 목표언어의 문화나 문학을 알고 외국어를 구사하는 데
있어 이를 활용할 수 있어야 한다.38) 이런 점에서 외국어로서 한국어
문학교육은 언어교육, 문화교육과 더불어 중요하다고 볼 수 있다.

　미국의 ELS 과정을 살펴보면 외국인 학습자들의 언어교육에서 문학
교육이 얼마나 중요한지를 새삼 깨닫게 된다. 이민자, 유학생, 주재원
자녀들을 위한 미국 공교육 프로그램인 ELS 과정은 이들이 미국의 보
통 시민들처럼 일상생활을 영위하는데 지장이 없을 정도로 영어를 할
수 있는 능력을 갖추는 것을 목표로 삼고 있다. 다시 말해 미국에서의
외국인 학습자들을 위한 언어교육은 단순한 외국어교육이 아니라 이들
이 자국어 교육 수준에 도달할 수 있을 만큼의 완벽한 의사소통능력을
함양하는 것을 목표로 한다. 이를 위해 ELS 과정에는 미국의 정규교육
과정 이전에 언어와 문학을 학습하고 기초능력을 함양시킬 수 있는 수
업이 설계되어 있다.39) 외국인 학습자들은 이 과정을 이수하면서 문법
중심의 언어를 배우고 문학을 교수 학습한다. 이때 토론, 글쓰기와 같은
언어활동을 하고 문학의 속성에 대한 학습활동, 작품의 주제나 등장인
물에 대한 비평 활동, 학습자의 체험과 결부시키는 내면화 활동 등40)

---

38) 위의 논문 p.132 참고할 것.
39) 외국인 학생들에게 부과되는 ELS과정은 학생들의 영어구사능력에 따라 정규교육과정의
　　일부과목(문학, 역사, 사회 등)을 ELS수업으로 대체하다가 단계적으로 ELS 과정의 시간
　　배당 및 평가를 줄여간다.
　　ELS은 발음(Speaking-Pronunciation), 어휘(Speaking-Vocabulary), 문법(Speaking-Grammer), 듣기
　　(Listening-Understanding), 읽기(Reading), 쓰기(Writing) 등 의사소통능력을 중심으로 교
　　수학습을 진행한다. 위의 논문, p.134 참고할 것.
40) 위의 논문 p.134 참고할 것.

다양한 문학 활동을 하면서 의사소통능력의 지평을 확장할 수 있게 되는 것이다. 그렇다면 우리는 여기에 착안하여 한국어 교육에서 문학교육이 나아가야할 방향과 방법에 대해 모색해 볼 수 있다.

5. 맥락활성화를 기반으로 한 학문 목적의 한국어 문학교육

외국어로서 한국어 문학교육에 대한 최근 연구경향을 살펴보면 첫째, 단편적인 지식 습득은 지양하고 통합적 지식 함양을 위한 노력이다. 단편적인 문학지식을 암기하는 것이 아니라 시대적 상황이나 문예사조와 관련된 문학적 사실을 연관 지어 종합적이고 총체적으로 이해하는 것이다. 둘째, 문학 활동을 통한 문학지식의 습득이다. 일상적 언어의 속성과 관련지어 이해함으로써 문학을 통합적으로 받아들이고 이해할 수 있는 방법이다. 셋째, 한국어 문학능력 신장을 위한 문학교육 연구의 활성화이다. 교수자, 교재, 교육내용과 방법에 대한 분석과 연구를 통해 한국어 문학교육의 교수 학습적 실천 타당성을 확보하고 있다. 여기에서 도출된 연구결과를 토대로 한국어 문학교육 수업에 피드백하여 활용하는 것이다. 우리는 21세기를 '혁신, 첨단'이라는 두 단어로 설명하려는 경향이 있다. 이는 모든 것이 고속화되고 빠르게 변화하는 시대에 복합적인 인재가 필요하다는 것을 말해주는 단어이다. 이미 중국에서 복합형 인재양성을 목표로 학생들을 교육하고 있는 것처럼 우리도 '융복합'이라는 이름으로 다양한 인재를 기르기 위해 노력하고 있다. 이에 부합하기 위해서라도 한국어 문학교육은 한국의 언어, 역사, 정치, 경제, 문화, 종교, 사회 등 한국학 관련 다른 학문 영역과 연계하는 교육적 설계와 실천적 모색이 이루어져야 한다.41)

한국어 교육은 의사소통 능력향상이라는 일차적 목적과 학업 수행·전공과목 이수라는 이차적 목적을 위해 전제되어야 할 것이 있다. 학습자는 한국어를 사용하는 실제 담화 상황 안에서 사회·문화적 장면들을 제공받는 기회를 많이 가져야한다. 언어수행의 주체자로서 주어진 언어문화 안에서 언어활동과 창조적 사고를 이루려면 맥락 안에서의 담화를 듣고, 읽고, 말하고, 쓰는 연습이 중요하다. 그러나 단순히 언어 숙달만을 목표로 한 자료들은 자연스러운 맥락이 결핍되어 있는 경우가 많으므로 이러한 수행이 가능하려면 맥락 있는 실제적 교수학습 자료가 필요하다.

맥락이란 글이나 말, 상황을 관통하는 정서적·인과적·연관적 의미관계이자 내용이다. 언어맥락은 하나의 담화를 관통하는 의미관계이자 흐름이며, 문화맥락은 문화 안에 유기적 그물망으로 존재하는 관점·현상·산물들 간의 의미관계이다.42) 문학텍스트는 지식과 정보에 대한 설명만 포함된 것이 아니라 살아 생동하는 인간 생활의 실제적 모습, 이들 언어와 문화에 대한 맥락이 포함되어 있다. 언어학습자는 텍스트의 맥락을 고려하여 이해하고 그 내용을 받아들임으로써 첫째, 사태·사건·의미를 종합적으로 고려하고 판단하는 능력을 기를 수 있다. 둘째, 텍스트의 말과 글을 통해 사회문화적 배경을 헤아릴 수 있다. 셋째,

---

41) 윤여탁, 「한국어 문학 지식 교육과 연구의 목표와 과제」, 앞의 논문, pp.78-79 참고할 것.
42) 김수진, 「문학작품을 활용한 한국언어문화교육연구」, 앞의 논문, pp.33-34 참고할 것.

화자나 작가의 입장에서 사고하고 판단하는 습관이 길러져 타자에 대한 이해와 자아의 세계를 넓힐 수 있다.[43]

이런 점에서 맥락활성화를 고려한 문학교육은 학습자들의 일차적 의사소통뿐 아니라 표면적 의미와 심층적 의미 파악, 종합적 사고와 판단능력을 키우는 데도 적합하다. 앞에서 언급한 바와 같이 한국대학에 진학한 외국인 학습자들이 의사소통의 장애를 갖거나 학점을 이수하는데 어려움을 겪고 있다는 것은 알려진 바이다. 이를 극복하기 위해서라도 맥락활성화를 통한 한국어 문학 교육을 통해 극복해야 한다. 전후 맥락과 배경, 상황을 함께 고려하는 능동적인 한국어 문학교육 학습을 함으로써 한국인 학습자들을 이해하고 교감소통을 할 수 있는 능력을 기르는 것이 중요하다. 맥락 활성화를 위한 한국어 문학 교육을 실천하기 위해 교육 시기, 텍스트 선정, 장르별 텍스트 활용 등 텍스트 선정 고려 변인들을 모색해 보자.

2009년과 2011년 전국 외국인 전용과목 개설대학 현황[44]과 외국인 전용과목 개설현황[45]을 살펴보면 2년 사이에 외국인 학습자들을 위한 과목이 상당히 개설되었음을 알 수 있다. 현재 각 대학들의 적극적인

---

43) 신주철, 「한국어교육에서 문학작품을 활용한 맥락 활성화 교육방안」, 앞의 논문, p.665.
44) 김지형, 「학문 목적 한국어 교육의 체계와 내용」, 『영주어문』 25집, 2013, p.81.

연도	대학 수	외국인 전용과목		정보파악 불가
		개설대학 수	미개설 대학 수	
2009년	250(100%)	51(20.4%)	135(54%)	64(25.6%)
2011년	253(100%)	68(26.9%)	127(50.2%)	58(22.9%)

45) 위의 논문 p.81.

연도	총 과목 수	교양과목				전공과목
		한국어		한국문화	일반	
		기초	학문목적			
2009년	359(100%)	249(69.4%)	18(5%)	34(9.5%)	27(7.5%)	31(8.6%)
2011년	833(100%)	404(48.5%)	82(9.8%)	103(12.4%)	93(11.2%)	151(18.1%)

외국인 유학생 유치활성화 정책으로 한국대학에 진학한 외국인 학습자들의 비중이 꾸준히 확대되고 있다. 본 조사가 시행된 지 7년이 지났음을 감안할 때 외국인 학습자들을 위한 전용과목도 현재 확대되었을 가능성이 충분하다. 외국인 전용 과목은 교양과목과 전공과목으로 나뉘며, 다시 교양과목은 기초한국어, 학문목적 한국어, 한국문화, 일반교양으로 나뉜다. 하지만 기초한국어는 읽기, 말하기, 듣기, 쓰기와 같은 언어기능숙달을 목표로 하거나 한국어능력시험(TOPIK)을 대비하는 과목이므로 대학의 정규교과목이라 보기는 어렵다. 그렇다면 한국어 문학교육 프로그램 설계를 위해서 학문 목적의 한국어 과목을 살펴보아야 할 것이다. 이러한 과목들은 크게 두 가지로 나뉜다. 첫째, 대학(원)에서 원활한 학업수행을 위해 개설되는 '유학생을 위한 글쓰기와 읽기', '학문목적의 글쓰기와 읽기' 등이다. 둘째, 본격적인 전공과목을 공부하기 위한 준비 단계로, 전공과 관련된 한국어를 습득하고 한국어 능력을 기르는 것이다. 이른바 '인문 한국어', '경영 한국어', '공학(이공) 한국어'이다.46) 현재 필자가 소속된 대학에서도 '외국인 학습자를 위한 한국의 이해'라는 과목 아래 다시 '한국어와 문화', '한국어 듣기·말하기', '한국어 읽기·쓰기'로 세분화하고 '한국어와 문화'는 '생활과 문화', '대중문화', '정치경제역사' 등 분야별로 나누어 강의를 개설하고 있다.

학문목적의 한국어 교육과정은 일반적 학문목적 한국어 교육과정(KGAP)과 도구적 학문목적 한국어 교육과정(KIAP)로 나눌 수 있다. 전자는 한국인의 공통 한국어 능력에 최대한 근접하기 위한 교수학습이 이루

---

46) 위의 논문, p.85 참고할 것.

어진다. 공통한국어란 기초에서 중·고급에 이르기까지 모든 한국어에
서 사용되는 공통되고 일반적인 한국어를 말한다.47) 2009년 교육과학
기술부가 제시한 '외국인 유학생 지원 관리 개선 방안'에 따르면
TOPIK 4급 이상 한국어 능력을 갖추었을 때 외국인 학습자(유학생)들의
학부나 대학원 진학이 가능하다. 그러나 이는 일상생활에서도 불편을
느낄 정도인 '중급' 수준이므로 대학(원)에서의 학업수행이 원활하게
이루어지기 힘들 것이라 예상한다. 한국어 고급수준인 TOPIK 5-6급도
한국인의 공통 한국어 수준의 70~80%에 못 미친다는 지적을 감안해 볼
때 한국에서의 대학생활, 강의 수강, 전공 이수 성공여부는 외국인 학습
자(유학생)들의 한국어 구사능력에 따라 판가름 난다고 해도 과언이 아니
다. 이만큼 이들의 한국어 구사능력은 대학생활에서 중요한 핵심요소이
다. 이런 점에서 일반적 학문목적의 한국어 교육과정은 '공통 한국어'와
연계하여 학부나 대학원에서 다룰 내용과 연관된 범위로 좁혀 설계하
는 것이 바람직하다 할 수 있다.48)

　반면 대학(원)에서 성공적인 학업 수행을 위해서는 강의내용 이해를
위한 듣기 능력, 텍스트 해독을 위한 읽기 능력, '강의내용 요약·과
제·해결·평가' 등의 학습자 활동을 위한 쓰기 능력, 발표 및 토론을
위한 말하기 능력이 필요하다.49) 이러한 능력배양과 향상을 위해 도구

---

47) 박석준은 학문목적 한국어 교육에서 '한국어'를 세 단계로 구분한다. 기초에서 중고급에
　　이르기까지 모든 한국어 사용에서 공통되고 일반적인 한국어를 '공통한국어', 대학에서
　　교양 교과목을 이수하기 위해 필요한 한국어를 '교양 한국어', 대학에서 전공 교과목 이
　　수를 위해 필요한 한국어를 '전공 한국어'라 명명하였다.
　　박석준, 「국내 대학의 학문 목적 한국어 교육 현황 분석 : 입학 후 과정을 중심으로」, 『한
　　국어 교육』 19권 3호, 국제한국어교육학회, 2008, p.30.
48) 김지형, 앞의 논문, pp.86-88 참고할 것.
49) 김지형, 「외국인 유학생 대상 한자어 교육의 내용과 방법 : 전공 및 전공 예비 과정 학

적 학문목적의 한국어 교육과정은 학습자들이 강의 수강을 위한 다양한 기능을 연마할 수 있도록 설계되어야 한다. 전자인 일반적 학문목적의 한국어 교육과정은 통합교과방식의 교수 학습 활동 즉 독해·작문·청취·발표·토론 등과 같은 교과활동이 주가 되도록 설계한다. 이는 외국인 학습자의 기본적 소통능력을 키우는 데 도움이 될 것이다. 후자인 도구적 학문목적의 한국어 교육과정은 대학(원)에서의 원활한 교육과정을 수행하는데 도움이 되도록 설계해야 한다. 강의 교재 훑어읽기, 핵심내용 찾아내기, 강의 듣고 요약하기, 질문하기, 리포트 쓰기, 발표 및 토론하기 등을 통해 실제 전공 강의학점을 이수하는 데 어려움이 없도록 하는 것이다. 그렇다면 학문목적 교육과정을 원활하게 수행하기 위해서 공통한국어 실력을 배양해야 하는 것이 우선되어야 한다. 틀에 박힌 언어사용에 벗어나 원어민 수준의 유창하고 정확한 소통능력을 기를 수 있는 방법은 바로 문학작품을 활용한 한국어 교육이다. 학습자들은 문학 텍스트를 읽고 학습함으로써 텍스트에 나와 있는 다양한 표현을 습득하고 한국적 감성을 느끼며 이를 통해 의사소통능력, 문화능력, 문학능력 등을 기를 수 있다. 이후 단계에서 필요한 것이 문학텍스트 비교를 통한 학습이다.

습자를 중심으로」, 『한국어교육』 21권 1호, 국제한국어교육학회, 2010, pp.125-149 참고할 것.

6. 한국어 문학교육에서 비교문학의 필요성

　냉전체제의 종식 이후 미국식 신자유주의의 병폐와 자본주의 사회의
모순이 드러나면서 이제는 탈서구중심주의, 탈근대주의, 탈국가주의를
요구하기 시작했다. 이런 시대적 요구들은 21세기를 맞아 '동아시아 공
동체'에 중요한 의미를 부여한다. 동아시아 문학공동체로서 한국과 중
국은 보편적이고도 특수한 정체성을 갖는다. 다원적이면서도 혼성적인
정체의식50)을 찾기 위한 방법으로도 한국과 중국의 문학 비교연구는
나름의 의의를 갖는다.

　첫째, 최근 대중문화가 발달하면서 음악·영화 산업에서 '한류'라는
이름으로 한·중 양국 간에 소통이 이루어지고 있지만 좀 더 깊이 있는
한국학 발전을 위해서 한·중 문학 비교연구는 필요하다. 현대문학 안
에는 식민과 냉전이라는 역사적 경험, 이를 겪은 한국인들의 감성·인
식·태도 등이 드러나 있다. 우리가 이런 텍스트들을 동아시아적 관점
에서 바라보고 연구하면서 한국과 중국이 소통할 수 있다면 이는 동아
시아 공동체의 문학적 경험장이 될 수 있을 것이며 한국의 문학공간을
재편할 수 있는 하나의 기회가 될 수 있다.

　둘째, 가요나 영화와 같은 대중문화들을 통해 외국인들에게 한국에
대한 호기심과 한국적 감성을 일시적으로 이끌어낼 수 있겠지만 이를
지속하기는 어렵다. 한국학의 특수성이 하나의 보편성으로 자리 잡기
위해서는 문학이라는 학문적 코드를 가지고 다가가야 한다. 문학텍스트

---

50) 이용희, 『미래의 세계정치』, 민음사, 1994, p.280.

가 인간의 역사와 감성, 정치와 철학 등을 담은 총체성을 가진다 할 때 문학 텍스트를 통한 접근은 타당하다고 본다. 외국인들은 한국 문학연구를 통해 보다 더 한국을 이해할 수 있을 것이고 우리와는 또 다른 시각에서 텍스트의 가치를 찾을 수 있을 것이다. 한국문학에 대한 이들의 관심이 지속되어 한국대학에 진학하거나 자국대학에 한국학과 개설을 요구하고, 한국 출신 교수진을 원한다면 이것이야말로 진정한 한류이며 경제적 상승효과를 가져올 수 있다. 이때 비로소 한국학이 동아시아 민중들의 일상적 생활 안에서 낯설음이나 호기심이 아닌 꼭 필요한 학문으로서 자리 잡을 것이며 동아시아학을 이끄는 견인차 역할을 할 것이다.

셋째, 학제간 연구로서 보다 나은 성과물을 얻을 수 있다. 국문학에 관한 깊이 있고 내실 있는 연구는 당연히 국문학 발전을 위해 필요한 일이다. 그러나 세계 문학 안에서 국문학이 제3의 문학이 아닌 주요문학으로 인정받기 위해서는 한국학적 시각에서 국문학을 연구하는 학자들의 노력이 뒷받침되어야 한다. 동시에 동아시아라는 울타리 안에서 중국학과 긴밀한 네트워크를 형성하며 소통해야 할 것이다. 문화공동체로서 동아시아 문학연구에 있어 한국학이 의의를 갖기 위해서는 비교문학적 관점에서 중문학과의 문학 교섭성, 간경계화적 관점에서 동아시아 문학의 혼종성을 고려해야 한다. 한국학이 한·중 문학의 혼종성과 교섭성을 위해 어떤 영향력을 발휘하고 작용을 하고 있는지, 조건은 무엇인지, 상호횡단 안에서 생성되는 동아시아 문학담론의 양상을 살피는 것은 중요하다. 이러한 꾸준한 노력을 통해 한국학에 대한 이해를 증진하고 지속적 발전을 이루어야 한다. 이렇듯 동아시아 질서를 위한 새로운 문화소통에 기여하는 한국과 중국의 문학 비교 연구는 한국학에 있어 중요한 역할을 할 수 있으며 서구 미국 중심 일변도의 학문세계 안에서 또 하나의 중심학문으로서 자리 잡을 수 있다.

넷째, 이러한 학제 간 연구는 국문과·중문과 비교문학 수업에서 활용가능하다. 학과간의 연계를 통해 동아시아 문학으로서 한·중 양국의 문학을 비교하고 문화적 혼종성과 교섭성을 살펴야 한다. 학생들에게는 국제적 시각에서 문학을 바라볼 수 있는 안목을 가질 수 있게 하는 것이 중요하다. 아직 대학에서는 각 과의 고유한 문학성과 전문성만을 중시하지만 앞으로 학제간 연구는 인문학 발전에 중요한 과제이다. 이미 이공계열에서 분과간의 경계가 허물어지고 간경계적 학문체계를 이루어가고 있는데 여전히 인문학계열에서는 분과의 전문성을 중시하고 있다. 그러나 각 대학에서 먼저 학과별로 학제간 연구를 함께 시작한다면 가능하리라고 본다. 문학 강좌가 다양해짐으로써 학생들은 국문학뿐 아니라 중문학, 이외의 다양한 외국 문학도 공부할 수 있다. 이런 연구는 학생들의 지적내실을 기할 수 있게 한다.

다섯째, 국제정치적 측면에서 한·중 양국 관계의 발전이다. 한국과 중국은 한자·유교·불교에 의한 문화적 동질성을 바탕으로 동아시아 공동체의 기반을 가지고 있었다. 근대 이후에는 제국주의 국가의 침략, 왕실과 조정대신들의 부정부패 등으로 인한 왕조의 몰락, 제국주의 국가에 의한 식민 혹은 조계 경험, 한국전쟁의 당사국과 참전국으로서의 유사한 경험과 역사적 기억들을 갖는다. 이런 점에서 한국과 중국은 별개의 나라이지만 동아시아 안에서 외면할 수 없는 동반자적인 관계라 말할 수 있다. 사회주의 국가인 중국이 개방화정책을 사용하고 자본주의 시스템을 받아들이면서 한국과 중국의 문화적 교류가 이어졌다. 그러나 한·중 양국은 고구려 역사, 문화 유물·유적지, 남북한 문제 개입, 최근 사드와 한국종전문제, 북한 핵 폐기 문제 등 여러 가지 면에서 여전히 내재적 갈등요소와 충돌위험을 가지고 있다. 근대 이후 한국이나 중국은 자국 내에서도 이질적인 갈등 대립요소를 갖게 되었다. 동아시아 지역의 경제성장으로 인해 유교적 사회질서의 가치체계와 미국식 신자유주의적 자본주의 경제양식 간의 갈등이 사회문제로 대두되었지만 경제의 역동성 역시 이런 갈등의 접점 안에서 이루어지고 있다. 이러한 경제논리는 한국과 중국뿐 아니라 다른 동아시아 국가들에게서도 나타난다. 결국 동아시아 공동체를 형성하기 위해서는 근대 이후 식민과 냉전으로 인해 생긴 이질감과 적대감을 극복해야 할 필요가 있다. 동아시아를 이끄는 주요 국가로서 새로운 정체성을 만들어나가기 위해서는 한국과 중국의 문화적 소통이 중요하다. 그 첫 시작이 유사한 역사적 기억, 근대이행기와 이후의 경험을 토대로 주제와 소재 등이 소설적으로 형상화된 한국과 중국의 근현대 소설을 비교 연구하는 것이다. 이런 연구들을 통해 서로의 처지를 이해하고 정서적으로 교감하거나 소통할 수 있다. 이는 양국이 동아시아 공동체라는 것을 인식하고 문학 공동체의 정체성을 찾을 수 있는 하나의 방법이 될 것이며 이러한 노력들은 결국 한국학의 지평을 확대하는 하나의 방법이 될 것이다.

한·중 근현대 소설텍스트에 나타난
국가폭력과 공간의 주체성

II. 한·중 근현대 소설텍스트에 나타난
국가폭력과 공간의 주체성

1. 근현대사에 나타난 양국의 국가폭력

봉건왕조가 무너지고 제국주의 국가들의 침략으로 인해 근대화가 시작된 한국과 중국의 역사는 다르면서도 유사한 양상을 보이거나 밀접한 관련성을 갖는다. 한국에서 발생한 일제 강점기의 강제징용과 학살, 여·순사건, 한국전쟁, 보도연맹학살사건, 양민학살사건, 4·19, 5·18 그리고 중국에서 발생한 난징대학살, 문화대혁명, 6·4 천안문 사건은 그러한 양상을 비교할 수 있는 좋은 예라 할 수 있다. 『한강』[1])과 『형제』[2])는 '유일민·유일표', '이광두·송강'이라는 형제들을 중심으로 '한국의 4·19'와 '중국의 문화대혁명'이라는 1960년대 양국의 사건을 이야기한다. '당시의 사건과 그 이후'라는 시간의 흐름 안에서 양국에서

---

* Ⅱ장은 『한국문학이론과 비평』, 69집 19권 4호에 게재된 것을 수정 보완한 것이다.
1) 조정래, 『한강』, 해냄, 2002.
2) 余華, ≪兄弟≫(上), 上海文藝出版社, 2005.8.
　　___, ≪兄弟≫(下), 上海文藝出版社, 2006.3.
　　위화, 최용만 옮김, 『형제』 1·2·3, 휴머니스트, 2007.

나타난 국가폭력은 필자의 관심을 끈다. 근대에 이르러 자연생명이 국가권력의 메커니즘과 자본주의 권력 안에서 계산되고 통제되기 시작하면서 정치가 '생명정치'로 변화하고 생물학적인 생명과 국민들의 건강에 대한 관심이 주권 권력 특유의 문제 즉 인간에 대한 통치 문제로 바뀌고 있다. 이런 점에서 근대에 나타난 한국과 중국의 국가폭력은 우리가 다시 고찰해봐야 할 필요성을 가진다.

한국전쟁이후 1960년대 한국에서는 자유화·산업화 물결이 일어나기 시작했다. 이승만 정권의 부정부패, 부정선거로 4·19 학생운동이 일어났고, 이후 박정희 정권이 들어서면서 급속도로 산업이 발전하기 시작했다. 중국은 문화대혁명 이후 개혁개방을 통해 경제개발을 이루면서 급속도로 성장하고 있다. 인접국가로서 고대부터 밀접한 영향관계에 놓여있었고, 한문·불교·유교라는 문화적 공동요소를 가지고 있는 양국은 개화의 과정 또한 유사하다. 봉건 왕조 말기 서구 제국주의 국가들의 위협과 폭력을 겪었고 세계 2차 대전 당시 일본군의 만행으로 민중들은 고통을 받았다. 제국주의 침략이후 서구의 오리엔탈리즘을 내셔널리즘으로 방어하던 양국은 동아시아 내부의 동질성과 이질성, 그리고 서방국의 정치적·경제적 현실 억압 아래 상동성을 갖게 되었다.

사회주의 국가인 중국과 자유민주주의국가이지만 분단국가인 한국은 이데올로기 문제에도 민감하다. 이 안에서 발생한 국가폭력은 유사한 형태로 나타났으며 신체적·정신적 외상을 가진 피해자들의 경험 역시 유사하다. 한국은 1970년대 이후, 중국은 1980년 개혁개방 이후 근대적 기술을 도입하여 급속도로 발전해나가면서, 이제 세계화의 물결 속에서 전통에 대한 재해석을 추구하고 있다. 1960년대~1980년대라는 동시대

안에서 발생한 국가폭력이 어떤 장치를 작동시키며, 일련의 적절한 기술들을 통해 자본주의가 요구하는 새로운 생명권력을 창출하는지, 이러한 주권권력이 어떤 규율적 통제를 만들어내는지 고찰해보는 것은 하나의 의미 있는 작업이라 할 수 있다. 이런 점에서 1960년대~1980년대의 주권권력특유의 문제를 이야기하는『한강』과『형제』는 다시 읽어볼 만한 가치를 지닌다.[3)]

한국에서 '국가안보'라는 이름으로 자행된 연좌제, 빨갱이 메카시즘, 중국에서 '사회주의 건설'이라는 이름으로 자행된 '현반[4)] 타도'와 같은 논리는 국가폭력을 낳았다. 그러나 피해자는 존재하되 가해자는 존재하지 않는 현실 안에서 국가폭력을 만든 보이지 않는 장치들이 무엇인지, 어떤 메커니즘에 의해 이런 장치들이 작동되며 민중들을 순종하는 신체로 만드는지 궁금해진다. 특정 이데올로기 안에서 만들어진 국가폭력과 그 폭력성은 어떤 이들을 산 자도 죽은 자도 아닌 경계선상에 놓이게 만든다. 벌거벗은 생명인 이들은 순종하는 신체가 되어 근대 권력구조의 전체화로 이루어진 정치적 이중구속 안에서 잠재적 예외상태로 고착화된다. 예외상태에 놓인 이들이 어떤 방식으로 자신들에게 작동된 장치를 역이용하여 탈주체가 되는지, 장치에 의해 통제받고 조절당하는

---

3) 『형제』, 『한강』 모두 1960-1980년대를 배경으로 하고 있다. 국가폭력으로 인한 피해자가 중심 인물이며 두 소설 모두 국가폭력을 작동시키는 메커니즘에 의해 공간의 변화가 이루어진다.

4) 문혁시기 투쟁 대상으로 규정되었던 '주자파와 자산계급 반동학술 권위자들은 당과 국가의 핵심 영도자였으며 사회주의를 옹호하고 이미 노동자 계급의 일부가 되어버린 지식인들이었다. 마오쩌둥은 이들을 現行 反革命分子(현행 반혁명분자) 즉 現反(현반)으로 규정하고 탄압하기 시작했다.
전영의, 「위화의『형제』에 나타난 광기와 공간의 주체성 연구」, 『한중인문학연구』 제45집, p.374.

공간을 주체적 공간으로 바꾸는지 알아보는 것은 흥미로운 일이다. 이런 가정이 현실화된다면 우리는 탈주체가 위치한 공간의 특성을 '주체성'이라고 명명할 수 있다.

2. 국가폭력과 벌거벗은 생명들 : 이 시대의 호모 사케르

　조정래의『한강』은 1960년 이승만 전 대통령의 하야를 시작으로 하여 1980년 5·18 광주민주화운동이 막 일어나기까지 서울이라는 공간을 중심으로 한다. '유일민·유일표' 두 형제의 개인사적 고난을 통해 시대의 고난을 압축하고 형상화한『한강』은 한국에서의 국가폭력이 반공이데올로기 강화와 국가안보, 경제개발, 근대화라는 이름으로 행해지고 있다는 것을 보여준다. 위화의『형제』역시 1966년부터 1976년까지 약 10년 동안 중국에서 진행된 문화대혁명 시기에 '위대한 사회주의 건설'이라는 이름으로 중국인들에게 행해진 국가폭력을 '이광두·송광'이라는 형제를 중심으로 보여준다. 근대화 과정에서 나타난 양국의 국가폭력은 민중들에게 심각한 충격을 안겨주고 트라우마가 생성된 원인이 되기도 하였지만 이로 인해 공간의 변화를 가지게 된 것도 사실이다. 서로 모순되는 시간 속에서 병존하며 살아가는 우리들에게 공간은 분명 중요한 의미를 갖는다. 인간의 사회적 행동이나 행위들로 인해 공간은 새로운 의미를 생성하기도 하고 인간을 통제하기도 한다. 사회적으로 해석할 수 있는 산물이면서 권력의 움직임, 권력관계의 조직적 의미를 나타낼 수 있다. 이런 점에서 역동적 생명체라 할 수 있는 양국의 공

간은 국가폭력과 긴밀한 역학관계를 이룬다. 한국에서 '국가안보'라는 이름으로 자행된 연좌제, 빨갱이 메카시즘, 중국에서 '사회주의 건설'이 라는 이름으로 자행된 '현반타도'와 같은 논리는 국가폭력을 낳았다. 4·19 혁명이나, 5·16 군사쿠테타, 문화대혁명5)이라는 역사적 기억 안 에서 두 형제를 중심으로『한강』과『형제』는 민중들의 고통을 이야기 한다. 텍스트들은 이들이 겪은 국가폭력을 통해 '역사적 고통이 어떻게 만들어지는가, 그 고통은 왜 현재까지도 반복되고 지속되는가'에 관한 문제를 제기한다.

민주공화국에서 국가의 최고 절대권을 가진 주권자는 국민일 것이다. 그러나 아감벤은 주권자가 법질서의 내부와 외부 어디든 동시에 존재 할 수 있다고 보았다. 그는 법적으로 법질서에 대한 예외상태를 선포하 고 언제든지, 어떤 형태로든 법의 효력을 정지시킬 수 있는 권한을 부 여한 사람을 주권자라고 정의한다.6) 그렇다면 역설적으로 주권자는 법 적으로 법의 외부에 위치하는 자일 것이고 대다수의 민중은 법 안에 위 치하면서 법의 조정을 받을 것이다. 그런데 법 안에 위치하는 것 같으 면서도 실제로는 법의 울타리에서 제외되는 자들이 있다. 죽음에 노출 된 생명, 살해할 수는 있지만 희생물로는 바칠 수 없는 생명, 바로 호모 사케르이다.7)

---

5) 문화대혁명(1966.05-1976.10)은 당지도부의 권력투쟁에서 밀려난 마오쩌둥이 주자파·자 산계급 반동학술 권위자들이라는 정적을 제거하고 권력을 재장악하기 위해 일으킨 사회 주의 혁명이다. '마오쩌둥이 잃었던 권력을 탈취하려는 시도'라는 것이 대체적인 평가이 며, 그 배경으로는 정치사상개혁, 마오쩌둥과 실무파 세력 간의 권력 투쟁, 중소관계의 악화, 미국의 베트남 전쟁 개입으로 인한 긴장 고조 등을 들 수 있다.
 제임스 왕, 이문규 역,『현대중국정치론』,『인간사랑』, 1998, pp.42-44 참고할 것.
6) 조르쥬 아감벤, 박진우 옮김,『호모 사케르』, 새물결, 2008, p.55 참고할 것.
7) 'sacer'라는 라틴어는 '성스럽게 되다'라는 의미와 함께 '저주를 받다'라는 의미를 동시에

호모 사케르라는 말은 고대 로마법 안에서 처음 언급된다. 사람들은 범죄자로 판정한 이들을 희생물로 바칠 수 없지만, 그를 죽이더라도 살인죄로 처벌받지 않는다. 로마 최초의 호민관 법에서도 "만약 누군가 평민의 의결을 통해 신성한 자로 공표된 자를 죽인다 해도 이는 살인이 되지 않는다."[8]라고 명기하고 있다. 이후 나쁘거나 불량한 자를 신성한 자라 부르는 풍습이 생겨나게 되었는데 여기에는 한 가지 우리가 주목해야 할 점이 있다. 신성화의 구조가 '살인죄에 대한 면책'과 '희생 제의로부터의 배제'라는 두 가지 특성으로 이루어졌다는 것이다. 호모 사케르는 희생물로 바쳐지는 것이 허용되지 않기에 신의 영역으로도, 인간의 법정으로도 속하지 못하고 내쫓기지만 사람들에게는 이들을 살해할 수 있는 권한이 허락된다. 이들은 희생물로 바쳐질 수 없기에 사람들이 이들에게 폭력을 행한다 해도 신성모독이 아닐뿐더러 죽인다 해도 살인이 되지 않는다. 이런 점에서 절대적 살해 가능성에 노출된 이들은 역설적으로 '신성한 생명'이자 동시에 '어떤 폭력의 대상'이 될 수 있다.[9]

한·중 양국의 현대사를 살펴보면 분명히 한 나라의 국민인데도 불구하고 '자신들의 정당한 의사'를 표현하려 할 때는 법의 보호를 받지 못하는 호모 사케르들이 있다. 이승만 정권의 부정선거를 규탄하고 부정부패 척결을 외치며 일어난 4·19는 미완의 승리였다. 4월 혁명을 주도한 학생들이 학교로 복귀하자 자연스레 혁명의 거점은 해체되었다.

갖는다. 이와 함께 보호받을 수 없는 생명이라는 의미로 '벌거벗은 생명', '순종하는 신체'라는 용어를 호모 사케르와 동일한 의미로 사용하고 있다. 위의 책, p.45.
8) 페스투스의 논집, 『말의 의미에 대해-성산(sacer mons)』, 위의 책, p.155 참고할 것.
9) 위의 책, pp.173-182 참고할 것.

'혁명에 정신적 불안이 뒤따른다는 것은 아무런 새로운 사실도 아니며, 혁명이 정신적 공백기를 남긴다는 것은 사실의 필연'이라고 말한 조가경의 말처럼 4·19 이후는 정식적 공백기의 상태였다고 할 수 있다.[10] 혁명의 구심점이 되어야 할 강력한 체제가 없는 상태에서 이 공백을 메운 자들은 바로 5·16 군사쿠테타 세력이었다. 이들은 정치적 혼란 속에서 민중들의 정신적 공백을 각종 경제시책과 반공이념으로 메워 국가의 주체성을 확립하고 경제력을 강화하려고 노력하였다. 반공과 근대화론을 강조하고 국민의 이념적 주체들을 효과적으로 결집시킨 이들의 전략은 결과적으로 성공적이었다. 정치적으로는 민주주의, 경제적으로는 자본주의를 지향하는 한국은 1960년대와 1970년대에 급격한 산업화 과정을 거치면서 경제성장을 이루었다. 그러나 유신독재가 실시되면서 국가권력은 반공정신 강화와 국가안보 유지, 민주주의 수호라는 명분으로 폭력적 모습을 띠게 되었다.

평범한 아침을 맞은 사람들은 조간신문을 펼쳐가면서 경악의 소용돌이에 휘말렸다가 분노의 용솟음에 떨었다. 어둠을 배경으로 해 길바닥 여기저기에 시체처럼 쓰러져 있는 대학생들의 모습을 담은 커다란 사진. 그 사진은 깡패들이 얼마나 무자비하고 난폭하게 대학생들을 습격했는지 한눈에 실감케 했다. 시체의 얼굴에 포탄이 박혔던 사진을 볼 때와는 또 다르게 깡패들까지 동원해 서울 시내 한복판에서 그런 일을 저질렀다는 사실에 사람들의 충격과 분노는 한층 더 크고 뜨거웠다. (한1, 245)

---

10) 그는 서독 민주주의의 예를 통해 '경제력은 공산주의에 있는 사람들을 자력적으로 흡인할 만큼 민주주의를 지키는 중요한 힘'이라고 말하면서 공산주의를 적대적 타자로 대상화한다.
조가경, 「혁명주체의 정신적 혼미-주체성 확립의 목표는 적극적 자유와 경제부강」, 『사상계』, 1961. 04, p.70.

당시 이승만 정권은 학생들의 데모 현장을 진압하기 위해 깡패집단을 이용하거나 붉은 물이 담긴 물대포를 사용하였다. 이런 방법은 이미 일제 때 경찰들이 파란잉크나 빨간잉크를 등 뒤에 몰래 뿌리게 해서 시위자들을 검거하는데 사용하는 것이었다.(한1, 269) 데모대의 선두는 온통 붉은 물을 뒤집어썼으며 이 위력에 학생들은 넘어지고 비틀거리며 뒤로 밀렸다. 국가권력은 물대포, 공포탄, 최루탄 등을 이용해 데모대의 기세를 꺾고 사기를 떨어뜨려 사람들을 집단 공포증으로 몰아넣는 폭력을 사용하였다. 사실 국가폭력이란 첫째, '주권 국가가 자국민과 전쟁 상황에 있는 타국민을 상대로 벌인 집단 학살 혹은 폭력적이고 반인권적인 행사'[11] 둘째, '과거 독재 정권 하에서 정권 연장을 위해 반독재 운동가와 국민들에게 가해졌던 각종 국가기구들의 폭력적 탄압이나 억압'[12] 등을 말한다. 4 · 19와 5 · 16 이후 시위 현장에서 나타난 이러한 폭력들은 후자에 속하는 것이었고, 국가는 연좌제나 국가보안법이라는 이름으로 사람들을 감시하고 옭아매며 반공이데올로기를 더욱 강화하였다.

1960-1970년대 한국에서 4 · 19와 5 · 16, 군사정권의 유신독재가 있었다면 중국에서는 문화대혁명이 발발했다. 문혁은 당 지도부의 권력투쟁에서 밀려난 마오쩌둥이 주자파 · 자산계급 반동학술 권위자들이라는 정적을 제거하고 권력을 재 장악하기 위해 일으킨 사회주의 혁명이다. 대중들이 노선투쟁에 개입하도록 선동하고 유도함으로써 그는 정적들

---

11) 김동춘, 「5 · 18, 6월 항쟁 그리고 정치적 민주화」, 『5 · 18 민중항쟁사』, 5 · 18 사료편찬위원회, 2001, p.433.
12) 조희연, 「근대 민주주의 제도정치와 운동정치」, 『시민과 세계』 22집, 2013, p.172.

을 손쉽게 제거하고 권력을 재 장악할 수 있었지만 결과적으로 중국은 득보다 실이 더 많아지게 되었다. 사실 문혁은 사회주의에 대한 서로 다른 시각으로 인해 당내에서 발생한 온건파와 급진파의 대결이자[13] 마오쩌둥의 아이들이라 할 수 있는 홍위병들과 인민들의 광기어린 집단 무의식이 표출된 시기이기도 했다. 1949년 정권수립 후 국민당, 지주, 구(舊)정권의 자본주의적 성향과 관계가 있던 자들의 자녀들은 정치·사회적 진출을 제재 당했고 이들의 욕구불만과 분노는 정점을 치닫기 시작했다. 공산당의 감시 아래 혁명적 희생과 금욕, 국가에 대한 절대적 복종을 강요받으며 살게 된 학생들은 신중국의 발전이 오히려 달갑지 않았다. 잠시 권력의 중심에서 밀려났던 마오쩌둥은 자신의 재집권을 위해 현실에 억압당하던 젊은이들의 분노를 촉발시켰다.[14] 이렇게 결성된 홍위병들에게 신중국의 관료와 지식인들은 타도의 대상이 되었다. 이 과정에서 국가기관과 홍위병(조반파)[15]들을 통해 드러난 국가폭력은 각 공간에 내재된 욕망과 여러 가지 상이한 사건의 흐름이 서로의 목적에 의해 착종되면서 분출된 매우 복잡한 사건이라 할 수 있다.[16]

---

13) 문혁은 '소유제의 사회주의적 개조가 완료되었기 때문에 계급이 소멸하였고 이제는 생산력을 발전시키는 것'을 과제라고 본 온건파와 '새로운 사회주의적 생산관계를 발전시키고, 혁명을 정치권력과 소유제 영역에서 다른 영역으로 확대하는 것'을 과제라고 본 급진파의 대결이었다.
　　백승욱, 『문화대혁명, 중국 현대사의 트라우마』, 살림, 2007, p.22.
14) 김정계 지음, 『중국의 권력 투쟁사』, 평민사, 2002, p.166 참고할 것.
15) 홍위병은 상이한 계급적 배경을 가진 학생 조직으로 혁명에 대한 열정, 사회적·정치적 지위 상승 도모, 당조직 보호 등 다양한 목적을 가지고 문혁에 참가한 이들이다. 마오쩌둥은 이들을 이용해 혁명을 성공시켰지만 계급과 목적이 달랐던 이들의 갈등은 문혁 파벌대립을 촉발한 주요한 요인이 된다. 위의 책, p.42.
16) 위의 책, p.20 참고할 것.

마오쩌둥에게는 권력재탈환이라는 실제적 목적이 있었고, 조반파와 이들의 논리에 휩쓸린 인민들은 '부르주아 지식인들[17])에 의해 뒤집힌 역사를 인민들의 역사로 되돌려 사회적 평등을 이루려는' 목적을 가지고 있었다. 그런데 문혁시기 이러한 목적을 달성하려는 과정 안에서 중국 사회의 규칙, 문학과 문화, 예술 등 모든 가치들이 무너졌다. 마오쩌둥은 '뒤집힌 역사를 다시 돌려 세운다'를 문혁의 목표로 삼고 비천한 자를 멸시하는 악습과 미신을 타파하여 인민들의 무너진 자신감과 자존감을 높이려는 노력을 하였다. 피지배층으로 억압받던 인민들에게 문혁의 목표는 상당히 합리적이었고 공명을 불러일으켰지만, 실제로 문혁을 시행하는 동안에는 비인륜적인 행위들이 나타나기 시작했다. '고귀한 자가 가장 우매하고 비천한 자가 가장 총명하다'는 극단적인 명제가 당위성을 인정받으면서 중국인들은 자신들 스스로 '가진 자'와 '못가진 자', '많이 배운 자'와 '못 배운 자', '지위가 높은 자'와 '낮은 자', '학자·지식인 집단'과 '비학자·비지식인 집단', '늙은이'와 '젊은이' 등 이분법으로 나누었다. 후자에 속한다고 생각한 인민들은 반동 부르주아 계급 격파, 인민평등 등을 실현하기 위해 전자들을 무차별적으로 폭행하기 시작했다. 특히 어린 홍위병들은 구사상·구풍속·구문화·구습관을 타파한다는 명분으로 자신들의 스승과 부모·친지·이웃어른들에

---

17) 문혁시기 부르주아 지식인들이란 주자파와 자산계급 반동학술권위자들을 말한다. 주자파로 지목된 사람들은 원래 당과 국가의 핵심 영도자들이었으며, 자산계급 반동학술권위자들 역시 사회주의를 옹호하고 이미 노동자 계급의 일부가 되어버린 지식인들이었다. 마오쩌둥은 이들을 現行 反革命分子(현행 반혁명분자) 즉 現反(현반)으로 규정하고 탄압하기 시작했다.
첸뤼췬, 「중국 변경 지역 기층 지식인의 문화대혁명에 대한 회상」, 한림대학교 아시아문화연구소 엮음, 『중국문화대혁명 시기 학문과 예술』, 태학사, 2007, p.39.

게 비인륜적 폭력을 행사하였다.[18] 『형제』를 보면 국가폭력이 얼마나 많은 사람들을 비인륜적 모습으로 변화하게 하는지, 인간의 본성 안에 숨겨진 '악'이 사람을 잔인하게 만드는지 알 수 있다.

> 모자를 쓴 사람들, 나무널빤지를 목에 건 사람들 (중략) 다들 이야기하는 계급의 적들이라는 사실을 알고 있었다. 사람들은 그 사람들의 얼굴을 후려치기도 했고, 그들의 배를 걷어차기도 했으며, 그들의 목에 대고 코를 풀기도 했고, 심지어 그들을 향해 똥물을 끼얹거나 몸에다 오줌을 싸기도 했다. 그들은 그런 수모를 당하면서도 감히 말을 하지 못했고 (중략) 자기 욕을 마치면 부모를 욕하도록 시켰고…… (형1, 113)

학교 교사였던 송범평은 아버지가 지주였기 때문에 본인도 지주라는 명목으로 인민재판을 받았다. 비판투쟁대회의 단상에 올라 붉은 완장을 찬 사람들 곁에서 나무널빤지를 목에 건 채 매일 자아비판을 하였다. 문혁이 시작되던 날 제일 큰 홍기를 들고 사람들을 이끌며 모주석의 이름으로 구호를 외치던 송범평은 이제 없었다. 그의 얼굴에는 피가 흥건했고, 머리칼마저 피에 젖었다. 그는 땅에 누운 채 얼마나 많은 어른과 아이들의 발에 짓밟혔는지 몰랐다.(형1, 151) 경찰이나 검찰, 공안의 신분이 아니었지만 붉은 완장을 찼던 홍위병들은 일반인, 학생들, 어린아이들에게까지도 송범평처럼 현반으로 낙인찍힌 자들에게 구타하고 폭력을 가할 것을 명했다.

국가폭력은 집단범죄임에도 합법적이라고 받아들여지는데 이는 세 가지 정치적 메커니즘에서 기인하고 있다. 첫째, 헌법준수와 국가기강

---

18) 전영의, 「위화의 『형제』에 나타난 광기와 공간의 주체성 연구」, 앞의 논문, p.373.

확립이라는 명목으로 자행되는 국가폭력은 학살·살상·고문 집행자들의 도덕적 감각을 변형시켜 집행자들이 아무런 죄책감 없이 범죄를 저지를 수 있도록 만든다. 이른바 '도살허가증'을 통해 국가폭력을 정당화시키는 정치적 과정이다. 둘째, 학살·살상·고문 실행에 관한 모든 행동과 절차를 반복하고 일상화시킴으로써 국가폭력이 행해지는 자체를 '기계화된 과정'으로 만든다. 셋째, 앞의 두 가지 메커니즘을 바탕으로 국가폭력이 행해지면 집행자들은 살상·고문하는 대상이 인간이라는 사실을 잊게 된다. 즉 대상의 비인간화이다.19) 이러한 국가폭력의 메커니즘은 평범한 사람들을 가해자로 만들고 범죄를 정당화시킨다. 이와 같은 논리에 의해 국가폭력의 피해자는 있으나 가해자는 존재하지 않게 되는 것이다.20) 4·19 이후 유신독재정권 기간이건, 문혁기간이건 1960년-1970년대 한·중 양국에서 나타난 국가폭력은 그 원인과 발생 장소가 달랐다. 그러나 근대화 과정에서 반공 혹은 강력한 사회주의적 공산주의 국가건설이라는 대립적인 양 이데올로기로 인해 국가폭력이 국민들에게 행해졌다는 점은 동일하다.

이러한 양국의 국가폭력 안에서 한 가지 발견할 수 있는 점이 있다. 영토국가에서 인구국가로 전환되면서 국민의 생물학적 생명 문제가 주권특유의 권력문제, 인간에 대한 통치의 문제로 전환된 것이다.21) 극도의 정교한 정치기술을 통해 인간을 동물화하고, 국가는 생명을 보호할 가능성과 그것의 대량 몰살을 그대로 승인할 가능성을 보인다. 근대에

---

19) 이삼성, 『20세기의 문명과 야만』, 한길사 1998, pp.19-70 참고할 것.
20) 전영의, 「조정래 『한강』에 나타난 기억의 의미변주와 공간의 상관성 연구」, 『한어문교육』 32집, 2015, p.290.
21) 조르쥬 아감벤, 『호모 사케르』, 앞의 책, p.37 참고할 것.

이르러 자연생명이 국가권력 메커니즘 장치에 조정당하고 통합되기 시작하면서 생명자체가 정치에 의해 문제시 되었다. 이는 정치가 생명정치로 변화하는 과정이라는 점에서 근대정치를 생명정치라 할 수 있다.[22] 이런 정치 안에서 통치 받는 사람들, 데모대 현장에서 구타당하던 학생들과 시민들, 연좌제에 묶인 사람들, 빨갱이나 현반으로 지목받은 사람들이 '살해는 가능하되 희생물로 바칠 수 없는 생명' 바로 호모 사케르이다.

3. 생명정치와 근대적 공간의 노모스

근대에 이르러 인간의 생명이 국가권력의 메커니즘 장치 아래 계산되고 통제되기 시작하면서 이제 정치는 생명정치로 변화하고 있다. 앞서 언급했듯 생명정치란 새로운 생명권력의 규율적 통제를 통해 인간을 통치하는 정치, 이로 인해 인간의 생물학적 생명과 건강이 주권 권력의 특유의 문제로 전환되는 정치를 말한다. 벌거벗은 생명인 호모 사케르들에 대한 통치를 통해 이들 자체를 정치화시키는 것은 근대가 가지는 결정적 특징이자 정치철학, 인문학에 대한 근본적 사유들을 변형시키는 과정이다. 이른바 '근대성이라 불리는 근대의 이데올로기들을 은밀하게 지배하는 권력의 주체는 누구인가' 고찰하는 것을 통해 생명정치라는 이중적 가면[23]을 벗겨낼 수 있다. '근대화'의 이름으로 행해

---

22) 미셸 푸코, 이규현 역, 『성의 역사 1 – 앎의 의지』, 나남, 1990, p.188 참고할 것.
23) 표면적으로 생명정치는 인간의 생명을 존중하고 인권을 보호하는 정치처럼 느껴지지만

진 생명정치는 내부에 들어 있는 생명과 외부에 있는 생명을 끊임없이 구분하고 분리시키면서 경계를 명확하게 구분 짓고 재정의한다. 이런 점에서 생명정치와 공간은 밀접한 관계성을 가지며 생명정치가 근대공간의 변화를 불러일으키는 요인 중 하나가 되었다고도 볼 수 있다. 전 (前)근대 사회에서부터 근대사회에 이르기까지 공간은 인간사회를 이해하기 위한 중요개념 중 하나이자 인간 사고의 중요한 범주로 자리 잡았다. 서로 모순되는 시간 속에서 병존하며 살아가는 우리에게 공간은 그만큼 중요한 의미를 갖는다. 혼란한 세계 속에서 우리들은 여러 첨단기기를 통해 하나의 연결망을 만든다. 한 공간 안에 있으면서도 서로 다른 공간에 위치한 이들과 정보 네트워크를 형성한다는 점을 볼 때 우리가 위치하는 공간은 동시적이고 병렬적이면서도 분열적인 공간이라 할 수 있다. 공간은 즉자적으로 존재하거나 고정된 대상이 아니다. 오히려 인간의 사회적 행동들에 의해 새로운 의미를 생성하거나 인간을 통제하기도 하는 역동적인 생명체이다. 인간의 행위에 의해 사회적으로 해석 할 수 있는 산물이면서 권력의 움직임과 권력관계의 조직적 의미를 나타낸다. 문화·언어·지식·이념·젠더의 문제 등을 둘러싼 공간은 정치적이고 전략적이라는 점에서 이데올로기의 산물이자 생명정치가 행해지는 곳이다.24)

생명정치의 핵심은 생명정치적 신체를 생산하고 통제, 통치함으로써

사실 생명정치가 근대이데올로기 아래 인간의 생명을 통치하고 인간을 벌거벗은 생명, 순종하는 신체로 만드는 하나의 권력체제장치라는 점에서 필자는 생명정치가 언어적 이중성을 가지고 있다고 본다.

24) 전영의, 「조정래 『한강』에 나타난 기억의 의미변주와 공간의 상관성 연구」, 앞의 논문, pp.290-291 참고할 것.

주권권력을 이어나가는 것이다. 근대국가에서는 벌거벗은 생명을 국민으로 포함시키면서도 배제한다. 이는 '포함인 배제'(exclusione inclusive) 즉 예외화(ex-ceptio)이다.25) 근대국가들은 순종하는 신체, 호모 사케르를 배제하는 동시에 포함(혹은 포함하는 동시에 배제)함으로써 예외화시키고 국가권력을 강화하였다. 살해는 가능하되 희생물로 바쳐질 수 없는 이들의 예외화 상태를 고착화하는 과정 안에서 국가폭력이 발생하였으며 이는 생명정치를 이루는 하나의 방법이 되었다.

1960년대 이후 한국과 중국에서는 주권권력의 메커니즘이 '생명정치'로서 작동한다. 문혁이 일어나는 동안 만들어진 공포와 광기의 공간에서는 국가폭력에서 벗어나고자 하는 민중들의 노력도, 어떠한 기표도 나타날 수 없었다. '권력은 사회현상 속의 편재된 권력관계 안에서 설명될 수 있다'26)는 푸코의 말처럼 문혁시대에 나타난 국가폭력은 광기를 둘러싸고 이루어지는 권력의 총체적 전략이며 생명정치로서 효과를 보였다.27) 송범평이 지주로 낙인찍혀 창고에 갇히고 자아비판을 하며 폭행을 당하는 동안, 손위의 부친은 붉은 완장을 차고 그를 감시했었다. 한 동네에 사는 송범평이 훌륭한 교사이자 좋은 아버지로서 류진 마을을 대표하는 엘리트라는 것을 알고 있었지만 그는 송범평이 지주로 몰려 나무 널빤지를 목에 걸 때에도 아무런 말을 할 수 없었다. 그를 옹호한다는 것은 자신도 그와 똑같은 현반이라는 것을 증명하기 때문이었다. 그러나 송범평의 사망 후 그는 부친(손위의 증조부)이 쌀가게를 운영한

---

25) 조르쥬 아감벤, 『호모 사케르』, 앞의 책, p.40.
26) 미셸 푸코, 김부용 옮김, 『광기의 역사』, 인간사랑, 1991, p.4 참고할 것.
27) 위의 책, pp.4-5 참고할 것.

자본가라는 이유로 현반으로 몰린다. 송범평보다 더 높은 종이 모자를 쓰고, 더 넓은 나무 널빤지를 목에 걸은 후 다른 현반들처럼 구타와 욕설을 당하고 자아비판을 하며 하루하루를 보낸다. 장발의 손위는 자본가의 아들이라는 이유로 바리깡에 머리를 강제로 깎이다가 머리와 목 사이의 대동맥이 잘리면서 죽게 된다. 아들의 죽음으로 미쳐버린 손위의 모친은 나신으로 거리를 헤맨다. 송범평이 갇혔던 창고감옥에 갇힌 그는 가족들의 고통을 눈앞에서 목격하면서도 어찌할 수 없었다. 아들을 죽인 완장들에게 덤벼들어도 돌아오는 것은 폭행뿐이었고 본인은 지주가 아니라고 해도 이들은 고문을 통해 침묵을 강요할 뿐이었다. 완장들이 '불붙은 담배꽁초에 앉으라'고 명령해도 거절할 수 없었고 항문이 타들어가도 반항할 수 없었다.

> 매일 피고름이 줄줄 흘러내리며 악취를 풍겼다. 매번 똥을 쌀 때도 살고 싶지 않을 만큼 고통스러워 종이로 닦을 엄두도 내지 못했다. 그리하여 항문근처는 불에 타서 눌어붙은 곳에 똥 덩어리가 계속 남아있었고, 급기야 항문이 썩기 시작했다. 서있어도 고통스럽고, 누워 있어도 고통스럽고, 움직여도 고통스럽고, 움직이지 않아도 고통스러웠다. 그는 죽느니만 못한 삶을 유지하면서도 계속 새로운 고문을 당해야 했고, 깊은 밤에 이르러서야 겨우 아주 짧은 평안을 얻을 수 있었다. (형1, 276-277)

'밤낮으로 이어지는 고문을 견디기는 힘들었으나 더 견디기 힘든 것은 아내의 나신에 대해 쑥덕거리는 사람들의 시선이었다. 유방이 크다느니, 너무 쳐져서 아쉽다느니, 음모가 무성하다느니, 그런데 너무 더럽다느니, 그 위에 볏짚을 붙이고 다닌다느니……'(형1, 278)라는 말들은 육체뿐 아니라 생각마저 고통스럽게 만들었다. 대못을 머리에 박아 넣고 죽음을 택한 손위부친의 행동은 '말하지 말고 가만히 있으라.'는 명령에 의한 것이었다. 류진 사람들은 송범평과 손위부친의 죽음을 보면서, 국가폭력에 의해 죽어가는 수많은 이들을 보면서 그것의 잔인함과 공포감에도 아무런 말을 할 수 없었다. 이들이 바로 생명정치가 갖는 광기와 폭력에 의해 침묵을 강요받는 순종하는 신체, 호모 사케르였다.

생명정치를 조정하는 자는 주권자이다. 이들은 법의 바깥에서 법을 제정하거나 효력을 정지시킬 수 있는 권한을 가지고 있으며 법적으로 그 권리를 보호받는다. 법이 필요하지 않는 이들은 정상적인 것과 혼돈, 법질서의 효력을 가능케 하는 경계상태에 위치하면서 '노모스'[28]라는 근대적 공간을 만든다. 예외적 경계상태를 통해 특정한 법질서가 따르는 공간, 모든 법적 공간의 원칙에 따라 만들어진 이 공간은 예외적 공간이다. 주권자는 노모스 안에서 정치적, 법적 구조, 법질서 안에 포함된 것과 배제된 것을 가른다. 법에서 벗어나는 것이 아니라 '법의 정지'라는 형태로 이루어진 이 공간은 법, 법률, 규칙 안에서 합법적 의미를 지닌다. 군법이나 계엄령이라는 각종 법률에 따라 만들어진 '강제수용소, 격리실, 고문실' 등은 절대적인 예외 공간으로 단순한 징역 공간인 '감옥'과는 위상학적으로 다르다. 공간질서와 법질서 사이의 연결 관계마저 붕괴된다는 점에서 이 공간은 대표적인 노모스라고 할 수 있다. 법의 바깥에서 생명의 가치 혹은 무가치를 결정하는 주권자는 살인죄

---

28) '노모스'라는 용어는 칼 슈미트가 처음 언급한 말이다. 공간질서의 확정, 법질서 사이의 연결 관계에 따라 훨씬 더 복잡하며 근본적인 모호함을 가지고 있는 곳을 말한다. 칼 슈미트, 최재훈 옮김, 『대지의 노모스』, 민음사, 1995, pp.196-214 참고할 것.

에 대한 처벌유무 또한 결정할 수 있다. 생명이 지니는 정치적 가치를 결정하거나 제거해버리는 지점을 결정하는 이 권한은 생명정치시대에 가질 수 있는 하나의 권력을 의미한다. 근대는 법안에 포함되지만 배제된 공간인 노모스 안에서 생명정치가 이루어지고 있는 것이다.

월북한 아버지로 인해 항상 감시당하고 수시로 끌려가 조사·고문 등을 당하는 일민·일표 형제는 예외상태에 위치한 순종하는 신체이다. 연좌제가 '격리의 원칙이 적용되는 개별화된 형벌'29)이자 '보이지 않는 격리공간'이라 할 때 이들은 연좌제라는 이름으로 사회에 격리되었다. 사회구성원임에도 불구하고 다른 이들과 연대적·동질적 유대감을 형성하지 못했다. 국가가 일민·일표 형제의 사적 자율성을 인정하면서도 공적 자율성은 무시하고 반공체제를 유지하기 위한 하나의 도구로 이들을 타자화했다는 점에서 이들은 '포함된 배제' 상태의 호모 사케르였다.

> 「이 새끼, 똑바로 서! 빨리 벗겨!」
> 유일민은 윽! 신음을 토하며 주저앉으려 했고, 두 남자가 그의 겨드랑이를 받쳐 올리며 단추를 따기 시작했다. (중략) 두 남자는 순식간에 유일민의 옷을 다 벗기고 팬티만 남겨놓았다. (중략) 「제발 이것만은……」 (중략) 한 남자가 여지없이 유일민의 복부를 갈겼고, 비명을 토하며 그의 몸이 푹 꺾이는 사이에 다른 남자가 팬티를 벗겨버렸다. (중략) 「이 새끼야, 이것도 좆이라고 달고 다니냐.」 어둠 속의 사내는 유일민의 오그라붙은 부자지를 구두 끝으로 걷어 올리고 있었다. (한7, 22-25)

「이 새끼, 무슨 말이긴. 왜 간첩이 접선해 왔는데도 신고를 안 해, 그

---

29) 미셸 푸코, 오생근 역, 『감시와 처벌』, 나남출판, 1994, p.341 참고할 것.

런 일이 있으면 반드시 신고하게 돼 있잖아. 그걸 어기고 간첩을 도왔으니 넌 빨갱이야!」(한7, 24)라고 외치는 취조실 어둠 속의 목소리는 비수가 되어 심장을 찌르고, 몽둥이 구타와 발길질은 그를 순종하는 신체로 만들었다. 조사실 안에서 죽임을 당해도 그의 죽음은 소리 없이 묻힐 수 있는 것이었다. 구두 끝으로 일민의 부자지를 걷어 올리는 조사관의 행위는 그의 인격과 정신 자체를 모독하고 무너뜨리는 것이었으며 밀실 안에서 행해진 은폐된 폭력들은 그를 벌거벗은 생명으로 만들었다. 그런데 호모 사케르라는 신분이 처음부터 확정된 것은 아니다. 주권자의 위치에 있다하더라도 경우에 따라 언제든지, 얼마든지 호모 사케르가 될 수도 있고 다시 경계 안에 위치하거나 주권자의 위치에 오를 수도 있다.

대일굴욕외교 반대투쟁에 앞장 선 국회의원 한인곤은 어느 날 갑자기 낯선 곳으로 끌려온다. 지방선거승리를 위해 불법적 행위들을 마다 않는 집권당들에게 그는 정치적으로 제거해야할 대상이었다. 뇌물수수 혐의로 조사실에 끌려온 그는 현역 국회의원임에도 불구하고 고문을 당한다.

> 「날 죽여라. 난 절대 그런 일 없으니까」 팬티바람에 등 뒤로 쇠고랑을 차고 나무의자에 앉은 남자는 낮으나 분명하게 대꾸했다. 밝은 불빛에 뒷모습만 드러나고 있는 그 남자의 몸뚱이는 사람의 몸뚱이가 아니었다. (중략) 시간이 지날수록 머리가 물에 잠긴 남자의 발버둥은 심해지고 있었다. (중략) 다음날 한인곤은 그들이 시키는 대로 옷을 챙겨 입었다. 옷을 한가지 씩 입으며 한인곤은 자꾸 눈물이 나려는 목메임을 느끼고 있었다. 이곳에 끌려와 옷이 벗겨진 이후로 처음 입는 옷이었다. 옷의 기능

이 단순히 추위를 막는 것이 아니고, 멋을 부리기 위한 것은 더구나 아닌 것을 그는 이번에 절실하게 깨달았다. 옷으로 수치를 가리고 위신을 보호한다는 것은 옷의 기능 중에서 가장 큰 것이 아닐 까 싶었다. 옷을 벗겨버리는 것, 그것은 또 하나의 잔혹한 고문이었다. (한7, 219-223)

국회의원으로서 입법부의 일원인 한의원은 면책특권을 가지고 있었다. 그러나 집권당의 정치적 탄압대상이 된 후로는 주권자가 아닌 예외상태에 위치하는 자가 되고 만다. 하얀 벽과 밝은 전짓불로만 이루어진 조사실은 원래 위협적이거나 공포스러운 공간이 아니다. 사실 진위 여부를 가리기 위해 조사하는 곳으로 물리적 폭력이 행해져서는 안 되는 공간이지만 물고문, 전기고문, 구타, 욕설이 한의원에게 행해지면서 이 공간은 노모스가 된다. 물리적·심리적 폭력을 당하는 한위원은 이제 주권자가 아닌 순종하는 신체, 사케르가 된 것이다. 고문이 심해질수록 당당함을 잃게 된 한의원은 노모스 안에서 두려움과 치욕스러움을 동시에 느낀다. 그에게 수치스러움을 던져 준 이 공간은 은폐된 국가폭력이 행해진 공간이자 1960-1970년대 부당한 정치권력을 상징하는 공간이 되었다. 한인권, 유일민과 같은 이들은 이제 생명을 보호받을 수 있는 법의 테두리 안이 아닌, 외부와 내부의 구분이 불가능한 비식별적 공간에 노출되었다. 주권자가 법적인 울타리 안에서 법과 폭력이 구별되지 않게 하는 힘을 가지고 이들을 결합하는 만큼, 주권자에 의해 만들어진 노모스는 폭력과 법 사이의 비식별적 지점이자 폭력과 법의 경계를 가진 공간이 된다. 노모스로 추방된 이들은 폭력에 노출되면서도 법의 보호를 받지 못하고 생명정치의 통제 안에서 죽어도 죽지 않은,

혹은 죽지 않아도 죽은 존재가 될 수 있다. 이런 점에서 노모스는 법보다 더 근원적이고 강력한 생명정치를 행하는 곳이라 할 수 있다.

4. 자기배려에 의한 탈주체화와 공간의 주체성

근대는 생명정치를 작동시키기 위한 중요한 이유로 벌거벗은 생명들의 존재이유를 든다. 사람들에게 끊임없이 '벌거벗은 생명들과 자신들이 경계로 구분되어 있다'는 것을 각인시켜줌으로써 사람들을 순종적 주체로 만든다. 고대에는 유인원, 노예, 야만인, 이방인, 포로 등을 인간의 바깥 범주에 놓음으로써 고대인 스스로 자신들이 '인간'임을 인정받고자 했다면 근대의 주권자는 이미 인간인 자들을 인간이 아닌 것처럼 배제한다. 인간들은 스스로 그 경계에서 벗어나지 않고 경계 바깥에 존재하는 자들이 들어오지 못하도록 그 경계를 공고히 한다. 이로써 인간들 스스로 자신이 인간임을 인정받고자 하는 것이다.30) '포함적 배제, 배제적 포함'이라는 보이지 않는 장치 안에서 인간은 스스로 주체라고 생각하지만 전에 자유로웠던 신체는 장치에 순종하고 점차 예속된다. 이 과정 안에서 주체로서 정체성을 받아들이고 장치 안에서 자유를 느끼게 된다. 이런 점에서 장치는 자유로운 신체를 '예속된 주체'로 바꾸어버리는 하나의 통치기계라 할 수 있다. 포함적 배제, 배제적 포함이라는 장치들은 주권자가 가지고 있던 감시의 시선이 예속된 신체를 가진

---

30) 조르쥬 아감벤 지음, 양창렬 옮김, 『장치란 무엇인가』, 난장, 2010, pp.36-37 참고할 것.

주체들의 시선으로 내화되도록 만든다. 경계 내에 포함된 인간들은 서로 간에 수평적 시선을 갖지만 경계 바깥으로 내쳐진 자들에게는 그렇지 않다. 그런데 이들은 계층적으로도 수직적 위치를 가진다는 점에서 경계 내의 주체들은 수평적·수직적 어긋남이라는 이중적 시선을 갖는다.

> 입학을 하자마자 그들은 엉뚱한 놀림감이 되기 시작했다. 서울아이들은 경상도 출신을 보리 문둥이, 전라도 출신을 하와이, 충청도 출신을 핫바지라고 놀려댔다. 그건 각 지방 사람들이 서울로 몰려들기 시작하면서 생겨난 말이 그대로 학생들한테까지 옮겨진 거였다. 그런데 그 별칭에 지방사람들을 업신여기고 적대시하는 서울사람들의 감정이 들어 있다는 것이 문제였다. (중략) 「그으래에에. 하와이였어어?」 미리 알았다면 방을 세놓지 않았을 거라는 듯 주인여자는 고개를 틀어돌렸고, 「학생이 하와이야?」 콩나물을 팔기 싫다는 듯 구멍가게 아주머니는 봉지에 콩나물 담던 손을 멈추었고, 우물에 물을 길러 가면 여자들이 흰 눈을 뜨며 수군거리기도 했다. (한1, 101)

1960-1970년대 자유화운동의 과정 안에서 보였던 포함적 배제의 장치들은 이제 일반 시민들의 시선 안에 내화되어 작동하기 시작했다. 경계 안에서 주체로서 인정받은 이들은 호모 사케르로 낙인찍힌 이들을 이중적 시선으로 배제하였다. 경제사회의 가장 밑바닥인 사람들뿐만 아니라 특정지역출신, 집안에 월북자나 독립유공자가 있는 사람들이 자신들의 경계 내로 들어오는 것을 극도로 꺼려했다. 만약 이들을 받아들이면 보이지 않는 장치에 의해 자신들도 이윤추구에 불이익을 받고 호모 사케르로 낙인찍혀 추방당할 지도 모른다는 학습된 두려움이 잠재되어

있었던 것이다. 이런 내재화된 시선들은 사회의 불균형과 불평등을 묵
인하도록 만들었다. 이런 점을 볼 때 주체는 더 이상 코기토가 아닌 장
치에 의해 만들어져 어떤 기능만을 구현하는 '~로서'의 주체, 종속된 주
체이다.31) 장치에 의한 주체들의 종속화는 근대 사회의 모든 주체화 과
정 안에 내재되고 사회의 미시적 장치들에 의해 끊임없이 재주체화 된
다. 아내를 퇴원시키기 위해 병원으로 가려던 송범평은 현반수용소에서
마음대로 나왔다는 이유로 버스 정류장 앞에서 붉은 완장을 찬 이들에
게 발로 채이고 구타를 당한다.

> 여섯명의 붉은 완장들은 방금 깨어난 송범평을 둘러싼 채 두들겨 팼
> 고, 피범벅이 된 송범평을 대합실에 바깥 계단까지 끌고 다녔다. 목숨을
> 건 송범평의 저항은 계속됐지만 (중략) 끝이 뾰족한 몽둥이가 하나가 송범
> 평의 복부에 꽂혔고, 순간 송범평의 몸이 경련을 일으키기 시작하자 그
> 붉은 완장은 몽둥이를 뽑아냈고, 송범평의 몸은 즉시 축 늘어졌다. 배에
> 서는 피가 솟구쳐 나와 땅 위의 흙을 붉게 물들였지만 송범평은 꿈쩍도
> 하지 않았다. (형1, 200)

송범평은 죽어가는 순간까지도 "나…… 아직…… 안 탔어요……."라
고 힘겹게 말을 내뱉으며 반항하지 않고 용서를 구했다. 피를 쏟아내는
배를 막으면서도 계속 그만 때리라고 눈물을 흘리며 애걸했다. 자신이
도망치려는 것이 아님을 증명하려 해도 붉은 완장들은 날카롭게 부러

---

31) 아감벤은 이것을 탈주체화라 부르지만 (조르쥬 아감벤, 『장치란 무엇인가』, 앞의 책,
   p.43) 필자는 이것을 종속된 주체라 부를 것이다. 주체이면서도 종속되었다는 역설적 상
   황은 이들을 비(非)주체로 만든다. 그렇다면 종속된 주체에서 벗어나는 것이 탈주체이기
   에 본 논문에서는 탈주체를 '외부세계에서 분리된 내적이고도 독특한 자아 정체성을 지
   닌 합리적이고 안정적인 개인'으로 정의하고자 한다.

진 몽둥이로 그의 몸을 수십 번 쑤셨다. 이미 숨이 끊어진 그의 육체를
발로 차고 몽둥이로 두들겨 패고 밟아 짓이겼지만 말리는 사람은 아무
도 없었다. 이들은 시신을 옆에 두고도 식당에서 아침을 배불리 먹으며
개선장군 같은 자부심을 느꼈다. 이것은 사케르를 죽였기에 그 죽음에
대한 면죄부, 살해행위에 대한 사면을 받을 수 있다는 확신에서 나온
자부심이었다. 아버지의 죽음을 목격한 아들들에게 문혁의 종말과 개혁
개방시기의 시대 변화는 새로운 기회가 되었다. 이들은 각자 자신들만
의 방법으로 순종하는 신체에서 벗어나 스스로와 관계를 맺으며 새로
운 생명으로 살아가고자 했다. 종속된 주체가 아닌 새로운 주체로서 권
력관계를 통제하고 조절하는 것은 푸코가 말한 자기배려[32) 즉 자기로
부터 벗어나는 과정, 탈주체화의 과정이라 할 수 있다.

　고대 그리스·로마인들이 타인에 대한 존중과 배려, 스스로에 대한
품격과 자유의지 실천을 통해 자기배려를 실현했다는 점을 고려했을
때 고대의 방법 안에서 오늘날 자기배려의 방법을 모색할 수 있다. 송
강은 고대인들처럼 자기희생과 타인에 대한 배려를 선택했다. 임홍(훗날
아내)이 자신을 좋아한다는 것을 알고 본인도 좋아하지만 처음에 그녀를
이광두에게 보냈다. 그리고 그녀를 위해 돈과 양식표까지 이광두에게
양보한다. 이런 송광의 자기배려적 사랑은 결혼 후에도 지속된다. 사기

---

32) 자기배려는 푸코가 콜레주 드 프랑스에서의 강의 도중 처음 언급한 용어이다. 이후『성
　　의 역사3-자기배려』,『주체의 해석학』등에서 고대의 올바른 행동의 주체가 근대서구
　　에서 진실된 인식의 주체로 대체되었다고 이야기 한다. 주체적 행동의 첫걸음은 자기배
　　려에서부터 시작된다고 말하면서 그리스·로마시대의 '자기배려'에 대해 고민한다. 그
　　의 죽음으로 인해 연구가 중단되어 근대시대의 '자기배려'가 무엇인지 밝혀지지 않았다.
　　미셸 푸코, 심세광 옮김,『주체의 해석학』, 동문선, 2007.
　　____, 이혜숙·이영목 옮김,『성의 역사3-자기배려』, 나남출판, 1990.

꾼 주유의 거짓말을 알면서도 돈을 벌어 아내에게 갖다 주기 위해 유방 확대수술을 한다. 아내인 임홍과 이광두의 불륜을 알고도 이런 상황이 만들어진 책임을 자신의 탓으로 돌리며 결국 아내를 이광두에게 양보한다. 자살하기 전날 쓴 편지에서도 아내 임홍에 대한 사랑과 자살에 대한 용서를 구한다. 마지막 남은 삼만원까지도 아내를 위해 편지와 동봉하여 남기지만 이런 배려는 진정한 자기배려라 할 수 없다.

송광은 이복형제인 이광두와는 다르게 자본주의 경제체제 내로 들어올 수 없었다. 그는 가족이라는 공간 안에서 이광두에 대한 남다른 형제애를 가지고 있었다. 임종 전 이란이 송강에게 이광두를 부탁하자, 송범평을 많이 닮은 송강은 "엄마 걱정마세요, 죽을 때까지 광두를 보살필게요, (중략) 밥이 한 그릇 밖에 없으면 광두를 먹일게요, 옷 한 벌이 남으면 꼭 광두 입힐게요."(형1, 331-334)라고 약속할 정도로 동생 이광두를 생각하는 마음이 애틋했다. 그렇지만 그는 자본주의화 되어가는 중국 현실 안에서 적응하지 못했다. 사기꾼 주유의 꾐에 빠져 인공처녀막과 음경증강환을 팔던 그는 쭉빵표 유방크림을 파는 동안 주유의 보이지 않는 강압에 의해 유방확대술까지 하게 된다. 사람들은 낄낄거리기 시작했고, 밀고 당기면서 마치 무슨 외계인이라도 구경하는 것 같이 송강을 희한한 눈길로 바라보았다. 사람들은 송강의 유방을 분명히 보려고 앞으로 밀고 나갔고, 몇몇 근시안들은 코와 입을 너무 들이대 흡사 젖을 달라고 달려드는 것 같았다. 이에 송강은 귀까지 빨개졌고, 그때 키가 유난히 작은 한 여자가 손으로 송강의 유방을 주무르자 송강이 화를 내며 손을 뿌리쳤다.(형3, 190) 주유의 검은색 가죽가방에 돈이 채워질수록 송강의 몸과 마음은 폐허가 된다. 사기꾼 주유가 도망간 후 폐가

망가지고 수술로 인해 곱사등이가 된 송강의 고통은 바로 '급변하는 사회 안에서 적응하지 못하는 중국 인민들의 고통'이었다. 자본주의 사회의 흐름에 유입되지 못하고 경계 밖에서 주변인으로 살아가는 그의 모습은 개혁개방시대 중국을 상징하는 또 다른 모습이라고도 볼 수 있다. 남자이면서도 풍만한 가슴을 지닌 그는 남성의 정체성을 가졌음에도 사람들이 자신의 가슴을 만질 때마다 강간당한 여성처럼 수치스러워한다. 혼자 남은 아내 임홍을 위해 자신의 분노와 수치심을 감추고 기꺼이 가슴을 그들에게 내밀던 송강은 그로테스크한 육체에 의해 정신마저도 그로테스크한 공간에 갇혀버리게 된다. 중국이 개방화되면서 꽃을 팔고 석면공장에 일을 나갔던 송강은 지금껏 모든 결정을 스스로 하지 않고 주위 사람들의 뜻에 의해 결정하였다. 자의가 아닌 타의에 의해 결정된 삶을 살아온 송강은 자본주의 공간 안에서 철저하게 이용당하고 소외당하면서 결국 정신적 파멸상태의 위기를 맞는다. 아내 임홍과 이광두의 불륜은 송강의 육체적 상처뿐 아니라 정신적 상처를 더욱 깊게 만들었다. 임홍과의 결혼 외 모든 것을 이광두와 주위 사람들에게 양보하며 살던 그의 공간은 자본주의에 편입되지 못한 기형화된 공간이었다. 정신적으로나 육체적으로 모두 기형화되고 파편화되어 그로테스크한 공간에 갇혀버린 송강은 격변하는 현대사회에서 중국의 전통적 가치와 문혁이 추구해온 인민들의 가치를 이어가고자 했지만 실패하고 말았다.

　　송강은 류진을 벗어나 철로가 지나는 곳에 이르러 기찻길 옆 돌 위에 마스크를 벗고 앉아 행복하게 저녁 무렵의 신선한 공기를 들이마셨다.

(중략) 그는 자신이 빛을 본 것 같았다. 알록달록한 빛이 변화무쌍하게 하늘을 쉴 새 없이 드나드는 것을 보았던 것이다. (중략) 그는 마치 꽃밭 가운데 앉아 있는 기분이었다. 그때 멀리서 기적소리가 들려왔다. (중략) 다가오는 기차에 철로가 요동을 치기 시작했고, 그의 몸도 따라 요동쳤다. 그는 또다시 하늘빛이 그리웠다. (중략) 열차의 덜컹대는 소리가 그의 허리를 지나쳤을 때 임종의 눈길에 남은 마지막 정경은 고독한 한 마리 갈매기가 광활한 꽃밭을 날고 있는 모습이었다. (형3, 259)

살아 있으면서도 죽어가던 송강은 결국 기차에 자신의 몸을 맡긴다. 기차가 자신의 몸을 가르는 순간 갈매기가 울며 날아가는 것을 볼 때 그는 비로소 그로테스크한 공간을 탈출하고 자유로운 비상을 한다. 자본주의의 흐름에 영입해 자신들의 주체적 공간을 확보하는 다른 인물들과는 달리 자살을 통해 육체와 세계의 경계를 부숴버림으로써 자신의 가려진 가면 뒤 자아를 만난다. 그의 자살은 사실 그가 배분 메커니즘에 의해 구획된 경계 내로 진입하는데 실패했다는 것을 입증하는 것이기도 하다. 그동안 항상 주위의 환경에 의해 끌려 다니고, 자의적이기보다는 타의적 선택에 의해 모든 일을 결정했던 그는 자살을 선택함으로써 자신을 놓아버린다. 임홍과 이광두의 불행이 자신에게서 비롯되었다고 항상 자책하던 송강은 자살을 통해 이들에 대한 부채의식에서 벗어나고 이들의 행복을 빌어줄 수 있게 된다. 기차가 자신의 몸 위를 달릴 때 하늘을 나는 갈매기를 본 송강은 비로소 그로테스크한 공간에서 벗어나 자유롭게 비상한다. 기형화되고 파편화된 공간에서 스스로 벗어난 송강의 행위야 말로 자기배려의 행위일 것이다.

자본주의의 흐름에 편입하여 경계 안으로 들어온 이광두는 전국처녀미인대회를 통해 처녀성만을 강조하는 봉건시대의 남성 우월적 시각을 비웃는다. 그의 이런 확장된 사고는 몸과 세계의 교환을 추구하고, 내부와 외부, 나와 우리, 정체성과 타자성 사이의 경계를 허무는 탈경계적 사고이다. 폐품장사로 모은 부를 나름의 방법으로 타인들에게 베풀며 타인에 대한 배려를 실천한 이광두였지만 그가 진정한 의미의 자기배려를 하게 되는 시기는 송강의 죽음 이후부터이다. 국가폭력이 동반되었던 문혁시기를 거쳐 근대화 이후 인간의 물질적 욕망과 광기를 보았던 그는 송강의 죽음을 계기로 임홍과의 관계, 난잡한 성생활, 사치스러웠던 삶을 모두 정리하고 섹스와 돈에 대한 광기를 멈춘다. 그동안 자신과 관계 맺었던 것들을 과감히 끊어버리고 스스로 몸과 마음을 다스리는 것을 통해 자기배려를 행한다. 송강이 육중한 기차에 자신의 몸을 맡겨 그로테스크한 몸을 던져버리고 광활한 우주를 향해 날아가는 갈매기가 되었듯 그도 이제 형제의 유골함을 안고 광활한 우주여행을 꿈꾼다. 송강의 죽음 이후 세계 내 존재가치를 찾게 된 이광두 역시 자본주의 사회에 종속된 과거의 자신을 놓아버림으로써 자기배려를 이루고 탈주체가 된다.

　일민·일표 형제는 분단이데올로기라는 역사적 비극이 만든 이 시대의 호모 사케르이다. 월북한 아버지 때문에 일민은 명문대를 나와도 법관이 될 수도, 광부신분으로 서독에 가 공부할 수도, ROTC 학사장교나 해외 파견근무자로 지원할 수도 없었다. 이런 형을 보면서 인간존재에 대해 자문하던 일표는 참된 사회적·인간적 삶이 가능한 공간 안에서 자신의 존재 이유를 찾을 수 있다는 것을 깨닫는다. 사케르였던 이들은 진정한 생명 주체로 거듭나기 위해 순종적 주체로서 자신과의 연결 관계를 끊어버린다. 먼저 자본주의 사회 안에서 연좌제라는 족쇄를 깨뜨리기 위해 돈(자본)과 학연을 역이용한다. 자본이나 학연 등은 근대 생명정치를 조정하고 통제하는 미시권력이다. 사람들은 자본의 유무에 따라 경계 안에서 생명정치를 행하는 주권자가 되거나 경계 안의 인간으로 인정받을 수도 있고 이와 반대로 인간임에도 버려지는 생명처럼 다루어질 수 있다. 또한 사람들이 학연을 통해 사회를 움직이고 자신들만의 카르텔을 공고히 한다는 점에서 자본이나 학연은 하나의 미시권력이다.

사회에서 배타당하던 일민은 주류회사, 플라스틱 관계 사업에 뛰어들어 돈을 모으고 한 가정의 아버지이자 경영인, 서울시민증을 가진 대한민국 시민으로 사회에 자리 잡는다. 두터웠던 경계의 카르텔을 스스로의 힘으로 깨트린 것이다. 일표는 신원조회에 항상 걸리는 형을 보면서 연좌제가 존재하는 한 한국사회에서 어떠한 사회적 위치를 차지하는 것이 어렵다는 것을 일찍이 깨닫고 넝마주이 아이들과 함께 하는 재건대 사업에 뛰어든다. 어릴 적 꿈이 정치인이었지만 현실적 장벽 앞에서 포기하는 대신 넝마주이 재건대 아이들의 정신교육과 기초학습을 담당하여 자신과 같이 경계 바깥에 있던 아이들에게 주체적 사고를 심어준다. 여기서 주체적 사고란 '순종적 주체에서 벗어나도록 스스로 사고하는 것'을 의미한다고 볼 때 오히려 탈주체적 사고라 명명하는 것이 용어사용에 혼동이 없을 것이다. 지식이 권력에 미치는 영향은 지대하다. 한 시대의 정치적 패러다임과 통치성의 원리를 만들고 이를 꿰뚫어 볼 수 있게 한다는 점에서 호모 사케르들이 지식권력을 갖는다는 것은 상당히 중요하고도 의미 있는 일이다. 일표는 교육을 통해 호모 사케르로 자라나고 있는 이들이 지식권력을 획득할 수 있도록 할뿐만 아니라 형과 함께 이미 생명정치를 이루는 하나의 장치인 자본과 학연 등을 역으로 이용하여 연좌제나 빨갱이라는 이름의 억압, 외부의 시선을 끊어버린다. 1980년 5월 광주에서 사건이 일어나고 차량통제가 풀리면서 이들은 다시 광주로 향한다.33) 지금까지 이들은 연좌제나 빨갱이라는 이름의 보이지 않는 장치에 의해 통제되고 탄압받았다. 빨갱이, 월북자의 아들이라는 낙인을 지우기 위해 사회의 불의에 눈을 감고, 귀를 닫고 살았다. 그러던 이들이 광주로 향한다는 것은 과거의 구속에서 벗어나 국가의 폭력을 직시하고 탈 주체로서 사고하고 행동하게 되었다는 것을 의미한다.

송강, 이광두, 유일민, 유일표 등 이들 형제들은 단순히 국가나 제도로부터 자신들을 해방시킨 것이 아니다. 과거 자신을 옭아매던 것들을 끊어버리고 구속에서 스스로 벗어나 국가와 국가에 결부되어 있는 개별화 방식으로부터 자신들을 스스로 해방시킨 것이다. 이들은 신자유주의적 통치 혹은 그 결과로서 시장의 명령에 의거하는 자기통제의 양식을 거부하고 순종적 주체에서 벗어나고자 노력했다. 과거 자신과의 단절을 통해 예속화된 자기통제양식을 버리고 새로운 자기통제양식을 발명하였다는 점에서 이것이야말로 근대 생명정치시대에 탈 주체로서 살아갈 수 있는 자기배려이다. 이제 호모 사케르들은 잠재성34)을 가진 주체로서 법의 주변부에 있던 자신들의 벌거벗은 공간과 정치공간의 경

---

33) 『한강』은 이들이 광주로 향하는 것으로 마무리되고 독자들은 이들의 행동을 유추하거나 상상 할 수 있다.

34) 잠재성은 스스로를 주권적으로 정초하는 방식이다. 무엇이지 않을 고유한 잠재성 외에 그 무엇도 존재에 선행하거나 규정할 수 없는 방식이다. 조르쥬 아감벤, 『호모 사케르』, 앞의 책, p.114.

계를 무너뜨린다. 과거 벌거벗은 생명이었던 이들은 현재 자기와의 관
계를 단절하여 과거의 기억을 끊고 하나의 탈주체로서 헤테로토피아[35]
즉 절대적 타자의 공간을 끊임없이 생산한다. 이런 과정이 반복되고 변
증적으로 생성될수록 탈주체들이 있는 공간은 헤테로토피아로서 공간
의 특수성을 가지게 된다. 이 안에서 호모 사케르들은 자신들이 위치한
공간의 특성을 타자성이 아닌 주체성으로 새롭게 인지하게 되는 것이
다. 여기는 이제 고착화되어가고 있는 생명정치의 정태성과 폐쇄성을
넘어 어떤 중심에도 특권을 부여하지 않는 탈중심의 공간, 탈주체들에
게 새로운 활력을 불어넣어 줄 민주적 정치공간이 될 수 있다. 이런 점
에서 이 공간의 특성은 주체성이라 명명할 수 있을 것이다.

5. 탈주체들의 자기배려와 탈중심의 공간

빨갱이, 현반이라는 이름으로 불렸던 호모 사케르들은 사회의 일원으
로 포함되어 있으면서도 배제된 자들이었다. 이렇게 예외상태에 놓였던
인물들은 각자 자기들 나름의 방식으로 고착화를 끊어버리고 생명장치
에 구속된 주체가 아닌 탈주체로 거듭났다. 항상 타인이 원하는 것만을
선택하면서 그것이 타인에 대한 배려라고만 생각했던 자는 처음으로

---

35) 헤테로토피아는 근본적으로 혼란스러운 공간이다. 서로 상호관계를 가지고 반향하며,
   끝없이 다르게 조합하고 기능하고 서로 충돌하며 혼란스러운 시공간의 단위를 만들어
   내는 공간이다. 그러나 이 공간은 인간이 전통적 시간과 일종의 절대적 단절점에 도달
   할 때 최대한의 능력을 만들어내기 시작한다.
   미셸 푸코, 이광래 역, 『말과 사물 : 인문과학의 고고학』, 민음사, 1987, p.26 참고할 것.

'자살'이라는 주체적인 자기선택을 통해 그로테스크한 정신과 육체에서 벗어났다. 개혁개방 후 부를 획득하고 일부를 타인에게 베풀며 그들에 대한 배려를 행한다고 생각했던 자는 형제의 죽음 이후 스스로에 대한 반성과 자각을 통해 난잡했던 과거의 자신을 끊어내고 진정한 자기 배려가 무엇인지 탐색하게 되었다. 또 다른 자는 교육을 통해 다른 벌거 벗은 생명들에게 지식이라는 권력을 얻을 수 있도록 하며 자본과 학연 이라는 미시권력장치들을 역이용하여 과거와 자신을 단절하였다. 광주 에서 일어난 국가폭력을 직시하고 또 다른 호모 사케르들이 발생하는 것을 막기 위해 광주로 내려가는 탈주체적 행동을 보였다. 자기배려가 자기를 배려하는 것이자 동시에 자기로부터 벗어나는 것이라 할 때 이 들이 자기배려를 통해 본인들도 탈주체가 되었지만 이 사회에 탈주체 가 될 수 있는 기반을 마련한 것이었다. 자기배려를 통해 하나의 탈주 체가 된 이들은 변증적 과정의 반복을 통해 헤테로토피아 즉 절대적 타 자의 공간을 생성하고 이 안에서 자신들이 위치한 공간의 특성을 타자 성이 아닌 주체성으로 새롭게 인지하였다. 이러한 인지공간은 고착화되 어가고 있는 생명정치의 정태성과 폐쇄성을 넘어 어떤 중심에도 특권 을 부여하지 않는 탈중심의 공간, 탈주체들에게 새로운 활력을 불어넣 어 줄 민주적 정치공간이 될 수 있었다. 이런 점에서 이 공간의 특성은 주체성이라 말할 수 있다.

『허수아비춤』에 나타난 근대권력과 주체성

Ⅲ. 『허수아비춤』에 나타난 근대권력과 주체성

1. 경제민주화에 대한 시대적 요구

정치민주화에서 경제민주화로 화두가 달라지고 있는 지금 조정래의 『허수아비춤』은 한국사회의 경제현실에 닥친 문제가 무엇인지에 대해 독자들에게 질문을 던지고 있다. 알려진 바와 같이 지금까지 조정래의 소설들은 한국현대사를 관통하는 주제들을 가진 대하장편소설이었다.[1] 『허수아비춤』[2]은 조정래의 3대 대하소설 중 마지막으로 출간된 『한강』[3]

---

* Ⅲ장은 『한중인문학연구』 41집에 게재된 것을 수정 보완한 것이다.

1) 조정래의 대하소설 『아리랑』(해냄, 1994) 『태백산맥』(한길사, 1989), 『한강』(해냄, 2002) 은 1890년 한말부터 1980년 광주민주화운동까지 근 100년에 가까운 한국 현대사를 배경으로 한다. 총 서른 두 권의 텍스트들은 제국주의 침략과 식민지배, 남북이데올로기 대립과 한국전쟁, 대한민국정부의 탄생과 산업화, 경제개발, 민주화 운동 안에서 민중들의 이야기를 그린다. 위의 텍스트들은 한국의 역사적·정치적·사회적인 문제 안에 잠재되어 있는 지주와 소작인, 경영자와 노동자라는 계층 간의 대립과 갈등을 정치하게 드러내고 있다.

2) 조정래, 「허수아비춤」, 문학의문학, 2010.

3) 『한강』은 1960년 이승만 자유당 정권 시절의 독재, 4·19 학생운동, 대통령 하야, 군부독재, 1980년 5·18 광주민주화운동이라는 굵직한 사건들을 다루면서 동시에 한국경제의 비약적 발전과 그 이면에 드리워진 노동자의 인권문제, 전태일 사건 등을 이야기한다. 1960년대의 대한민국이 전쟁의 상처를 치유하고 경제발전을 통해 나라를 재건하는 데 목적이 있었던 만큼 이 시기를 배경으로 하는 서사 역시 친일·식민·민족 이데올로기 등

이후의 이야기를 한다. 전근대적 공간에서 근대적 공간으로 변화하게
된 한국은 노동자들의 목숨을 담보로 빠른 성장을 이루게 되었다. 이렇
게 변화된 한국의 국가이성이 무엇인지, 이 사회의 통치성이 무엇이며
이에 따라 국가의 권력이 어떻게 달라지는지 독자들은 텍스트를 읽어
나가면서 호기심을 가질 수 있다. 텍스트에서는 윤성훈, 박재우, 강기준
그리고 이들을 지배하는 일광그룹의 남회장 등 작중 인물들을 통해 기
업인들의 불법 승계, 비자금 조성, 정경유착 등 현 사회의 불합리한 모
습을 그리고 있다. 한국사회의 경제적 문제에 관해 날카로운 시각을 가
지고 독자들에게 화두를 던진다는 점에서 의미 있는 텍스트라 생각할
수 있다.

근대 이후 한국의 경제문제를 다룬 소설들이 주로 하층 노동자들을
중심으로 한 노동문학이었다면4)『허수아비춤』은 이와는 반대로 상류사
회를 날카로운 시각으로 묘사한다. 뉴스에서 보도로만 확인할 수 있었
던 재벌들의 비자금 문제, 주가조작, 불법승계에 관한 법조계의 판결,
재벌들의 경제 범죄에 관한 사법적 특혜 등이 텍스트를 구성하는 주요
시퀀스가 된다. 현 경제사회의 문제점들이 텍스트를 통해 재구성되면서
자본주의 한국 사회에서 '기업옹호론'과 '재벌보호론'(허, 65)이 얼마나
무서운 종교적 힘을 갖는지를 보여준다.

인물들은 '돈은 귀신도 부린다. 하물며 그깟 사람쯤이야.'(허, 68), "우

과 같은 문제에서 좀 더 자유롭다. 그런 의미에서『한강』은『허수아비춤』을 쓰기 위한
작가의 전초작이지 않나 싶기도 하다.
4) 대표적인 예로 조세희의『난장이가 쏘아올린 작은 공』(문학과지성, 1976)과 노동 현장의
열악한 환경과 노동조건, 불평등한 처우, 분배의 문제 등을 다룬 1980년대 노동소설이
여기에 해당되지 않을까 싶다.

리 속담에는 돈에 대한 게 꽤나 많은데, 돈만 있으면 처녀 불알도 산다, 는 어떻습니까?" "예, 돈만 있으면 의붓자식도 효도한다는 것도 있습니다."(허, 70)와 같은 천박한 입담과 속담을 이야기한다. 이런 인물들의 대화는 독자들에게 '과연 우리사회를 지배하고 있는 권력은 무엇인지, 우리는 어떠한 것에 의해 조정되고 있는지' 궁금증을 갖게 만든다. 텍스트의 이런 성격들을 고려해 볼 때 이 글은 『허수아비춤』을 통해 '한국 경제사회의 통치성은 무엇일까, 달라진 권력구조 안에서 주체는 누구이며 그 주체성은 무엇인지 밝혀볼 수 있지 않을까'라는 궁금증에서부터 출발하였다고 볼 수 있다. 철학적 성찰공간에서 문학과 예술을 접목하여 나름의 사유체계를 형성했던 푸코는 기존의 맑스주의 권력이론과는 상이한 권력이론을 정립하고 있다. 이를 볼 때 근대사회의 권력 작동방식에 주목했던 푸코의 이론은 『허수아비춤』을 분석하는데 타당한 근거가 된다고 할 수 있다. 그러면 이번 장에서는 푸코의 담론을 바탕으로 남회장으로 대변되는 근대 자본주의 사회의 권력계층인 인물군들과 이들의 권력에 맞서는 또 다른 인물군들의 행위 대비를 통해 근대 미시권력의 자장과 기제에 관해 알아보자. 이를 통해 한국사회에서 국가이성이 근대적 권력에 의해 어떻게 변화하며 달라지는지, 근대권력의 통치성은 무엇인지 살펴볼 수 있다.

2. 근대사회의 통치술과 미시권력의 자장

오늘날 근대사회에서 가시적 권력으로서 힘을 행사하는 감옥, 정신병

원, 학교 등과 비가시적이지만 근대 이후 강력한 강제성을 가지는 규율
과 법규는 분명한 권력장치이며 파놉티콘5)이다. 그렇다면 이 지점에서
'문학이 담론적 질서에 저항하는 언어적 힘을 가진다면 문학 역시 하나
의 장치로 인정할 수 있지 있을까' 궁금해진다. 문학텍스트 안에는 지
배적이고 규범화된 담론적 질서가 존재하기 마련이다. 만약 이에 대한
저항을 시도하는 언어적 힘이 존재한다면, 그리고 우리가 이를 확인할
수 있다면 우리는 문학을 통해 규범적 담론으로부터 언어를 해방시킬
수도 있을 것이다. 담론, 제도, 건축물에 대한 정비, 법, 법규에 대한 결
정, 행정상의 조치, 과학적 언표, 철학적 혹은 도덕적, 명제까지도 장치
가 될 수 있다면6) 문학도 하나의 장치로 인정할 수 있다. 이러한 푸코
의 이론에서 발전한 아감벤도 장치의 개념을 일반화하여 '생명체들의
몸짓, 행동, 의견, 담론을 포획, 지도, 규정, 차단, 주조, 제어, 보장하는
능력을 지닌 모든 것'을 장치라고 부른다.7) 독자들의 상상 속에 존재하
던 재벌 사회의 이면을 그리고 있는 『허수아비춤』은 우리가 깨닫지 못
하는 이런 장치들을 여실하게 보여주고 있다는 점에서 하나의 의미를
갖는다.

　　동서양을 막론하고 중세 때 왕이 신체적 형벌을 통해 자신의 권력을
드러냈다면8) 근대에 들어와서 국가권력은 학교, 병원, 감옥, 제도, 규율

---

5) 미셸 푸코, 오생근 역, 『감시와 처벌』, 나남, 1994, p.295.
6) 푸코는 장치를 담론, 제도, 건축상의 정비, 법규에 대한 결정, 법, 행정상의 조치, 과학적
　　언표, 철학적·도덕적·박애적 명제를 포함하는 확연히 이질적인 집합이라고 규정한다.
　　미셸 푸코, 홍성민 옮김, 『권력과 지식 : 미셸 푸코와의 대담』, 나남, 1991, p.32.
7) 조르쥬 아감벤, 양창렬 옮김, 『장치란 무엇인가? 장치학을 위한 서론』 난장, 2010, p.33.
8) 중세 때 왕의 권력은 곧 국가권력이라 할 수 있다. 중세 때의 국가와 근대 이후 국가의
　　의미는 다르다. 이에 관해서 미셸 푸코, 오트르망 옮김, 심세광 역 『안전·영토·인구』,
　　난장, 2011 참고할 것.

등 가시적·비가시적 파놉티콘을 통해 사람들을 통제하고 스스로의 힘을 드러냈다. 자본주의의 발달로 고전적 자본주의 사회가 신자유주의적 자본주의 사회로 변모하면서 우리는 과거와는 달라진 권력의 지배 작용 방법과 범위를 알고 싶어 하게 되었다.

1970년대 군부독재 시절에 국가의 권력은 가시적이고 직접적이었다. 교수들의 강의, 대학생들의 대화, 일반 시민들의 모든 생활은 감시의 대상이 되었고 일제 군대식 교육 잔재가 남아 있는 학교뿐 아니라 광장, 공원, 빨래터, 이발소 등 사람들이 모이는 어느 곳이든 파놉티콘이 되었다. 민주화의 바람이 불고 1980년 광주민주화 운동이 일어난 지 38년이 흐른 지금, 예전에 비해 일상생활에서 우리를 감시하는 이러한 가시적 국가권력을 찾아보기 힘들지만 우리를 통제하는 국가권력은 여전히 존재한다. 그러므로 가시적인 규율과 통제의 메커니즘으로만 권력을 이해할 것이 아니라 장치 바깥에서 혹은 장치에 직접적인 영향력을 받지 않고 개인들을 통제하는 비가시적인 권력에 대해 생각해보아야 한다.

그렇다면 국가이성이란 무엇일까.9) 첫째, 국가의 본질로서 사람들을 복종케 하는 실천적·인식적 측면의 기술이다. 둘째, 국가를 온전하게 유지시키고, 국가의 평화와 평온을 획득하기 위해 필요한 수단을 알 수 있게 해주는 규칙이나 기술을 말한다. 이러한 점에서 푸코는 '국가이성

---

9) 이성이란 한 사물의 본질 전체로서 다양한 요소들을 구성·연결·재결합하는데 필요한 관계이다. 사물의 관계와 상태를 인식할 수 있게 해주는 영혼의 일정능력이면서 인식의 수단으로서 의지를 통해 자신이 인식하는 바를 따르게 만들기도 한다는 속성을 가지고 있다. 그런 점에서 이성은 사물 자체의 본질이자 사물의 이치에 대한 인식이며 그 자체에 따르도록 해주는 어떤 종류의 힘이라 할 수 있다. 다음으로 국가란 영역, 영토이며 사법의 공간이다. 우리는 국가 안에서 법·규칙·관습·지위에 의해 신분을 규정하고 사법권의 제도영역 안에서 개인의 안전을 도모한다. 위의 책, p.348.

의 목적은 국가자체이며 국가는 국가이성에 의해 통치되고 유지되어야
만 지속될 수 있다'고 말한다.10) 이러한 국가이성과 그에 따른 통치술
은 시대에 따라 다르게 나타났다. 사실 통치의 개념은 모호하다. 일관성
이 없고 애매모호한 영역이기에 인위적이고 문제적이기까지 하다. 그러
나 푸코는 통치의 개념을 16세기 이전과 이후로 구분하여 정의한다.

16세기 이전까지 '통치'란 왕, 지주, 영주 등이 자신들의 명령을 통해
백성들에게 농·축산물을 거둬들이거나 거주지를 이동하게하고 부역의
의무를 지우는 것이었다. 대신 물질적 생필품을 조달하거나 치료를 통
해 구제함으로써 백성들이 지역 내에서 살아갈 수 있도록 하는 것까지
도 통치의 의미에 포함되었다. 이 시기 통치는 통치자와 백성이라는 관
계 안에서 개인들끼리의 교류와 교환, 순환과정이며 타인의 신체, 행동
방식 등을 통제하는 것을 의미했다. 이를 볼 때 이 시기 통치의 대상은
바로 인간이었다.11)

반면 푸코는 16세기 이후 통치술이 국가 경제의 확장을 위해 경쟁 속
에서 힘의 관계를 조작·유지·배분·재건하는 일이라 보았다. 통치술
은 주권의 기능과 속성을 이해하고 그 권리를 행사하는 것이기에 상대
적인 힘의 장 안에서 전개되는 '근대의 거대한 경계선'이라고 말할 수
있다.12) 조선의 왕들은 백성들에 대한 부양의 책무를 가지고 있었고 왕
도라는 명목으로 백성들을 이끌기 위해 식량구제와 같은 자비와 배려
를 베풀었다. 때에 따라서는 신체훼손·절단과 같은 처벌을 적절히 사

---

10) 위의 책, pp.349-354 참고할 것.
11) 위의 책, p.178 참고할 것.
12) 위의 책, p.421 참고할 것.

용하여 사목권력13)의 통치 테크놀로지를 펼쳤다. 그런데 조선 후기 무렵 상공업이 발달하고 시장경제가 점차 일어나면서 사목권력은 개인화하는 권력으로 변화하였다. 즉 권력이 백성들을 통제하고 조정하기 위한 권력자들의 매개수단으로 변질된 것이다.

봉건시대에 사목권력으로서 나타나던 국가이성은 근대14)로 접어들면서 달라진다. 일제는 식민통제를 원활하게 하기 위해 감옥, 학교, 정신병원, 징병제와 같은 파놉티콘을 확산하였고 호적정리와 창씨개명 등을 통해 식민지 조선을 통제적 합리화의 시선 아래 두게 되었다.15) 해방 이후 대한민국 정부가 수립되고 제주 4·3 항쟁, 여순사건, 한국전쟁, 4·19, 5·16, 5·18 등 정치적·사회적 격변기를 거치면서 한국의 국가이성은 '폴리스'16)라는 국가권력을 보여준다. '군부독재정치에 대

---

13) 사목권력은 예수가 이스라엘인들을 이끌었던 사목에서 나온 것으로 사목권력의 핵심목표는 무리의 구제이다. 이에 관한 자세한 이론은 미셸 푸코, 『안전·영토·인구』, 앞의 책, pp.178-264 참고할 것.

14) 여전히 한국문학사에서 근대의 개념과 시기는 모호하다. 근대의 시작을 크게 1. 근대의 자연적 발화시기로 영·정조 시기, 2. 동학농민운동 이후, 3. 갑오경장 이후, 4. 한일합방 이후 등으로 나눌 수 있으며 이외의 다양한 분류방법들이 존재한다. 이에 대한 학자들의 견해가 각각 다르므로 근대의 시작을 특정시기로 잡을 수 없다. 그러나 분명한 것은 일제 침략 후 강점기시기에 이르러서야 가시적인 근대화의 모습이 조선에 나타나기 시작했다는 것이다. 조선의 근대화시기에 관한 이론으로는 권영민, 『한국현대문학사 Ⅰ·Ⅱ』, 민음사, 2002. 김재용 외, 『한국근대민족문학사』, 한길사, 1993. 김윤식 외 34인, 『한국현대문학사』, 현대문학, 1989. 윤병로, 『한국 근·현대 문학사』, 명문당, 1991 등을 참고할 것.

15) 우리나라에서는 푸코가 주장하는 17세기의 근대적 통치성을 일제강점기에 와서야 찾아볼 수 있다. 일제가 조선을 침략하고 통치했던 이 시기를 조선의 국가이성이라고 단정하기에는 모호성이 따른다. 반면 이 시기가 19세기 오리엔탈리즘과 제국주의의 폭력적 시선을 가진 일제의 통치성인 것은 분명하다. 그러므로 해방 이후부터 군부독재 시절의 파놉티콘과 같은 통제적 합리화의 시선들이 지금까지 한국의 국가이성이었다고도 할 수 있다.

16) 폴리스와 폴리티크에 관한 논의는 전영의, 「조정래의 『태백산맥』에 나타난 문학의 정치성 연구」, 『한국문학이론과비평』, 제57집(16권4호), 2012 참고할 것.

한 저항', '민주화를 쟁취하기 위한 투쟁' 등을 통해 민중들이 역사적 변화의 가능성을 깨닫기 시작했다는 점에서 이 시기는 근대적 권력이 이미 작동하고 있음을 추측할 수 있다.

푸코는 가해자의 관점에서 근대사회의 갈등과 투쟁을 바라본다. 권력 관계를 '지배계층이 피지배계층에게 갖는 일방적 폭력관계'로 단순화하여 보지 않고 '길항의 관계에 놓여있는 지배계층과 피지배계층의 복합적인 힘의 관계'로 여긴다.17) 그가 말하는 '미시권력, 규율권력, 생권력' 은 개인들의 관념이나 이해관계보다 신체, 일상적 형태, 정체성, 활동, 사소하고 일반적인 몸짓 등을 중요한 대상작용으로 삼아 이를 통제하고 조정하는 권력기제(power mechanism)라 할 수 있다. 이러한 새로운 형태의 권력은 특정한 감시와 정상화의 기술, 절차들을 통해 행사된다. 법과 권리의 주권적 영역을 잠식하면서 국가와 국가장치의 불연속적이고 특권적 지점들에 초점을 맞추고 끊임없이 구석구석까지 사회 전체를 순환한다고 할 수 있다.18)

『허수아비춤』에서는 국가기관 혹은 공권력이 갖는 가시적 폭력성이 아닌 자본주의 권력계층이 갖는 비가시적 미시권력을 보여준다. 일광그룹의 실질적 책임자라 할 수 있는 윤성훈과 일광그룹에 스카우트되어 들어온 박재우, 그리고 그의 엘리트 후배인 강기준이 주축이 되어 재벌사회가 갖는 비도덕성, 속물적 근성 등을 여실하게 드러낸다. 텍스트는 이들을 통해 현대 한국사회 재벌들의 한 단면을 보여주면서 한국사회

---

17) 이구표, 「미셸 푸코-근대적 권력에 관한 극한적 상상력」, 『이론』, 진보평론, 1996, p.115 참고할 것.
18) 위의 논문 p.103 참고할 것.

를 통치하는 미시권력을 그려나간다.

> 회장님……, 사원들에게 그 존재는 어떠했던가, 살아있는 임금, 아니
> 그보다 훨씬 더 높은 살아있는 황제가 바로 회장님 아니었던가. (중략)
> 대통령은 우리 모두가 마음먹은 대로 갈아 치우고, 가려 뽑고 하는 것이
> 지만 황제란 투표를 무시하고 백성의 머리 위로 뚝 떨어진 하늘의 아들
> 이라서 그런가……. 어쨌거나 회장님은 엄연히 살아 계시는 우리 일광그
> 룹의 황제이셨다. (중략) 일광그룹 회장님도 손가락질 한 번씩으로 생계
> 수단을 몰수하고 박탈해 버리는 절대권을 언제든지 휘둘러댈 수 있었다.
> (허, 18-19)

일광그룹 남회장은 여전히 70년대 군부독재적 사고를 가지고 있는
인물이다. 그는 '대학생 놈들이 군부독재를 밀어내고, 위장취업을 하고
노동자들을 선동해서 그 꼴도 보기 싫은 노동조합을 만들었'(허, 98)다고
여긴다. 1980년대 민주화 운동이 한창인 시절, 대학생들이 '그 유식한
대가리로 무식한 노동자들 대가리를 그렇게 새빨갛게 물들여 놓았기'
(허, 99)에 자신의 회사가 태봉그룹을 앞지르지 못했다고 믿고 대학교
수·대학생 등 소위 지식인들을 혐오한다. 이러한 사고를 가진 남회장
은 일광그룹의 왕으로서 직원들의 건강, 경제여건, 집안대소사, 자식교
육 문제까지 조절하고 '일광'이라는 국가를 통치한다. 남회장이 보여주
는 회사 내 권력은 결국 직원들의 생명을 관리하고 저항을 무력화 시키
는 미시권력이다. 그는 '고함이나 호통치기, 자신의 의중을 알아맞히기,
무안 주기'와 같은 놀이를 하며 권위적이고 위압적 태도로 상대를 제압
한다. 손가락질 한 번으로 생존권을 박탈해버리는 독재자적 면모뿐 아
니라 문화개척센터의 윤성훈, 박재우, 강기준 등을 통해 보이지 않는 곳

곳에서 미시권력을 보여준다. 자신의 필요유무에 따라 사람들의 '생명에 대한 안전', '위치에 대한 안정'을 위협하거나 보호한다. 세무공무원인 문주사를 자신들의 편으로 만들기 위해 천만원이라는 이사비용을 주면서 아이들 유학에 필요한 추천서를 써준다고 말한다.(허, 160-165) 미국에 아내와 아이들이 있는 최기자에게 일광그룹 회장에 대한 긍정적 기사를 내주는 것을 요구하고 그 대가로 미국특파원으로 보내주면서 비행기 좌석까지 마련해준다.(허, 340-342) 가난한 노조간부에게 2억이라는 돈을 미끼로 거짓증언을 요구하고, 거부했을 경우 그와 노모의 목숨까지 위협한다.(허, 358-363) 이처럼 텍스트 곳곳에서는 미시권력 기제 (mechanism)들이 작동하는 예가 나타나고 있다. 사람들에게 결핍된 무엇인가를 채워주는 대신에 그들의 행동을 통제하고 사고를 제어하는 이들의 행위는 결국 근대 사회인들에게 가해지는 미시권력이자 생명관리 권력(bio-power)[19])이 작용하고 있음을 보여주는 증거이다.

3. 성 장치를 통한 미시권력의 순환

푸코는 근대의 이론적 지식체계들이 이루어지는 역사적 조건 안에서 근대적 담론의 존재 및 변모의 조건에 대해 관심을 가졌다. 주체와 객체를 가르는 것이 아니라 객체가 가지고 있는 의식, 주체성, 지식, 담론,

---

19) 푸코가 말한 bio-power는 번역자가 생명관리권력, 생체권력, 신체권력 등 다양한 용어를 사용하여 번역하고 있다. 물론 세 의미가 유사하지만은 용어의 통일을 위해 본 Ⅲ장에서는 bio-power를 '생명관리권력'이라는 용어로만 사용할 것이다.

대상 영역 등이 어떠한 역사적 과정을 통해 구성되었는가 살피고 이분
법적인 구조주의적 사고를 넘어서고자 했다.[20] 이를 위해 그는 신체에
초점을 맞춘다. 그에게 신체란 '사건들의 각인된 표면이자 분열된 자아
의 소재지'이며 '숱한 정치 권력체들의 표적'이다. 그는 신체를 통해 주
체가 어떻게 역사적으로 구성해나가는가 밝힐 수 있다고 규정한다.[21]
다시 말하면 신체는 우리를 주체화하거나 객체화할 수 있는 하나의 권
력 작용의 지점인 것이다. 근대의 시작을 봉건시기에 나타났던 사목권
력이 변화하던 지점이라고 보았을 때 우리는 그동안 은폐되어 왔던 근
대권력을 찾아볼 수 있다. 개인들의 일상적 행동, 활동, 정체성, 몸짓 등
에 주의를 기울이는 미시권력은 거시적이고 강제적인 억압 장치에 의
하지 않고 지속적이며 주도면밀한 방법을 통해 사회 곳곳을 순환하며
작동한다.

　"당신 괜히 불평하고 투정부리지 말고 총본부장이 말하는 대로 눈치껏
잘해야 돼요. 그 사람한테 밉보이는 건 회장님한테 밉보이는 거나 똑같
잖아요, 일요일이 무슨 상관이 있어요. 빨리 나가요, 빨리."
　아내의 생존본능은 정글 속에 뒤얽혀 사는 야생 동물들의 생존본능보
다 더 민감하고 예리했다. (중략) 마치 회장을 대면하고 있는 것처럼 언
제나 깍듯하게 '회장님'이었다. (중략) 아내의 충성심이야말로 순도
100%의 충성심이 아니고 무엇이랴 (허, 155)

강기준의 아내는 남편이 일요일까지 회사에 나가는 것에 대해 아무
런 거부감이 없을뿐더러 오히려 회장에게 더 충성할 것을 강요한다. 회

---

20) 미셸 푸코, 이정우 옮김, 『지식의 고고학』, 민음사, 2000 참고할 것.
21) 미셸 푸코, 이규현 옮김, 『성의 역사1-앎의 의지』, 나남, 1990 참고할 것.

장을 향한 아내의 황홀경은 노예의 그 무엇이었다.(허, 155) 더 넓은 집과 좋은 차, 명품백과 구두, 장신구들에 익숙해져가는 그녀는 이미 회장의 미시권력에 길들여진 노예와 같았다. 강기준과 아내의 물질적 욕망은 그들이 재화를 더 가질수록 비례하여 커져만 갔고 그들의 신체를 끊임 없이 길들이고 조정하였다.

오늘날의 근대사회는 개인들의 의식이나 의지, 사회구성원들의 공유 의식과는 별개로 작용하는 통합적인 권력체이다. 관념론적인 정치 이데 올로기뿐만 아니라 사회적·물질적 실천으로부터 새로운 형태의 근대 권력을 생성한다. 이 안에서 현대인들은 가시적인 법, 규율뿐만 아니라 비가시적인 물질에 대한 욕망에 길들여지고, 이들의 신체는 욕망에 종 속되어 통제된다. 생명관리권력(bio-power)이 작동한 결과로서 성적 욕망 이 인지될 때 그것은 실제적이다. 우리는 지나간 역사에서 이루어놓은 형성물 역시 이런 욕망의 결과라 말할 수 있다. 성적 욕망이 각각의 개 인에게서 비롯되는 것임에도 불구하고 자본주의 현대사회는 권력을 지 탱하기 위해 우리의 성적 욕망을 제어하고 관리한다. 뿐만 아니라 권력, 지식 등과 연계하여 새로운 성담론과 성의 관계적 그물망을 만드는 적 극적인 성관리를 하고 있다. 오늘날 현대인들의 의식과 주체성을 결정 하거나 조건 짓는 이러한 생명관리권력(bio-power)은 성(sexualité)22)장치 안 에서 다양한 형태로 나타나 작동한다. 성(sexualité)장치란 다른 사람의 쾌 락을 제어 또는 포기하게 하거나 육체적 욕망의 가치를 평가하락 시키

---

22) 여기서 성이란 sexe가 아닌 sexualité를 말하며 실제행위로서의 성이 아니라 다양한 언설 적 행위의 주제로서 성인 것이다. 혼돈을 피하기 위해 성(sexualité)로 사용하기로 한다. 위의 책, pp.25-26.

는 것이 아니다. 오히려 육체를 강하게 만들고 건강과 그 작용조건을 문제로 의식하게 만드는 하나의 경향이다. 생명을 최대화하기 위한 새로운 기법들로서 '지배계급'의 육체, 활기, 수명, 자손, 가계의 문제이다.[23]

> 네 이놈, 네놈이 한 일이 뭐가 있다고 그따위 짓을 하려고 해!, 아버지가 생전의 모습 그대로 호통을 치고 있었다. (중략) 아들이 자기보다 잘되게 하려면 아버지는 아들의 원수를 사야한다. (중략) 생전에 한 번도 아들인 자신을 인정하지 않았다. 아니, 바로 병신취급이었다. (중략) 돈의 힘이란 어머니마저 짓눌러 버릴 만큼 무서웠다. (중략) 돈의 힘 앞에서 어머니는 자신만 역성들지 못하게 된 것이 아니었다. 아버지가 갈수록 심하게 바람을 피워도 전처럼 바가지를 긁지 못했다. 돈의 위력 앞에서 어머니는 아내의 당연한 권리마저 잃어 갔던 것이다. (중략) 친정 식구들의 목숨 줄을 위해서 어머니는 옛 중전처럼 투기를 포기해야 했다.
> (허, 105-106)

남회장은 창업회장인 자신의 아버지에 대한 트라우마를 가지고 있다. 아버지는 생전에 한 번도 자신을 아들로 인정하지 않았고 "저것, 저것, 하는 짓 봐, 저것! 넌 하는 짓이 왜 다 그 모양이야! 야 이놈아, 하는 짓마다 왜 그렇게 덜떨어졌어! 저게, 저게, 저 꼴 해가지고 사람 노릇 하겠어"(허, 105)라는 말만 평생 하였다. 생전 창업회장은 자신의 회사가 커져 갈수록 아들에 대한 거칠고 위협적인 언사를 심하게 하였고, 그런 그의 위세에 아내조차 아들의 역성을 들어줄 수 없었다. 회장이 된 지금도 남회장은 아버지의 폭언이 떠오를 때마다 고개와 손을 내 저었고

---

23) 위의 책, p.142.

아버지보다 더한 부귀와 권력을 누릴 방법을 찾았다.

그런데 창업회장의 폭력적이고 위협적인 모습은 현재의 남회장에게서도 동일하게 보인다. 창업회장은 회사가 커질수록 성의 대상을 확장하여 아내의 성뿐만 아니라 다른 여성들의 성까지도 지배하고 통제함으로써 자신의 능력이 강해지는 것을 과시하려 했다. 그에게 있어 다른 여성들의 성은 자신의 능력에 대한 반증인 반면 아내의 성은 쾌락이 아닌 혈통을 잇기 위한 것이었다. 과거 봉건귀족들은 가문의 혈통을 이어나가기 위해 인척관계에 의한 혈통의 순수성을 중시했지만 근대의 부르주아지들은 혈통의 순수성보다는 우월한 유전자를 얻기 위해 노력하였다. 그들은 섹스가 건강을 유지하고 자신의 능력을 과시하기 위한 또하나의 방법임을 알고 섹스와 건강에 주목했다.

이를 볼 때 창업회장에게 있어 아내의 성은 육체의 영속적인 힘을 증식하고 이어나가기 위한 수단이었고 그 외의 여자들은 자신의 건강을 위하고 능력을 과시하기 위한 방법이었다. 이랬던 창업회장도 결국 죽음 앞에서는 '아아, 돈으로 안 되는 것도 있구나…….'(허, 115)라고 장탄식을 토해내며 무릎을 꿇는다. 아버지의 죽음을 지켜보았던 남회장은 아버지에 의해 만들어진 트라우마를 극복하고 자신이 더 우월하다는 것을 방증하기 위해 건강과 섹스에 집착한다. 예순다섯이 지났는데도 아들에게 권력을 물려주지 않고 건강을 유지하기 위해 음기탕을 짓는다. 이십대 초반의 어린 처녀 스무 명이 신새벽에 통소나무 욕탕에 몸을 담그고 명상을 하다가 20분쯤 후에 나오면 그녀들이 벗어난 탕에 자신이 들어앉는 것이다. 그는 여성의 음기로 가득찬 욕조물이 자신을 회춘시켜줄 것이라 믿었다.(허, 118)

권력과 부, 건강에 대한 남회장의 집착은 생명을 최대화하기 위한 부르주아지들의 습성처럼 보인다. 아내와 다른 여성들의 성을 통제하고 자신의 권위로서 아들의 남성성을 무시하며 무력화시키는 것은 바로 지배계급이 갖는 생명관리권력(bio-power)의 힘이다. 동시에 자신의 계급을 유지하기 위한 자기 확인이자, 경제적 통제와 정치적 예속화의 수단으로서 보호·방어·강화장치라 할 수 있다.

4. 『허수아비 춤』의 미시권력 기제와 근대사회의 주체

우리가 생명관리권력사회(bio-power society)에서 드러나는 억압을 비판하고 거기에서 벗어나려 해도 여전히 권력의 지배하에 있다. 비가시적이고 익명적인 근대권력은 현대인들의 사소한 일상생활 안에서 작용한다. 개인들의 의식주 생활방식, 문화 재생산의 방식 등 곳곳에서 작용하는 미시권력은 비가시성을 이용해 개인들을 항구적 감시체제 속에서 구속하고 권력의 익명성을 유지하고자 한다. 현대사회는 권력기제(power mechanism)[24] 안에서 비가시적 방법으로 권력을 은폐하고 인간을 통치하며 그들에게 복종을 강요한다. 법의 언표와 금기의 작용에만 집중되는 권력은 지배, 굴욕, 예속화의 모든 방식을 통해 우리를 복종하게 만든다.

계층의 경계가 분명해질수록 어느 한 쪽은 권력을 갖게 되고 다른 한 쪽은 권력에 지배당하게 된다. 이미 하나의 생명체와 같이 커져버린 생

---

24) 미셸 푸코, 『지식의 고고학』, 앞의 책, p.110.

명관리권력(bio-power)은 법의 통제에서 벗어나지만 개인들의 서열을 확립할 때는 법문화된 질서를 이용한다. 권력이 법 위에 서게 되면 법 자체가 하나의 합법적인 폭력의 기능을 가질 수 있다. 이런 폭력들은 특정인들의 이익을 보호하며 체제의 불균형을 불러일으킨다.

> 그런데 해괴한 현상이 벌어졌다. 검찰에 앞서서 그 재벌 총수에게 무기징역이라도 선고할 것 같은 기세로 들끓어 올랐던 매스컴들의 반응이 거품 스러지듯 잠잠해져 버린 것이었다. (중략) "어, 어……, 이번 태봉 사건 말인데, 어떻게 생각하는지 돌아가면서 한마디씩 해보지 그래." (중략) "그야 뭐……, 별달리 의견 있을 리가 있겠습니까, 되신 대로 가는거지요." (허, 237-240)

태봉그룹의 1조원 비자금 조성 사건으로 인해 민심은 절망적인 체념 상태로 빠졌고 언론은 경쟁이라도 하듯 거세게 들끓기 시작했다. 그런데 어느 순간부터 언론은 갑자기 고의적 침묵을 유지하고 이 사건을 직접 다루는 검찰 내부에서도 특별한 반응을 보이지 않는다. 갑작스럽게 소집된 술자리에서 부장검사는 '태봉사건'에 관한 검사들의 의견을 묻고 전인욱을 제외한 다른 검사들은 위에서 시키는 대로 따르겠다는 의미로 '되는대로 가는 거지요.'라고 말한다. 법을 수호하고 정의를 지켜야 할 검사들이 이미 비가시적인 권력에 조정당하고 있는 것이다. 그동안 정부는 한국의 경제발전을 위해 기업들을 비호해 왔고 기업들은 정치인들의 부를 늘려주었으며 그 과정에서 정경유착의 고리는 강하게 연결되어가고 있었다. 대부분의 검사들은 가족들을 지켜야 한다는 의무감을 가지고 있었고 윗사람의 지시를 따르지 않을 경우 생기는 불이익

또한 알고 있었다. 재벌보호를 위해 이미 검찰의 수사방향이 정해져 있는 마당에, 출세에 대한 욕망을 가진 이들은 자신이 취해야 할 행동방향까지도 알고 있었던 것이다. 반면 전인욱은 화염병으로 불꽃을 일으키고 최루탄의 가스냄새를 맡으며 1980년대 민주화운동에 동참했던 인물이다. '자유'와 '정치적 민주화'를 위해 구호의 함성을 외쳤던 그는 쉽게 그들의 의견에 동조하기 힘들었다. 오히려 이러한 보이지 않는 미시권력들로 인해 혼란에 빠진다.

태봉의 이익을 비호하여 민중들에게 상대적 박탈감과 좌절감을 심어주는 검찰들의 태도는 근대권력이 갖는 합법적인 폭력이다. 푸코는 권력기제 안에서 권력과 지식의 관계25)를 분석함으로써 인간을 통치하는 상이한 방식들에 주목하여 근대적 주체 개념을 돌출한다. 첫째, 특정한 담론 안에서 주체의 자리가 정의되는 방식이다. 즉 개인이 말할 수 있는 것과 말할 수 없는 것을 정의해주는 방식이라 할 수 있다. 둘째, 특정한 방식으로 사고하게끔 제약하는 규칙이다. 셋째, 특정한 형태로 사람을 길들이고 특정한 방식으로 행동하게끔 만드는 권력의 행사방식이다. 이를 볼 때 특정한 질서 안에서 사고하고 행동하도록 사람들을 억압하고 강제로 길들이는 권력 작용에 의해 통치성이 만들어진다는 것을 알 수 있다.26)

---

25) 권력과 지식의 관계는 첫째, 권력의 작동 자체가 특정한 지식을 필요로 한다. 둘째, 지식은 권력의 효과를 산출한다. 셋째, 지식은 권력의 효과인 동시에 권력의 작동을 가능케 하는 요소이다. 넷째, 권력은 지식을 구성하는 요인이 되는 것으로 양자는 서로 결합한다. 등 네 가지로 분석할 수 있다.
   드레피스 라비노우 지음, 서우석 옮김, 『미셸 푸코 : 구조주의와 해석학을 넘어서』, 나남출판, 1989, pp.297-298.
26) 이구표·이진경 외, 『프랑스 철학과 우리1』, 당대, 1997, pp.100-104.

신자유주의 사회 안에서는 법률 제도를 바탕으로 한 합법적인 경쟁을 통해 사회를 통치하려는 통치술이 펼쳐진다. 사회와 국가를 하나의 기업체로 보고 시장원리와 경쟁원리를 통해 이윤을 창출하고자 한다. 신자유주의적 자본주의 사회가 심화될수록 정치적 자율성은 경제적인 것에 종속되고 그 주체성은 사라져 버린다. 신자유주의 사회 안에서 통치자들은 사회의 토대가 되는 기초 구성단위를 '기업'으로 간주하고 사회체제를 기업형식으로 다룬다. 이들은 규범을 내면화하여 자기를 통제하는 규율적 주체가 된다. 시장원리를 내면화하면서 철저하게 자신을 통제하는 경제적 주체 즉 호모 에코노미쿠스인 것이다.27) 태광그룹에서 잘나가던 박재우는 자신을 스카우트하려는 일광의 제의를 받고 "일류 태봉 그룹에서 잘나가고 있는 사람을 이류 일광그룹에서 오라고? 자청해서 일류에서 이류로 투신자살하는 인생도 있다던가?"(허, 46)라고 코웃음 치면서 거절하지만 결국 자신의 경제적 가치를 높이기 위해 일광으로 온다. 문화개척센터의 행동대장이던 강기준은 남회장이 자신의 가치를 저평가한다고 생각하고 박재우가 그랬던 것처럼 텍스트 말미에 거상그룹으로 옮긴다.

문화개척센터 총본부장인 윤성훈은 출세를 위해선 무엇이든 할 수 있는 자로 남회장의 생각을 읽어내는 데 탁월하다. 회사에 문제가 발생하면 언제든지 깔끔하게 처리했던 그였지만 남회장의 비자금 조성 문제는 깔끔하게 매듭짓지 못한다. 결국 남회장이 구속 수감되자 면회를 간 윤성훈은 이마를 바닥에 짓찧으며 피를 토하듯 울부짖는다. 이렇듯

---

27) 테오도르 슐츠, 선영규 옮김, 『인적자본론』, 청한문화사, 1984 참조할 것.

실력과 아부를 겸비한 그는 회장의 깊은 신임을 얻고 회장대리인으로
서 위세를 만끽한다.

> 너희들이 권력을 가지고 있다고 해 봤자 결국 우리가 원하는 대로 다
> 해주잖아. 그러니 너희들이 쥐고 있는 권력은 너희들 것이 아니야. 우리
> 가 그 위에 군림하고 있잖아. 그들이 품고 있는 이런 지배감을 돈 받는
> 자들은 알 까닭이 없었다. 그들의 그 음흉한 지배감은 로비 효과에 근거
> 한 것이었고, 돈이란 지위 고하를 막론하고 누구든 노글노글하게 만들어
> 버리고 흐물흐물하게 만들어 버리는 그 위력을 확신하는데서 나오는 것
> 이었다. (허, 205)

해외 지사에 출장을 갈 때면 그는 회장 대리인으로서 자연스레 회장
과 같은 대접을 받는다. 그가 위엄과 거만이 잘 조화된 품으로 그런 영
접을 자연스럽게 받아들일 수 있는 이유는 자신의 위치에 대한 분명한
인식이 있기 때문이다. 문화개척센터의 총본부장으로서 회사 내 그의
서열은 부회장급이었지만 그가 실제 가지고 있는 권력은 정치인들의
그것 이상이었다. 근대 사회에서 나타나는 권력관계가 개인들의 의지,
사회구성원들이 공유하고 있는 이해관계와는 별개로 작용하고 있기 때
문에 그는 이런 실질적 권력을 가질 수 있었던 것이다. 무수한 권력관
계들의 전략적 통합체인 근대사회 안에서 윤성훈은 호모 에코노미쿠스
로서 경제적 장 안의 생명관리권력(bio-power)을 통해 정치적 힘의 관계
를 재편하고 있었다. 이런 점에서 윤성훈은 근대사회의 권력 메커니즘
의 작동기제를 보여주는 증거가 될 수 있다.

슐츠가 근대적 주체를 호모 에코노미쿠스로 보았다면 푸코는 이와

다른 방법으로 새롭게 설정한다. 그는 슐츠가 말하는 '권력에 의한 주체형성'을 '예속화'라고 정의하고 '주체화'란 예속화가 아닌 '통치원리에 의거하지 않는, 자기 자신에 의한 자기구축을 문제로 설정하는 것'이라고 말한다. 즉 푸코가 말하는 주체화란 국가와 결부된 권력이나 명령을 거부하고 자기를 다른 방식으로 재창조하는 저항적 자기변형의 실천이라 할 수 있다.28) 『허수아비춤』의 인물군 가운데 한 축이 일광그룹 남회장을 비롯한 윤성훈, 박재우, 강기준이라면 또 하나의 축은 전인욱 변호사와 허민 교수이다. 전자가 호모 에코노미쿠스로서 슐츠가 말한 근대적 주체라면 후자는 푸코의 말처럼 권력에 의한 예속화를 거부하고 저항적 자기변형을 실천하는 주체라 할 수 있다. K대학에 재직하고 있던 허민 교수는 경제민주화 실천연대의 경제민주화연구소 연구위원이기도 하다. 그는 평소에도 등록금 인상문제와 같은 학교경영 관해 '입바른 소리'(허, 334)를 잘하는 인물이다. 경영권 승계와 재산권 상속을 위해 일광그룹이 불법적으로 비자금을 형성하자 그는 이에 관해 비판적인 글을 기고한다.

　　국민은 나라의 주인인가. 아니다. 노예다. 국가 권력의 노예고, 재벌들의 노예다. 당신들은 이중 노예다. (중략) 나라의 주인이고 이 사회의 주인인 국민과 대중들이 그 끔찍한 사건을 방관하고, 묵인했기 때문이다. (중략) 국민인 당신들이 노예이고 싶지 않다면 (중략) 당신들 모르게 무슨 일들이 벌어졌는지 정신 똑바로 차리고 알아야 한다. 그 엄청난 경제

---

28) 예속화는 규율이나 시장원리와 같은 통치원리에 따라 자기통제를 하고 주체를 만들어내는 권력 테크놀로지이다. 주체권력으로부터 부름에 응해 권력을 자기 자신 안에 내면화하는 것은 예속화의 실천에 불과하다.
미셸 푸코, 『주체의 해석학』, 앞의 책, 참고할 것.

범죄를 무죄로 만든 것은 다름 아닌 비자금의 막강한 힘이었다. (중략) 저항하고 투쟁하지 않은 노예에게 자유와 권리가 주어지지 않는다는 것을. (중략) 자기가 노예인 줄을 모르는 노예와, 짓밟히고 무시당하면서도 그 고통과 비참함을 모르는 노예들이다. 그 노예들이 바로 지난 40여 년 동안의 우리들 자신이다. (중략) 이제 우리는 '경제민주화'를 이룩해야할 시점에 와 있다. 그 경제민주화가 바로 모든 재벌들이 그 어떤 불법 행위도 저지르지 못하도록 막는 것이다. (중략) 국민, 당신들은 지금 노예다. (허, 322-327)

허민 교수는 신자유주의적 자본주의 시장의 명령에 의거한 자기통제의 양식을 거부하고 국민 스스로 해방하라고 말한다. 완전히 새로운 자기통제 양식을 발명함으로써 스스로를 새롭게 창조하라는 것이다. 매년 1조원씩 비자금을 조성한 태봉그룹과 이를 답습한 일광그룹은 탈세한 검은 돈들을 나라의 권력기관에 뿌렸고, 재벌의 경제범죄유무를 감독 감시해야 할 검찰, 국세청, 공정위, 금융감독기관들은 그 돈을 달게 먹었다.(허, 324) 통제할 수 없이 커져버린 기업들의 경제권력 아래 국가권력은 지배를 당하고 있지만 그 피해는 국민전체가 고스란히 받고 있다. 기업이 잘되어야 우리도 잘살 수 있다는 생각에 스스로 자발적 복종을 한 것이다.(허, 325) 현 우리사회의 한 단면을 그려내고 있는『허수아비춤』은 시장원리에 따른 권력의 테크놀로지와 권력 안에서 자신을 스스로 예속화 하는 현대인들을 비판한다. 허민 교수는 기고한 글로 인해 교수 재임용에 탈락하고 논문내용이 부실하다는 명목으로 교수직을 박탈당한다. 그러나 그는 여기서 멈추지 않고 경제민주화 실천연대의 경제민주화연구소 연구위원장을 맡으며 연구소 인터넷 홈페이지에 '기업인들의 자화상'(허, 393-396)이라는 비판적인 글을 싣는 등 자발적 복종을 하는 이들을 각성시키기 위해 노력한다.

전직 검사 출신인 전인욱 변호사는 학생 때 군부독재를 종식시키기 위해 민주화 운동에 참여하였다. 30년 군부독재가 무너지고 나자 정치적 민주화뿐만 아니라 경제적 민주화도 이루어 모든 사람들이 사람답게 사는 세상이 만들어지기를 바란다. 그런 세상이 반드시 오게 하겠다는 의지로 뒤늦게 다시 사법공부를 하여 검사가 된 인물이다. 그런 그에게 일광 비자금 사건을 덮고 '되신 대로 가는거지요'(허, 243)라고 말하길 바라는 것은 지금까지 가져왔던 자신의 신념을 송두리째 버리라고 하는 것이기도 했다. 이에 동조하지 못한 전인욱은 '모든 사람들의 의혹을 풀어줄 수 있도록 철저한 수사를 해야 된다'고 말했고 이 일로 제주지검으로 발령받게 된다. 제주도는 조선시대 관리뿐만 아니라 현재 관리들에게도 귀양지로 받아들여졌다. 서울이 아닌 지방 그것도 섬으로 한번 들어가게 되면 평생 변방의 떠돌이 신세를 면하지 못할 것은 너무 뻔한 일이었다.(허, 258) 결국 그는 검사라는 기득권의 위치에서 나와 노동인권변호사로서 새로운 삶을 시작한다. 그 역시 권력에 의한 예속화를 거부하고 자기 방식대로 스스로를 구축하는 저항적 자기 변형을 택한 것이다.

경제적 권력을 기반으로 정치적 권력까지도 획득하려는 남회장과 문화개척센터의 세 명은 생명관리권력(bio-power)을 통해 자본주의적 근대사회를 통치하려 한다. 이들에게 예속된 텍스트의 인물들은 물질적 풍요를 보장받는 대신에 생명관리권력(bio-power)에 조정당하면서 종속된 이들일 것이다. 텍스트들은 이들을 통해 현대사회의 미시권력이 어떻게 작동하고 있는지 기제를 보여주고 있다. 반면 허민과 전인욱으로 형상화되는 두 인물은 '정치경제학적 지식을 통해 예측되고, 객체로서 보살펴지는 신체에서 벗어나'는 이들이다. 자신의 위치와 생명, 가족들의 안정과 안전에 대한 보장을 버리고 자본주의 사회의 미시권력에서 벗어나려고 하였다. 그런 점에서 이들의 행위는 신자유주의적 통치성이 만들어낸 주체화의 유형으로부터 해방되는 것을 스스로 택한 근대사회의 주체라 할 수 있다.

5. 새로운 자기통제 양식의 발명

오늘날 근대는 봉건시대의 사목권력과는 다른 통합적인 권력체로서 정치이데올로기뿐만 아니라 사회적·물질적 실천으로부터 새로운 형태의 근대권력을 생성하고 있다. 가해자의 관점에서 보면 근대권력은 갈등과 투쟁에 대한 복합적인 힘의 관계였으며, 연속적이고 효과적인 방법으로 사회 전체를 순환하는 미시권력이었다. 남회장과 문화개척센터의 윤성훈, 박재우, 강기준은 근대의 미시권력을 보여주는 인물로 피권력자들에게 생명에 대한 안전, 위치에 대한 안정을 위협하거나 보호하면서 그들의 행동을 통제하고 사고를 제어하는 생명관리권력을 가진 자들이었다. 이들은 먹이사슬 관계처럼 강한 자에게 통제되거나 자신보다 약한 자들을 통제하는 행위를 보여주면서 물질적 풍요와 경제적 권력에 구속되어가고 자본주의적 근대사회의 통치성에 종속되어간다. 비가시적인 물질에 대한 욕망에 의해 길들여지고 통제되는 신체를 가진 오늘날의 현대인들 상징한다는 점에서 호모 에코노미쿠스라 할 수 있다. 무수한 권력관계들의 전략적 통합체인 근대사회 안에서 우리는 호모 에코노미쿠스로서 경제적 장 안의 생명관리권력을 통해 정치적 힘의 관계를 재편·통제하거나 당하는 것이다. 반면 허민 교수와 전인욱 변호사는 이에 굴복하지 않고 기득권의 경계 바깥으로 나왔다. 이들은 신자유주의적 자본주의 시장의 명령에 의거하는 자기통제 양식을 거부하고 주체화하는 존재로 거듭나려 했다. 이들과 같이 국가 혹은 국가에 결부되어 있는 개별화방식으로부터 스스로를 해방시키는 인물들은 우리사회에 존재하기 마련이다. '정치경제학적 지식을 통해 예측되고, 객체로서 보살펴지는 신체에서 벗어나'고자 했던 이들은 자유주의적 통치성이 만들어낸 주체화의 유형으로부터 '해방되는 것을 스스로 택한 근대사회의 주체'라 할 수 있었다. 결국 우리는 근대권력에 의해 스스로를 통제했던 양식을 거부하고 새로운 자기통제 양식을 발명함으로써 스스로를 새롭게 창조하려 했던 인물들의 행위를 통해 근대사회의 주체성을 읽어낼 수 있다.

한·중 근대도시의 타자공간과 욕망의 표상

IV. 한·중 근대도시의 타자공간과 욕망의 표상

1. 한국과 중국의 도시, 군산과 상하이

공간은 추상적이고 관념적이지만 사회적 과정의 하나로서 의미를 얻게 될 때 그 가치가 부여된다. 가시적인 실체가 아니지만 우리가 어떻게 지각하고 해석하느냐에 따라 공간이 가지는 의미는 달라질 수 있다. 인지된 공간의 의미를 통해 다양한 의미망을 파악하고 인간의 실존적 한계를 넘어 삶의 지평을 확장할 수 있다는 점에서 공간은 문화적 지평을 여는 역동적인 구성체이다. '세계 내 존재'인 나는 '공간 내 존재'라는 점에서 우리는 현재 위치한 공간을 실존적 행위와 사건에 따라 구성되는 양의 태로 이해해야 한다. 이렇듯 공간연구는 존재의 자질을 구성하는 기저역할을 함과 동시에 문화적 의미망을 확장시키는 계기가 된다. 산업혁명 이후 제국주의 국가들은 자신들이 처한 공간의 경계를 넘어 다른 공간으로 이행해감으로써 자국의 이익을 추구하였다. 공간의 지평을 확장하고 경제력을 동반하는 과정에서 발생한 오리엔탈리즘을

---

* Ⅳ장은 『현대소설연구』 제63호에 게재된 것을 수정 보완한 것이다.

통해 이들 유럽 국가들은 자신들의 존재감을 확인하였다. 19세기 유럽 국가들이 질 좋은 원료, 값싼 노동력, 이익이 창출되는 토지를 아시아에서 찾았고 그 중 하나가 한국과 중국이었다는 점을 우리는 기억할 필요가 있다. 인정하든 인정하지 못하든 표면적인 근대화가 가시화되는 지점이 식민통치 혹은 조계통치 기간이었다는 점을 생각해볼 때 한국과 중국의 근대도시 공간 연구는 하나의 의미를 갖는다. 한국과 중국은 고대부터 지금까지 불교·유교·한자 문화권이라는 공통점을 가지고 있으며, 근대가 시작되는 지점이 제국주의 국가들의 침략과 맞물려있고 그 과정에서 오리엔탈리즘이 나타났다는 것을 상기해 볼 때 한국과 중국의 도시 공간 연구는 해볼 만하다고 생각한다.

근대 이행기 한국과 중국의 도시 중 상하이와 군산은 특히 눈여겨볼 만 하다. 물론 현재 각 도시가 갖는 국제적 위상이나 경제적 발전 속도 등을 고려해 볼 때 중국의 국제도시인 상하이와 한국의 지방도시인 군산은 그 층위가 다르다고 혹자는 주장할 수도 있다. 또 중국은 상하이 외에도 텐진, 광저우 등의 항구도시가 있고, 한국은 부산, 목포 등의 항구도시가 있으니 왜 하필 두 도시를 비교하는지에 대해 의문을 가질 수도 있다. 그러나 19세기 말 20세기 초 군산은 상하이와 비교했을 때 그 경제력이 뒤지지 않았다. 특히 외국 은행과 자본, 의료, 문화 등이 들어오던 당시의 상황과 그 시기 지어진 건축물을 비교했을 때도 유사한 점들이 많이 보인다. 이런 지점들을 고려하여 볼 때 이번 장은 근대이행기 유사한 역사적·사회적 배경을 지닌 두 도시를 배경으로 한·중 텍스트의 공간을 비교해 볼 수 있지 않을까라는 호기심에서부터 출발하고 있다.

  자국의 식량부족을 보완하려는 자구책과 조선의 농업경제를 장악하여 식민통치를 원활하게 하려는 일제의 두 가지 목적은 토지조사사업이라는 명목아래 조선에서 이루어졌다. 군산은 조선 최대 곡창지대인 전라도의 쌀을 수출하는 항구도시로 조선 개화기의 경제, 사회, 문화의 '문'역할을 해왔다. 중국은 영국과의 아편전쟁에서 패배한 후 난징조약을 강제 체결하였다. 홍콩섬을 식민지로 내어주고 광저우(廣州), 샤먼(廈門), 푸저우(福州), 닝보(寧波), 상하이(上海)라는 다섯 개의 항구를 강제 개항했는데 그 중 하나가 상하이이다. 두 소설 모두 조계지이자 서구문화의 유입창구로서 공간적 배경을 가지고 있지만『탁류』1)는 20세기 상반기에,『장한가』2)는 20세기 후반기에 창작되었다는 점에서 창작시기가 약간 다르다. 혹자는 이를 두고 양 텍스트를 비교하기에 무리가 있는 것은 아닌가 의구심을 가질 수도 있다. 그러나 두 텍스트 모두 작품외적 배경의 유사성을 가질 뿐만 아니라 근대이행기 외세에 의한 근대화 과정에서 천민자본주의가 팽배해지고 속물화된 개인들이 등장한다는 점에서 내적의미의 유사성을 가지고 있다. 그러므로 이번 장에서는 외세에 의해 강제 개항한 항구도시인 군산과 상하이를 중심으로 도시 공간 안에서 인물이 가지는 욕망의 표상에 대해 살펴보자.

---

1) 채만식,『탁류』, 박문서관, 1939.
   채만식,『탁류』, 문학과지성사, 2014.
2) 王安憶,≪長恨歌≫, 南海出版社, 2003. (1996년에 창작되었으나 정식 출판은 2003년 남해출판사에서 이루어졌다)
   왕안이, 유병례 옮김,『장한가』, 은행나무, 2009.

2. 식민지적 과도 공간과 장소애의 붕괴

전라북도와 충청남도의 넓은 평야지대를 배경으로 금강과 서해안을 인접한 군산은 1899년 부산, 원산, 제물포, 경흥, 목포, 진남포에 이어 일곱 번째로 일제에 의해 강제 개항한 포구이다. 호남 곡창지대에서 생산된 쌀을 일본으로 실어내가는 거점이자 일본 공업제품이 유입되어오는 문으로서 조선에 대한 일제의 이중수탈이 이루진 곳이다. 쌀 수탈의 창구로 군산을 강제 개항한 일본은 항만을 대폭 늘리고 전군도로, 호남선, 군산선 등을 이용하여 수탈을 용이하게 하였다. 이후 각 거류지를 중심으로 일본 지주와 상업자본가들이 도시기반시설을 갖추면서 군산은 항구도시로 발전하였다. 일제의 강제병합이후 군산시, 옥구읍, 임피면 등 인근 지역에 설립된 일본인 농장을 통해 미곡이 군산항에 집중되고, 물자 중 95% 이상을 차지하던 쌀이 일본으로 수출되었다고 하니 당시 조선의 경제적 상황은 짐작할 수 있을 듯하다. 일본인 농장에 소속되었던 군산지역 자작농들은 일제의 정책과 지주의 핍박으로 인해 소작농으로 전락하였고, 이들은 군산역, 군산항에 몰려들어 노동자로서 삶을 살아가거나, 만주 연해주 등으로 이주하였다.

군산은 일본인들의 치외 법권이 인정되는 조계지로 일본인들은 이곳에서 거주하며 자신들의 이익을 도모할 수 있었다. 이곳에 거주하는 일본인들은 생활과 상업 활동을 보호받았으며 관공서, 병원, 은행, 공원과 같이 이들의 정착에 필요한 각종 시설물들이 군산에 설립되었다. 농업생산을 산업의 기반으로 하던 군산은 조계지가 되면서 수출입 산업이 발달하였고 이제는 과거와 달리 도시화, 산업화가 이루어지는 공간으로 변모하였다. 이 공간은 첫째, '쌀 수출과 일제 상품의 수입'이라는 일관성 있는 행위가 존재하였고, 둘째, 일본인들 사이에서는 일본과 같은 공간적 의미를 지니고 있었으며, 셋째, 조선총독부의 주도 아래 일본인 개인의 주거 층위와 사회의 총체적 층위라는 두 가지 층위에서 도시계획이 이루어졌다.3) 조선 총독부는 식민통치를 하는데 있어 토지 관리를 용이하게 하기 위해 조선의 농지를 계속 국유화하였고, 일본인들을 조선 땅에 정착시키기 위해 이들에게 논을 싼 값에 팔고 집을 지어주었다. 또한 이미 조선에 들어온 일본인 관리들과 사업가들은 조선의 쌀농사가 자신들의 부를 축적시키는 방법이 된다는 것을 간파하고 농지매입에 힘을 썼다. 이런 조선의 경제적 상황에서 19세기 말 20세기 초 일본으로 향하는 하나의 문이었던 군산이라는 공간은 과거와 달리 새롭게 생산된 것이라 볼 수 있다. 이러한 지점들은 우리가 충분히 군산이라는 도시에 집중할 수 있는 이유가 된다.

일본인 지주와 상업 자본가들이 군산에 집중하면서 자연스럽게 자본이 모이게 된 군산에서는 현지의 조선 자작농이 몰락하고 일본인 지주가 그 자리를 대신하였다. 대부분의 농민들은 소작농으로 전락하거나 군산역과 군산항의 일용 노동자, 하역노동자들이 되었다. 군산 항 가까이에는 일본인들의 거주지와 은행, 병원, 행정기관 등이 모여 있었지

---

3) 앙리 르페브르는 '첫째, 일관성 있는 행위의 존재, 둘째, 고유한 인식론 형성, 셋째, 국가 및 사회의 층위(총체적 차원)와 개인 주거의 층위(국지적 차원)에서 동시에 이루어지는 도시계획'이라는 세 가지 이데올로기 지배가 함께 이루어져야만 공간이 생산될 수 있다고 말한다. 이를 비추어 볼 때 군산이라는 공간은 생산되었다고 볼 수 있다. 앙리 르페브르 지음, 양영란 옮김, 『공간의 생산』, 에코리브르, 2011, p.14.

만, 내지, 산기슭 쪽으로 들어가면 조선 사람들이 모여 군락을 이루고
살았다.

> 예서부터가 조선 사람들이 모여 사는 곳이다. (중략) 급하게 경사진
> 언덕비탈에 게딱지같은 초가집이며 낡은 생철집 오막살이들이 (중략)
> 다닥다닥 주어 박혀 (중략) 이러한 몇 곳이 군산의 인구 칠만 명 가운데
> 육만도 넘는 조선 사람들의 거의 대부분이 어깨를 비비면서 옴닥옴닥
> 모여사는 곳이다. 면적으로 치면 군산부의 몇십분지 일도 못되는 땅이
> 다. (중략)
> 정리된 시구라든지, 근대식 건물로든지, 사회시설이나 위생시설로든지
> 제법 문화도시의 모습을 차리고 있는 본정통이나 전주통이나 공원 밑 일
> 대나, 또 넌지시 월명산 아래로 자리를 잡고 있는 주택시대나, 이런 데다
> 가 빗대면 개복동이니 둔뱀이니 하는 곳은 한 세기나 뒤떨어져 보인다.
> (탁, 25-26)

제국주의 국가들의 식민지 침략은 '식민지 근대화'라는 이데올로기
를 낳게 되었다. 식민지 근대화는 현재 존재하는 공간과는 전혀 다른
층위의 공간을 생산하도록 만든다. 이 공간에는 근대화에 대한 도정이
나 담론들이 내재되어 있으며 도시공간은 바로 식민지 자본주의 이데
올로기 안에 욕망하는 주체의 공간이 된다. 서구열강의 침탈, 일제의 점
령으로 인해 조선은 개화와 근대화, 반봉건의 경계에서 공간의 혼돈양
상을 보인다. 전라도 쌀의 집결지이자 일제 자본의 유입으로 물화가 풍
부한 곳이었다는 점에서 군산이라는 장소는 개화와 근대화의 도정에
위치한 공간이 된다.

4대 문명의 발상지 중 하나인 중국의 기나긴 흐름 안에서 상하이는

800년이라는 짧은 역사를 가지고 있지만 근래 1세기 동안의 경제적·문화적 도약을 볼 때 현대 중국의 힘을 보여준다. 조계지로서 침략의 역사를 교훈으로 받아들이고 전통관습과 직관, 인문학적 사고를 여전히 가지고 있는 상하이는 이제 중국 경제의 중심이자 세계 경제의 중심으로 그 위용을 떨치고 있다. 중국의 고도(古都)가 가지고 있는 유구한 역사가 없지만 번영과 고통, 영광과 굴욕의 역사가 교차한다는 점에서 개방과 폐쇄라는 이질적 문화가 결합된 이곳은 상당히 매력적인 공간이다.

영국의 아편 밀수와 이를 막으려는 청왕조의 대립에서 비롯된 아편전쟁은 1839년에 시작되어 1842년 난징조약을 끝으로 마무리되었다. 이때 조약의 내용을 보면 영국에 홍콩섬을 식민지로 내어주고 광저우(廣州), 샤먼(廈門), 푸저우(福州), 닝보(寧波), 상하이(上海) 등 다섯 개 항구를 강제 개항한다는 항목이 있다. 중국이 서양과 맺은 최초의 근대적 조약이자 불평등조약이었던 난징조약 체결로 인해 오랫동안 중국을 유지하던 중화사상은 깨어져버렸다. 그동안 청왕조는 외국인들의 교역활동 공간을 광저우(廣州)로만 제한하였으나 난징 조약 후 영국·미국·프랑스·일본 등 다른 제국주의 국가들의 압력에 의해 다섯 개의 항구들을 개항하였고 제국주의 국가들은 조계를 통해 상하이를 점령하게 되었다. 현재 황푸강을 바라보는 와이탄과 신티엔디(新天地), 프랑스 조계지는 19세기 말 20세기 초 상하이가 개화되면서 번화했던 지점들이다. 이러한 지점들이 인물들의 서사형상공간이라는 점에서 상하이의 장소성을 텍스트 안에서 찾아보는 것은 참 흥미롭다.

스쿠먼(가장 전형적인 상하이의 건축 특징, 돌로 대문 가장자리를 만들고 붉은색이나 검
은색을 칠한 두터운 문을 달아 대로와 골목을 구분하는 문, 필자 주)이 즐비하게 서 있
는 골목은 상하이 골목에서 가장 권위 있는 곳에 속한다. 저마다 널따
란 저택이 위용을 자랑하듯 늘어서 있는데, 고관의 저택 같기도 하다.
(장1, 15)

스쿠먼이 즐비한 거리는 상하이의 장소 정체성을 보여주는 곳이다.
장소는 그 주위를 둘러싼 물리적 환경, 일어나는 활동, 생성된 의미에
따라 나름의 독특한 정체성을 확립한다. 스쿠먼 양식은 전통적인 중국
양식과 난징조약 후 들어온 서양의 건축양식이 혼합되면서 생성된 독
특한 상하이 건축양식이지만 상하이는 이런 외부적 모습과는 또 다른
내부적 모습을 갖는다.

상하이의 골목은 실로 다른 곳에서는 볼 수 없는 풍경이다. 골목 안 그
늘진 곳의 이끼는 실은 상처가 아물지 않고 남은 흉터로서, 시간에 의지
해 그 아픈 곳을 달랜 흔적이다. 그것은 떳떳하지 못하기에 모두 음지에
서 자라나며 오랫동안 햇빛을 보지 못한다. 담쟁이덩굴은 정면을 바라보
고 있지만 시간이라는 장막이 무엇인가를 막거나 가리고 있다. 비둘기
떼가 하늘로 비상할 때, 파도가 물결치는 듯한 골목의 기와를 바라보고
있노라면 마음이 콕콕 쑤시듯 아파온다. 태양은 지붕 위로 솟아오르느라
힘에 겨워 빛은 한풀 꺾여 있다. 상하이의 골목은 무수한 조각들이 합쳐
져 이루어진 장관이며 무수한 인내심이 합쳐져서 이루어진 거대한 힘이
다. (장1, 20)

장소란 인간이 외부와 맺는 유대 안에서 드러난다. 인간은 장소 안에
서 자유를 느끼고 실재성의 깊이를 확인하면서 이 안에서 자신의 위치

를 확인한다. 세계에 대한 심오하고 복잡한 경험을 하는 곳이 장소이
다.4) 사건과 행위는 장소의 성격에 영향을 주지만 반대로 장소의 맥락
안에서 의미를 부여받기도 한다. 스쿠먼 양식이 가득한 건물들과 뒤편
에 숨겨진 이끼 낀 담쟁이덩굴 골목은 왕치야오가 경험할 상하이의 또
다른 공간을 드러내는 암시이다. 또 그녀가 문혁 이후 상하이로 돌아와
겪게 될 어떤 행위의 의도를 포함하고 있다는 점에서 상하이의 장소성
은 하나의 의미를 가진다. 황푸강을 따라 위용을 자랑하는 와이탄의 유
럽식 건축물과 골목을 가로막고 서있는 높다란 대문들, 독일제 용수철
자물이 채워진 조계지의 아르데코 양식의 건물들은 상하이의 화려한
겉모습일 뿐, 아편과 담배에 찌든 상하이의 내부는 이끼 낀 골목 안에
숨겨져 있다. 장소란 본질적으로 공간을 분리시켜 장소의 내부와 외부
를 가르고 어떤 공간이 되건 간에 그곳의 문화에 동화되도록 만든다.
우리는 장소가 만든 공간에서 냉정한 관찰자가 되거나, 문화의 구성원
이 되어 감정이입을 하기도 하고, 혹은 철저한 원주민이 되면서 실존적
내부성을 지니게 되기도 한다.

　『탁류』의 정주사가 군산에 올 때만 해도 집이 있고, 월급을 받으며,
수중에 이삼백 원이나 있으니 그는 그리 군졸하지 않았다. 그러나 아이
들이 자라고 월급이 줄어들어 빚만 늘자, 결국 집을 다시 팔아 은행 빚
을 추린 후 남은 돈 한 삼백으로 미두를 하기 시작했다.(탁, 20-21 요약) 도
시로 모이는 돈들은 일본으로 향하거나, 모이기가 무섭게 미두판으로
쏠려 사라졌다. 실체적 공간인 군산은 미두로 한탕 잡고자 하는 조선인

---

4) 위의 책, p.25 참고할 것.

들의 헛된 꿈, 전라 곡창지대의 쌀 수출로 부를 축적하는 일본지주들의
의도가 가득 찬 곳이다. 그러나 부가 모여도 그 부는 일본인들과 소수
의 조선인들에게만 닿으니 실제로 군산은 조선인들을 소외시키고 타자
로 만드는 공간이 된다.

> 그 통에, 정주사는 화도 나고 해서 생화도 구할 겸, 얼마 안 되는 전장
> 을 팔아 빚을 가리고, 이 군산으로 떠나왔던 것이요, 그것이 꼭 열두 해
> 전의 일이다. 군산으로 건너와서는, 은행을 시초로 미두중매점이며 회사
> 같은 데를 칠 년 동안 두고 서너 군데나 드나들었다. 그러다가 마침내
> 정말 노후물의 처접을 타고 영영 월급 세민층에서나마 굴러 떨어지고 만
> 것이 지금으로부터 다섯 해 전이다.
> 그런 뒤로는 미두꾼으로, 미두꾼에서 다시 하바꾼으로 - (탁, 18-19)

한탕주의에 꽂혀 미두를 시작한 정주사와는 달리 제호는 당시 시대
의 경제적 흐름을 읽는 식견을 가진 인물로 서울에 제약회사를 세워 큰
돈을 벌려는 인물이다. 그는 군산에 대한 애착을 별로 가지고 있지 않
다. 오히려 유동적 자본이 자신에게만 정착할 수 있다면 자본이 흐르는
바로 그곳이 자신의 기획공간이 된다.

군산항이 강제 개항된 이후 혈연이나 지역 공동체였던 이곳 농경사
회는 붕괴되고 있었다. 지역 내 삶의 터전을 일궈 한정된 장소를 구획
하고 혈연 공동체를 맺는 농경사회의 구성원들은 구획 바깥의 공간에
별 관심을 갖지 않는다. 이들은 공동체의 장소적 범위 내에서 안정된
삶을 보호받고 그것을 유지시키는 데만 관심을 쏟는다. 여기에서 비로
소 공동체적 유대감과 공동체 보호 속성을 가진 장소애(topophilia)[5]가 생

성되는 것이다. 각각의 개인들이 공동체에 터전을 두고 그 구성원들과 어우러짐으로써 자기존재의 거점을 확보할 수 있다는 인식이 바로 '장 소애'이다. 생철집 오막살이든 본전통 주택이든 구체적 대면관계를 통 해 인간관계를 이루는 사람들은 공동체의 주거공간 안에서 장소애를 키운다. 그런데 강제 개항 이후 군산에서는 친족적, 지역적 연고가 없는 사람들이 주로 들어오게 된다. 전라도에 땅을 사 부를 축적하려는 일본 인부터 고향을 떠나 막노동꾼으로 또는 미두꾼으로 돈을 벌려고 들어 오는 조선인들까지 여러 종류의 외지인들이 군산역과 군산항을 메운다. 이들에게 군산은 도시일지언정 장소애가 생기는 곳은 아니다. 반대로 원래 군산에 거주했던 이들 역시 외부 자본에 의해 공동체가 깨지는 것 을 목격·경험한다. 항구도시 군산은 삶의 터전이지만 이들의 안전을 보호해주는 구획된 공간은 아닌 것이다. 돈이 없으면 언제든지 떠날 수 밖에 없고, 돈을 좇아 언제든지 떠날 수 있는, 계약과 이해 조건에 따라 생성·붕괴될 수 있는 가변적인 공간이다. 그동안 군산이 과거지향적인 전통사회였다면, 근대 이행기 군산은 타자지향적인 도시사회의 속성을 지닌 가변적 공간이라 할 수 있다. 물자가 모이는 곳에는 자본이 따르 지만 자유와 불안감이 공존한다. 이러한 도시공간에서는 장소애가 형성 될 수도 없었을 뿐더러 과거 형성된 장소애마저도 붕괴되고 만다.

　형보의 계략에 의해 태수가 죽던 날 밤 초봉은 형보에게 겁탈을 당한 다. 이것이 꼽추의 계략임을 알 리 없는 초봉은 자살을 결심하지만 같 은 시간 남편 태수가 참변을 당했다는 것을 알고 군산을 떠나기로 마음

---

5) 에드워드 랠프 지음, 김덕현 외 옮김, 『장소와 장소상실』, 논형, 2005, p.93.

먹는다.

> "그럼 군산을 떠나야지!" (중략)
>
> 서울…… 서울이면 좋을 것이다. 무엇이 어쩌니 좋으리라는 것은 모르
> 겠어도, 그저 막연히 좋을 성부르다.
>
> 제호가 미덥다. 윤희를 생각하면, 역시 제호의 상점이든, 회사든 붙어
> 있기가 어려울 듯싶고 해서 불안한 게 아닌 것도 아니나, 일변 제호가
> 사람이 발이 넓고 변통성이 많은 사람인만큼 어떻게 해서든지 일자리도
> 구해주고 두루 애써줄 것이다. (탁, 352-353)

태수와 결혼하기 전 군산은 초봉에게 장소애를 지닌 공간이었지만
형보의 겁탈과 태수의 죽음 이후 군산은 장소애가 깨진 공간이 되고 만
다. 도시가 추상적이고 보편적인 관계구조로 이해되는 공간이라 할 때
이 공간은 인간관계의 진정성에서 벗어난 속성을 가진 곳이라 할 수 있
다. 제약회사를 세워 큰돈을 벌려는 제호는 군산에 대한 장소애가 별로
없는 인물이다. 아내 윤희의 눈길을 피해 초봉과 딴 살림을 차리고 싶
은 제호에게 군산은 갑갑한 장소일 뿐이다. 외지에서 들어와 계략을 꾸
며 태수를 죽이고 초봉을 겁탈한 형보는 애초부터 군산에 대한 장소애
를 가지지 않은 인물이다. 초봉의 인생이 몰락하는데 있어 상당히 일조
한 형보는 오히려 『탁류』의 인물들이 가지고 있던 군산의 장소애를 붕
괴하는데 더 힘을 쓰는 자이다. 태수의 죽음 이후 자신의 안정적이고도
편안한 삶을 위해 쉽게 제호를 따라가는 초봉뿐 아니라 거짓된 신분으
로 초봉과 결혼하고 이중적 생활로 죽음을 맞이한 태수, 초봉에 대한
애정이 식자 가차 없이 그녀를 버리는 제호, 물질적·육체적 쾌락을 위

해서는 살인과 강간을 서슴지 않는 형보 등 이러한 인물들은 인간관계의 진정성에서 벗어나 피상적 의미관계만 맺는다. 이를 보았을 때 식민지적 과도공간인 군산은 이제 장소애 마저 붕괴되는 보편적 관계의 장이 되고 있었다.

> 풍문이란 늘 속되기 마련이다. 그것은 거칠고 저속한 속내를 지녀서 천속함을 면키 어렵다. (중략) 언어의 쓰레기와도 같은 면이 있다. (중략) 그것들은 사실 최하급의 재료로 만들어낸 것이며 상하이 서쪽 지역 고급 아파트에 거처하고 있는 아가씨들조차 이런 재료를 쌓아 모으는데 한 역할을 한다. (중략) 그러나 이 도시의 진심은 오히려 풍문 속에서 만날 수 있다. (중략) 이 동방의 파리 상하이에는 극동 지역의 신기한 전설이 널리 깔려 있는데, 껍질을 벗기면 실은 풍문의 알맹이다. 그것은 마치 진주알과도 같지만 실은 거친 모래알이며 풍문은 바로 이 모래알과도 같은 것이다. (장1, 24)

푸른 이끼가 담장으로 번지고 담쟁이덩굴이 울창하게 자라는 상하이 골목의 왕치야오는 전형적인 상하이런(上海人)이다. 유성기 소리에 따라 '사계조'를 흥얼거리고 <바람과 함께 사라지다>를 보러 다니며 블루 치파오를 입고 규방에서 사교활동을 한다. 문학청년이 읽어주는 시에 눈물을 흘리는 감수성을 지녔지만 그녀는 상하이 문화의 구성원으로서 감정이입만 할 뿐이다.(장1, 44-49) <상하이 생활>의 표지모델이 되고 미스상하이 미(美, 3위)에 입상한 왕치야오는 상하이의 화려한 겉모습에 익숙하고 이를 당연하게 생각할 뿐 이곳의 또 다른 이면을 아직 보지 못했다. 감독이 "미스 상하이라는 이 월계관은 뜬구름일 뿐이야. 그게 사람들의 이목을 빼앗지만 순식간에 사라져버린다고. 그건 말이야, 사실은 스쳐 지나가는 구름이며 붙잡아 놓을 수 없는 연기 같은 것이라고, (중략) 허무해진 만큼 허무만 남는 거라고, 이걸 바로 허영이라고 하는 거지!"(장1, 114)라고 말하지만 상하이의 웃음과 따뜻함, 화려함만을 봐온 왕치야오에게 감독의 조언은 들리지 않는 메아리일 뿐이다. 왕치야오가 상하이를 낯설게 여기게 된 것은 리 주임에 의해 앨리스(고급아파트 이름)에 이사를 오면서부터이다. 어릴 적 꿈이던 고급 아파트 앨리스는 아무나 쉽게 들어갈 수 없는 곳이었다. 그런데 리 주임과의 비공식적 결혼 생활을 시작하면서부터 그녀의 공간은 이끼 낀 담벼락 골목이 아닌 유럽 양식의 아파트로 바뀐다. 앨리스는 그녀에게 화려한 삶을 가져다주었지만 지금까지 그녀가 겪어보지 못한 고독과 우울을 경험하게 하고 그녀는 처음으로 상하이를 낯선 공간으로 인식하게 된다.

> 한번은 리 주임이 왔다가 헤어지기 아쉬워하더니 정색을 하면서 어느 누구에게도 자기와의 관계를 시인하지 말라고 했다. 아무튼 이 집은 왕치야오의 명의로 되어 있는 것이고 매번 왔다가 갈 때면 아무도 모르게 했으니, 상하이에 소문이 무성하다 할지라도 끝내 부인하라고 일렀다. (중략) 리 주임은 언제 돌아온단 말인가? (장1, 209, 214)

회색 벽 담장 뒤편에 존재하는 은밀한 공간 앨리스는 물질적 욕망을 가진 여성들의 꿈을 이루어줄 수 있는 공간이었다. 앨리스 입성은 이들에게 평생의 바람이었지만 일단 들어오면 유토피아가 아닌 마음의 무덤이자 자유의 종착역이 되었다. 사교계 꽃들로 가득 찬 아파트에는 양갓집 규수와 창부, 아내와 첩이 공존했다.(장1, 178 요약) 한 달에 몇 번 머무는 리 주임을 기다리는 왕치야오에게 상하이는 점점 낯선 공간이 되었다. 리 주임이 돌아오기를 기다리면서 밖으로 나가 이리 저리 쏘다니지만 삼륜차에 앉아 바라보는 거리풍경마저도 그녀에게 낯설었다. 쇼윈도 안의 구두와 모자, 영화 속 사랑이야기, 카페에서 얼굴을 맞대고 이야기 하는 젊은 남녀들도 자신과는 상관없었다. 거리의 남녀들은 아찔한 햇살로 눈부시게 빛났지만 왕치야오는 이 빛과 무관했다. 가시적 공간으로서 장소는 경관으로서 이해되고 경험되기에 인간의 가치와 의도를 반영한다. 리 주임을 기다리는 그녀는 햇빛이 들어오지 못하게 무거운 커튼을 쳐놓고 자신을 앨리스에 유폐시킨다. 리 주임을 하염없이 기다리지만 그의 죽음을 알지 못한 왕치야오에게 앨리스와 상하이는 낯선 장소가 되고 그녀는 스스로를 타자화한다.6)

문화대혁명 이후 와이탄의 건물들은 곳곳이 부서지고 매일 파티가 벌어졌던 그 공간에는 뿌연 먼지만 쌓인다. 이제 상하이는 의미 있는 장소를 가지지도 못하고 그 장소가 가진 의미조차 인정받지 못한 무장소적 특성만 가질 뿐이다. 리 주임의 부재와 문화대혁명으로 인해 파괴되어버리는 상하이의 일상은 그녀에게 하루하루 고통이었다. 리 주임에 대한 갈망과 그를 잃어버린 절망감, 잃어버린 장소를 다시 이상화하고 싶은 욕망과 이 모든 것을 상실한 슬픔까지 동시에 가져다주었다. 동방의 파리라 불렸던 화려한 상하이의 장소애는 파괴되었고 이제 이곳은 타자화된 무장소일 뿐이었다.

---

6) 화이하이 전투는 등소평, 유백승, 진의 지휘 하에 해방군과 국민당 소속 군인들의 전투를 말한다. 이때 국민당 소속 군인 55만 명이 죽으면서 난징에 거점을 두었던 국민당 정부는 치명상을 입게 된다. 리 주임은 화이하이 전투 때 베이징 발 상하이 행 비행기에 탑승했지만 추락사한다. 본명이 짱빙량이었던 리 주임은 자신의 존재를 철저하게 숨겼으므로, 왕치야오는 그의 죽음을 모른 채 평생 그리워한다. (장1, 221)

3. 이종공간에 투영된 개인의 욕망과 좌절

한국과 중국의 근대이행기를 살펴볼 때 서양식 교육을 받은 지배 계층들은 개화된 사고방식을 바탕으로 사회를 이끌어나가며 근대문물을 받아들이고 자문화로 발전시킨다. 그러나 또 하나의 사회구성원인 피지배계층들은 전통적인 문화와 사고방식을 유지해나가며 낙후된 도시 환경 속에서 살아간다. 하나의 장소 안에 서로 다른 이종적 사고방식과 공간을 가진다는 점에서 근대 이행기 도시공간은 이종공간이 될 수 있다. 이것은 장소 없는 공간의 자질을 고찰하는데 유용한 구성적 개념으로 근대 도시공간의 탄생에 대한 담론을 이해하는 핵심개념이다. 다양한 공간 형상에 내재하는 임의적이고 추상적인 자질을 해석하는데 동원될 이미지 도식에 상응한다.7)

봉건사회제도가 점차 붕괴되고, 서구 근대문명이 이식되면서 군산은 비균형적 사회구조를 가지게 되었고 대외무역의 중심항구가 된 상하이도 서구의 향락적·소비적 문화가 수입되면서 거대한 자본주의 도시로 성장해나갔다. 그러나 조계지 주변의 중국인 거리, 상하이에 인접한 농촌들은 여전히 봉건 통치의 탄압에서 벗어나지 못했다. 이런 지점들을 통찰해 볼 때 봉건주의적 사고방식과 자본주의적 사회제도의 확산 안에서 제국주의와 식민주의의 단면을 적나라하게 보여준 근대 이행기 군산과 상하이의 이종공간은 타자화된 공간이라 할 수 있다. 이 안에는 속물화된 인물들이 존재한다. 속물이란 타자와의 인정투쟁에서 승리하

---

7) 장일구, 「한국 근대 도시 공간의 서사적 초상」, 『어문연구』 75집, 2013, p.301 참고할 것.

고자 자신의 모든 것을 거는 존재로서 욕망의 메커니즘에 순응하는 주체이다. 속물의 본질을 외적태도의 천박성이 아닌 그가 종속되어 있는 욕망의 메커니즘에서 찾을 수 있다는 점에서 텍스트의 인물들은 속물의 전형에 근접해있다.[8]

초봉은 아버지의 강요에 의해 정주사의 장사밑천을 대주겠다고 약속한 태수를 선택하면서도 여전히 맘속으로는 승재를 그리워한다. 아버지의 말처럼 아직 의사고시를 반만 패스한 승재보다는 전문대학교[9]를 나온 은행원 태수에게 안정적 미래를 보장받을 수 있을 것 같았다. 자신의 의지와는 상관없이 아버지의 결정을 따르는 초봉은 봉건적 사고를 가진 전형적 인물이다. 승재 생각에 눈물을 흘리면서도 태수의 재력으로 얻게 될 신식공간에서 자신의 삶을 꿈꾼다. 이런 점에서 결혼상대자에 대한 그녀의 갈등은 속물로서의 자기 합리화이다.

> 사실 초봉이는 승재를 못 잊어 하는 번뇌가 있기는 있으면서 그러나 이 새로운 생활 환경에 불만인 것은 아니다. 오히려 한 가지 두 가지 차차로 기쁨이 발견됨을 따라 명랑한 시간이 늘어가고 있다. (탁, 289)

초봉의 자기합리화는 제호나 형보를 대하는 태도에서도 동일하게 찾아볼 수 있다. 태수의 갑작스러운 죽음 이후 서울로 가던 초봉은 기차 안에서 우연히 제호를 만나 온양온천에 들린다. 그의 호의를 단순히 동

---

8) 김겸섭, 『탈 정치시대에 구상하는 욕망의 정치』, 지성인, 2012, p.6 참고할 것.
9) 사실 태수는 전문대학을 나오지 않았는데 본인이 스스로 전문대학'교'를 나왔다고 말하고 다닌다. 전문대학과 대학교는 있지만 전문대학교는 존재하지 않기에 그의 말은 거짓이다. "……전문대학교가 어디 있다우? 전문학교믄 전문학교구 대학이믄 대학이지." (탁, 212)

네아저씨의 친절로만 받아들였던 초봉은 제호의 잠자리 요구를 거부하지 못하고 뒤늦게서야 음흉한 수작을 눈치 챈다. 반 강제적으로 합방을 하게 되었지만 제호가 살림할 집을 마련하고, 월급(생활비)까지 주겠다고 하자 '기왕 이리 된 걸……'이라 합리화하며 그가 제안하는 '생활의 설계'에 적잖이 만족한다.(탁, 383 요약) 이렇게 제호의 아낙이 된 초봉은 편안한 삶을 보내지만 이것도 얼마 가지 않아 끝난다. 예전 태수가 죽던 날 자신을 강간했던 형보가 찾아와 제호에게 초봉의 소유권을 주장한 것이다. 마침 초봉에게 질린 제호는 초봉과 집을 형보에게 넘기고 깨끗이 물러선다. 이때 초봉은 바깥주인 행세를 하는 형보를 거부하기보다는 자신의 물질적 요구를 받아들여주는 형보에게 안주하며 또 다시 현실의 편안함을 찾으려 한다.

> "오냐! 네 원대루, 네 계집 노릇을 해주마. 그렇지만……" (중략) "첫째, 이 애 앞으루다가 네 이름을루 하나 허구, 내 이름을으루 하나 허구 생명보험 하나씩……" (중략) "천원짜리." (중략) "박제호도 그래왔으니까 너두 나무 양식 집세는 다아 따루 내려니와, 그런 것말구두 가용으로 다달이 오십 원씩 내 손에다 쥐어 줘야지?" (중략) "돈을 한목아치 천 원을 나를 주어야 한다?" (중략) "우리 친정두 먹구 살게시리 한끄터리 잡아 주어야지!" (중략) "또 있다…… 우리 친정 동생들 서울루 데려다가 공부 시켜주어야 한다!" (탁, 486-489)

이런 속물적 인간들은 과도하게 타자의 욕망을 욕망하면서도 자신이 무엇을 욕망하는지 모른다는 것이다. 초봉은 태수, 제호, 형보의 육체적 욕망을 채워주면서 이들이 가진 돈, 재화에 대한 물질적 욕망을 탐한다. 그러나 그 욕망의 실체에 대해선 어떤 자의식도 갖지 못했다.

왕치야오는 어릴 적 미스 상하이 美(미)로 선정되고 리 주임의 숨겨진 연인이 되면서 화려한 생활을 시작한다. 앨리스에서 그녀는 리 주임과의 평범한 결혼 생활을 꿈꾸지만 정치적 거물이었던 리 주임에게는 영원히 숨겨야 할 여인이었다. 앨리스는 마호가니 나무로 만든 가구, 금괴가 든 서랍장, 아름다운 실내장식과 훌륭한 요리라는 기호로 가득 차 있었다. 그러나 그 안에서 그녀의 욕망은 철저히 배제되었고, 왕치야오 역시 자기검열을 통해 스스로 자신의 욕망을 억누른다.

> 변화무쌍한 정치무대에 활동하는 리 주임은 몸 자체가 정치하는 기계이며 언제나 늘 꽉 조여져 있기에 매순간 긴장을 늦출 수 없었다. 오직 여자와 함께 있을 때만이 자신도 피와 살로 만들어진 사람이라는 사실을 떠올릴 수 있었다. (중략) 여자를 많이 보아왔던지라, 눈은 어지러워도 판단은 오히려 신중하게 했다. (중략) 리 주임의 자동차 번호는 상하이탄에서 유명했다. 그리고 몇 번 골목으로 들어온 적이 있기에 이미 이러쿵저러쿵 말들이 많았다. 왕치야오가 집에만 처박혀있으면서 바깥출입을 삼가는 것도 이 때문이었다. (장1, 153-163 요약)

나이나 사회적 지위의 차이에도 불구하고 서로의 사랑이 갖는 무게와 의미를 알고 있던 왕치야오는 리 주임과의 관계를 당당하게 드러내고 리 가문의 일원이 되고 싶었다. 그러나 사회적 통념과 인식이 그것을 허락하지 않는다는 것 또한 그녀는 알고 있었다. 이들의 관계는 오직 앨리스 안에서만 허락될 뿐이었다. 리 주임도 관계가 드러나지 않기를 바란다는 것을 그녀는 잘 알기에 스스로를 앨리스에 유폐시켰다.

자본주의 사회 체제에서 억압은 거시적 영역뿐 아니라 미시적 영역까지 전반에 걸쳐 일어나고 있다. 자본주의는 검열을 통해 주체의 죄책

감을 양산한다. 다양한 형식의 교육방식과 정상화 장치들은 개인의 욕
망을 차단하거나 왜곡함으로써 주체가 욕망을 분출하지 못하도록 한다.
물질적 폭력이나 이데올로기보다 대중들의 자기 검열 메커니즘을 활용
하여, 주체를 정상·비정상으로 가른다. 설정된 틀을 넘어서려는 욕망
의 자연스러운 분출을 테제에 의해 가로막는 식으로 지배를 관철시키
고 있다. 바로 이것은 미시 파시즘(mikro-faschismus)10)의 작동방식이다.

이제 억압은 대규모적이고 직접적인 방식보다 주체 스스로 검열하는
방식을 통해 이루어진다.11) 근대이행기 근대문물과 문화, 전통문화와
사고방식이 공존하는 군산과 상하이의 이종공간에서는 개인의 욕망을
차단하거나 억압하고 왜곡하는 자본주의적 메커니즘이 작용하고 있었
다. 미시 파시즘에 의해 만들어진 앨리스는 이것이 작동하는 작은 세계
였다. 사교계의 꽃이라 불리는 양가집 규수와 창부, 아내와 첩이 공존하
고, 권력과 성이 조응하면서 상하이의 사교문화와 정치가 이곳에서 이
루어진다. 부와 권력, 미모와 젊음이 있다면 어울릴 것 같지 않은 모든
것들이 얼마든지 공존할 수 있었다. 이처럼 앨리스는 미시 파시즘에 의
해 허락된 공간이자 순종적 주체들의 왜곡된 욕망이 가득 찬 곳일 뿐이
다. 세상에 인정받지 못하고 드러나지 않아야 할 관계들이 이곳에서만

---

10) 들뢰즈와 가타리는 파시즘을 '다양한 수준에 존재하는 욕망의 억압구조'로 정의한다. 주
   체내부에 있는 욕망의 흐름을 봉쇄하고 왜곡하는 기능을 한다고 말한다. 이는 자본주의
   아래 왜곡되고 변질된 주체의 형성과정과 연관된 문제로 보았기 때문이다. 들뢰즈와 가
   타리, 김재인 옮김, 『천의 고원』, 새물결, 2004 참고할 것.
   필자는 탈근대를 이야기하는 들뢰즈와 가타리의 이론을 과연 『탁류』에 적용할 수 있는
   가 고민하였다. 그러나 근대의 시작이 불분명한 한국에서 근대이행기에 나타난 근대성
   을 거부하고 탈근대성을 지향하는 소수적 움직임 혹은 기류는 분명 존재했을 것이라 생
   각한다. 그런 지점을 계봉을 통해 『탁류』에서 포착하였다.
11) 김겸섭, 앞의 책, p.30.

큼은 정상인 것처럼 인정받지만 이들은 서로를 외면하고 타자로 인식한다. 정보가 나가지 않게 감시하고 외부의 반입을 차단하며 철저한 자기검열을 통해 자신들을, 혹은 자신들을 이곳에 살게 한 사람들을 숨긴다. 부와 권력아래 허락되는 관계들이기에 이곳을 나가서는 용납되어지지 않았다. 친구와 가족까지도 외면해야 했던 왕치야오는 자유로운 선택으로 앨리스에 들어왔을지라도 미시 파시즘에 의해 통제받고 욕망을 억누를 수밖에 없었다. 그녀에게 이곳은 자유의 종착역이자 욕망을 가로막은 마음의 무덤이었다.

4. 탈영토화를 위한 소수적 주체의 실천 가능성

『탁류』에서는 성적 쾌락을 추구하는 인간의 본능적 욕망, 식민지 근대화 과정에서 나타난 자본주의적 욕망, 성과 자본의 교환을 통해 일신의 편안함을 추구하고자 하는 개인의 욕망 등이 군산이라는 식민지 과도 공간 안에서 인물들의 행위에 투영되어 나타난다. 스토리를 이끌어가는 초봉과 주요인물들이 미시 파시즘의 작동방식에 길들여있는 인물이라면 동생 계봉은 끊임없이 분열하고 생성, 접속하는 소수적 주체로 볼 수 있다. 이들은 불변적이고 동질적인 다수자의 상수들을 해체함으로써 생성과 탈주의 흐름을 바꾸어놓는다.[12] 근대이행기 군산의 대중들이 자본주의 이데올로기에 길들여질 때 계봉은 능동적이고 주체적

---

12) 위의 책, p.27.

여성으로 묘사된다.

> 정조는 생리의 한 수단이지 결단코 생명의 주재자가 아니요, 그러니까
> 정조의 순결성이란 건 상대적인 것이어서, 한 여자가 가령 열 번을 결혼
> 했다고 하더라도 그 열 번이 번번이다 정조적일 수가 있는 것이요, 그리
> 고 설사 어떠한 여자가 생활의 과정상 불가항력이나 또는 본의가 아닌
> 기회에 정조를 온전히 하지 못한 적이 있다 하더라도 그것만으로 '인생
> (人生)의 실권(失權)'을 선고할 아무런 근거도 없다는 것이었다. (탁, 554)

근대이행기 일본을 거쳐서 들어온 서구적 문화와 문물을 통해 자본
주의적 경제 발전을 보이고 있는 군산에서 여자의 정조에 관한 관념은
여전히 봉건시대의 그것이었다. 이런 지배적 관념은 초봉을 수동적 주
체로 만들고 제호나 형보의 강간도 자기합리화를 통해 초봉 스스로 무
마하게 하며 그들의 여자로 살아가게 만든다. 그러나 계봉은 실체가 없
는 정조가 한 사람의 인생을 좌우할 수 없다고 생각한다.

주체가 욕망한다는 것은 선천적·절대적 결핍에 의한 것이 아니라
물질적·사회적인 결핍에서 비롯된 것이다. 그러므로 욕망한다는 것은
사회적 결핍을 채우기 위해 무엇인가를 생산하려고 하는 본능적 움직
임이다. 욕망에서 비롯된 생산은 횡단적 접속을 통해 무한한 욕망의 흐
름과 또 다른 접속들을 만듦으로써 고정된 구조적 질서를 벗어나는 속
성을 지닌다. 욕망은 이런 생성운동을 통해 현실적인 것을 창조하고 직
접 사회에 투여함으로써 사회기계의 몰적 기능13)을 무효화한다. 이런

---

13) 몰적이라는 것은 어떤 하나의 모델이나 특정 대상을 중심으로 모든 것을 집중해 나가는
　　것이다. 자본이 움직이는 모든 이윤메커니즘에 맞추어 초코드화 하는 것을 몰적이라 할
　　수 있을 것이다. 몰적인 방향은 기존에 생성된 것을 특정하게 코드화할 뿐이다.

욕망의 운동이 '탈주선'이다.14) 계봉과 같은 소수적 주체들은 미시 파시즘이 심어놓은 구속과 억압의 경계를 넘어서기 위해 끊임없이 탈주하는 횡단의 정치를 꿈꾼다. 이들은 무한한 접속과의 대화를 통해 실천 가능성을 열어놓고 미시권력이 요구하는 수동적이고 자기검열에 종속되는 주체화 양식을 거부한다. 이런 점에서 이들은 열린 횡단 조직을 지향하는 소수적 주체이다.

『장한가』의 왕치야오는 리 주임과의 소식이 끊어진 후 외할머니 고향인 우챠오에 잠시 머물다 상하이의 핑안리로 돌아와 제2인생을 시작한다.

> 상하이라는 이 도시에 핑안리와 같은 골목이 적어도 백 개는 된다. 핑안리에 대해 언급하면 길고 구불구불한, 온갖 사연을 간직한 골목길이 떠오른다. (중략) 골목은 그물과 흡사하여 처음 이곳에온 사람들은 일단 들어서면 방향을 잃고 헤매기 마련이다. 남들이 보기에 핑안리는 매우 혼란스러워 보였지만 그곳에 사는 주민들의 의식은 깨어 있었으며 지킬 건 분명하게 지키면서 열심히 살고 있었다. (중략) 왕치야오는 핑안리 39호 3층에 입주했다. (중략) 시들어버렸고 한두 개 화분에는 이름 모를 화초가 새잎을 싹틔우고 있었다. (중략) 곰팡이 가 낀 물속에는 작은 벌레가 헤엄치고 있었다. (중략) 이러한 낙서들은 모두가 자질구레하게 흩어진 세월의 편린으로 완전한 문장은 이루지 못했지만 여기저기 수두룩했다. 그것들은 또 한 층 한 층 쌓아올려 단단하게 바른 신발 바닥처럼 송곳마저 들어갈 곳이 없었다. (장1, 264-265)

다시 돌아온 상하이에서 왕치야오의 공간은 완전히 달라진다. 예전

윤수종 편역, 『가타리가 실천하는 욕망과 혁명』, 문학과학사, 2004, p.26.
14) 김겸섭, 앞의 책, pp.25-27 참조할 것.

앨리스가 상하이의 화려함을 집약적으로 보여준 공간이라면 핑안리는 상하이가 가진 또 다른 이종공간의 모습이다. 그녀는 상하이 핑안리로 돌아와 간호보조양성소를 다니면서 주사 놓은 자격증을 획득하고 주사 전문간호사로 자리잡는다. 앨리스라는 세계에 스스로를 구속하고 감금했던 그녀는 자신을 이제 바깥으로 향하게 한다. 사람들과의 왕래를 통해 핑안리의 어두운 밤 속에서 점차 빛을 발하며 다양한 욕망의 주체들과 만난다. 옌가 사모가 엘리스 때 기억을 상기시켜주는 인물이라면 캉밍신은 정신적 사랑을, 샤샤를 육체적 쾌락을 알게 해주는 자들이다. 옌가 사모는 경제적, 사회적 위치가 다른 자신의 사촌동생 캉밍신과 왕치야오의 사랑을 인정하지 않았고 캉밍신과 왕치야오조차 중국사회가 암묵적으로 정해놓은 신분의 한계를 넘지 못했다. 그러나 왕치야오는 캉밍쉰과의 사이에서 생긴 아이를 지키고 싶었다. 그와의 관계는 연인이 아닌 친구로 남겨두면서도 연인과의 사이에서 생긴 아이를 지키기 위해 사회적 경계 내에 위치하지 않은 샤샤[15]를 아이 아빠로 점찍는다. 이런 왕치야오의 행위는 미시 파시즘의 메커니즘 안에서 수동적 주체로서 자기검열 행위를 거부하고 탈주선을 시도하는 주체 행위라 할 수 있다.

반면에 변화된 왕치야오와 달리 미시 파시즘에 길들여진 인물들은 『장한가』 곳곳에서 나타난다. 남자에게는 진정한 사랑을 기대할 수 없다며 그들이 가진 물질적 부만을 추구하고 관계성은 가볍게 여기는 장

---

15) 중국 공산당 아버지와 러시아 어머니 사이에서 태어난 샤샤는 스스로를 공산주의 혁명의 혼혈아, 공산주의 국제화가 만들어낸 산물이자 공산주의 혁명의 후계자라고 말한다. (장2, 9)

용홍, 새롭게 바뀐 세상 속에서 상하이의 옛 유행을 회상하고 옛날의 가치를 고수하는 것이 최고의 발전이라 생각하는 라오커라,[16] 허세와 사기를 일삼으며 자신을 과대 포장하는 꺽다리와 같은 인물들은 『탁류』의 인물들처럼 굴절되고 왜곡된 대중들의 욕망을 가진 자들이다. 평소 과소비를 일삼는 꺽다리는 상하이의 유명한 간장공장 사장의 유일한 법정상속인으로 알려져 있었다. 홍콩으로 가족들이 전부 이민 갈 것이라는 소문이 파다한 그에게 사람들은 열광하고[17] 속물근성을 가진 장용홍 역시 그를 배우자로 점찍지만 그는 한낱 사기꾼에 불과했다. 왕치야오는 물질자본이라는 마법적 포획장치[18]가 순종적 주체들의 왜곡된 욕망을 부추김으로써 스스로를 예속하고 종속하게끔 만든다는 사실을 이미 깨닫고 있었다. 이런 욕망에 종속된 이들은 스스로를 세상의 주인으로 착각하지만 자본에 종속된 주체일 뿐이었다. 자본을 향한 권력욕망은 우리를 굴종된 주체로 만든다.

　　왕치야오가 말했다. "그건 불법이잖아, 50년대에는 황금을 암거래하면 총살당했어."
　　꺽다리가 웃으며 말했다. "그거야말로 웃기는 일이지요, 국가는 해쳐

---

16) 라오커라는 장년의 왕치야오를 통해 1930-1940년대 화려했던 상하이의 낭만과 추억을 상기한다. 그녀와 잠자리를 할수록 악몽에 시달리던 라오커라는 어느 순간 그녀의 모습에서 과거의 아름다움이 아닌 현재의 늙은 모습을 확인한다. 그녀에 대한 사랑이 동정과 허상이었다는 것을 깨닫는 순간 그녀를 떠난다. (장2, 219)
17) 1947년 내전의 발발로 수많은 대륙출신 이민자들이 홍콩으로 건너왔다. 그 과정에서 상하이의 자본과 문화가 유입되었다. 홍콩의 엘리트들은 '상하이화'를 거치며 상업과 문화부분에 엄청난 도약을 가져왔다. 1970년대 경제적으로 급성장하게 된 홍콩은 1980년 즈음부터 아시아의 경제, 건설, 문화의 중심지로 자리 잡게 되었다. 리우어판 지음, 장동천 외 옮김, 『상하이 모던-새로운 중국도시문화의 만개, 1930-1945』, 고려대학교출판부, 2007, pp.519-521 참고할 것.
18) 김겸섭, 앞의 책, pp.40-46 참고할 것.

먹으면서 개인은 못하게 말리는 거잖아요. 암거래라고요? 거 말 한 번 잘했어요. 암거래로 치자면 국가는 두목이고 우리 같은 사람은 졸개라고요." (중략) "제 생각에는요, 금을 가지고 있다면 지금 팔아치우는 게 좋을 것 같아요." (중략)

　왕치야오가 웃으며 말했다. "내가 그 인력거꾼이었으면 좋겠다." (장2, 308-309)

'거대 자본을 축척'하려고 하는 국가의 욕망과 '성공과 출세'를 향한 개인의 욕망은 지배의 재생산을 부추긴다. 자본주의 체제는 사람들이 스스로 주류, 부르주아, 다수자이기를 욕망하게 만든다. 다수자란 '정상 혹은 성공'이라는 주류적 가치를 쫓는 주체이다. 다수자이기를 욕망하는 사람들은 그 경계에 들어오기 위해 인간으로서 추구해야 할 기본적 욕망과 가치를 억압하고 억누른다. 이른바 왜곡되고 굴절된 '욕망의 도착현상'이 생겨나게 된다. 자본주의 사회 안에서 다수자로서 늘 부르주아를 꿈꾸는 사람들은 다수의 소수자들이다. 실제 부르주아(소수의 다수자)들은 다수의 소수자를 희생양으로 만들고 자신들의 카르텔을 더욱 공고히 할 뿐이다. 자본과 권력에 대한 왜곡된 욕망으로 인해 주체(다수의 소수자)들은 연속적으로 좌절을 경험하고 학습된 무기력을 가지게 된다. 경제적 이윤과 부를 추구하는 단일욕망으로 사람들을 집중시킨다는 점에서 자본주의 체제는 그 자체가 거대한 파시즘적 체제이다. 주체가 지니는 불안하고 끈질긴 성공에 대한 욕망은 주체를 종식시키고 이들이 순종적·종속적 주체가 되도록 만든다. 사람들은 자본과 권력을 향한 스스로의 욕망, 즉 마법적 포획장치를 통해 스스로 세상의 주인이자 다수자라고 생각하고 다수자의 경계 안에 들어가기 위해 수단과 방법을 가리지 않는다. 주체들의 불안하고 끈질긴 성공을 향한 욕망은 근대이행기 이종공간에 투영되어 주체를 종식시키고 이들을 다시 종속된 주체로 만든다. 진정한 관계보다는 부와 명예, 사회적 위치 등을 우선시 한 장용홍, 살인을 해서라도 금괴를 얻어 자신의 허상을 실상으로 만들고 싶었던 꺽다리, 편안한 삶, 미래에 대한 안정을 미끼로 초봉의 육체를 탐했던 태수·제호·형보, 부를 얻기 위해서라면 공금횡령이나 살인도 서슴지 않았던 이들의 욕망은 근대 이행기 타자공간에 투영되어 나타난다.

그러나 이에 맞서 끊임없이 분열하고 생성, 접속하는 자들이 있다. 이들은 불변적이고 동질적인 다수자의 상수들을 해체함으로써 생성과 탈주의 흐름을 바꾸어놓는 소수적 주체들이다. 이들은 억압에서의 탈주를 꿈꾸며 구속과 억압의 경계를 넘는 횡단의 정치를 이루고자 노력한다.[19] 이들은 국가권력이 요구하는 주체화 양식을 거부하고 자신의 조직을 무한히 열어놓음으로써 권력의 통제를 벗어나고자 한다. 수동적이고 자기검열에 철저했던 초봉과 달리 자기계발에 적극적이었던 계봉은 보다 나은 삶을 위해 노력하는 진보적 인물이다. 백화점 화장품 가게에 일하면서 여드름바가지, 소장변호사 영감, 하꾸라이(외래, 외국인) 귀공자의 연애대상이 되지만 그녀는 이들의 선택을 거부한다. 어릴 적부터 승재를 좋아했던 계봉은 초봉을 좋아했던 승재의 마음을 돌려 자신의 연인

---

19) 들뢰즈와 가타리는 이러한 소수적 주체들을 유목적 주체로 명명하지만 근대이행기에 유목적 주체를 언급한다는 것은 성급한 이론적용이라 생각한다. 그러므로 본 Ⅳ장에서는 근대이행기에 근대 혹은 근대성을 거부하고 저항한 주체들을 소수적 주체라 명명할 것이다. 들뢰즈와 가타리, 최명관 옮김, 『앙띠 오이디푸스』, 민음사, 1998, pp.25-30 참고 할 것.

으로 만든다. 간호부가 되고 싶어 하는 계봉을 위해 승재는 의학전문이나 약학전문학교 진학을 권하지만 "공부시켜주는 의리가 연애나 결혼을 간섭할 테니깐……"(탁, 603)이라며 거절한다. 언니집이 불편하면 나와서 살라고 하는 승재의 권유에 계봉은 "언니도 데리구 같이 오라구 하믄 오지만"(탁, 604)이라고 말하며 형보의 육체적, 정신적, 경제적 속박에서 언니를 구출하려는 의지를 보인다.

봉건적 가족제도가 여전히 팽배한 당시 지역사회에서 개인의 의지와는 상관없이 세 명의 남자를 남편으로 맞이한 초봉의 처신은 관념상 이해되기 힘들었다. 여성을 남성의 종속적 개념으로 보는 사회에서 과정이 어떠하든 남편을 떠나 독립을 하는 것은 그리 적절하지 못한 행위로 인식되었다. 그러나 계봉은 사회의 관념적 인식에서 벗어나 '다르게 되기'를 실천하고자 한다. 언니의 주체적 독립을 실행하려는 계봉은 초봉과는 달리 미시 파시즘의 억압에서 탈주를 꿈꾸는 소수적 주체라 할 수 있을 것이다. 자기가 정주하고 있는 그곳에서부터의 탈주가 바로 소수자적 삶을 실천하는 첫걸음이다. 소수적 주체의 무의식적 욕망은 아무런 매개 없이 사회에 직접 투영될 수 있다. 무의식은 물질적이고 생산적이기에 이러한 욕망들은 무한한 욕망의 흐름과 또 다른 접속들을 만듦으로써 고정된 구조적 질서에서 벗어난다. 이들은 수평적이고 횡단적인 상호그물망을 형성하고 탈영토화의 극을 향해 자기운동을 계속한다.

스스로 재영토화되려는 순간에 멈추지 않고 계속해서 자기갱신과 탈영토화 운동을 하는 소수적 주체들이었다. 이들은 거시적 권력뿐만 아니라 미시적 권력의 통제에서 벗어나기 위해 과거 운동방식과는 다른 '새로운 욕망의 배치방식'을 요구한다. 이들이 행하는 탈영토화운동은

주류 사회나 국가의 내적균열을 일으킬 수 있다.[20]

형보는 초봉이 잠시만 보이지 않아도 광기를 일으키고 밤의 수캐가 된다. 자결을 결심한 초봉이 약을 구하러 잠시 외출한 사이 형보는 그 사이를 참지 못하고 초봉의 딸 송희의 다리를 거꾸로 들고 흔들다가 던진다. 들어오면서 이 모습을 본 초봉은 형보의 사타구니와 단전을 발로 내지르고, 급소를 맞은 형보는 급사하고 만다.

> 초봉이는 형보를, 원망과 증오가 사무친 형보를, 또 이미 죽이겠던 형보를 마침내 죽여 놓았고, 그래서 시방 이렇게 죽어 뻐드러졌고, 그러니까 인제는 속이 후련하고 기쁘고 했어야 할 것인데 아직은 그런 생각이 안 나고, 형보가 죽은 것이 도리어 안타까웠다. (중략)
> 자신은 여전히 괴로운데 죽은 형보의 얼굴은 평온, 원수는 저렇듯 편안하다.
> 저 평온! 저 무사! 저 무관심! (탁, 650-651)

형보에게 강간당했다는 사실 때문에 평생 그에게 수동적으로 끌려다녀야만 했던 초봉은 죽은 형보의 양 가슴을 맷돌로 내리친 후 자살을 하려고 한다. "내가 무엇을 잘못했길래? 응? 내가 무엇을 잘못했어? 장형보 그까짓 파리 목숨 하나만두 못한 생명, 파리 목숨이라믄 남한테 해나 없지 천하에 몹쓸 악당, 그놈을 죽였다구 그게, 그게 죄란 말이

---

20) 들뢰즈와 가타리는 수목(arbre)이 계통화하고 위계화하는 방식임에 비하여 리좀(Rhizom : 근경, 根莖, 뿌리줄기 등으로 번역할 수 있다. 줄기가 마치 뿌리처럼 땅속을 파고들어 난맥을 이룬 것으로 뿌리와 줄기의 구별이 사실상 모호해진 상태를 의미한다.)은 통일되거나 위계화 되지 않은 흐름의 복수성과 이질발생성, 새로운 접속과 창조의 무한한 가능성을 의미한다고 말한다. 앞에서 언급한 소수적 주체들은 분명 '다르게 되기'를 고집하고 미시파시즘의 억압에서 소수적 주체로서 가능성을 보여주었다. 이런 점에서 근대이행기임에도 불구하고 필자는 들뢰즈와 가타리의 리좀 이론을 차용하였다.
들뢰즈와 가타리, 김재인 옮김, 『천의 고원』, 앞의 책, 참고할 것.

냐?"(탁, 666)라며 억울함을 토로한다. 그러나 승재와 계봉의 권유로 자수
를 결심한 초봉의 얼굴은 지극히 슬프면서도 그러나 웃을 듯 빛난다.(탁,
669) 처음으로 초봉이 '정절'이라는 봉건적 사고방식과 '화폐와 부'라는
단일욕망추구에서 탈주하여 소수적 주체로서 첫 가능성을 보인 것이다.

왕치야오는 꺽다리가 이미 자신의 금괴에 눈독을 들이고 훔치기 위
해 돌아올 것이라는 것을 알고 있었다. 뜬 눈으로 그를 기다린 왕치야
오는 그가 서랍을 뒤지자 자수를 권하지만 행위를 멈추지 않는 꺽다리
를 보고 경찰에 신고해야겠다고 경고한다. 다급해진 꺽다리가 얼굴에
험상궂은 미소를 띠며 파렴치하고 잔인한 사람으로 돌변하자 왕치야오
는 이미 자신의 죽음을 예감하고 이를 악물며 욕을 퍼붓는다.(장2, 316-317
요약) 죽어가는 순간까지도 그에게 굴복하지 않고 당당했던 왕치야오는
핑안리로 돌아오면서부터 적극적으로 소수적 주체가 되기 위해 노력한
인물이었다. 미스 상하이라는 옛 타이틀에 연연하거나 앨리스에서의 화
려한 생활을 그리워하지 않고 핑안리 골목의 일원이 되기 위해 적극적
으로 노력했다.

왕치야오가 예전 상하이의 명성을 지닌 대표인사로 제법 알려지면서
상하이의 엘리트들은 그녀의 집에 모여 사교문화살롱을 만들고 그녀에
게 다시 한 번 예전의 화려함을 재건해보자고 권한다. 그러나 왕치야오
는 "이 세상을 산다는 것은 연극을 하고 있는거나 마찬가지"(장2, 279)라
고 말하며 그 중심에 서는 것을 거부한다. 그녀는 사교계의 중심으로
돌아간다는 것이 부과 명성을 얻는 것임과 동시에 자본주의 사회가 강
요하는 마법적 포획장치에 속박된다는 것을 이미 알고 있었던 것이다.
자신의 집을 엘리트들의 사교장소로 내어주고 다과를 준비해줄 뿐 화

려한 미스 상하이의 생활로 다시 돌아가는 것을 분명하게 거부한다. 조용히 살롱의 구석에서 이들을 통해 끊임없이 변화해가는 상하이의 모습을 느끼고 자신의 삶을 설계해나가는 욕망의 자율적 주인으로서 위치한다. 또 딸 웨이웨이, 딸의 친구 장용홍, 사위 샤오린, 어린 연인 라오커라까지 이들이 자본주의의 도착적 욕망에 길들여지지 않고 개인의 주체적 삶의 척도를 마련할 수 있도록 정신적·물질적 도움을 주려고 노력한다.

계봉은 잘못된 선택으로 인해 망가져가는 언니 초봉을 보면서 어릴 적부터 소수적 주체로 판단하고 자라왔다. 초봉은 계봉의 영향으로 '정절'이라는 봉건적 사고방식과 '화폐와 부'라는 단일욕망추구에서 처음으로 탈주하여 소수적 주체로서의 가능성을 보여주었다. 왕치야오는 과거의 화려했던 상하이와 문화대혁명 이후 변해버린 상하이를 보면서 미시 파시즘에 길들여진 과거의 삶을 버리고 욕망의 자율적 주인으로서 주체적 삶을 설계하였다. 그동안 미시파시즘에 길들여진 속물적 주체들로 인해 자본주의 사회에서는 물질적이고도 세속적인 욕망의 표상들이 나타났지만 소수적 주체들의 행동은 이러한 자본주의 사회의 한계를 극복할 수 있는 실천가능성을 보여준 것이라 할 수 있다.

5. 타자화된 무장소에서 탈영토화된 공간으로

이번 장은 근대이행기 유사한 역사적·사회적 배경일 지닌 군산과 상하이를 배경으로 한·중 텍스트 공간을 비교해 볼 수 있지 않을까라는 호기심에서부터 출발하였다. 외세에 의해 강제 개항한 항구도시인 군산과 상하이는 당시의 정치·경제적 상황, 사회적 분위기, 지어진 건축물 등에서 비슷한 점들을 많이 가지고 있었다. 이러한 호기심을 풀기 위해 '한·중 근대도시의 타자공간과 욕망의 표상'에 대해 알아보려는 목적을 가지고 채만식의 『탁류』와 왕안이의 『장한가』를 중심으로 살펴보았다. 타자지향적 도시사회의 속성을 지닌 가변적 공간이었던 군산은 장소애가 붕괴되고, 피상적 인간관계만 맺는 보편적 관계의 장이었다. 난징조약 후 강제개항한 상하이는 아르데코 양식의 유럽식 건축물과 아편·담배에 찌든 이끼 낀 골목이 공존하고 있었다. 문화대혁명 이후 고통스러운 상실, 과거의 영화에 대한 욕망과 현재의 상실에 대한 슬픔이 공존하면서 상하이는 장소애가 파괴되고 타자화된 무장소일 뿐이었다. 봉건주의적 사고방식과 자본주의적 사회제도의 확산 안에서 제국주의와 식민주의의 단면을 적나라하게 보여준 근대이행기 군산과 상하이의 이종공간은 타자화된 공간이었다. 이 안에는 욕망의 메커니즘에 순응하는 속물화된 인물이 존재했다. 이들은 순응되고 종속된 주체로서 자기검열을 통해 미시 파시즘의 메커니즘에 길들여진 존재들이었다. 성적 쾌락을 추구하는 인간의 본능적 욕망, 식민지 근대화 과정에서 나타난 자본주의적 욕망, 성과 자본의 교환을 통해 일신의 편안함을 추구하고자 하는 개인의 욕망은 근대이행기 타자화된 도시공간 안에서 왜곡되어 나타났다. 그러나 이에 길들여지지 않고 끊임없이 분열, 생성, 접속하는 소수적 주체도 있었다. 이들은 주위사람들의 잘못된 선택을 보면서, 혹은 자기반성과 깨달음을 통해 새롭게 성장해나갔다. 미시파시즘에 길들여진 순종적·종속적·속물적 주체들이 미시권력의 통제에서

벗어나 생산적 욕망방식으로 발전해나갈 수 있도록 횡단적인 상호그
물망을 형성하기 위해 노력하였다. 본인뿐만이 아니라 주위의 다른 순
종적 주체들까지도 자본주의의 도착적 욕망에 길들여지지 않고 개인
의 주체적 삶의 척도를 마련할 수 있게 정신적·물질적 도움을 주려고
하였다. 그동안 미시파시즘에 길들여진 속물적 주체들로 인해 자본주
의 사회에서는 다양한 욕망의 표상들이 나타났다. 그러나 이러한 소수
적 주체들의 행동은 자본주의 사회의 한계를 극복하기 위해 타자화된
무장소에서 탈영토화된 공간으로 나아가는 타자적 주체로서의 내딛음
이다.

위화의 『형제』에 나타난 광기와 공간의 주체성

V. 위화의 『형제』에 나타난 광기와 공간의 주체성

1. 문화대혁명의 소설적 형상화

위화의 『형제』[1]는 문화대혁명[2]을 배경으로 몇 명의 주요 인물들을 통해 격변하는 중국의 현대사를 보여주는 텍스트이다. 그동안 우리는 그의 1990년대 작품들 안에서 '삶을 통찰하고 관조하는 정신'을 찾아볼 수 있었다.[3] 1990년대 이전의 그의 소설들을 보면 작가가 소설 속 인물들을 지배하고 명령하지만[4] 1990년대 이후 소설에서는 인물 내면의 소

---

  * V장은 『한중인문학연구』, 45집에 게재된 것을 수정 보완한 것이다.

1) 余華, 《兄弟》(上), 上海文藝出版社, 2005. 8.
   ___, 《兄弟》(下), 上海文藝出版社, 2006. 3.
   위화, 최용만 옮김, 『형제』 1·2·3, 휴머니스트, 2007.
2) 문화대혁명(1966.05~1976.10)은 당지도부의 권력투쟁에서 밀려난 마오쩌둥이 주자파·자산계급 반동학술 권위자들이라는 정적을 제거하고 권력을 재장악하기 위해 일으킨 사회주의 혁명이다.(이하 문혁이라 약칭) '마오쩌둥이 잃었던 권력을 탈취하려는 시도'라는 것이 대체적인 평가이며 그 배경으로는 정치사상개혁, 마오쩌둥과 실무파 세력 간의 권력 투쟁, 중소관계의 악화, 미국의 베트남 전쟁 개입으로 인한 긴장고조 등을 들 수 있다. 제임스 왕, 이문규 역, 『현대중국정치론』, 인간사랑, 1998, pp.42-44 참고할 것.
3) 위화, 백원담 옮김, 『살아간다는 것』, 푸른 숲, 1997.
   ___, 최용만 옮김, 『허삼관매혈기』, 푸른 숲, 1999.
4) "당시 나는 마치 폭군과도 같은 서술자였다. 그때는 소설 속의 인물들이 자신들의 목소리를 가져서는 안 된다고 여겼으며, 그들은 모두 소설 속의 부호이자 내 자신의 노예로서

리와 울림에 귀 기울인다. 그는 인물들이 겪는 사회현실과의 갈등과 대립, 그들의 저항 안에서 독자들이 인간에 대한 근본적 질문들과 탐구적 주제들을 내면화하고 이를 직접 찾아 볼 수 있도록 한다. 1990년대 마지막으로 출간된 『허삼관매혈기』 이후 10년 만에 출간된 『형제』는 인물들이 겪는 비극적 현실 안에서 과장된 희극으로 중국의 감성과 연민을 보여준다. 텍스트 속 전국처녀미인대회라든가, 처녀막 재생수술, 송강의 유방확대술 등은 그동안 위화의 소설과는 다른 경박함마저 보이기에 문단과 학계에서는 『형제』가 '대중적 취향에 영합한 통속적이고 상업적 소설'이라고 비판적 목소리를 내었다.[5]

그러나 필자가 텍스트를 바라보는 시각은 다르다. 텍스트는 '류진'이라는 작은 마을을 프리즘화하여 문혁으로 인해 급변하는 중국의 모습을 여과 없이 보여준다. 인간의 개성은 자신이 속한 계급 안에서 전체 사회의 부분으로 발현될 때 역사가 되고 문화적으로 생산될 수 있기에[6] 이광두, 송강을 비롯한 텍스트 내 인물들의 경험을 단순히 허황되고 과장된 것이라 치부하기에는 이른 듯하다. 이들의 과장된 행위 안에서 충분히 당대의 역사와 문화를 찾아볼 수 있다.

그들의 운명은 내 손에 쥐어져 있다고 생각했다." 위화, 박자영 옮김, 『세상사는 연기와 같다-작가인터뷰』, 푸른 숲, 2000, pp.281-282.

5) 중국문학계는 그동안 리얼리즘적 시각을 가지고 당대 중국 현실을 날카롭게 그린 작가로 인정받던 위화가 '대중적 취향에 영합하여 통속적이고 상업적인 베스트셀러 작품을 써냈다는 사실', '소설적 기교, 문학적 완성도, 현실에 대한 통찰 등이 이전 작품에 비해 퇴보했다는 점'을 들어 『형제』를 비판했다.
過橋, <虛假的史詩劇-兄弟的陰影只能是虛幻的剪影>, <当代最新作品点平>, 趙暉 等, ≪中文自學指導≫, 2006年, 第4基 (總188基)

6) 츠베탕 토도로프, 최현무 옮김, 『바흐찐, 문학사회학과 대화이론, 부록-바흐찐의 논문』, 1987, p.55.

'위대한 사회주의 건설'이라는 이름으로 진행된 문혁은 중국인들의 인격과 사회적 존재위치, 중국의 전통적 가치와 그동안 이루어졌던 모든 것을 부정하는 결과를 낳게 되었다. 중국뿐 아니라 국내에서도 문혁의 성격과 의의를 나름대로 규명하고자 시도하고 있다. 문혁을 권력투쟁의 산물이자 도구, 마오쩌둥과 그의 추종자들의 탈권 투쟁,[7] 중국에 크나큰 재앙을 안겨준 광란의 시기, 마오쩌둥의 유소기 타도, 중국을 경제적으로 빈사상태에 빠뜨린 부끄러운 시기 등으로 보는 부정적 시각이 있다. 반면 사회주의 국가인 중국이 혁명운동을 지속시켜오면서 자연스럽게 배태하게 된 극좌 사조의 총체적 표현으로 보기도 한다. 동시에 문혁의 종식을 중국이 개방적 세계로 나아갈 수 있게 해준 역사적 출발점이자 새로운 국가건설을 알리는 신호탄으로 보는 시각도 있다.[8] 문혁이 일어난 10년 동안 마오쩌둥의 붉은 군대(Red Guards)인 홍위병과 이에 도취된 인민들이 보여준 광기어린 폭력은 '건국 이래 국가와 인민에게 가장 엄중한 좌절과 손실을 가져다 준 중대한 과오'였다.[9] 그러나 역사적 관성인 관료주의를 극복하고 국가통치 시스템과 엘리트 충원기제를 새롭게 구성함으로써 중화인민공화국의 사회, 경제, 영토상의 통합을 강화시켰다는 긍정적 측면 또한 간과할 수 없다.[10] 문혁시기 혼란했던 공간의 변화양상들은 송범평을 비롯한 몇몇 인물들을 통해 드러

---

7) 이춘식, 『중국사서설』, 교보문고, 2000, p.619.
8) 윤휘탁, 「중국 문화대혁명시기의 역사 인식과 영사사학」, 『한국사시민강좌』 21, 1997, pp.207-208 참조할 것.
9) 이는 중국공산당이 '문혁'을 두고 스스로 내린 평가이다. 그만큼 국가폭력으로서 문혁은 중국에 큰 영향을 주었고 공간의 변화를 이끌어냈다.
   中共中央文獻研究 편, 《關于建國以來黨的若干歷史問題的決議注釋本(修訂)》, 人民出版社, 1985, pp.27-28.
10) 김창규, 「문화대혁명, 그 기억과 망각」, 『민주주의와 인권』 제10권 2호, 2010, p.309.

난다. 텍스트는 중국인들이 지금까지 지켜왔던 가치뿐 아니라 '위대한 사회주의'를 건설하고자 문혁에 앞장섰던 이들의 가치가 극단적 이념의 주입과 국가폭력으로 인해 얼마나 처참하게 무너지는지 보여준다. 동시에 우리는 이광두와 송강을 통해 문혁이후 사회주의 국가에서 유입된 자본주의가 어떠한 광기를 생산해내는지, 광기적 공간의 폭력성은 무엇인지 찾아볼 수 있다.

이렇듯 중국현대사회를 배경으로 하는 텍스트 속 인물들의 경험 안에서 국가폭력과 공간의 상관관계가 구체적으로 드러난다. 이번 장은 국가폭력으로 인한 감성과 이성의 충돌 안에서 공간이 어떻게 변화하는지, 문혁 이후 결합된 자본주의 권력과 인간의 욕망이 어떠한 광기적 공간을 만들어나가는지 알아보고자하는 호기심에서부터 출발하고 있다. 문혁이라는 국가폭력과 문혁이후 유입된 자본주의 권력이 어떻게 공간의 의미변화를 일으키고 있는지, 폭력과 권력에 예속된 공간 안에서 인물들이 어떻게 주체적 공간을 되찾아 가는지 알아보자.

2. 국가폭력의 광기와 공간의 가치상실

근대의 위계적 이분법에 따르면 근대 이전에는 지배적 주체로서의 시간에 의해 공간이 지배된다고 알고 있었다. 수동적이거나 서술의 배경으로만 이해되던 공간이 근대 이후에는 서로 모순되는 시간 안에서 병존하고 분열되는 다양한 공간으로 이해되고 있다.[11] 공간은 즉자적으로 존재하는 고정된 것이 아니라 인간의 사회적 행위를 통해 생산되거나 오히려 인간을 통제하는 역동적 존재라 할 수 있다. 그러므로 우리가 텍스트를 통해 공간의 조직을 이해하고 의미를 해석하는 것은 사회를 이해하는 것이자 권력의 형태로서 기능하는 지식의 과정이나 권력의 효과를 포착하는 것이다.12)

위화 스스로도『형제』를 문혁시기와 개혁개방 이후 시기의 만남으로 탄생된 소설이라고 표현했듯13) 문혁 이전과 이후의 중국의 모습은 텍스트 속 류진이라는 마을의 변화과정 안에서 찾을 수 있다. 송범평, 이광두, 송강, 그리고 그 외 다양한 인물이 겪는 일련의 사건들 속에서 국가폭력이 중국이라는 공간을 어떻게 역동적으로 변화시키는지, 자본주의가 어떤 폭력성을 갖게 되면서 다양한 공간을 공존하게 만드는지, 자본주의 폭력이 인간들을 어떻게 통제하는지 보여준다.

문혁은 당지도부의 권력투쟁에서 밀려난 마오쩌둥이 주자파·자산계급 반동학술 권위자들이라는 정적을 제거하고 권력을 재 장악하기 위해 일으킨 사회주의 혁명이다. 대중들이 노선투쟁에 개입하도록 선동하고 유도함으로써 그는 정적들을 손쉽게 제거하고 권력을 재 장악할 수 있었지만 결과적으로 중국은 득보다 실이 더 많아지게 되었다. 사실 문혁은 사회주의에 대한 서로 다른 시각으로 인해 당내에서 발생한 온건파와 급진파의 대결이었다.14) 그러나 마오쩌둥의 아이들이라 할 수 있

---

11) 에드워드 소자, 이무용 옮김,『공간과 비판사회이론』, 시각과 언어, 1997, p.51 참고할 것.
   마르쿠스 슈뢰르, 배정희 옮김,『공간, 장소, 경계』에코 리브르, 2010, p.190 참고할 것.
12) 에드워드 소자, 앞의 책, p.106 참고할 것.
13) 위화,『세상사는 연기와 같다-작가인터뷰』, 앞의 책, p.314.
14) 문혁은 '소유제의 사회주의적 개조가 완료되었기 때문에 계급이 소멸하였고 이제는 생산력을 발전시키는 것'을 과제라고 본 온건파와 '새로운 사회주의적 생산관계를 발전시키고, 혁명을 정치권력과 소유제 영역에서 다른 영역으로 확대하는 것'을 과제라고 본

는 홍위병들과 인민들의 광기어린 집단 무의식이 표출 된 시기이기도 했다. 1949년 정권수립 후 국민당, 지주, 구(舊)정권의 자본주의적 성향과 관계가 있었던 사람들의 자녀는 정치·사회적 진출을 제재 당했고 이들의 욕구불만과 분노는 정점을 치닫기 시작했다. 공산당의 감시 아래 혁명적 희생과 금욕, 국가에 대한 절대적 복종을 강요받으며 살게 된 학생들은 신중국의 발전이 오히려 달갑지 않았다. 잠시 권력의 중심에서 밀려났던 마오쩌둥은 자신의 재집권을 위해 현실에 억압당하던 젊은이들의 분노를 촉발시켰다.[15] 이렇게 결성된 홍위병들에게 신중국의 관료와 지식인들은 타도의 대상이 되었다. 이 과정에서 국가기관과 홍위병(조반파)[16]들을 통해 드러난 국가폭력은 각 공간에 내재된 욕망과 여러 가지 상이한 사건의 흐름이 서로의 목적에 의해 착종되면서 분출된 매우 복잡한 사건이라 할 수 있다.[17]

마오쩌둥에게는 권력재탈환이라는 실제적 목적이 있었고, 조반파와 이들의 논리에 휩쓸린 인민들은 '부르주아 지식인들에 의해 뒤집힌 역사를 인민들의 역사로 되돌려 사회적 평등을 이루려는' 목적을 가지고 있었다. 그런데 문혁시기 이러한 목적을 달성하려는 과정 안에서 중국 사회의 규칙, 문학과 문화, 예술 등 모든 가치들이 무너졌다. 마오쩌둥은 '뒤집힌 역사를 다시 돌려 세운다'를 문혁의 목표로 삼고 비천한 자

급진파의 대결이었다.

백승욱, 『문화대혁명, 중국 현대사의 트라우마』, 살림, 2007, p.22.

15) 김정계 지음, 『중국의 권력 투쟁사』, 평민사, 2002, p.166 참고할 것.

16) 홍위병은 상이한 계급적 배경을 가진 학생 조직으로 혁명에 대한 열정, 사회적·정치적 지위 상승 도모, 당조직 보호 등 다양한 목적을 가지고 문혁에 참가한 이들이다. 마오쩌둥은 이들을 이용해 혁명을 성공시켰지만 계급과 목적이 달랐던 이들의 갈등은 문혁 파벌대립을 촉발한 주요한 요인이 된다. 위의 책, p.42.

17) 위의 책, p.20 참조할 것.

를 멸시하는 악습과 미신을 타파하여 인민들의 무너진 자신감과 자존
감을 높이려는 노력을 하였다. 피지배층으로 억압받던 인민들에게 문혁
의 목표는 상당히 합리적이었고 공명을 불러일으켰지만 실제로 문혁을
시행하는 동안에는 비인륜적인 행위들이 나타나기 시작했다. '고귀한
자가 가장 우매하고 비천한 자가 가장 총명하다'는 극단적인 명제가 당
위성을 인정받으면서 중국인들은 자신들 스스로 '가진 자'와 '못가진
자', '많이 배운 자'와 '못 배운 자', '지위가 높은 자'와 '낮은 자', '학
자·지식인 집단'과 '비학자·비지식인 집단', '늙은이'와 '젊은이' 등
이분법으로 나누었다. 후자에 속한다고 생각한 인민들은 반동 부르주아
계급 격파, 인민평등 등을 실현하기 위해 전자들을 무차별적으로 폭행
하기 시작했다. 특히 어린 홍위병들은 구사상·구풍속·구문화·구습
관을 타파한다는 명분으로 자신들의 스승과 부모·친지·이웃어른들에
게 비인륜적 폭력을 행사하였다.

　문혁이 발발했던 기간(1966.05~1976.10) 동안 중국 인민뿐만 아니라 문
학·문화·예술 등 중국의 가치로운 것들은 국가폭력으로 인해 파괴되
어 버렸다.[18] 문혁시기 투쟁대상으로 규정되었던 주자파와 자산계급
반동학술 권위자들은 사실 당내 자본주의 노선을 걷는 이들로 객관적
인 상황에서 주관적인 판단으로 만들어진 대상들이었다. 주자파로 지목
된 사람들은 원래 당과 국가의 핵심 영도자들이었으며, 자산계급 반동
학술권위자들 역시 사회주의를 옹호하고 이미 노동자 계급의 일부가
되어버린 지식인들이었다. 마오쩌둥은 이들을 現行 反革命分子(현행 반혁명

---

18) 쳰뤼췬, 「중국 변경 지역 기층 지식인의 문화대혁명에 대한 회상」, 한림대학교 아시아문
　　화연구소 엮음, 『중국문화대혁명 시기 학문과 예술』, 태학사, 2007, p.39.

분자) 즉 現反(현반)으로 규정하고 탄압하기 시작했다. 존재하지도 않은 투쟁대상을 타도하기 위해 억지로 만들어진 現反(현반)들은 대중들의 집단심리에 의해 누구라도 언제든지 될 수 있었다. 중국 문혁 시기에 '내가 살아남기 위해 남을 현반으로 만드는 것'은 그동안 '내가 살아남기 위해 남을 빨갱이로 지목'했던 한국의 경우와 매우 흡사하다.

> 기골이 장대한 송범평은 시위 대열의 제일 앞에 서서 두 손을 곧게 편 채로 거대한 홍기를 들고 있었는데 (중략) 송범평이 깃발을 휘두르고 있을 때 사람들은 만세를 연창했다. (중략) 그렇게 송범평이 류진 역사상 가장 큰 홍기를 흔들고 나자 류진 역사상 가장 중요한 인물이 되어버렸다. (중략) 머리에 종이모자를 쓰고 가슴에는 '지주 송범평'이라고 써 있는 나무널빤지를 걸고 서 있었지만, 아이들에겐 그건 다섯 개의 'xx xxx'일 뿐이었다. (형1, 116-125)

지주집안의 교사출신 송범평은 문혁이 일어나자 지식인으로서 인민해방을 위해 앞장서서 붉은 기를 흔든다. 인민들은 그에게 '위대한 모주석과 위대한 무산계급 문화대혁명의 시작'에 대해 묻는다. 그들은 송범평의 설명을 들으며 그의 '혀와 튀기는 침까지 모주석의 것으로 느끼고 존경의 눈빛'을 보낸다.(형1, 119) 그러던 류진 마을 사람들은 그가 지주 아들이자 교사라는 이유로 다음날 바로 현반으로 규정하고 높은 종이 모자를 씌운 다음, 목에 나무널빤지를 걸게 한다.

문혁 전 지주아들이자 교사였던 송범평은 신중국의 전형적인 지식인이다. 여자 엉덩이를 훔쳐보다가 똥통에 빠진 남자(이광두 생부)를 빼내 시신을 부인(이란)에게 데려다 준다. 장례가 끝나고, 후에 그녀와 사랑에 빠져 결혼하고 이광두를 친 아들로 받아들인다. 구시대적 관습에 얽매여 있지 않은 송범평은 가족들을 아끼고 자신의 모든 행위에 대해 당당하다. 그런 그의 모습에서 신중국의 전형적 지식인으로서 긍정적 가치를 찾을 수 있다.

중국의 광활한 대지와 같은 그의 넉넉하고 자비로운 성품은 문혁시기 고초를 당하면서도 변하지 않는다. 현반으로 찍혀 매일 자아비판을 하고 매를 맞았지만[19] 아들들과의 약속을 위해 밤바다로 향한다. 그는 하얀 포말을 그리는 어둠의 바다를 향해 양팔 벌려 맞으며 "해는 없지만, 달이 있잖니."(형1, 139)라고 아들들에게 말한다. 폭력과 시위가 난무하는 문혁시기에 희망을 잃지 않으려는 송범평은 자신의 가정만은 어떻게든 지키려고 애쓴다. 밝은 대낮의 류진은 구타와 폭력, 시위가 그치지 않는 피비린내 나는 공간이자 구타와 폭력이 횡횡하는 광기어린 카니발적 공간이다. 반면 달빛 아래 반짝이는 밤바다는 대자연의 광활함을 보여주는, 평화롭고 보다 나은 미래를 꿈꾸게 하는 긍정의 공간이다. 낮에는 온갖 핍박과 고난을 당하더라도 달빛이 비치는 공간 안에서 송범평은 대자연과의 황홀한 교감을 통해 무너져가는 긍정적 · 보편적 가치를 지키고자 한다. '내가 살아남기 위해 타인을 현반으로 규정하고

---

19) 공식적인 축제가 단층적이고 엄숙한 것이기에 인간의 축제성이 지닌 진정한 본질을 뒤바꾸고 왜곡할 수 있다. 반면 카니발은 지배적인 진리들과 현존하는 제도로부터 일시적으로 해방된 것처럼, 모든 계층 질서적 관계, 특권, 규범, 금지의 일시적 파기를 축하하는 것이다. 그런 의미에서 구타는 카니발적 성격을 명백히 드러내는 장치이다. 구타를 통해 의식은 어느 정도의 자유와 친근함에 대한 권리를, 사회생활의 일상적 규범을 깨뜨리는 권리를 부여한다. 이런 점들을 볼 때 문혁시기 현반들에게 폭력과 구타를 행사했던 인민, 군중들은 문혁을 카니발로 인식한 듯싶다.
미하일 바흐찐 저, 이덕형 · 최건영 옮김, 『프랑수아 라블레의 작품과 중세 및 르네상스의 민중문화』, 대우학술총서 아카넷, 2001, pp.31-32, pp.313-314 참고할 것.

피비린내 나는 폭력을 행사하는 광기어린 공간' 안에서 아이들의 꿈과 가정을 지키고자 하는 그의 노력은 눈물겹기까지 한다. 이때 달빛이 비치는 밤바다는 인류애적, 보편적 공간으로 거듭난다. 문혁시기 송범평이 위치한 공간은 이종공간으로도 볼 수 있다. '이종공간'은 장소 없는 공간의 자질을 고찰하는데 유용한 구성적 개념이다. 이는 다양한 공간 형상에 내재한 임의적이고 추상적인 자질들을 해석하는데 동원될 이미지 도식에 상응한다.[20] 이런 도식을 적용하면, 피비린내가 나고 폭력이 난무하는 낮의 공간은 실재적 공간이면서 광기어린 카니발적 공간이다. 동시에 달빛이 비치는 밤바다에서 광활한 자연과의 교감을 나누는 공간은 송범평의 가족들이 만들어내는 자기들만의 카니발적 공간이면서 이상적인 이미지로만 이루어진 '무차원적 이종공간'[21]이 된다. 축제는 모든 공식적인 체계들의 효력과 그 모든 금지들, 그리고 계층질서의 장벽을 일시적으로 중지시키는 것과 같다. 문혁이 '부르주아 지식인들에 의해 뒤집힌 역사를 인민들의 역사로 되돌려 사회적 평등을 이루려는' 목적을 가졌다는 점에서 카니발적이라 할 수 있다. 그러나 송범평과 가족들의 입장에서는 다를지도 모른다. 이들에게 문혁이 일어나는 낮은 현실적이고 실재적 공간이고, 폭력과 구타, 생활의 엄숙함에서 잠시 벗어날 수 있는 밤이야말로 카니발적 공간이다.[22] 송범평을 통해 류진은 이종공간의 형상을 갖고 재구성되기에, 과도한 혼돈 상황에서 이종공간은 문혁이라는 특수한 상황의 표지들을 잘 드러낼 수 있는 자질이기도

---

20) 장일구, 「한국 근대 도시 공간의 서사적 초상–이종공간의 탄생 신화」, 『어문연구』 75집, 2013, p.301.
21) 위의 논문, p.314.
22) 미하일 바흐찐, 앞의 책, p.148 참고할 것.

하다.

'뒤집힌 역사를 다시 돌려 세우고 인민의 무너진 자존감을 높이고자' 했던 문혁은 10년 간 지속되었지만 오히려 중국의 전통적, 인류애적, 보편적 가치를 부수는 결과를 가져왔다. 이러한 국가폭력 앞에서 중국의 공간과 인민들은 처참하게 파괴되고 말았다. 창고에 갇힌 송범평은 심한 구타로 왼쪽 어깨가 탈골되었어도 아내와의 약속을 지키기 위해 덜렁거리는 팔을 주머니에 쑤셔 넣고 동쪽 터미널로 간다. 그는 붉은 완장을 찬 열두 개의 팔과 발에 의해 수도 없이 짓밟히고, 두들겨 맞고, 부러진 날카로운 몽둥이에 찔리면서도 "나…… 아직…… 안탔어요……." 라고 말한다. 피가 쏟아지는 배를 잡고 이란의 편지를 꺼내 펼쳐 보이며 자신이 도망치는 것이 아님을 증명하려 했다.(형1, 200-201) 누구에게도 절대 굴복하지 않았던 그가 피를 토하며 죽는 마지막 순간에 그토록 살고자 애원했던 이유는 아내와의 약속, 즉 가정을 지키고 싶었기 때문이다. 자신의 위치가 비참해지고 처참해질수록 그의 영웅적 면모는 오히려 빛이 난다. 탈골된 어깨가 덜렁거려도 오른손을 흔들면서 다시 창고로 들어가던 그의 모습은 '모주석이 천안문의 성구에서 백만 명의 시위하는 군중을 향해 손을 흔드는 것'(형1, 197)처럼 이광두에게 비춰진다. 어쩌면 위화는 그의 모습에서 중국인민들이 기다리던, 그들의 눈물을 닦아주기를 바라는 영웅의 모습을 그리고 싶었는지도 모르겠다. 그러나 문혁이 만들어낸 특수한 공간 안에서, 그동안 가정으로 표상되는 중국의 전통적 가치의 공간은 이제 이미지로만 채워진 무차원적 이종공간이며, 그 공간조차 그의 죽음으로 함께 사라지고 만다.

3. 광기적 공간의 폭력성 : 이념적 공간에서 자본주의 공간으로

'권력은 사회현상 속에서 편재된 권력관계 안에서 설명될 수 있다'[23)]
는 푸코의 말처럼 문혁시대에 나타난 국가폭력은 광기를 둘러싸고 이
루어지는 권력의 총체적 전략이며 효과라 할 수 있다. 문혁시대 인민들
이 보여준 광기는 '인간의 존재방식'과 '감성과 이성의 충돌'에 따른 권
력 작용의 변화이며 우리 안에 내재된 또 하나의 타자성이 겉으로 표출
된 것이다.[24)] '장발이었던 손위'의 아버지는 송범평이 지주로 낙인찍혀
창고에 갇히고 자아비판을 하는 동안 붉은 완장을 차고 창고 앞을 어슬
렁거렸었다. 그러나 손위의 할아버지가 쌀가게를 운영했다는 이유로 손
위의 아버지 역시 자본가로 몰리게 되었다. 한명이라도 더 인민의 적들
을 타도하려는 광기어린 인민들에 의해 현반이 된 그는 송범평보다 더
높은 종이 모자를 쓰고 더 넓은 나무 널판지를 목에 걸게 된다.

> 손위의 아버지는 아들이 죽던 그날, 감옥으로 쓰이던 그 창고로 끌려
> 갔다. 자신이 일찍이 송범평을 관리하던 곳이었지만, 이제는 자신의 차
> 례가 되었고, 들리는 말에 따르면 그는 송범평이 자던 침대에서 잤다고
> 들 한다. 선연한 피를 흘리며 죽어간 아들로 인해 그는 이성을 완전히
> 잃었고, 붉은 완장을 찬 혁명조반파들과 일대 격투를 벌이게 됐다. 그 붉
> 은 완장을 찬 손위의 부친을 창고로 압송한 첫날밤부터 고문을 시작했
> 다. (형1, 274)

자본가의 아들로 찍힌 손위는 장발을 강제로 깎기다가 바리깡에 머

---

23) 미셸 푸코, 김부용 옮김, 『광기의 역사』, 인간사랑, 1991, p.4 참고할 것.
24) 위의 책, pp.4-5 참고할 것.

리와 목 사이의 대동맥이 잘리어 죽게 된다. 아들의 죽음으로 미쳐버린 손위의 어머니는 나신으로 거리를 헤매다 죽는다. 아들과 아내의 죽음으로 인해 충격을 받은 손위의 아버지는 아들을 죽인 '완장들'을 향해 덤벼들지만 스무 명이 넘는 이들에 의해 짓밟힌다. 이들은 손위 아버지의 두 손발을 묶은 상태에서 옷 속에 들고양이를 넣고, 항문을 담배로 지지거나 쇠로 된 솔로 발바닥을 긁는다.(형1, 268-276) 고통으로 인해 처참한 비명을 내지르는 손위 아버지의 삶은 죽는 것보다 못한 삶이었고 결국 대못에 머리를 박고 자결한다. 류진 사람들은 국가폭력에 의해 죽어가는 수많은 이들을 보면서 그것의 잔인함과 공포감을 체감한다. 문혁이라는 거대한 수용소 안에서 반동 부르주아 계급을 격파하고 인민 평등을 실현하기 위해 행했던 당위적 폭력들은 '고귀한 자가 가장 우매하고 비천한 자가 가장 총명하다'는 극단적 명제 앞에서 광기적 폭력으로 변한다. 광기적 공간에서 일어나는 죽음은 인민들을 길들이며, 죽음의 공간은 일상적 공간이 되고 만다. 붉은 완장을 찬 홍위병이건 창고에 갇힌 현반이건, 류진의 인민들은 더 이상 영혼을 가진 인간이 아니었다. 국가폭력의 광폭함에 희생된 광인이었다.

> 류진의 거리는 갈수록 혼란스러워졌다. 거의 매일 혁명 군중끼리 집단 패싸움을 벌였고, 이광두는 똑같이 붉은 완장을 차고 붉은 깃발을 흔드는 사람들끼리 왜 서로 뒤엉켜 싸우는지 도무지 알 수 없었다. 그들이 주먹과 깃대, 몽둥이를 휘두르며 한데 얽혀 있는 모습은 마치 한 떼의 들짐승 같았다. 한번은 그들이 식칼과 도끼까지 들고 싸우는 광경을 지켜보았는데, 그 와중에 수많은 사람들이 피를 흘렸고, 나무전봇대며 오동나무, 벽, 거리 모두에 그들이 흘린 핏자국이 확연했다. (형1, 281)

소자나 하비 등 역사지리유물론자들의 입장에서 물리적 공간과 사회적 주체 간의 관계는 중요하다. 이들에게 공간은 정치적이고 전략적이다. 역사적·자연적 요소로부터 형성되고 주조된 공간이야말로 정치적 과정이며 이데올로기로 가득 찬 산물이다.25) 이런 점에서 이제 류진은 극단적 사회주의 이데올로기에 의한 광기어린 공간이 되었다고 할 수 있다.

위화는 『형제』 2권과 3권에서 이광두, 송강, 임홍을 통해 문혁이후 변화된 중국의 모습을 동시에 그려낸다. 다층적인 시·공간의 관계 안에서 이들의 행위에 의해 상대적 공간26)이 구성되고 또 다른 이종공간이 만들어지게 된 것이다.27) 이광두가 중학교를 졸업할 무렵 문혁은 끝나고 중국은 개혁개방시대를 맞이한다. 문혁시기 중국의 공간이 '마오쩌둥의 권력욕'과 부르주아 계급타파와 인민해방이라는 '인민들의 혁명적 이데올로기 실현에 대한 갈망'으로 이루어져 있었다면, 문혁이후 중국에서는 돈과 욕망이 지배하는 또 다른 이종공간이 형성된다. 그 공간의 중심에 이광두와 송강이 있었다. 이광두가 자본주의적 공간 안에서 성공하는 인물이라면 송강은 철저하게 파괴되고 쓰러지는 인물로 그려진다. 어릴 적 똥통에서 본 임홍의 엉덩이 이야기를 팔아 삼성탕면을 먹고, 동네 모든 전봇대에 자신의 성욕을 풀었던 이광두는 폐품사업으

---

25) 에드워드 소자, 앞의 책, p.107 참고할 것.

26) 하비는 이를 관계적 공간이라고 부른다. 한 대상이 자기 안에 다른 대상들과의 관계를 이미 포함하고 나타내고 있는 한에서만 그 대상이 존재한다고 말할 수 있다. 이런 의미에서 공간은 대상들 안에 포함된 것으로 볼 수 있다. 데이비드 하비, 임동근·박훈태·박준 옮김, 『신자유주의 세계화의 공간들』, 문학과 과학사, 2008, pp.192-193 참고할 것.

27) 필자는 이를 이종공간의 개념으로 이해한다. 이 개념은 문혁이라는 국가폭력으로 인해 만들어진 광기적 공간 안에서 문혁 이후 생성된 중국의 자본주의 공간을 설명하고 그 담론을 이해하는데 타당한 핵심개념이다.

로 부자가 된다. 이제 그 누구도 그를 무시하거나 얕잡아보지 않는다. 오히려 그가 가져온 폐품양복을 입고 폐품시계를 차고 거들먹거린다. 그의 폐품양복을 비싼 값에 사 입는 중국 공산당원들의 모습은 철저히 자본주의화 되어가는 중국의 공간을 희화화하고 있다.

> 우리 류진의 신분이 좀 높고 체면을 차리는 분들은 죄다 이광두가 가져온 폐품 양복을 입었고, 신분이 낮은 사람들과 체면 차릴 필요가 없는 사람들도 입었다. (중략) 우리의 현장님께서도 폐품 양복을 입으셨고, 현장님 양복 안쪽 주머니 위에는 '중증근(中曾根, 나카소네)'이라는 글자가 수놓아져 있었는데, 당시 일본 수상이 중증근강홍(中曾根康弘, 나카소네 야스히로)였던 것이다. (중략) "현장님 양복은 일본 수상 가문의 양복이군요!"라고 아부하면 현장은 기분이 좋으면서도 겉으로는 아무렇지도 않다는 듯 (중략) (형2, 329)

『형제』 2권, 3권에서 이광두는 자본주의적 사회주의 체제 안에서 새로운 권력구조의 중심인물로 그려진다. 작가는 그를 통해 자본주의적 욕망과 성적 욕망이 접점을 이룰 때 무제한적 광기가 얼마나 분출되는지 보여준다. 2차 세계대전 당시 일제가 벌인 난징 대학살은 중국인들에게 씻을 수 없는 분노와 치욕을 가져다주었다. 중국인들에게는 반일 감정이 여전히 팽배해있음에도 불구하고 문혁이후 류진 남자들은 미제나 일제의 폐품들을 갖기 위해 혈안이 된다. '현장을 비롯한 류진 남자들 대다수가 일본인 성(姓)이 수놓아진 구제옷을 사 입고 스스로를 상류계층이라 착각한다'는 점은 당대 중국 사회의 또 다른 풍속도를 희극적으로 보여주는 것이라 할 수 있다. 그들은 일본 수상이나 재벌, 작가, 교수 등 유명인들이 입었던 옷을 서로 사 입기 위해 애쓰고, '전에 누가 입었던 옷을 지금 누가 입고 있느냐'에 따라 그 처우를 달리한다. 이광두의 자본에 의해 마을 류진은 점차 도시로 변해간다. 자신들이 오랫동안 살았던 집들이 헐리고 대신 아파트가 들어서며 사람들은 그에게 아파트세를 내야 했다. 류진의 곳곳에 그의 자본이 투자되어 있었고 사람들은 그가 만든 집에서 잠을 자고 식당에서 밥을 먹으며 그에게서 산 폐품 옷을 입고 시계를 찼다. 폐품양복과 폐품시계, 폐품가전을 가진 그들은 스스로를 상류층이라 여기고 폐품으로 포장한 자신들의 삶을 진짜라고 여긴다. 교환가치가 주가 되는 상상계[28) 안에서 모두가 동등했던 그곳은 새로운 계층분화가 이루어지는 또 다른 이종공간이 된다. 자본(돈)에 대한 인간들의 집착과 욕망은 광기가 되어 환상적인 현상들을 순간적으로 생성해 낸다. 그 광기는 '인간들이 자본에 맹목적으로 충성을 맹세하도록' 하는 절대적 위력을 갖는다.

『형제』 3권에서는 이광두가 전국처녀막 올림픽(형3, 81)을 개최하는 과정이 나온다. 제1회 전국처녀미인대회라는 명칭에서 알 수 있듯 참가여성은 외모, 몸매가 좋아야 할 뿐 아니라 성경험이 없는 처녀이어야 한다. 성경험의 유무를 확인하기 위해서 심사위원들은 참가 여성들과 잠자리를 하고 처녀막 파열을 확인한다. 본선과 결선에 올라가는 동안 처녀들은 이미 성경험으로 인해 처녀막이 파열되어 참가 자격을 잃게 되므로 처녀막 재생수술, 인공처녀막 삽입 등을 이용해 처녀로서의 자격을 계속 유지한다.(형3, 79-155) 이런 과장된 코미디 같은 상황은 교환가치

---

28) 하비는 『신자유주의 세계화의 공간들』에서 캇시러, 르페브르, 하비, 맑스, 라캉의 공간들을 비교하고 있다. 이득재는 이를 표로 정리하였다. 이득재, 「공간, 계급, 그리고 로컬리티의 문화」, 로컬리티 인문학 6, 2011, pp.232-233 참고할 것.

가 팽배해진 중국 당대 현실을 고발하는 고도의 풍자기법이라 할 수 있다. 인공처녀막을 이용해 몇 번이건 다시 처녀가 되고 '성녀 정덕표'를 사서 심사위원들과 잠자리를 한다. 이 웃지 못 할 상황은 돈의 위력 앞에서 굴복하는 인간사회의 세태를 풍자한다고 볼 수 있다. 처녀미인대회가 열리는 동안 희대의 사기꾼 주유의 처녀막 사업은 번성하고 류진에서는 성폭행문제가 끊이지 않는다. 아이가 있는 유부녀가 처녀막 재생수술을 통해 대회에서 1위를 하고, 인공처녀막을 이용해 열 개의 성녀 정덕표를 산 여성은 열 명의 심사위원과 잠을 잔 뒤 2위를 한다. 이 광두가 만든 류진의 축제는 봉건시기라면 생각할 수도 없는 획기적인 발상이었지만 오히려 여성의 인권을 무시하고 처녀성만을 중시하는 봉건사회로 회귀한 것이라 할 수 있다. 공산당 내의 부르주아적 특성을 타도하고 자본으로부터 인민을 평등하게 만들고자 한 문혁의 정당성은 전국처녀미인대회가 열리는 동안 여지없이 깨지고 만다. 처녀성을 판타스마고리아(환상적인 형태, die phantamagorische form)[29]로 만들어 인민들을 자본에 예속화하고, 상품의 소비(처녀성 사용)가 자본을 축적(처녀성을 통해 부를 축적)하는 유일한 목적이 되게 만든다. 처녀미인대회라는 알레고리를 통해 현 시대가 상품에 대한 물신숭배로 고착화되고 있음을 알 수 있다. 문혁시기 '국가폭력과 이념'에 의한 광기적 공간은 문혁이후 '자본주의의 세속화에 의한 물신숭배'라는 광기적 이종공간으로 변한다.

---

29) 조르쥬 아감벤, 김상운 옮김,『세속화 예찬』, 난장, 2010, pp.118-119 참고할 것.

4. 축제 공간의 광기와 극복
: 인간성 회복을 통한 공간의 주체성 획득

전국처녀미인대회는 자본주의의 유입에 따른 중국의 변화를 상징적
으로 보여주는 하나의 축제라 할 수 있다. 문란한 성생활을 지속하던
이광두가 전국 처녀막 올림픽을 개최하여 육체적 순결성을 가진 여성
을 찾는다는 것은 봉건시대의 남성 우월적 시각이 문혁이후에도 여전
히 지속되고 있다는 것을 우선 말해준다. 미인대회에 참여한 여성들은
인공처녀막을 삽입함으로써 매번 처녀로 되살아나고 그로테스크한 형
태의 육체이미지를 생성한다.30) 이광두와의 성관계 중 한 처녀가 사용
한 국산 인공처녀막이 이광두의 성기에 딸려 나와 버린 것은 이를 상징
적으로 보여주는 부분이라 할 수 있다. 그러나 위화는 '이광두가 이에
연연하지 않고 그녀에게 3등을 주는 것'으로 만든다. 이는 축제의 경건
함을 조롱하고 봉건적 사고를 깨뜨리는 민중 축제의 이미지를 보여주
는 서사장치라 할 수 있다. 처녀만 찾던 그는 여인들과의 성행위 안에
서 호흡의 일치를 느끼고 이들을 성적지기(性的知己)라 표현하며 처녀로
인정한다. 대회가 끝난 후 각종 매체에서는 '류진의 미인대회는 봉건주
의의 재등장'이라 비판하고 '여성의 자존을 짓밟는 행위'라 비난한다.
하지만 반면 이광두는 오히려 여기에 참가했던 여성들을 향해 "하지만
정신적으로는 다들 처녀지."라고 말하고 참가 여성들도 이에 동조한다.
텍스트의 이런 부분들은 1980년대부터 1990년대까지 위화가 보여준

---

30) 미하일 바흐찐, 이덕형·최건영 옮김, 『프랑수아 라블레의 작품과 중세 및 르네상스의
   민중문화』, 아카넷, 2001, p.397 참고할 것.

진중하고 내면적 진실을 토로하는 듯한 글쓰기와는 상당히 다른 듯하다. 소설적 기교와 문학성, 현실에 대한 통찰마저도 미흡한 듯 보인다. 표면적으로 처녀미인대회는 중국 내 자본주의 유입으로 발생된 퇴폐적 쾌락에 대한 인간의 욕망을 상징한다. 이러한 상징적 풍자들은 그동안 근대화를 추구하던 중국이 처녀성만을 중시하는 봉건사회로 회귀하는 것처럼 보이게 하거나, 성 소비를 통해 자본을 축적하는 서구 자본주의를 일차적으로는 비판하는 듯 보이게 만든다. 그러나 이를 라블레적 시각으로 뒤집어 보면 민중축제로 생각해볼 수도 있다. 문혁이후 개혁개방시대에도 여전히 존재하는 봉건적 성의식을 비판하면서 동시에 순결성에 연연하지 않는다. 위화는 순결의 정의를 확장한 이광두를 통해 전국미인처녀대회가 민중 축제의 이미지를 갖도록 만든다. 순결에 대한 확장된 사고는 몸과 세계의 교환을 추구할 뿐 아니라 내부와 외부, 나와 우리, 정체성과 타자성 사이의 경계를 교통하고 허무는 탈경계적 사고이자 하나의 신체적 기호가 된다.[31]

이광두는 끝을 모를 정도로 음식을 먹고 지칠 줄 모르는 섹스의 희열을 노래한 라블레이다. 그의 끊임없는 식욕과 성욕은 몸의 연극을 연출하고 가짜처녀들과의 성적 유희는 웃음을 자아낸다. 그의 정관수술사실을 모르는 가짜처녀들이 서로 임신했다고 주장하고 난투극을 벌이거나, 정관수술증명서 덕에 가짜처녀들의 거짓말이 재판장에서 들통 나는 상황은 라블레의 웃음코드와 유사하다. 난잡한 성생활로 이광두에게 사회적 위기가 올 수 있었지만 그는 여자들에게 재판에 소요되었던 한 달의

---

31) 여홍상 엮음, 『바흐친과 문화이론』, 문학과지성사, 1995, p.104 참고할 것.

시간을 계산해 월급으로 지불한다. 사람들이 그의 배포 넓음에 감탄하고 그를 영웅시 하면서 이광두는 위기에서 벗어난다. 자본주의가 만들어낸 이종공간 안에서 이광두는 처녀미인대회를 축제로 변환하고 위기를 긍정적 웃음의 계기로, 자신을 승리자로 만든다.

　반면 축제에 초대받지 못한 송강은 또 다른 크로노토프32) 안에서 존재한다. 가족이라는 한 공간 안에 위치하고 있었던 이광두와 송강은 남다른 형제애를 가지고 있었다. 임종 전 이란이 송강에게 이광두를 부탁하자, 송범평을 많이 닮은 송강은 "엄마 걱정마세요, 죽을 때까지 광두를 보살필게요, (중략) 밥이 한 그릇 밖에 없으면 광두를 먹일게요, 옷 한 벌이 남으면 꼭 광두 입힐게요."(형1, 331-334)라고 약속할 정도로 이광두에 대한 애정이 남다른 형이었다. 송강과 임홍의 결혼 후 그들의 형제애는 파편화 된다. 키가 크고 잘생긴 문학소년 송강의 미래는 문혁까지만 해도 안정적으로 비춰졌다. 빛나는 영구표 자전거에 임홍을 싣고 달려가는 송강은 소박하지만 미래를 꿈꾸는 가장이었다. 그러나 이광두의 자본이 시골마을에 유입되면서 그가 다니던 금속공장은 문을 닫게 되고 송강은 실직을 하게 된다. 이후 그는 부두에서 하역일을 하다가 허리를 다치고, 포대에 시멘트 담는 일을 하면서 폐를 망가뜨린다. 송강의 삶은 점차 몰락해가지만 이광두의 삶은 성공가도를 달린다.(형3, 19-40) 자본주의화되는 현실 안에서 그는 이광두와는 다른 크로노토프에 위치하게 된 것이다. 사기꾼 주유의 꾐에 빠져 인공처녀막을 팔던 송강은

---

32) 문학에서 예술적으로 표현되는 시간적 관계와 공간적 관계의 내적 연관성에 대해 우리는 크로노토프라는 이름을 부여할 것이다. 게리 솔 모슨·케릴 에머슨 지음, 오문석·차승기·이진형 옮김, 『바흐친의 산문학』, 책세상, 2006, p.623 참고할 것.

타지에 나가서는 음경증강환을 팔게 된다. 일 년이 지난 즈음 주유의 사기행실을 알게 된 송강에게 주유는 '쭉빵표 유방크림'을 팔면서 유방확대술을 권하고, 몸과 맘이 지친 그는 처음에 완강히 거부했지만 결국 수술을 하고 만다.(형3, 166-187)

> 사람들은 낄낄거리기 시작했고, 밀고 당기면서 마치 무슨 외계인이라도 구경하는 것 같이 송강을 희한한 눈길로 바라보았다. 사람들은 송강의 유방을 분명히 보려고 앞으로 밀고 나갔고, 몇몇 근시안들은 코와 입을 너무 들이대 흡사 젖을 달라고 달려드는 것 같았다. 이에 송강은 귀까지 빨개졌고, 그때 키가 유난히 작은 한 여자가 손으로 송강의 유방을 주무르자 송강이 화를 내며 손을 뿌리쳤다. (형3, 190)

2권과 3권에서는 송강이 겪는 '실패와 좌절의 공간'과 이광두의 공간으로 상징되는 '자본주의에 의한 욕망의 공간'이 동시에 드러난다. 이미 1권에서 송범평이 보여준 위풍당당함과 인간애, 건강한 신체는 '뒤집힌 역사를 다시 돌려세우고 인민에게 돌려주려는' 합리적 공간을 상징하는 것들이었다. 그러나 문혁동안 고문으로 인해 파괴되어 버린 그의 몸과 마음은 문혁으로 인해 파편화된 공간을 상징하는 것으로 변화하고 만다. 이렇듯 텍스트 내 시·공간의 크로노토프는 필요에 따라 변화하고, 우리는 이 안에서 잠재적이고 역사적인 것들을 확인할 수 있다. 봉건왕조이던 청나라가 무너지고 중국이 공산화되면서 '근대화'라는 인민들의 첫 번째 축제가 열렸다면, 마오쩌둥과 홍위병뿐 아니라 뒤집힌 역사를 되돌려 사회적 평등을 이루려는 인민들에게 문혁은 두 번째 축제였다. 그리고 문혁이후 개혁개방이 이루어진 지금 중국에서는 세 번째 축제가 시작 되었다. 폐가 망가지고, 수술로 인해 곱사등이가 된 송강은 수술부위가 곪아 가슴을 옥죄는 듯한 고통을 느낀다. 그의 이런 고통은 '급변하는 사회로 만들어진 이종공간' 안에서 적응하지 못하는 중국인 민들의 고통을 알레고리화한 것이다. 사회의 흐름에 유입되지 못하고 주변인으로서 살아가는 그의 모습 안에서 우리는 개혁개방시대 중국의 그늘진 모습을 찾아볼 수 있다.

카니발은 폐쇄된 지배 이데올로기나 엄격한 역사적 이데올로기에서 벗어나는 지점, 내적으로 연관된 시·공간의 크로노토프에서 개최된다. 이 안에서 개인은 가면 뒤 가려진 자아를 만나고 숨겨진 비공식적 언어를 통해 자신과 다른 사람의 육체, 육체와 세계의 경계를 부순다. 송강의 카니발이 일어나는 공간은 바로 그로테스크한 그의 육체이다.[33] 남자이면서도 풍만한 가슴을 갖게 된 그는 남성의 정체성을 가지고 있으면서도 사람들이 자신의 가슴을 만질 때마다 강간당한 여성들처럼 수치스러워 한다. 돈을 벌어 임홍이 있는 곳으로 금의환향하는 것을 꿈꾸지만 자신의 생각과는 다르게, 자신의 처지는 고통의 나락으로 빠져들고 만다.

> 송강은 안개가 가득한 바다를 보았고, 그때 갈매기의 울음소리가 들려왔지만 갈매기의 날개 짓은 보지 못했다. 세 시간 후 송강은 수술대에 누웠고, 의사가 그의 가슴에 붉은색 동그라미 두 개를 그려 넣자 그는 무영등 아래서 눈을 감았다. 전신마취가 시작되자 그의 머릿속에 갑자기 갈매기 한 마리가 나타나 안개 가득한 수면 위를 날아올랐지만, 그의 울

---

33) 클라크·홀퀴스트 지음, 이득재·강수영 옮김, 『미하일 바흐친 전기- 바흐친』, 문학세계사, 1993, pp.282-295 참고할 것.

음소리는 들을 수 가 없었다. (중략) 송강은 정신이 나간 듯 바다를 바라
보았지만 거기에는 아무것도 없었다. 갈매기의 울음소리도, 갈매기의 날
개 짓도. (형3, 187-188)

남자이면서도 여자의 가슴을 달고 사는 송강은 자신의 가슴을 멋대
로 주무르고 감상하는 이들 때문에 미쳐가고 있었다. 주유의 검은색 가
방에 현금이 쌓일 때마다 그는 임홍을 위해 자신의 분노와 수치심을 감
추고 웃는다. 그의 괴기한 몸은 그를 살아 있으면서도 죽어가게 만든다.
송강은 돈을 벌기 위해서라면 어떤 것이라도 할 수 있다는 결연한 의지
를 가지고 기꺼이 그로테스크한 가면을 쓴다. 스스로 선택했음에도 결
국은 타의에 의해 갇히게 된 그로테스크한 공간 안에서 그는 갈매기를
볼 수도 없고 울음소리를 들을 수도 없었다. 유방적출수술 후 류진으로
돌아온 송강은 폐병이 심해지고 겨드랑이 부위가 곪아 터질 것 같았지
만, 그보다 더 큰 상처는 이광두와 임홍의 추문으로 인한 마음의 상처
였다. 자본주의 공간 안에서 철저하게 이용당하고 소외당한 그는 그로
테스크한 육체를 벗어나고자 자살을 결심하고 철로에 누워 기차를 맞
이한다. 눈앞에 붉은 장미꽃밭 같은 논이 펼쳐지고 갈매기가 울며 날아
올 때 그는 육체적 · 정신적 그로테스크한 공간에서 벗어나게 된다.

임홍과 결혼한 것 외에 모든 것을 이광두와 주위 사람들에게 양보하
며 살았던 그는 죽는 순간까지도 임홍이 이광두와 결혼하면 더 행복했
을 것이라 생각했다. 이광두가 불임수술을 하고 난잡한 성생활을 하고
있던 것도 자신 때문이라 자책했던 그는 이들의 불륜을 자신의 업보라
받아들였다.(형3, 253-273) 이런 송강이 위치한 공간은 이광두의 공간에 편

입되지 못하고 기형화되어버린 공간이었다. 이광두가 개혁개방 이후 철저하게 돈과 욕망의 지배를 받으며 그 중심에 자리 잡고자 했다면, 송강은 이 안에서 정신적, 육체적으로 기형화되고 파편화되어 버렸다. 그는 격변하는 중국사회 내에서 중국의 전통적 가치와 문혁시대 인민들이 추구해온 가치를 그대로 이어가며 살고자 했지만 실패했다. 살아 있으면서도 죽어가던 송강은 거대한 기차에 맞서 스스로 자신의 몸을 파편화시키는 방법을 통해 이광두와 임홍에게 가진 부채의식에서 벗어날 수 있었다. 기차가 자신의 몸을 가르고 갈매기가 울며 날아가는 것을 볼 때 비로소 송강은 그로테스크한 공간에서 탈출하고 자유로운 비상을 하게 된다. 이 공간이야 말로 그의 의식 안에서 형성된 주체적 공간일 것이다.

송강이 떠난 뒤 이광두와 임홍이 벌이는 섹스는 광란의 축제이다. 공장장에게 성추행을 당하던 임홍의 든든한 보호자가 된 이광두는 시·공간을 가리지 않고 그녀와 섹스를 한다. 사실 사흘째 되던 날 밤 임홍의 몸은 이미 꿈틀대기 시작했고, 엎치락뒤치락 잠을 이루지 못한 채 이광두가 자신의 몸 위로 올라와 주길 갈망하고 있었다. 송강과 결혼한 지 이십 년, 그녀의 성욕은 이십 년간 깊이 잠들어 있다가 마흔이 넘어 이광두의 갑작스러운 일깨움으로 인해 돌연 용솟음치기 시작했다. 그녀는 드디어 자신을 발견했고, 자기 몸속에 얼마나 강렬한 욕망이 숨어 있었는지 발견하게 된 것이다.(형3, 219)

이들의 축제는 문혁기간동안 억압되었던 인민들의 두려움, 본능적인 성 마저도 통제당해야 했던 사회질서에 대한 진지한 저항이다. 자본주의가 만들어낸 욕망의 공간 안에서 이광두는 두려움으로부터 해방된 세계를 지향한다. 축제는 개인과 다른 인간들을 밀착시켜 변화의 기쁨과 흥거운 상호의존성을 가지도록 하며 이들이 친밀의 영역으로 나아갈 수 있게 모두를 해방시킨다.34) 자본주의 시스템 안에서 철저하게 주체가 되어 자본주의의 절대적이고 일방적인 진지함을 조롱한다. 그들의 추문이 류진 전체로 퍼지지만 "뜻밖이지만, 도리에 어긋나는 일은 아니구먼"(형3, 218)이라고 말하는 이광두의 말은 가식적이거나 얄팍한 천박함으로 보이지 않는다. 오히려 문혁이 심어놓은 일방적이고 공식적인 음울함을 가볍게 풀어나가는 위화의 장치라고 할 수 있다.

이광두의 축제는 송강의 자살로 끝난다. 이미 임홍과의 수차례 잠자리를 통해 과거의 상처를 극복한 그는 어릴 적 그녀의 엉덩이를 훔쳐본 일에 대한 미안함과 그녀에 대한 사랑, 송강에 대한 미안함을 가지고 있었다. 처녀막 재생수술을 통해 이런 부채의식을 갚고 그녀를 처음 자기가 좋아했던, 최초의 순결한 그때로 되돌리려 맘먹고 있었다. 축제의 이미지가 재생과정의 마지막 지점과 갈등하는 성원들을 포함하는 것35)처럼 임홍과의 섹스를 통해 필사적인 정열의 광기를 보여준 그는 송강의 죽음을 계기로 광란의 축제를 멈춘다. 홀로 남겨지게 된 사랑의 공허함을 인지하고 그녀와의 사랑이 자신의 의식내부에 형성된 환상의 아이러니였다는 것을 깨닫는다.

송강의 죽음을 통해 과거의 이광두는 죽고 새로운 이광두가 태어난다. 그날 이후 임홍과의 관계, 난잡했던 성생활, 사치스러웠던 삶을 버리고 송강을 그리며 우주여행을 꿈꾼다. 송강이 임종의 순간에 그로테

---

34) 미하일 바흐친, 김근식 옮김, 『도스토예프스키 시학』, 정음사, 1988, p.131.
35) 여홍상, 앞의 책, p.133.

스크 한 몸을 던져버리고 광활한 하늘을 향해 비상하는 갈매기가 되어 날았듯 그 역시 우주로 표상되는 원초적 고향으로 회귀한다. 도금한 변기에 안자 우주여행을 꿈꾸는 이광두의 상상에서부터 시작된 텍스트는 송강의 유골함을 우주 궤도상에 올려놓겠다는 그의 다짐으로 끝난다. 위화는 이광두의 '기억의 환원구조'를 통해 이미 주체적 공간을 설정해 놓고 독자가 이를 따라가면서 찾을 수 있도록 해놓은 듯하다. 문혁과 자본주의로 인해 만들어진 이종공간 안에서 이광두는 성(性)과 성공에 대한 스스로의 욕망을 인식한다. 작가는 자본주의적 욕망의 공간이 얼마나 쉽게 깨질 수 있는지 보여줌으로써, 공산주의 국가이면서도 새로운 대중소비사회가 형성되어가는 현실적인 이종공간 안에서 당대사에 대한 문화적 총체성를 보여주려고 시도한다. 그 안에서 우리는 자본주의로 인한 중국 전통적 가치의 몰락이나 죽음을 넘어서, 아직 쇄신되지 않고 변형되어가는 생성과 성장의 이미지를 찾을 수 있다.

5. 문혁 이후 드러난 이종공간

문혁직전부터 문혁이 이루어지는 동안 중국은 내가 살아남기 위해 타인을 현반으로 규정하고 피비린내 나는 폭력을 행사하는 실제적이고도 광기어린 공간이었다. 그러나 자신의 가정을 지키고 희망을 잃지 않으려는 송범평을 통해 중국의 전통적 가치를 이상적으로 생각하고 그 가치를 지키고자 한 인류애적·보편적 이종공간이 존재했음을 알 수 있었다. 문혁 이후 중국은 정치적으로는 공산주의 국가이면서도 경제적

으로 자본주의를 따르는 이종공간이 생겨나는데 텍스트에서는 이광두
와 송강의 공간을 나눔으로써 자본주의적 공간의 이종화를 보여준다.
자본주의적 사회주의 체제 안에서 새로운 권력구조 중심에 선 이광두
는 섹스와 사치로 점철된 삶을 누린다. 반면 송강은 이 안에 편입되지
못하고 그로테스크하게 파편화된 또 다른 크로노토프 안에서 위치하게
된다. 이들을 통해 문혁시기 이데올로기에 의해 광기적으로 변해버린
공간 안에서, 문혁 이후 자본주의 세속화에 의한 물신숭배를 하는 또
다른 광기적 이종공간이 생겨난 것을 포착할 수 있었다. 그 공간 안에
서 이광두와 송강은 서로 다른 축제의 공간을 만들었다. 이광두의 공간
은 확장된 사고를 통해 몸과 세계의 교환을 추구하고, 내부와 외부, 나
와 우리, 정체성과 타자성 사이의 경계를 교통하고 허무는 신체적 기호
의 공간이었다. 반면 송강의 공간은 이 공간에 유입되지 못하고 파편화
된 육체를 가진 그로테스크 한 공간이었다. 송강은 자살로서 그로테스
크한 가면을 벗어버리고 갈매기로 비상하면서 주체적 공간을 형성하고,
이광두는 송강의 죽음 이후 자본주의적 욕망이 얼마나 쉽게 무너질 수
있는지 깨닫고 스스로 벗어나고자 했다. 작가는 공산주의 국가이면서도
새로운 대중소비사회가 형성되어가는 현실적인 이종공간 안에서 자본
주의적 욕망의 공간이 얼마나 쉽게 깨질 수 있는지 보여주었다. 그러나
우리는 자본주의로 인한 중국 전통적 가치의 몰락이나 죽음을 넘어서,
아직 쇄신되지 않고 변형되어가는 생성과 성장의 이미지를 찾을 수 있
었다. 이러한 점에서 『형제』는 이종공간을 통해 당대사에 대한 문화적
총체성을 드러낸 텍스트라 할 수 있다.

『태백산맥』에 나타난 문학의 정치성

VI. 『태백산맥』에 나타난 문학의 정치성

1. 왜 『태백산맥』에 주목해야 하는가

문학텍스트가 당대의 사회적 현상 혹은 역사에 관한 메시지를 담아 내거나 반추한다는 특징을 가지고 있다는 사실은 자명한 일이다. 이런 메시지가 알레고리화되었건 리얼리즘적으로 나타나건 간에 독자들은 텍스트에 담겨진 내포된 의미를 탐색하고 그 실재성을 찾는데 초점을 맞춘다. 그런 점에서 텍스트를 읽어나가는데 문학의 정치성을 찾는 일은 가치가 있다고 할 수 있다. 『태백산맥』[1] 이전에 출간된 분단소설들은 분단의 비극 문제를 이데올로기 대립 문제로만 한정시켜 보고 다소 일방향적 시각에서 다루었다고 볼 수 있다. 그러나 『태백산맥』은 분단의 문제를 이데올로기 대립문제로만 한정하여 보기보다는 지주와 소작인 간의 갈등, 생존권 박탈에서 오는 민중들의 처절함 등을 통해 이러

---

* VI장은 『한국문학이론과 비평』 57집에 게재된 것을 수정 보완한 것이다.

1) 조정래, 『태백산맥』, 한길사, 1989. 『태백산맥』은 『현대문학』, 1983년, 9월호에 처음 연재가 시작되어 1989년 10월에 완성된 대하소설로 총 4부 120장이며 1부 <한의 모닥불> 1권-3권, 2부 <민중의 불꽃> 4-5권, 3부 <분단과 전쟁> 6권-7권, 4부 <전쟁과 분단> 8권-10권, 총 10권으로 이루어져 있다.

한 당대 현실의 문제를 다각적 측면에서 바라본다. 즉 이런 문제들이 이데올로기 갈등, 당대 제국주의 논리와 결합하여 하나의 역사적 비극을 형성한 요인이 되었다고 보는 것이다. 이런 점에서 텍스트는 해방 이후 사상적 갈등을 지형도화한 거대서사로서 정치적 금기와 고정된 사고로부터 해방의 지평을 열어주었다는 데에 분단문학의 최고의 성과로 꼽을 수 있다.2)

　한동안 국가보안법 문제로 11년간 재판과정에 있었던 『태백산맥』이 무혐의를 받았음에도 불구하고 텍스트에 관한 부정적 시각은 여전히 존재한다. 그 시각 안에는 빨치산을 긍정적으로 다루고 있는3) 텍스트를 좌익 편향적이라고 보는 선입견이 담겨있다. 그렇다면 이 지점에서 우리는 텍스트가 가지고 있는 문학의 정치성에 대해 생각해볼 필요가 있다. 흔히 정치성을 정치적 또는 사회적 투쟁을 몸소 실천하는 참여라고 흔히들 생각하지만 랑시에르가 말하는 정치성은 이런 협소한 의미를 넘어 선다. 그동안 우리는 텍스트를 바라보는 보수적 시선, 그 아래 만들어진 평가담론에서 나타난 정치성을 텍스트의 정치성으로 오해하는 경우를 찾아볼 수 있었다.4) 그러나 사람들이 정치라고 인식하는 이런 것들은 랑시에르 이론에 근거하면 정치가 아닌 치안이라 볼 수 있

---

2) 전영의, 「조정래 『태백산맥』의 서사담론 연구」, 전남대 대학원 박사학위논문, 2012, p.139.
3) 『태백산맥』은 그동안 알려지지 않은 빨치산들의 모습들을 생생하게 소개한다. 목숨보존과 가족의 생계를 위해 어쩔 수 없이 빨치산이 되어야 했던 이들은 일반 사람들과 똑같은 정서와 감정을 가지고 있으며 오히려 인간적인 모습을 보인다. 조정래가 이들의 생생한 모습을 그려내기 위해 박현채 선생과 회동하여 지리산을 수차례 올랐다는 일화는 잘 알려져 있다. 텍스트에서 소년대장 조원제는 바로 박현채 선생을 모델로 그린 것이다.
4) 이미 앞에서 밝혔듯 '국가보안법 문제로 11년간 재판과정에 있었던 『태백산맥』이 무혐의를 받았음에도 불구하고 텍스트에 관한 부정적 시각'들은 텍스트가 지닌 문학의 정치성에 관한 오해의 증거들이라 할 수 있다.

다.5)

   텍스트가 가진 문학의 정치성을 논의하기에 앞서 그에 관한 기존의
연구결과를 통합해 볼 때 다음과 같은 점에서 『태백산맥』에 주목할 만
한 이유를 찾을 수 있다. 첫째, 기존의 반공 이데올로기를 넘어서서 빨
치산과 그들의 투쟁을 새로운 관점에서 재조명하고 있다는 데 의의를
둘 수 있다. 둘째, 한국현대사에서 핵심이 되는 사건이라 할 수 있는 한
국전쟁을 배경으로 올바른 역사인식에 대한 이해와 민중의식을 발견한
다는 점에서 텍스트는 역사소설 혹은 사회소설로서 의미를 갖는다. 셋
째, 작품탄생의 이유를 1980년대 신군부의 탄압에서 찾고 작가의 진보
적 역사의식을 드러낸 작품이라는 점에서 긍정적 의미를 지닌다. 넷째,
텍스트의 공간 '벌교'를 단순히 지역적 배경이 되는 장소가 아니라 계
층 간의 대립적 관계가 첨예하게 드러난 공간으로 보았다는 데 의미가
있다. 다섯 번째, 텍스트의 서사전략들이 주제를 형상화하기 위한 방법
론이라는 점을 밝히려고 노력했다는데 의의를 둘 수 있다.6) 그러나 기
존연구들이 분단의식, 역사의식, 정치·사회적 이데올로기 연구에 치우
쳐 있다는 점을 볼 때 이런 텍스트의 의의만을 가지고 문학의 정치성을
논하기에는 한계가 있다고 생각한다. 텍스트의 이러한 성격들을 고려해
볼 때 이번 장에서는 '민중적 가치를 지닌 『태백산맥』의 문학의 정치성
을 보다 분명히 밝혀볼 수 있지 않을까'라는 궁금증을 해소하려는 의도
에서부터 시작되었다고 할 수 있다. 그렇다면 이번 장에서는 랑시에르
의 이론을 근거로 하여 그동안 텍스트가 받아왔던 오해의 시선들 안에

---

5) 정치와 치안의 개념에 대한 정의는 2절과 3절에서 자세히 언급하도록 하겠다.
6) 전영의, 앞의 논문, p.6.

서 정치라는 이름으로 작동하는 치안의 논리를 살펴보고 이런 논리를
단절하고자 새롭게 등장한 주체들의 저항을 통해『태백산맥』이 가지는
문학의 정치성을 찾아보도록 하자.

2. 치안의 논리 : 텍스트에 관한 오해의 시선들

기호들을 양면적으로 쉽게 해석하면서 그것에 대한 그릇된 해석을
올바른 것으로 간주하는 친숙한 일상적 경험을 '오해'라고 규정할 수
있다면7)『태백산맥』이 국가보안법 위반 혐의로 고발당했던 것 역시 이
런 오해에서 비롯되었다고 볼 수 있다.8) 독자들은 종종 텍스트에 드러
난 기호들과 그 의미들을 올바로 이해하지 못하고 텍스트가 정치적 혹
은 사회적으로 민감한 사항을 다룬다 해서 그것을 텍스트의 정치성으
로 오해한다. '한국전쟁과 분단'이라는 경험으로 인해 트라우마를 가지
고 있는 우리나라에서 역사 속에 기록되어지지 않은 빨치산을 긍정적
으로 다룬『태백산맥』을 정치적 텍스트로 바라보는 것은 텍스트의 정
치성에 관한 오해를 단적으로 드러낸 증거이다. 그렇다면 이 지점에서
우리는 텍스트에 관한 오해의 시선들이 어디에서부터 비롯되었는지 알
아보아야 한다.

『태백산맥』은 '여순사건 직후부터 한국전쟁 중단까지'라는 약 5년 정
도의 시간과 '벌교, 순천, 여수, 지리산'이라는 공간이 교차하는 지점에

---

7) 랑시에르, 유재홍 옮김,『문학의 정치』, 인간사랑, 2009, p.52.
8)『태백산맥』과 작가 조정래는 1994년 4월 고발당해서 2005년 5월 무혐의 판정을 받았다.

자리 잡고 있다. 쌀과 토지 배분 문제로 인한 계급간의 갈등, 좌우익 이데올로기 대립의 갈등 등이 중층적으로 교차하면서 이백 팔십 여명의 인물들이 만들어내는 서사는 사건 구성의 역동성을 갖는다. 하대치, 외서댁, 소화와 같은 평범한 인물들이 왜 빨치산이 되어 지리산으로 들어갈 수밖에 없었는가, 염상진과 염상구가 왜 대립할 수밖에 없었고 염상진의 죽음 앞에 이르러서야 그 대립이 끝났는가라는 의문점을 제시하면서 이데올로기의 본질은 무엇인가라는 화두를 독자들에게 던진다. 남북분단이라는 비극적 체험을 소설로 형상화하면서도 이념 선택과 대결의 문제가 계층 간의 대립 문제에서 비롯되었음을 놓치지 않는다는 점역시 독자들을 텍스트 중심으로 끌어당기는 요소라 할 수 있다. 작가는 빨치산에 대한 독자들의 선입견을 깨기 위해 정하섭과 소화의 성행위 장면을 지면 여러 곳에 할애하고 있다.9) 하대치와 장터댁의 성행위 장면까지도 독자들의 성적 호기심을 충족시키는 것에서 머무는 것이 아니라 이들 빨치산이 가지고 있는 의리, 인간적 태도 등을 드러내기 위한 장치가 되고 있다. 특히 이념 선택과 대결의 문제를 조선 후기부터 뿌리 깊게 이어져 온 계급과 계층 간의 대립문제로 연결 지으며 남북분단의 문제가 외부가 아닌 민족 내부에서부터 비롯되었음을 알려준다. 이런 과정 안에서 독자들은 텍스트를 통해 비판적 태도로 분단 상황을 인식하고 반성적 태도를 견지하며 새로운 역사에 대해 전망할 수 있다.10) 이런 점에서 텍스트는 '분단문학의 최대의 성과로 지목'11)될 수

---

9) 조정래는 필자와의 대담에서 정하섭과 소화의 성행위 장면을 『태백산맥』 1권 1장에 넣은 이유를 다음과 같이 말했다. "난 빨치산이 뿔난 도깨비나 특별난 다른 사람이 아니라는 것을 말하고 싶었어요. 이들도 우리와 같은 사람이라는 걸, 똑같이 숨 쉬고 사랑하고 생각한다는 것을 말하고 싶었어요." 2011년 5월 28일 대담 중에서.

있으며 조정래의 대표적 작품이라 할 수 있을 것이다.

빨치산을 주목했던 몇몇 작품을 제외하고는12) 그동안 다수의 분단문학들이 빨치산을 외면해왔는데 이와 달리『태백산맥』은 역사 속에서 지워진 빨치산들의 활동을 중도적 입장에서 서술하려고 노력했다는 점에서 주목을 받고 있다. 그런데 치안의 논리를 가진 사람들은『태백산맥』이 빨치산을 두둔하고 공산주의를 추종한다고 오해 하면서 텍스트가 정치적 색채를 가진다고 말한다. 그러나 문학의 정치성은 치안의 논리를 가진 사람들이 말하는 정치와는 그 의미가 분명히 다르다.

랑시에르는 고대 그리스 어인 '폴리테리아'(politeia)가 정치(politique)와 치안(police)이라는 두 가지 의미를 가진다는 것에 착안하여 흔히 사람들이 정치라고 오인하는 분배의 절차는 '정치가 아닌 치안으로서의 일'임을 주장하고 있다. 치안은 사회적 신체를 '잘 정의된 서로 다른 부분들'로 끊임없이 분할하려는 성격을 갖는다. 그러한 분할을 통해 사회의 한 부분으로 인정받은 사람들은 '다소 평등한 방식'이라는 명목 하에 '분배'라는 이름으로 공동체로부터 자신의 몫을 찾아간다. 그런데 이런 분배를 받지 못하는 이들이 있다. 이들은 체계의 전체성에서 배제된 잉여적 존재들이다. 체계의 전체성은 '잉여'라는 잔여물을 전혀 남기지 않고 통합하는 것이며 체계 내부의 각각 모든 요소들이 자신의 자리에서 식별된다는 것을 의미하기도 한다. 그러나 전체의 부분으로서 식별되지

---

10) 전영의, 앞의 논문, p.1.
11) 김우종 외 34인,『한국현대문학사』, 현대문학, 1989, p.341.
12) 빨치산을 주목한 작품으로는 이병주의『지리산』(한길사, 2006), 이태의『남부군』(두레, 2003), 정지아의『빨치산의 딸』(필맥, 2005), 이성부의『지리산』(창작과비평사, 2001) 등이 있다.

못한 요소는 자기 자리를 갖지 못하는 것이기에 존재하되 재현될 수 없는 '잉여적 존재'이다. 그러므로 치안은 전체로서 체계의 내부를 채우는 각각의 정체성들을 각자의 자리에 배치시켜 각각의 기능을 작동할 수 있게 만든다는 점에서 하나의 배분 메커니즘이라 할 수 있다.13) 즉 사회 내에서 출생, 부, 능력 등과 같은 아르케의 원리에 따라 위계적으로 자리, 기능, 몫을 배분하고 그에 따른 정체성을 부여한다. 공통 공간 안에서 보일 수 있는 것과 없는 것, 들릴 수 있는 것과 없는 것, 말할 수 있는 것과 없는 것을 셈하고 나눈다는 점에서 치안은 통치원리라 할 수 있다.14) 이를 볼 때 치안이란 공동체의 논리 속에서 포섭할 수 없는 것들을 찾아내어 통치하는 감각적인 것에 대한 나눔이며 이러한 행위를 통해 한쪽은 배재하고 다른 한쪽은 참여하게 만드는 것을 말한다.15) 그런데 문학은 이러한 통치에 저항하는 하나의 장소를 만들어낸다. 대중들은 이 안에서 주체화되어가면서 통치원리에 따라 나누어진 감각적인 것에 대한 나눔을 재배치하게 된다. 일반적으로 개인들 간의 소통 안에서 정치가 이루어진다면 문학의 정치는 문학 공간 안에서 개인들 간의 범주를 넘어 인간의 평등을 강조하는 데서 이루어진다. 이는 문학이 가지고 있는 형이상학적 특징이며 정치성으로 우리는 텍스트 안에서 치안의 논리와 정치성을 충분히 찾을 수 있다.

『태백산맥』이 여순사건부터 한국전쟁 중단까지의 시간적 배경을 가지고 있지만 텍스트 창작시기가 1980년대라는 점을 고려해 볼 때 우리

---

13) 랑시에르, 양창렬 옮김, 『정치적인 것의 가장자리에서』, 길, 2008, p.247 참고할 것.
14) 위의 책, p.28.
15) 이러한 점에서 우리 사회의 계층의 분할과 그에 따른 통치 원리는 치안을 대변하는 모습이라 할 수 있다.

는 독재에 맞선 저항운동의 과정에서 이미 치안의 원리가 일제강점기와 미국의 신군정에서부터 작동하고 있었음을 텍스트를 통해서 확인할 수 있었다. 자본주의 경제체제와 결부된 정치운영원리로서 한국사회의 민주주의는 아르케의 원리에 따라 몫을 분배하는 방식으로서의 치안 개념과 연관될 수 있다고 본다.

자본주의와 결합된 민주주의 사회 안에서 자유와 평등은 공정한 가치이면서도 불평등을 함축하는 모순성을 갖는다. 먼저 자유는 사적 소유를 인정하고 이윤추구라는 목적아래 소유의 불평등과 자유의 불균형을 묵인한다. 봉건왕조가 끝났음에도 불구하고 여전히 보이지 않는 신분제가 존재하던 한국에서 지주들은 자신들의 이윤추구를 위해 소유의 불평등을 인정하고 소작인들의 노동력과 재산을 착취한다. 정현동의 살인사건(태6, 31-9)이 일어나게 된 원인도 계급제도의 모순이 여전히 존재하면서도 소유의 불평등을 묵인하는 자본주의 경제체제 원리가 결합되었기 때문이었다.

> 「여그 논에 딸린 목심이 수백인디요. 그 목심덜 불쌍허니 생각허셔서 생각을 고쳐 주시제라, 지발 적선헌다고.」 처음의 농부가 정현동 앞으로 바짝 다가서며 두 손을 맞비볐다.
> 「아. 딸린 목심이 수백이든 수천이든 나가 알 바 아니여, 성가시럽게 허덜 말고 썩 비켜나라니께.」 정현동이 농부의 어깨를 떠밀었다. 두 손바닥을 맞붙이고 섰던 농부는 미처 몸의 중심을 잡지 못하고 뒤로 벌렁 나둥그러졌다. 그리고 한 바퀴를 더 굴러 바닷물이 차오르고 있는 논으로 철퍼덩 떨어졌다. (태6, 38-9)

정현동은 소작인들의 목숨 따위는 안중에도 없었고 단지 농지개혁제도를 피하고 재산을 지키기 위해 논을 염전으로 바꾸는 행위에만 열중했었다. 그의 행동이 이토록 당당했던 이유는 '소유의 불평등'이 '자유'라는 이름 아래 합법적으로 인정되기 때문이며 동시에 한국사회에서는 여전히 계급제도가 묵인되었기 때문이었다.16)

갑오개혁 때 신분제폐지가 법제화되었다고는 하나 기회균등의 원리를 보장하는 평등은 소작인들에게 아직 가질 수 없는 피상적인 것이기도 했다. '평등'이 출생이나 환경에 구애받지 않고 균등하게 보장된 기회 아래 '능력'에 따라 몫을 분배받을 수 있는 기회균등의 원리라 할 때 이들은 이런 분배에서조차 제외되는 잉여였던 것이다. 결국 치안이란 전체성 내부에 위치한 존재가 치안논리에 의해 지시되고 주어진 자리를 점유함으로서 의미화되는 것, 그리고 그 위치에 따라서 다른 존재들과의 관계를 결정하고 고유한 정체성을 획득하는 것을 뜻한다.17) 치안논리에 따른 경계분할로 인해 그 경계 바깥으로 밀려난 잉여들은 타자로서 스스로 정립하는 동일자와 대립을 하게 된다. 랑시에르는 치안으로 인해 만들어지는 포함과 배제 자체를 하나의 지속적인 역사적 과정으로 받아들이고 있다. 모든 사회 속에서 작동하는 포함과 배제의 논리는 결국 치안의 핵심이 되며 그 안에서 잉여들은 배제되는 자이자 동시에 몫을 가지지 못한 자이다. 랑시에르는 이러한 포함과 배제의 논리를 감성의 분할에 기초한 치안의 핵심으로 보았다. 쌀과 토지소유분배 문제를 둘러 싼 지주와 소작인 간의 갈등, 법제적으로는 신분제가 폐지되

---

16) 이러한 정현동의 에피소드를 통해 치안의 논리가 텍스트 내에 존재한다는 것을 확인할 수 있다.

17) 김수환, 「정체성과 그 잉여들 : 문화기호학과 정치철학을 중심으로」, 『사회와 철학』 제18호, 사회와철학 연구회, 2009, p.77.

었다고는 하나 여전히 한국 사회 인식 안에서 뿌리 깊게 남아 있는 신분제의 모순 등은 사회적 평등과 불평등을 둘러싼 계층간의 대립 쟁점들이 되었다. 사회적으로 보이는 것과 보이지 않는 것, 받아들여지는 이름과 거부되는 이름, 어떤 말을 듣거나 듣지 않는 것, 받아들여지되 소음으로서 받아들여지는 것 등은 감각적인 것의 나눔에서부터 비롯된다.18) 텍스트의 민중들은 치안의 논리인 "감각적인 것의 나눔"으로 인해 사회구성원으로서 가져야 할 공통적인 것과 그에 따른 몫을 부여받지 못한 잉여들이었던 것이다.

그런데 『태백산맥』에서는 그동안 식별(identify)조차 되지 않았던 잉여들이 로컬리티적 자의식19)을 가지고 정치적 주체가 되고자 변화되어가는 모습들을 보인다. 치안의 논리를 가지고 텍스트를 바라볼 때 정치적 주체가 되어가는 인물들의 행위는 어떤 이들에게 매우 위협이 될 수도 있다. 그렇다면 텍스트가 창작되었던 1980년대 정치·사회적 상황을 고려해볼 때 치안(police)을 정치(politique)로 오인한 이들은 '텍스트 인물들의 행위를 독자들에게 영향을 줄 수 있다는 정치적 행위로 인식'하고 『태백산맥』을 정치적 텍스트로 인식했다고 볼 수 있다.

---

18) 랑시에르, 『정치적인 것의 가장자리에서』, 앞의 책, p.26.
19) 로컬리티(지방성)란 개념상 중앙적인 것, 세계적인 것, 보편적인 것의 대개념으로 사용된다. 이는 단지 지역에 고유하고 개별적인 것을 지칭하는데 그치지 않는다. 그것은 '로컬한 것'을 자기의식의 일부이게 하는 주체의 인식에 보편적이며 중앙적인 것을 생성하는 효과를 갖는다. 천정환, 「지역성과 문화정치의 구조-근대화 연대의 문화 정책과 지역성의 재편」, 『사이間SAI』 제4호, 2008, p.162. 그렇다면 로컬리티적 자의식이란 잉여들이 중앙을 넘어서, 그것을 극복하려는 지향적 사고를 의미한다고 하겠다.

3. 새로운 주체의 저항 : 오클로스를 넘어선 데모스의 출현

모든 것을 통합하는 유기적 전체성 안에서 내부의 조화로움을 흩어
버리는 존재, 경계에서조차 배제되고 셈해지지 않는 이들을 잉여20)라
할 때 이들은 지금까지 한 번도 고려되지 않는 절대적 외부대상이다.
이들은 전체에 의해 셈해지지 않은 채 누락되고 텅 빈 공백의 지점 안
에서 잔여의 경험을 겪지만 유령처럼 현존하는 것이 아니라 지금과는
다른 방식으로 존재하고 발화하고자 한다. 절대적 외부대상이자 잉여적
부가물로서 규정된 정체성에서 벗어나 지금과는 다른 존재방식을 택하
고 일어난 사건에 충실하려고 한다.

여전히 지속되고 있는 계급사회 구조 안에서 민중들의 생존권을 쥐
고 있는 지주들의 전체성을 아버지의 율법이라고 은유한다면 민중들은
아버지의 언어 속에서는 볼 수도 없고 경험할 수도 없기에 아무것도 행
할 수가 없었다. 이들은 여전히 지속되는 계급사회 안에서 몫을 부여받
지 못하고 셈되어지지 않은 잉여였지만 사건에 충실하고자 새롭게 사
유하고 새로운 언어로 발화했을 때 사도21)가 될 수 있다. 가복과 가난
을 대물림하지 말자고 결심한 판석영감의 아버지가 동학사상에 빠져들

---

20) 지그문트 바우만은 잉여를 정상에서 벗어난 비정상의 상태가 일시적인 것이 아닌 영원
히 지속되는 일상적인 것이라고 말한다. 유동적 근대(liquid modernity)의 두드러진 특징
중 하나가 바로 잉여와 여분의 인간들, 즉 인간쓰레기를 양산하는 것이라고 지적한다.
그가 볼 때 잉여는 버려져도 무방하기 때문에 버려졌다는 것이다.
지그문트 바우만, 정일준 옮김, 『쓰레기가 되는 삶-모더니티와 그 추방자들』, 새물결,
2008, pp.31-32 참고할 것.

21) 알랭 바디우는 기존과는 완전히 다른 존재방식과 발화방식을 요구하면서 주체의 분열과
탈정체화를 감수하고 일어난 사건에 충실하려는 자들을 사도라 지칭한다. A. 바디우, 현
성환 옮김, 『사도 바울』, 새물결, 2008, pp.90-91.

고 동학운동에 앞장선 것이나 하대치가 일본인 지주에 대항해서 소작
쟁의를 벌이는 것도 사도로서 사유하고 발화하며 행동하는 것이라 볼
수 있다.

> 「아버지 지발 암 말도 마씨요. 목심 내걸고 독립운동허는 사람들도 있
> 는디, 뺏긴 지 밥그럭 찾아묵는 일도 못헌다면 고것이 무신 사내새끼다
> 요. 그라고 우리가 허는 짓이 계란으로 바위치기라는 것도 다 알고 있당
> 께요. 그려고 허고 허고 또 허야지라. 작인 없는 지주놈들도 읎는 법잉께
> 요.」(태1, 32)

 빨치산이 되기 전에도 이미 하대치는 소작쟁의에 앞장서고 그로 인
해 매타작을 당하기도 했다. 계란으로 바위치기일지언정 '밥그럭이라도
찾아묵으려는' 하대치는 모순된 사회구조에 대해 잘못된 것이라고 자
신의 목소리로 외친 사도였다. 대물림하는 듯한 소작농의 비애와 천대
받고 착취당하는 운명을 부수기 위한 민중들의 의지가 하대치를 통해
표현된 것이라 할 수 있다. 평소에 지배질서와 헤게모니에 침묵했던 인
물들은 소작쟁의나 정현동 살인사건(태5, 290) 한갑수 폭행사건(태3, 131-2)
등 우발적이고 계기적인 사건들을 통해 주체의 분열을 하게 되고 자신
의 존재를 드러내게 된다.
 아리스토텔레스는 『정치학』에서 다수를 소수에게 종속시키는 방법에
대해 언급한다. 첫째, 이성적인 존재의 목적에 부합하도록 공동체를 조
직하는 것, 둘째, 분할되어 있는 사회현실 속에서 있는 다수가 그대로 처
해지도록 하는 것 바로 이 두 가지 방법이다. 그런데 랑시에르는 전적
으로 좁혀지지 않는 두 방법 사이의 틈에 주목했다. 정치적 문제는 수

단을 갖지 않은 다수와 수단을 가진 소수들 사이에서 존재한다. 다수인 빈자들은 자유라는 이름으로, 소수인 부자들은 탁월함이라는 이름으로 스스로를 구별한다. 자유를 가졌으나 빈자인 다수와 탁월함을 가진 부유한 소수들은 환원 불가능한 구성요소들을 가지고 있는데, 바로 사회적인 것의 정치적 환원이라 할 수 있는 '부의 분배'와 정치적인 것의 사회적 환원이라 할 수 있는 '권력·결부된 상상적 투자들의 분배'이다. 부의 분배와 권력·투자의 분배들은 권리·통제·책임의 분배를 거쳐 부자와 빈자의 갈등을 진정시킨다. 동시에 자발적인 사회 활동 속에서 중심을 차지하려는 열정을 진정시키는 길을 찾는다.22) 쌀과 토지소유 분배문제에서 항상 불리할 수밖에 없었던 소작인들이 부와 권력의 재분배를 통해 자신들의 생존을 위한 권리를 되찾고자 했다면 이미 부와 권력을 가지고 있던 지주들은 기득권을 지키고자 했다. 이런 틈 사이에서 갈등이 존재하고 정치가 발전하게 되는 것이다.

　사회적 다수이자 빈곤한 하층민인 오클로스(ochlos)를 전문적으로 경영하는 것을 정치라 보았던 아리스토텔레스의 시각은 현대의 기득권들이 가지는 정치철학의 목적과도 맞물린다. 토지를 경작·관리하고 농산물을 생산하는 소작인에게 토지소유권이 있었던 것이 아니라 법적 등기권을 가진 지주들에게 실 토지소유권이 부여되었던 만큼, 농업사회가 지속되고 있었던 해방 전후와 한국전쟁 전후시기에 정치는 지주들이 소작인을 지배하고 전문적으로 관리 경영하는 것을 의미했다. 텍스트의 시간적 배경뿐만 아니라 창작시기와 독자들에게 유통이 시작되던 1980

---

22) 자크 랑시에르, 『정치적인 것의 가장자리에서』, 앞의 책, pp.70-71 참고할 것.

년대를 고려해 보더라도 당시의 사회기득권자들에게 정치란 국민들을 통치하고 경영하는 것을 의미했다고 여겨진다.

그런데 랑시에르는 아리스토텔레스의 정치철학의 목적에서 벗어나 정치에 대한 새로운 개념을 설정한다. 그는 예속적 인민이라 할 수 있는 오클로스들이 경계 내에서 분리되어 쓰레기로 간주되는 것이 아니라 스스로 분할하여 데모스(démos)[23]가 되는 현상에 집중한다. 데모스는 자신들을 스스로 예속에서 벗어난 인민이라 규정하고 잉여, 쓰레기, 오클로스와 같은 정체성을 부여받는 것, 우열·배분·포함이라는 기득권들의 원칙에 합일되는 것을 주체적으로 거부한다. 전체라는 이미지 안에서 합일되는 것에 벗어나 스스로 데모스가 되는 과정은 불화(mésentente)의 과정이자 동시에 주체화의 과정이기도 하다. 주체화 과정은 자신을 사회의 특정한 부분이나 계급으로 정립하는 것인 동시에 사회의 주어진 부분이나 계급으로부터 일탈하는 것이다. 텍스트의 민중들은 대부분이 정치적 권리를 박탈당한 소작인들이었으며 셈 바깥을 가리키는 내쫓긴 자들이었다. 이들은 사회 안에서 살아가면서도 국가의 상징적 구성 안에서 하나의 부분으로 인정받지 못한 채 셈해지지 않았고 삶의 질적 가치를 생각할 겨를이 없이 단지 생존만을 위해 살아갈 뿐이었다.

어른에 대한 인사는 남녀 구별이 없이 아침에는 '아침 잡수셨습니까' 저녁에는 '저녁 잡수셨습니까'였고. 어른들은 밥을 먹었든 죽을 먹었든 굶었든 '먹었다'고 대답하며 '너는 어쨌냐'고 되물었고. 아랫사람 역시

---

23) 위의 책, p.27 참고할 것.

밥을 먹었든 죽을 먹었든 굶었든 '많이 먹었다'고 대답하는 것이 바른 인사법이었다. (중략) 하루 하루 끼니를 때우는 것이 중대사인 세월을 살아야만 했던 사람들은 마음으로나마 서로의 끼니 걱정을 해주게 된 것일 터이었다. (태4, 49)

난리로 인해 무슨 변을 당하는 시기가 아니었던 때 사람들 사이에서 하루 끼니를 때우는 것은 생존을 위한 중요한 일이었다. 같은 소작인임에도 지주 못 지 않는 횡포를 부리는 마름의 폭력(태4, 200-201), 농지개혁법을 피하기 위해 편법을 쓰려는 윤부자 아내 송씨(태4, 340-341), 논을 염전으로 만들어 마찬가지로 농지개혁을 피하려는 정현동(태6, 38-39) 등 지주들의 폭력은 오클로스였던 소작인들을 변화시키는 요인이 된다. 어린 복남이가 「장사헐것이여. 농새지면 나도 아부지맹키로 가난허게 살고, 지주헌테 찾아댕김서 빌고 속 태우고 헐 것잉께」(태5, 327)라고 누나한테 말하는 대목에서도 독자들은 지주들의 횡포가 얼마나 심했는지 추측할 수 있다. 그랬던 이들이 소작을 떼이게 되고 굶주림 때문에 5부변인 장리쌀을 먹는, 더 이상 생존하기 힘든 상황에 처하게 되자 스스로 각성하기 시작했다.

「인사 시상도 변혔구만요. 일정 때가 아니랑께요. 시상이 변허면 으당 사람 사는 법도 변하제라. (중략) 우리 밥그럭 우리가 찾어묵지 않으면 누가 찾어주겠소. 그렇께 말이요. 우리가 당허고만 있을 거이 아니라 강동기가 헌 것맹키로 일시에 들고일어나 지주고 마름이고 싹 다 때레쥑여 뿔먼 시상이 엎어진다 그것이요.」 (태4, 299)

소작을 떼이고 유동수의 아랫방에 모인 서인출, 김종연, 유동수는 현실에 순응하고 참아왔던 지금까지와는 다르게 모순적 사회에 대응하려는 새로운 사고를 가지게 된다. 그들은 자신들 몰래 소작을 얻어 부친 장칠복의 배신을 보면서, 새 지주인 서운상으로부터 소작권을 떼이자 그 분노를 참지 못해 삽으로 서운상을 내리치고 입산하여 빨치산이 된 강동기를 보면서, 자신들도 생존을 위한 최소한의 권리를 찾기 위해 목소리를 내야한다는 것을 깨닫게 된다. 이들은 가족들의 생존을 위해 지주들의 탄압에 맞서 쟁의를 시작한다.

평범한 아낙으로 염상구의 성적 대상이 되어 아이까지 낳은 외서댁은 죽은 남편의 뜻을 이어받아 입산을 한다. 처음에 정하섭을 위한 마음으로 심부름만 하던 소화 역시 텍스트 후반에 이르러서는 주체적·자각적 의식을 가지고 빨치산이 되어 후방에서 계급해방을 위한 투쟁에 참여한다. 이처럼 텍스트의 민중들이 가족과 농지를 버리고 빨치산이 되어 입산한 이유는 모순된 사회구조 안에서 최소한의 인간적 권리를 찾고자 함이었고 이는 곧 스스로 계급질서에 속하기를 거부한 주체적 저항으로 나타났다. 오클로스였던 이들이 사회적으로 배정된 자리를 넘어 새로운 자리를 차지하기 위해, 통일적 공동체에서 배제된 자신의 자리를 찾기 위해 스스로의 목소리를 내면서 주체적 인민인 데모스로 변하게 된다.[24] 결코 사회적으로 열등한 존재가 아니었던 이들은 그동안 말하지 않았던 혹은 못했던 상태에서 벗어나 말하는 자가 되어 몫이

---

[24] 전영의는 이러한 과정을 통해 민중이 민중적 주체로 변모한다고 언급하였다. 결국 (주체적) 인민, 데모스, 민중적 주체는 의미상 유사하다고 볼 수 있다. 주체적 저항이 있기 전 이들의 모습을 지칭하는 것으로는 군중, 오클로스, 민중이 있으며 이 세 단어들은 전자의 대항어라 할 수 있다. 민중과 민중적 주체에 관한 논의는 전영의, 「『태백산맥』의 탈식민성 연구」, 『한국언어문학』 제76집, 한국언어문학회, 2011 참고할 것.

없는 데도 스스로 참여하고 자신의 몫을 갖게 된다. 이런 점들을 볼 때
이들은 소수의 탁월한 정치적 주체들을 구분하고 배제하는 지배적인
정치의 장에 자신들을 기입하여 새로운 정치의 장을 마련한 저항적, 민
중적 주체이다.

4. 『태백산맥』의 감성과 정치적 무의식

소수가 정치적 주체를 구분하고 배제하는 지배적인 정치의 장에서
자신을 기입하여 새로운 장을 마련한 인민을 데모스라 한다면 『태백산
맥』의 280여명의 민중들은 정치적 중앙에서 배제된 주체로서 새로운
장을 쓰려 한다. 랑시에르는 어떤 공통적인 것의 존재, 그리고 그 안에
각각의 몫들과 자리들을 규정하는 경계설정들을 동시에 보여주는 감각
적 확실성의 체계를 '감성의 분할'이라 규정한다.25) 이러한 감성의 분
할은 몫과 자리의 분배를 통해 공동체에 참여하기 위해 요구되는 공통
적인 것과 개인들이 분할에 참여하는 방식들을 결정한다. 그런데 텍스
트의 인물들은 데모스 혹은 민중적 주체로서 박탈과 배제로 인해 기존
의 식별체제와 감성적인 것의 분할 내에서 누릴 수 없었던 권리와 시간
을 누리려고 한다. 그들은 경계로 인해 들어 올 수 없었던 공간에 들어
오려고 노력하며 새로운 공간을 창출하고자 한다. 정치적 중앙에 있던
이들에게 인민들의 목소리는 들리지 않는 소요 혹은 소음에 불과할 수

---

25) 랑시에르, 오윤성 옮김, 『감성의 분할』, 도서출판b, 2008, p.13.

도 있지만 인민들은 자신들의 목소리를 언어로 바꾸어 중앙까지 들리게 하려고 노력한다. 비가시성의 상태에서 가시성의 상태를 꿈꾸고 감성적인 것들의 분할을 자신의 방식대로 재분할하고자 시도한다.

염상진을 비롯한 빨치산들에게 율어는 해방구였다. 율어는 산으로 첩첩이 둘러싸여 있어 산을 이용해서 활동해야 하는 빨치산들에게는 필요한 거점이었고 기존 행정력이 방치되어 있어 '계급투쟁과 민중해방'이라는 자신들의 투쟁목적을 달성하기에 더 없이 좋은 장소였다. 동학운동 때 비밀군사기지로 사용되었다는 김규태의 말처럼 율어는 천연요쇄로서 중요한 곳이기도 했다. 이들은 그런 율어를 이들이 점령하면서 인민들에게 소작의 기쁨을 누리게 한다.

「혹여 자네 그 소문 들었능가?」
「무신?」
「율어 소식 말이시」
「이, 율어서는 농사진 쌀 다 저저끔 챙겼다는 거 말이제?」
「자네도 들었구마. 고것이 참말일랑가 몰라?」
「하먼, 참말이제. 작년에도 그랬다는디 올해라고 안 그러겠는가.」
「율어사람덜 살판났구마」
「나야 고것보담 이태나 지주눔덜이 쌀 띠믹힌 것을 생각허믄 고것이 을매나 달고 꼬신지, 씨엉쿠 잘되 다, 씨엉쿠 잘되 다, 허는 소리가 절로 남스로 궁뎅이 춤이 일어난 것이, 똥구녕할라 웃을라고 헌당께.」 (태6, 33)

벌교의 소작인들은 율어가 염상진에게 접수된 후로는 해방구가 되어 율어민들이 더 이상 소작을 하지 않고 자신들이 농사지은 쌀을 소유한다는 것을 알고 있었다. 염상진은 자신들의 투쟁목적인 '계급투쟁과 민중해방'을 율어에서부터 실천하고자 하였다. 쌀과 토지의 소유문제에서 비롯된 계급의 갈등, 지배계급의 착취문제를 이곳에서 먼저 해결함으로써 자신들의 계급투쟁에 타당성과 신뢰성을 얻고, 인민들이 자신들의 투쟁에 동참하기를 바랐던 것이다. 이런 의미에서 이들은 율어를 해방구로 불렀다.

지주와 소작인이라는 서로 다른 주체들 사이의 관계에서는 지배와 억압이라는 특수한 자질의 권력관계가 형성되어 있다. 이런 관계로 말미암아 몫을 가지고 있는 지주들은 가지지 못한 소작인들에게 착취나 핍박, 억압과 같은 특수한 행위를 하게 되고 이 안에서 아르케26)의 논리가 생기게 된다. 즉 우월한 자들이 열등한 자에 대해 권리를 행사해도 된다고 전제하는 논리가 형성되는 것이다. 그러나 각각의 몫을 가지는 것을 정치라 한다면 지배한다는 사실과 지배받는다는 사실 만을 고려해 볼 때 사실 지배, 피지배 사이에는 어떠한 상호성이 없다. 랑시에르에게 정치는 '지배하지 않는 자, 지배할 자격이 없는 자의 지배'이다.27) 우월한 자가 가지는 권력행사의 전제가 단절됨으로써 아르케 논리와도 단절되는 것이다. 염상진이 율어를 해방구로 만듦으로써 이런 아르케의 논리와 단절을 시도했다는 것에 대해 우리는 텍스트가 가지는 문학의 정치성을 읽어낼 수 있다.

가시적인 공동체에서 배제되고 셈해지지 않았던 이들이 자신들의 목소리와 행위를 통해 정치적 공론의 장으로 뛰어들어 서로 계쟁하는 평등한 공동체를 제안한다. 계쟁의 조건이 평등과 해방이라 한다면 텍스

---

26) 자크 랑시에르, 『정치적인 것의 가장자리에서』, 앞의 책, pp.237-240 참고할 것.
27) 위의 책, p.240.

트의 인물들은 삶의 체험과 교육 등 그 어떤 방식으로든 각각의 방식을
통해 열등하다는 믿음을 깨고 자기 무시의 늪에서 빠져 나온다.

> 「이, 나가 입산혀서 달라진 것이 먼지 아요? (중략) 참말로 나가 나럴
> 생각혀도 생판 딴사람이 되야뿌렀는디, 나가 요런 시상얼 살아볼 줄이이
> 야 꿈이나 꿔봤간디라 (중략) 나 겉은 무식헌 촌년이 출세혀 뿐 것이오.」
> 　그런 변화를 겪는 건 외서댁만이 아니었다. 그건 배움이 없는 입산자
> 들의 공통된 변화였다. 특히 나날의 학습과 토론을 통해서 그들은 사회
> 에 대한 인식을 갖게 되었고, 스스로의 생각을 조리정연하게 말로 엮어
> 내는 능력을 갖추게 되었다. (태9, 15-16)

염상구에게 성적대상이 되어 지속적 관계를 갖고 임신, 자살시도, 남
편의 죽음, 출산 등 신변의 여러 변화를 겪으면서도 아무런 주체적 행
동을 하지 못했던 외서댁이 입산을 결심하는 순간부터는 주체적 자아
로 변모하게 된다. 그는 입산 후 빨치산으로서 교육을 받고 글을 깨우
치면서 모순된 사회를 이성적이고 비판적인 시각으로 바라보게 되었고
사회구조의 불합리함을 깨기 위해 데모스로서 역할을 하게 된다. 이성
적 피조물로서 자기 스스로에 대한 즉자적 무시의 늪에서 빠져나온 외
서댁은 이때부터 하대치와 같은 사도 바울이 되는 것이다. 정치는 치안
을 담당하는 기득권들의 정치논리에 주체적으로 불일치하는 인간들의
행동이며 치안논리 안에서 인간들을 결집시키고 명령하고 작동하는 규
칙들에 대한 예외이다. 그렇다면 이들이 사도로서 행하는 여러 행위들
이야 말로 정치라 할 수 있다. 외서댁을 비롯한 빨치산들은 지리산에서
여러 가지 학습을 통해 계급·계층 간에 지능의 차이가 있는 것이 아니

며 누구나 평등한 존재이고 교육으로 발전하는 인간이 될 수 있다고 깨닫는다. 이들은 무장투쟁을 통해 치안논리에 불일치하는 행위를 하며 교육을 통해 열등하다는 믿음에서 빠져나옴으로써 주체화된 데모스로서 평등과 해방을 얻을 수 있는 것이다.

『태백산맥』이 계급간의 대립과 갈등, 좌우익 이데올로기 간의 갈등을 중층적으로 교차하면서 그 안에서 민중들이 민중적 주체로 각성해 나가는 데모스의 모습을 그린 텍스트라는 점에서 문학의 정치성을 갖는다. 좌익을 대표하는 염상진이나 김범우, 중도적 지식인의 모습을 보인 김사용과 심재모, 우익지주였던 정현동과 최씨일가, 소작인으로서 하층민으로 좌익을 택했던 민중들, 그리고 치안의 권력 안으로 들어가고자 했던 염상구 등 텍스트는 280여 명의 인물들을 통해 사회적 부분과 비사회적 부분, 셈해지는 몫과 셈해지지 않는 몫 사이의 긴장을 전달한다. 이 과정 안에서 데모스로 주체화되어가는 인물들의 성장을 엿볼 수 있으며 텍스트가 가지는 정치적 무의식을 찾을 수 있다. 동시에 『태백산맥』은 지주들의 착취와 탄압, 소작인들의 저항이 좌우익 이데올로기와 결합되면서 만들어진 크고 작은 에피소드들을 통해 독자들이 이데올로기에 대한 기능적 접근과 인식론적 접근을 가능하도록 만든다. 독자들은 인식론적 시각을 통해 이데올로기에 대한 허상을 찾아낼 수 있으며 사건을 만들어내는 인물들의 행동, 대립, 갈등 등을 통해 이데올로기가 현실 속에서 어떻게 기능적 역할을 수행할 수 있는지 판단할 수 있다. 이러한 텍스트의 기능들을 통해 독자는 감성의 분할이 감각적인 것의 나눔이며 사회구성원으로서 가져야 하는 공통의 혹은 각각의 배타적인 '몫이 없음'을 결정하는 방식이라는 것을 깨닫고 감성의 재분할을 통해 텍스트의 감성을 읽어낼 수 있다.

5. 다시 읽는 『태백산맥』

지금까지 논의한 것들을 종합해 볼 때 치안이란 탁월함을 가진 부유한 소수들이 아르케의 원리에 따라 인민들에게 위계적으로 자리·기능·몫을 배분하고 정체성을 부여하는 통치원리이다. 반면 정치란 예속된 인민이었던 오클로스들이 기득권의 원칙에 합일되는 것을 주체적으로 거부하고 데모스로 주체화되면서 민중적 주체로서 각성해 나가는 것을 말한다고 할 수 있다. 이를 근거로 보았을 때 그동안 텍스트를 좌익편향적 시각으로 바라보면서 정치적 텍스트로 규정했던 오해의 시선들은 치안의 논리에서 비롯되었음을 알 수 있다. 『태백산맥』은 계급·계층 간의 갈등과 좌우익 이데올로기의 대립을 통해 평범했던 농민들이 왜 빨치산이 될 수밖에 없었고 염상진의 죽음 앞에 이르러서야 염상진·염상구의 대립이 끝나게 되는가라는 의문점을 제시하면서 이데올로기의 본질이 무엇인가 독자들에게 화두를 던지고 있었다. 공동체 안에서 자신의 몫을 분배받지 못하고 쓰레기로 취급되던 잉여들은 치안이라는 배분 메커니즘 안에서 아르케의 논리에 의해 희생된 자들이었다. 지주들은 자유라는 이름으로 소유의 불평등을 합리화하고 소작인들에게는 이미 법으로 폐지된 신분제를 앞세우며 치안의 논리에 따라 이들을 통치하고 경영하며 포함과 배제 논리 안에서 이들에게 몫을 부여하지 않았다. 그러나 이들은 예속된 인민의 자리에서 스스로 벗어나 우

열, 배분, 포함이라는 기득권들의 원칙에 합일되는 것을 주체적으로 거
부하고 주체화의 과정을 통해 데모스가 되었다. 생존을 위한 최소한의
권리를 찾고자 스스로의 목소리를 내기 시작했고 정치적 중앙에서 배
제된 주체로서 새로운 장을 쓰려고 했다. 학습, 쟁의, 투쟁 등을 통해
치안논리에 불일치하는 행위를 하며 열등하다는 믿음에서 벗어난 이들
은 주체화된 데모스로서 평등과 해방을 얻는데 한 발 다가간 것이다.
감성의 분할이 감각적인 것의 나눔이며 사회구성원으로서 가져야 하는
몫이 없음을 결정하는 방식이라고 할 때 우리는 텍스트의 인물들이 만
들어 내는 크고 작은 에피소드들 안에서 이들이 감성을 재분할하고 데
모스로 주체화되어 가는 것을 확인할 수 있으며 인물들의 이러한 성장
과정을 통해 『태백산맥』의 정치성을 읽어낼 수 있다.

한·중 근대도시의 기억과 문화융합

VII. 한·중 근대도시의 기억과 문화융합

1. 근대 도시공간의 탄생

이번 장은 동아시아적 관점에서 '한·중 양국의 문학텍스트를 통해 근대이행기 도시문화공간이 탄생되면서 만들어진 타자공간과 인간이 갖는 욕망의 표상에 대해 인문학적으로 고찰'해 보고자 하는 목적에서 비롯된다. 이는 문학텍스트 공간 안에서 나타나는 역사와 장소를 현재의 장소 안에서 바라보고 과거와 현재의 사유를 매개하여 문학과 도시사회학이라는 두 학문의 경계를 해체하고 융합하고자 하는 시도이다. 그런 점에서 텍스트의 공간인 군산과 상하이에 초점을 맞춰 문제를 제기하고 답을 찾기 위한 여정을 시작하지만 결국 현재의 군산과 상하이에서 해결책을 찾고자 한다. 텍스트와 현실의 장소 안에서 변증법적인 공간과 이미지의 관계를 정립하고 도시문화를 비교하려고 한다는 점에서 실험적인 글이라 할 수 있다.

근대도시공간의 탄생에 대한 담론을 이해하기 위해서는 근대이행기

---

* VII장은 『한국문학이론과 비평』 제77집(21권 4호)에 수록된 것을 수정 보완한 것이다.

외국권력과 자본에 의해 조성된 조계지 군산과 상하이를 살펴보아야
한다. 조계지는 외국 권력과 자본에 의해 조성된 공간이다. 이곳은 19세
기 후반 제국주의 국가의 기준에 맞추어 설계된 도시공간이자 외국인
의 공동거주지역이면서 자치적 행정권을 행사할 수 있었던 곳이다. 군
산의 본전통이 일본 조계지였다면 상하이에는 양경빈, 이가장, 황포강
을 잇는 영국조계, 홍구의 미국조계(후에 일본조계가 됨), 영국과 미국의 공동
조계, 상하이 현성과 영국조계 사이의 프랑스 조계가 있었다. 현재 상하
이 와이탄 및 각 조계지의 건축물들과 군산 근대역사박물관 일대의 근
대미술관(1907년 18은행), 근대건축관(1923년 조선은행 군산지점), 군산세관, 신흥
동(히로쓰 가옥) 일대는 유사한 도시 이미지를 내뿜는다. 조계지에 따라 통
치방식, 문화배경, 관리능력 등에 차이가 있지만 과거 전통도시와는 확
연히 구별된다는 점에서 조계지였던 군산과 상하이는 유사성을 갖는다.
이런 지점 안에서 이 글은 근대이행기 시기에 유사한 역사적, 사회적
도시환경을 지닌 두 도시를 배경으로 한·중 텍스트의 공간을 비교연
구해 볼 수 있지 않을까라는 호기심에서부터 출발하고 있다. 이런 점에
서 군산과 상하이는 '근대이행기 타자공간'이라는 장소 없는 공간의 자
질을 고찰하는데 하나의 표본이 될 수 있다. 한·중 문학텍스트를 통한
도시문화비교융합연구를 위해 근대이행기 군산과 상하이의 공간성과
장소성을 잘 나타낸 소설들을 몇 개 떠올릴 수 있다.

먼저 중국 텍스트로는 왕안이의 『장한가』[1]와 『푸핑』,[2] 장아이링의

---

1) 王安憶, 《長恨歌》, 南海出版社, 2003. (1996년에 창작되었으나 정식 출판은 2003년 남해
   출판사에서 이루어졌다.)
   왕안이, 유병례 옮김, 『장한가』 1-2권, 은행나무, 2009.
2) _____, 《副萍》, 上海文藝出版社, 2005.

『색계』3)를 보도록 하자.『장한가』는 1930년대 후반 상하이 골목부터 상하이의 번화한 모습을 동시에 보여준다. 왕치야오의 파란만장한 인생과 요동치는 중국 현대사 안에서 변모해가는 상하이의 도시풍경이 교묘하게 맞아떨어진다.『장한가』가 상하이의 화려한 도시공간의 불빛 아래 숨겨진 자본, 권력, 성에 대한 욕망을 이야기한다면『푸핑』은 1930년대와 1960년대 문혁 직전의 상하이 모습을 동시에 보여주면서 변두리 천막촌 최하층민의 삶과 변해버린 도시공간을 이야기한다. 울타리 하나를 두고도 아픔을 공감할 수 없는 이들의 이야기를 통해 인물의 욕망, 유폐된 도시인의 결핍과 내면을 드러낸다.『색계』는 장난처럼 시작된 우국청년들의 친일파 암살계획이 주인공 여성의 사랑으로 인해 실패하는 이야기를 다룬다. 무대 위에서의 공연이 아닌 현실에서의 공연이 상하이 중심가를 위주로 펼쳐진다. 난징루와 화이하이루의 화려함은 이선생과 왕지아즈의 화려한 생활과 그 안에 내재된 공허함을 동시에 드러낸다. 이렇듯 각각의 공간들은 올드상하이(老上海)에 대한 노스텔지어를 불러일으키면서, 근대이행기 상하이 인물들의 서로 다른 욕망의 지점들을 찾을 수 있는 장치가 된다.

한국 텍스트로는 채만식의『탁류』4)와 조정래의『아리랑』5) 등이 이에 해당된다고 할 수 있다.『탁류』는 근대이행기 1930년대 군산을 중심으로 초봉을 둘러싼 인물들의 성적 욕망과 물질적 욕망을 그린다. 미두

_____, 김은희 옮김,『푸핑』, 어문학사, 2014.

3) 張愛玲, ≪色戒≫, 北京十月文出版社, 2011.
   장아이링, 김은식 역,『색계』, 랜덤하우스 코리아, 2008.
4) 채만식,『탁류』, 문학과지성사, 2014.
5) 조정래,『아리랑』 1~12권, 해냄, 1994.

판에서 재산을 탕진하는 정주사의 몰락을 통해 식민지 자본화 안에서 타락해가는 인간의 욕망을 보여준다. 『아리랑』은 조선 말 한일합방직전부터 1945년 이차세계대전이 끝나는 시기까지 조선인들의 이야기를 서사화한 텍스트이다. 일제 강점기 군산과 일본, 만주 연해주, 중국 본토, 하와이까지 공간을 확대하여 조선에 남아 있던 당대 민중들, 해외 강제 이주노동자, 일본군 성노예, 조선인 학병 등의 삶과 고통을 서사적으로 형상화하고 있다. 그러나 본 연구에서는 근대이행기 군산항이라는 장소에 한정하여 일용직 노동자와 하역 노동자들의 삶, 하와이 이주노동자로 갈 수 밖에 없었던 조선인들의 삶을 통해 군산이 갖는 공간적 의미에 초점을 맞출 것이다. 이러한 텍스트를 바탕으로 근대이행기 군산과 상하이가 가지고 있는 공간이 왜 타자공간이 될 수밖에 없는지, 이 공간 안에 타자들의 욕망은 어떻게 표상되는지 알아보자. 이번 장은 한·중 도시문화비교융합연구의 가능성을 제시하고 앞으로 한·중 인문학에 탈경계적 융합적 연구의 한 가지 방향을 제시 할 수 있을 것이다.

2. 도시의 기억과 장소상실

장소란 인간이 자유와 실재성의 깊이를 확인하면서 자신을 스스로 위치시키는 실재적인 곳이다. 우리는 장소를 통해 세계를 경험하고 외부와의 유대를 통해 인간이 실존적 존재임을 드러낸다. 일반적으로 '공간은 추상적이고 장소는 구체적'이라고 여겨 우리는 공간이 장소에 어떤 맥락을 부여하는 것처럼 느끼지만, 사실 공간은 특정한 장소에서 그

의미를 얻는다. 개인의 자아중심적 공간을 지각공간이라 하는데 우리는
특별한 만남과 경험을 통해 지각공간을 경험하면서 사적인 특별한 의
미를 가진 장소들을 얻게 된다. 기억 속의 장소와 현재의 중요한 장소
는 본질적으로 넓은 지각 공간의 구조 속에서 의미와 의도를 가진다.
각각의 개인들은 타인들과의 관계 속에서 공간과 장소의 전체적이고
문화적인, 일종의 합의된 지속적 생활공간의 일부를 구성하기에 장소의
기억은 유의미하다고 볼 수 있다.6)

가시적 경관으로서 장소는 명확한 특징을 갖는다. 조계지 유럽문화의
특징을 지닌 와이탄의 건물들이나 조계지 일본문화의 특징을 지닌 군
산의 건물들은 제국주의의 침략으로 인한 문화접변을 보여준다는 점에
서 특정 장소의 정체성을 드러내는 명징한 증거가 된다. 이러한 물리적
경관으로부터 사회적 관계를 통한 경험과 의식의 변화과정을 살피는
것은 로컬의 정체성이 어떻게 형성되었는지 살필 수 있는 계기가 된
다.7) 텍스트에서는 조계 이전과는 달리 제국주의 국가 권력과 자본에
의해 일방적으로 기획된 도시 상하이와 군산의 변형된 외형, 빨라진 도
시 생활, 기계적 리듬을 보여준다.

시간이 상품화되고 물신성이 유행하면서 현대의 세속적 감수성을 가
지게 된 두 도시의 기억은 유사한 듯 다른 차이를 보인다. 도시의 기억
은 '기억 속에 나타나는 도시'와 '도시 속에 나타나는 기억'으로 구분할
수 있다. 벤야민은 전자를 '기억된 도시'라 말하고, 후자를 '도시에 대한

---

6) 에드워드 랠프 지음, 김덕현·김현주·심승희 옮김, 『장소와 장소상실』, 논형, 2005,
  pp.25-47 참고할 것.
7) 부산대학교 한국민족문화연구소 엮음, 『장소경험과 로컬정체성』, 소명출판, 2013, p.4 참
  고할 것.

기억'이라 이야기한다.8) 작가는 텍스트 안에서 기억된 도시를 이야기하고, 독자들은 이를 통해 도시에 대한 기억을 되새긴다. 이런 점에서 텍스트에 나타난 도시의 기억들은 도시문화를 비교하기 위한 하나의 근거가 될 수 있다.

1930년대의 상하이는 서구에 의해 강제 개항한 최대 규모의 개항장이자 중국 근대문학의 대부분이 다량으로 생산되고 유통되는 출판 산업의 중추도시였다. 이미 대형극장과 카페, 댄스홀과 모던 걸, 술집과 매음굴이 들어선 이곳은 서구 제국주의 역사의 귀결점으로서 문화와 예술, 퇴폐와 그로테스크한 도시의 기괴함이 공존하는 공간이었다. 황푸강을 따라 위용을 자랑하는 와이탄(外灘)의 유럽식 건축물과 저택의 대문들은 조계지의 골목들을 가로막고 있었다. 그러나 이렇게 화려한 상하이의 모습은 외피일 뿐 이끼 낀 골목과 담쟁이덩굴에 둘러싸인 스쿠먼 양식의 대문 안에는 아편과 담배에 찌든 상하이의 내부가 숨겨져 있었다.9) 타닥거리는 마작패 소리와 테이블 위에 번쩍이는 반지들은 전시상태에서도 자신들만의 유희를 즐기는 단절된 공간임을 증명하고 있었다.

> 한낮인데도 마작테이블 위로 밝은 형광등이 켜져 있었다. 마작 패를 섞는 여인들의 손가락에서 뿜어 나오는 다이아몬드 광채가 사방으로 번졌다. (중략) 피점령지구의 금값이 비정상적으로 올라 있는 탓에 이렇게 굵은 금줄은 실로 그 값을 매기기조차 힘들었다. 그런 물건은 망토에 다는 단추의 대용물로 삼는 것은 천박하거나 저속해보이지 않을뿐더러 밖

---

8) 크램 질로크, 노명우 옮김, 『발터 벤야민과 메트로폴리스』, 효형출판, p.146 참고할 것.
9) 전영의, 「모던 상하이의 욕망과 파사주 프로젝트-왕안이의 『장한가』를 중심으로」, 한중인문학연구 52, 한중인문학회, p.361.

에 나가 자신을 과시하는데도 아주 유용했다. (색, 17-23)

외세에 의한 외래문물이 유입되는 통로였던 상하이에서 사람들은
조계지로서 직면했던 제국주의의 모순보다는 모더니티에 대한 긍정을
우선시했다. 홍콩에서 밀수로 들여온 물건들로 자신을 치장하고, 아편
연기에 취해 마작패를 돌리는 이들에게 상하이는 부르주아적 사적 영
역에 의해 지배되는 장소일 뿐이다. 이러한 장소에서는 인간의 상호작
용과 관계보다는 욕망과 섹슈얼리티로 맺어진 관계만이 대상화된다.
샹들리에가 달린 유리천장과 가스등이 켜진 미인대회는 여성들의 외
모와 성을 상품화하고 교환가치로 다루는 박람회장이자 욕망의 파사
주10)였다.

> 예선에는 정말이지 미녀들이 구름처럼 많았다. 상하이의 미녀란 미녀
> 는 모두 한자리에 모인 것 같았다. (중략) 그들은 자신들의 부친이나 오
> 빠처럼 남보다 더 잘나기를 갈망했으며 출세욕을 지니고 있었다. 가장
> 아름다운 패션은 그들 몸에 입혀졌고 가장 뛰어난 화장술도 그들 얼굴에
> 구현되었으며, 가장 모던한 헤어스타일이 그들의 머리를 꾸몄다. 이것은
> 마치 여성패션 박람회장 같았다. (장1, 103-104)

아름다운 여성들이 하늘거리는 드레스와 치파오를 입고 나와 무대를
누빌 때 관중들은 판타스마고리아11)를 경험한다. 음악과 흩뿌려지는

---

10) 이행, 통로 등의 뜻을 가진 파사주(passage)는 1829년대 파리에서 처음 등장했던 상점가
  를 가리킨다. 유리를 가장 자리에 끼워 넣고 통로는 대리석을 깔았으며 조명이 위아래
  에서 비추고 양쪽에는 가장 호화로운 상점이 들어선, 19세기 파리호화산업의 새로운 발
  명품으로 백화점의 전신이라 할 수 있다. 발터 벤야민 지음, 김영옥·윤미애·최성만
  옮김, 『일방통행로, 사유이미지』, 도서출판 길, 2007, p.13 참고할 것.
11) 판타스마고리아라는 개념을 처음 사용한 사람은 마르크스이다. 그는 『자본』에서 상품의

꽃잎 사이로 여성들의 웃음 안에서 전쟁이나 식민과 같은 현실을 잊는
다. 소비에서 철저하게 배제되었던 사람들은 미인대회 안에서 물신성을
즐기고 정신을 분산시킨다. 미인에게 장미꽃을 던져 우승자를 선택하는
행위를 통해 마치 자신이 미인을 얻을 수 있을 거라는 착각에 빠진다.
이야말로 교환가치와 자신을 동일시하고[12] 미인대회라는 박람회 안에
서 마술환등을 경험하는 것이다.

　하지만 이러한 파사주가 만들어낸 상상의 유토피아 뒤에는 또 다른
이면이 존재한다. 상하이 골목 안 그늘진 곳의 이끼는 상처가 아물지
않고 남은 상하이인들의 흉터로 시간에 의지해 아픈 곳을 달랜 흔적이
다.(장1, 20) 리텐화의 할머니 집에 얹혀살면서 상하이 생활을 하게 된 푸
핑은 난생 처음 보게 된 난징루와 와이탄의 화려한 건물들에도 주눅 들
지 않는다. 오히려 이러한 유토피아가 무엇인가 잘못되어 있음을 직감적
으로 깨닫고 외숙이 사는 그늘 진 곳을 찾아간다. 그녀의 외숙이 사는
자베이는 신고전주의 양식의 위용을 자랑하는 상하이의 모습 뒤에 숨
겨진 판자촌이자, 분뇨선을 운행하는 뱃사람들이 사는 곳이었다.

　　쑨다량이 막 배를 탔을 때에 노도 젓지 못한 채 배를 끄는 인부 신세
　로, 밧줄을 등에 걸머진 채 강 언덕을 걸었다. (중략) 배가 상하이에서 올
　때 실어오는 똥거름, 그리고 상하이로 돌아 갈 때 실어가는 채소, 어느

　물신적 성격을 분석하면서, 사용가치를 상실한 자리에 교환가치가 주된 가치로 등장하
　고 교환가치를 지닌 상품이 물신적 성격을 띠면서 판타스마고리아적인 형식을 지니게
　된다는 점을 지적했다.
　발터 벤야민 지음, 최성만 옮김, 「19세기 수도 파리-독일어판」, 『역사의 개념에 대하여,
　폭력비판을 위하여, 초현실주의 외』 도서출판 길, 2008, pp.195-196 참고할 것.
12) 발터 벤야민 지음, 최성만 옮김, 「19세기 수도 파리-프랑스어판」, 위의 책, pp.230-231
　참고할 것.

것이든 모두 짊어져 날라야 했으니까. (푸, 171)

이들에게 상하이는 자신들이 있는 곳이 아닌 조계 지역만을 의미했다. 이들에게 유토피아란 애초부터 존재하지 않았으며, 자신들이 볼 수도, 가질 수도 없는 상상화 된 이미지였다. 상하이처럼 한말 조계지로서 군산 역시 부르주아 헤게모니와 왜곡된 신화에 의해 지배받는 곳이었다.

군산은 일본인들의 치외 법권이 인정되는 조계지로 일본인들은 이곳에서 거주하며 자신들의 이익을 도모할 수 있었다. 이곳에 거주하는 일본인들은 생활과 상업 활동을 보호받았으며, 관공서·병원·은행·공원과 같이 이들의 정착에 필요한 각종 시설물들이 군산에 설립되었다. 주된 산업기반이 농업이었던 군산은 조계지가 되면서 도시화, 산업화가 이루어졌고 이제 과거와 달리 수출입 산업이 발달하게 되었다. 조선 총독부는 식민통치를 하는데 있어 토지 관리를 용이하게 하기 위해 조선의 농지를 계속 국유화하였고, 일본인들을 조선 땅에 정착시키기 위해 이들에게 논을 싼 값에 팔고 집을 지어주었다. 또한 이미 조선에 들어온 일본인 관리들과 사업가들은 조선의 쌀농사가 자신들의 부를 축적시키는 방법이 된다는 것을 간파하고 농지매입에 힘을 썼다. 이런 조선의 경제적 상황에서 19세기 말 20세기 초 일본으로 향하는 하나의 문이었던 군산이라는 공간은 과거와 달리 새롭게 생산된 것이라 볼 수 있다. 이러한 지점들은 우리가 충분히 군산이라는 도시에 집중할 수 있는 이유가 된다.

일본인 지주와 상업 자본가들이 군산에 집중하면서 자연스럽게 자본이 모이게 된 군산에서는 현지의 조선 자작농이 몰락하고 일본인 지주가 그 자리를 대신하였다. 대부분의 농민들은 소작농으로 전락하거나 군산역과 군산항의 일용 노동자, 하역노동자들이 되었다. 군산 항 가까이에는 일본인들의 거주지와 은행, 병원, 행정기관 등이 모여 있었지만, 내지, 산기슭 쪽으로 들어가면 조선 사람들이 모여 군락을 이루고 살았다.13)

> 급하게 경사진 언덕비탈에 게딱지같은 초가집이며 낡은 생철집 오막살이들이 (중략) 다다다다 주어 박혀 (중략) 이러한 몇 곳이 군산의 인구 칠만 명 가운데 육만도 넘는 조선 사람들의 거의 대부분이 어깨를 비비면서 옴닥옴닥 모여사는 곳이다. 면적으로 치면 군산부의 몇십분지 일도 못되는 땅이다. (중략) 정리된 시구라든지, 근대식 건물로든지, 사회시설이나 위생시설로든지 제법 문화도시의 모습을 차리고 있는 본정통이나 전주통이나 공원 밑 일대나, 또 넌지시 월명산 아래로 자리를 잡고 있는 주택시대나, 이런 데다가 빗대면 개복동이니 둔뱀이니 하는 곳은 한 세기나 뒤떨어져 보인다. (탁, 25-26)

군산항 입구에 만들어진 본정통, 전주통과는 다르게 산기슭에 자리 잡은 개복동, 둔뱀은 조선인 거주지로 자작농에서 몰락한 소작농, 군산역과 군산항의 일용노동자, 하역노동자들의 거주 지역이었다. 일본인들에게 군산은 쌀을 비롯한 조선의 물자를 일본에 수출하고 일본의 신문물을 들여와 막대한 수입을 볼 수 있게 하는 유토피아였다. 그러나 조선인들에게 이곳은 식민담론의 폭력성을 여실히 보여주는 장소였다. 인

---

13) 전영의, 「한·중 근대도시의 타자공간과 욕망의 표상」, 『현대소설연구』 63, 한국현대소설학회, p.299.

권유린, 문화에 대한 억압, 관습철폐, 노동력 갈취, 특히 쌀을 착취하는 과정에서 드러나는 경제적 차원의 폭력성은 군산이라는 장소를 더욱 우울하게 만들었다.

> 「저 광활한 들판은 우리의 앞길을 환하게 여는 사업장이면서 우리 일본인들의 쌀창고요, 이 일대를 손아귀에 넣기만 하면 우리 사업은 승승장구인 동시에 우리 일본의 쌀 부족도 거뜬하게 해결되는 것이요, 수단과 방법을 가리지 말고 손아귀에 넣도록 하시오」 (아1, 144)

인간은 공동체 생활에 적극적이고 자연스럽게 참여함으로써 뿌리를 갖게 된다. 사물의 질서 속에서 확고한 자신의 입장, 과거의 어떤 경험, 미래에 대한 기대를 가지게 된다는 것이다. 익숙하고 편안한 장소에 뿌리를 내리고 일반적 장소를 특별하고 의미 있는 장소로 각인하면서 우리는 장소애착을 갖게 된다.14) 이러한 욕망은 가장 적게 인식되지만 인간이 가지는 본능적 욕망 중 하나라 할 수 있다. 그런데 장소애착이 어떤 이유에서건 결렬되거나, 장소에서 물러나게 되었을 때 우리는 '뿌리 뽑힘'을 경험하게 된다. 제국주의의 폭력으로 인해 변해버린 장소 안에서 상하이의 변두리나 군산항의 째보 선창에 거주하는 인물들은 억압된 시간들에 침묵한다. 뿌리내렸던 장소의 경관이 변하면서 새로운 사람들이 몰려들고, 자신들의 터전에서 자꾸만 물러날 수밖에 없었던 이들에게 상하이나 군산이 가지고 있는 화려함은 또 하나의 폭력이었다. 집단 무의식 속에서 이들의 우울은 장소상실이라는 감정과 직결된다.

---

14) 그램 질노크, 앞의 책, pp.94-96 참고할 것.

3. 모순된 공간인식과 타자화된 인간들

인간의 욕망이란 본시 생산적이며 창조적인 경제적 동인이지만 자본
주의 시대에 이러한 욕망은 억제되어 왔다. 욕망을 생산하면서도 억제
하는 자본주의는 분열의 이중구속이라는 매케니즘을 내재하고 있으며
이로 인해 자본주의와 욕망은 경제를 매개로 수렴하면서 발전해 왔다.
권위와 강권, 통제, 억압을 당연시 해온 자본주의 시스템으로 인해 인간
의 욕망은 굴절되고 변형되었다.15) 19세기 말 20세기 초 군산과 상하이
는 외국 은행과 자본, 의료와 문화가 들어오면서 조계지로서 독특한 장
소성을 가지고 있었다. 화려한 건축물과 번화한 장소들은 '식민지 근대
화'라는 이데올로기를 내포하고 있었고 근대화에 대한 도정이나 담론
들 안에서 욕망하는 주체들의 공간이 만들어진 것이다. 대형극장과 카
페, 댄스홀과 모던 걸, 술집과 매음굴이 성행하는 상하이의 조계지는 문
화와 예술, 퇴폐와 그로테스크한 도시의 기괴함을 가지고 있는 장소이
기도 했다.16) 왕치야오나 왕지아즈, 초봉은 '능력만 있으면 성공할 수
있다는 자본주의 법칙'을 이미 깨닫고 자신들의 외모, 특히 성을 상품
화함으로써 실현하고 있었다.

결선도 하기 전에 세상에서는 이미 미스 상하이 세 개의 자리가 누군
가에 의해 모두 매수되었다는 소문이 파다하게 퍼졌다. 1위는 모 대기업
대표의 딸, 2위는 군정 요인의 정부, 3위는 상하이에서 명성 높은 사교계

---

15) 신승철 지음, 『욕망자본론-욕망의 눈으로 마르크스 자본론 다시 읽기』, 알렙, 2014,
pp.7-17 참고할 것.
16) 전영의, 「모던 상하이의 욕망과 파사주 프로젝트-왕안이의 『장한가』를 중심으로」, 앞의
논문, p.361.

의 꽃 모씨라고 했다. (중략) 투표용지를 말하는 것으로 국민정부의 관리, 항일민족의사의 호칭도 다 살 수 있는 마당에, '미스 상하이'라고 못 살 리가 있냐고 했다. 이 말은 (중략) 충칭 정부가 고관으로부터 뇌물을 받은 사건을 가리켰다. (장1, 120)

미스 상하이 대회에서 우승을 바라는 왕치야오나 그녀를 통해 부와 지위를 얻고자 하는 장리리 모녀는 1930년대 모던 상하이가 가지고 있던 자본주의적 욕망을 보여준다. 미스 상하이의 1·2·3등이 이미 매수되어 있다는 소문은 당시 조계지를 가득 채우던 욕망을 알레고리화 한 것이다. 이 시기 '미스 상하이'라는 신분은 차별받는 중국인들과는 달리 '차별화될 수 있는' 보증서이자 신분상승을 위한 사다리였다. 재력과 권력을 통해 중국사회를 움직이는 자들만이 이런 여성을 얻을 수 있었기 때문이었다. 이들은 오직 자본주의적 욕망을 채울 수 있는 모순된 공간으로서만 상하이를 인식하고 있었다. 『탁류』의 초봉도 이와 비슷하다. 초봉은 의사고시에 완전히 합격하지 못해 미래가 불안하고 가난한 승재보다는 안정된 직장을 다니는 은행원 태수를 선택했다. 태수의 죽음 이후 제호의 강간에 의해 첩이 되었지만 그가 제공하는 부 안에서 안락함을 누린다. 이후 예전에 자신을 겁탈한 형보의 협박으로 다시 형보의 여자가 되지만, 여전히 그의 재력을 통해 부유한 삶을 지속할 수 있었다. 초봉의 아름다운 외모가 오히려 그녀의 삶을 어렵게 만들지만 초봉 스스로 자신의 외모가 남자들의 재력을 얻을 수 있는 방법이 되는 것을 알고는 피상적인 인간관계 속에서 철저하게 속물로서 자기합리화한다. 이들은 타자와의 인정투쟁에서 승리하고자 자신의 모든 것을 걸고 욕망의 메커니즘에 철저하게 순응한다.[17] 왕치야오나 초봉과 같이 속물의 전형에 속한 인물들은 타자의 욕망에 대한 집착과 반비례하여 자신의 욕망이 무엇인지 모른다는 문제점을 갖는다. 물질적 욕망을 탐하지만 그 실체에 대한 자의식을 갖지 못하는 것이다.

이들과 달리 『색계』의 왕지아즈는 속물 유형이라 단정하기 어렵다. '비분강개한 애국역사극'을 공연하던 대학 연극동아리 일원들은 무대에서가 아닌 실제 현실에서 친일파를 처단하자고 논의한다. '이 부부'에게 미인계를 써서 그를 암살할 계획을 세우고 그 주인공으로 왕지아즈를 선택한다. 이 선생과의 밀회가 계속될수록 왕지아즈는 맥 부인 자체가 되면서 내연녀로 남고 싶은 속물적 욕망과 그를 암살해야하는 대의적 욕망 사이에서 갈등한다.

> 이 선생과의 밀회는 매번 뜨거운 물로 샤워를 한 것처럼 그녀 안에 쌓인 우울함을 씻어주었다. 물론 그녀의 모든 행동에 목적이 있기 때문이기도 했다. (중략) 함부로 총을 난사하여 무고하게 사람을 죽이는 일은 없으리라. 총에 맞은 후 죽지 않고 병신이 된다면 차라리 죽는 편이 나으리라. 클라이맥스를 향해 치닫는 기분은 남달랐다. (색, 40-42)

왕지아즈는 2년 전부터 주도면밀하게 시작된 미인계를 성공시키기 위해 명품 옷과 보석으로 자신을 치장하면서 맥 부인의 역할을 충실히 따른다. 자신의 의지와는 상관없이 모던 상하이의 물질적 부유함을 경험하고, 사교계 여성들과 마작을 하면서 그녀가 지금까지 겪어보지 못했던 또 다른 상하이의 공간을 맛본다. '이 선생 암살'이라는 친일파 제

---

17) 김겸섭, 『탈 정치시대에 구상하는 욕망의 정치』, 지성인, 2012, p.6 참고할 것.

거 임무를 수행하기 위해 유일하게 창녀와 잠자리를 해본 동료에게 자신의 처음을 내어줄 정도로 역에 몰입했던 왕지아즈는 완벽한 맥 부인이 되어가면서 이 선생을 처음으로 사랑하게 된다. 사랑을 지키고 싶은 본능, 그를 선택하면 얻게 되는 경제적 윤택함과 화려한 상하이의 생활 그리고 친일파 제거라는 임무 사이에서 갈등한다. 거사가 이루어지기 직전 "어서 가요"(색, 59)라고 외치면서 사랑을 선택하고 자신은 체포되어 처형을 당한다. 완전한 속물이 되지는 않았지만 그녀의 갈등은 오히려 가학적인 마조히즘적 욕망이 되면서 왕지아즈를 타자화시킨다. '식민지 근대화'라는 시대사적 이데올로기를 인식하지 못한 채 주체가 아닌 타자화된 이들의 욕망은 자본주의적 근대화가 이루어진 모순된 공간을 가득 채우고 있었다.

4. 변증법적 공간으로서 이미지 회복

자본주의는 욕망을 생산하면서도 구속하는 이중 메커니즘을 가지고 있다. 이런 사회 안에서 사람들은 물질적 풍요를 통해 안락한 삶을 느끼고 부를 비롯한 세속적 욕망을 추구한다. 이런 욕망들을 추구할수록 사람들은 일시적인 편안함을 누리지만, 이런 안락함은 어느 순간 개개인을 구속하고 '안락한 삶'이라는 목표가 '부와 권력의 추구'라는 목적으로 전도되어 버린다. 바로 자본의 욕망화이다. 이러한 자본주의적 이중구속은 자신과 사회, 공동체를 자신 스스로 생산해내는 창조적 욕망[18]을 통해 극복할 수 있다. 이것이야말로 미래를 향해 나아가는 진행

형적 과정이며 욕망의 자본화이다. 언니 초봉과 달리 계봉은 당시 여성
들과는 다르게 자기 계발을 위해 노력하는 적극적 성격의 인물이다. 가
난을 자기 힘으로 벗어나 인격적 주체로 살아가려고 했던 그녀는 남성
들의 연애 대상이 되는 것도, 연인 승재의 도움을 받는 것도 거절한다.

> 공부시켜주는 의리나 연애가 결혼을 간섭할 테니깐...... (중략) 언니도
> 데리구 같이 오라구 하믄 오지만. (탁, 603-604)

승재는 간호부가 되고 싶어 하는 계봉을 위해 의학전문이나 약학전
문학교 진학을 권하지만 계봉은 그의 경제적 지원이 자신들의 사랑을
구속하는 계기가 될 수도 있다고 생각하고 거절한다. 언니집이 불편하
면 나와서 살라고 하는 승재의 권유에 계봉은 오히려 형보의 육체적,
정신적, 경제적 속박에서 언니를 구출하려는 적극성을 보인다. 이와 같
은 인물의 적극성은 『푸핑』에서도 보인다.

푸핑도 당시의 사회문화적 제약에 굴복하지 않고 적극적으로 운명을
개척하려는 인물이다. 자신의 의지와 상관없이 어릴 때 혼처가 정해진
푸핑은 시집간 후에 시부모를 봉양하고 어린 시동생들을 보모처럼 키
워야 한다는 것을 알고 "애당초 제가 당신들을 찾은 게 아니잖아요"(푸,
142)라면서 타인에 의해 선택된 삶을 거부한다. 분뇨선을 이끄는 뱃사람
인 외삼촌 내외도 젊은 뱃사람인 광밍에게 선을 보이려고 하지만 이 역
시 거부한다. 전자들이 상하이의 호화지역에서 자신들의 성과 외모를
무기로 부와 권력을 가진 자들의 부인 혹은 첩이되려고 했다면 푸핑이

---

18) 신승철, 앞의 책, p.78 참고할 것.

나 계봉은 타자의 욕망을 욕망하는데서 벗어나 자신의 욕망을 통찰하는 변증법적 사유를 통해 주체를 재구성하고 건설적인 욕망을 표출한다. 왕치야오, 초봉, 왕지아즈 같은 자본주의 욕망을 가진 자들은 그 욕망을 생산할수록 오히려 자본주의라는 메커니즘에 의해 구속되고 스스로를 파괴시킨다. 반면 푸핑과 계봉은 주변에 있는 사람들과 교류하고 대화하며 '~이기(being)'와 '~되기(becoming)'19)를 통해 새로운 변증법적 운동을 시작한다. 속물적 타자들 안에서 진정한 주체로서의 사유를 통해 '주체이기' 혹은 '주체가 되기'를 욕망하는 이들은 건설적인 욕망을 통해 자신들이 위치한 공간을 변증법적 공간으로서 바꾸고 장소의 이미지를 회복한다.

이미지란 정지상태의 변증법이다. 올드 상하이바, 카페와 술집, 매음굴이 들어선 소비공간이자 모던 상하이런들의 공공영역이었던 상하이와 호남 곡창시대에서 생산되는 쌀을 일본으로 실어 내가던 거점이자 일본의 모던 문물이 들어오던 군산은 신화적 이미지를 가지고 있다. 그러나 이런 이미지들은 상상된 이미지일 뿐이다. 상상된 신화적 공간에서 타자였던 이들은 변증법적 시각을 통해 새로운 공간적 이미지를 획득한다. 화려함 속에 내재된 공간이야말로 타자화된 욕망들이 가지고 있던 모순된 공간이었다는 것을 인식하고 이러한 상상에서 벗어나고자 노력한다. 과거에 있었던 것과 그 과거를 지각하는 현재의 사유가 관계 맺음으로써 타자들은 변증법적 이미지 관계를 새롭게 정립하고 타자가 아닌 주체로서 사유하게 되는 것이다.20)

---

19) 신승철, 앞의 책, pp.106-108 참고할 것.
20) 강수미, 『아시스테시스 : 발터 벤야민과 사유하는 미학』, 글항아리, 2011, pp.78-93 참고

초봉은 속물적 주체의 적나라한 모습을 보였고 왕치야오는 리 주임이 만들어 준 고급 아파트에서 상하이 드림을 꿈꾸었다. 왕지아즈는 이 선생과의 성적 결합을 통해 자신의 존재를 확인하고 사교계 생활과 육체적 탐닉에 젖으면서도 친일파 처단이라는 명분 사이에서 갈등했다. 이들은 자본주의 상품이 갖는 소망이미지에 대한 알레고리이다. 진보의 자기현시욕이 가득 찬 근대도시에서 이들의 몰락 과정들은 자본주의 신화를 해체하는 또 하나의 알레고리이다.

푸핑과 계봉의 변증법적 사유와 시각들은 오히려 부르주아 사회에서 폐기되고 망각된 것, 낡아버린 것, 일상적인 것, 진부한 것, 망가지고 초라한 것으로부터 현재의 이미지를 읽어내고자 하는 정치적 함의이다.[21] 이들은 전체의 사회적 맥락 안에서 근대 자본주의의 폐해를 냉철하게 관찰하고 역사시대에 개인과 집단에게 운명적으로 작용하는 법적인 폭력들 즉 가부장적 사회에 여성이기 때문에 따라야 하는 규범, 불우한 환경을 운명으로 받아들이는 것을 당연하게 여기는 소극적 태도 등을 자신과의 관계에서 떼어내 버린다. 이미지란 기표와 기의라는 기호의 전통적인 이분법적 구조에 포함되지 않고 그 자체만으로 내적인 힘을 갖는다. 모방의 대상이 아니라 현재와 과거가 우연히 조우되어 구성되는 변증법적 이미지이다. 상하이와 군산의 화려함은 아르데코 양식의 건축물에서 나타나는 것이 아니다. 오히려 푸핑이나 계봉과 같은 이들이 순간적으로 빛나는 이미지가 될 때 드러난다. 이들의 빛남은 소외된

할 것.

21) 발터 벤야민 지음, 최성만 옮김, 『역사개념에 대하여, 폭력비판을 위하여, 초현실주의 외』, 도서출판 길, 2008, p.41 참고할 것.

사물과 상세한 의미 사이의 형세, 죽음과 의미가 서로 무관하게 되는 "깨어남"이다. 깨어 있다는 것은 '깨어 있음'과 '잠들어 있음' 사이에서 언제나 다채롭게 분열되어 요동치는 상태이다.22) 우리는 이들에게서 집단적 소망 이미지를 찾을 수 있다. 근대 자본주의의 폐해로 인해 역사의 연속성이 파괴되고 내 도시의 공간 안에서 스스로 상품 문화를 포식하거나 혹은 그 안에 빨려 들어가 자신의 참모습을 잃어버린다. 그러나 이러한 깨어남을 통해 수동적 타자에서 적극적인 주체의 빛나는 이미지를 회복할 수 있다.23)

자연의 잠재력은 아직 실현되지 않았다. 근대 자본주의 사회에서 우리는 여전히 신화들과 유토피아적 상징들을 담고 있는 훨씬 오래 전의 원과거로부터 문화적 기억을 환기한다. 이러한 집단적 상상력은 과거와 혁명적으로 단절할 동력을 얻을 수 있다.24) 인간은 자율적 주체이다. 우리는 자본주의가 만들어낸 신화를 타파하고 아우라를 상실한 굴욕적 자연의 이미지를 회복할 수 있다. 이러한 자율성은 근대 자본주의 사회가 만들어낸 파국적 현실들을 다시 원 역사로 되돌리기 위한 변증법적 과정이며 이를 통해 상하이와 군산은 변증법적 공간으로서 이미지를 회복할 수 있게 된 것이다.

공간은 정치적이고 전략적이다. 인간의 욕망이 어떻게 달라지느냐에 따라 공간의 의미도 달라지고 그 장소는 구체성을 가지게 된다. 변화된 조건 아래서 정치화하여 자신과 환경을 바꿀 수 있다면, 그리고 혁명적

---

22) 최문규, 『파편과 형세-발터 벤야민의 미학』, 서강대 출판부, 2012, p.515 참고할 것.
23) 위의 책, pp.422-423 참고할 것.
24) 강수미, 앞의 책, pp.158-159 참고할 것.

대중으로서 거듭난다면 이제 그 공간은 대립을 지양하고 새로운 건설
적 가치를 모색하는 변증법적 열린 공간으로 탈바꿈할 것이다. 그런 의
미에서 현재 상하이와 군산은 변증법적 열린 공간이다. 사람은 누구나
자신을 둘러싼 환경과 일체감을 느끼는 관계를 맺으려는 욕구를 가진
다.25) 인식 가능한 장소 안에서 존재하려는 욕망은 지극히 자연스럽고
생산적이다. 모던 상하이, 모던 군산의 시기가 지나고 문화대혁명과 한
국전쟁이라는 역사적 소용돌이를 거치면서도 현재의 상하이와 군산은
새로운 문화도시공간으로 재탄생되어 수많은 사람들이 찾는 장소가 되
었다. 진정성이란 인간이 자기 실존에 대한 자유와 책임을 인식한다는
것이다. 자기 실존의 근본적인 현실을 부정하거나 책임을 남에게 넘기
는 것이 아니라 자신의 존재에 책임을 느끼는 것이다. 현대의 상하이와
군산은 이런 점에서 진정한 장소감을 느낄 수 있다. 과거 조계지로서
아픔을 부끄러워하는 것이 아니라, 현재 라오 상하이(老上海)에 대한 향
수를 불러일으키고, 화려한 예술문화를 이어오는 상하이 인으로서 자부
심을 읽어낼 수 있다. 식민조계시대의 건물을 박물관이나 미술관으로
탈바꿈함으로써 식민조계의 역사를 인정하고 오히려 이 안에서 역사적
반성과 자긍심을 느낄 때 이곳이 군산인이라는 정체성을 갖게 하는 장
소라는 것을 새삼 깨달을 수 있다. 이 장소 안에는 여전히 수천 명의,
수만 명의 푸핑과 계봉이 존재한다. 이들은 상하이와 군산 안에서 개
인으로서, 공동체의 일원으로서, 공동체에 대한 무의식적 장소감과 정
체감을 갖는다. 그러나 이는 비단 상하이나 군산에 주거하는 이로 한

---

25) Nairn, *The American Landscape*, New York : Harcourt, Brace and World, 1965, p.6.

정해야 할 것은 아니다. 오히려 외부인이나 이방인이라 하더라도 개방된 장소 안에서 다양한 감정적 체험을 통해 의식적인 장소감을 가질수 있다.

과거는 현재 속에서도 계속 되고 있다. 건물과 장소, 도시와 도시를 실증적 사실 자료로만 바라본다면 우리는 더 이상 문학 안에 내재하는 공간과 도시를 이해하기 힘들다. 이것들은 긴밀하게 연결되어 있는 요소들이며 삶이자 역사이다. 기억의 대상으로 역사의 결을 거슬러 바라볼때 현재의 우리는 보다 나은 미래를 바라보는 역사적 인식의 주체가 될수 있을 것이다.

5. 주체로서 사유하기

이번 장은 동아시아적 관점에서 '한·중 근대도시의 기억을 살펴보고 양국의 문학텍스트를 통해 근대이행기 도시문화공간이 탄생되면서만들어진 타자공간을 문화융합적 관점에서 새롭게 읽어보고자 했다. 인간이 자유와 실재성의 깊이를 확인하면서 자신을 스스로 위치시키는실재적인 곳은 바로 장소였다. 상하이와 군산은 조계와 식민이라는 아픔을 가지고 있었지만, 속물적 타자들 안에서 진정한 주체가 되고자 했던 이들은 건설적인 욕망과 변증법적 사유를 통해 주체가 될 수 있었다. 상상화된 신화적 이미지 공간에서 자신들이 가진 욕망이 타자화된것이었다는 인식하는 순간 이들은 과거에 있었던 것과 그 과거를 지각하는 현재의 사유를 관계맺음으로써 변증법적 이미지 관계를 새롭게 정립했다. 우리는 이제 타자가 아닌 '주체로서 사유하기'를 통해 근대자본주의 사회가 만들어 낸 파국적 현실들을 원 역사로 되돌리도록 노력해야 한다. 식민·조계라는 과거를 아파하는 것으로 끝내지 않고 역사적 반성과 자긍심을 통해 긍정적인 장소감과 정체성을 가져야 한다. 과거는 현재에도 계속되고 있다. 문학과 공간, 도시와 장소는 과거와 현재를 긴밀하게 이어주는 통로이다. 이 안에서 삶과 역사를 기억의 대상으로 바라볼 때, 역사의 결을 거슬러 바라볼 때 현재보다는 미래를 바라보는 역사적 인식의 주체가 될 수 있다.

『한강』에 나타난 기억의 의미변주와 공간의 상관성

Ⅷ. 『한강』에 나타난 기억의 의미변주와 공간의 상관성

1. 국가안보와 근대화의 명분

1960년 이승만 전 대통령의 하야를 시작으로 1980년 5·18 광주민주화운동이 막 일어나기까지의 '시간'과 서울이라는 '공간'을 중심으로 한 조정래의 『한강』은 유일민과 유일표 두 형제의 개인사적 고난을 통해 시대의 고난을 압축하여 형상화한다. 텍스트는 한국에서의 국가폭력이 반공이데올로기 강화와 국가안보라는 미명아래 행해지고 있었음을 고발하고 있다. 실제로 이러한 국가폭력은 심각한 사회적 갈등을 야기하고 국론을 분열시켰다. 학살이나 살상, 고문, 성폭행, 성추행과 같은 폭력을 민중들에게 행하며 국가발전의 장애를 불러일으킨 자들은 평범한 이들이었다. 그런데도 그들은 자신들의 행동이 폭력이 아니고 애국심의 발로에서 기인한 것임을 강조한다. 그렇다면 왜 국가폭력이 평범한 사람들에 의해 자행되어지고 정당화 되어질 수 있었을까 궁금해진

---

* Ⅷ장은 『한어문교육』 제32집에 게재된 것을 수정 보완한 것이다.

다. '종북과 빨갱이 메카시즘'이 정치를 호도하고 있는 가운데 일부 정치세력들은 촛불시위와 같은 정당한 국민여론을 표현하는 방법마저도 정당성을 앞세워 국가폭력으로 진압하고 있다. 『한강』의 유일민·유일표 형제들과 같이 국가폭력의 피해자가 분명히 존재하고 있음에도 가해자가 없는 현실이 정당화되고 있는 현 상황에서 이번 장은 국가폭력이 무엇인가 다시 한 번 생각해 볼 수 있는 계기를 만든다.

국가폭력의 목적이 무엇이든, 어느 시기에 행해졌든 민중에게 가해진 국가폭력은 '경제개발' '국가안보' '근대화'와 같은 명분 아래 이루어졌다. 이러한 명분들로 인해 한국이 공간의 변화를 가지게 된 것도 분명한 사실이다. 서로 모순되는 시간 속에서 병존하며 살아가는 우리에게 공간은 그 자체로도 중요한 의미를 갖는다. 인간의 사회적 행동들에 의해 공간은 새로운 의미를 생성하거나 인간을 통제하는 역동적 생명체라 볼 수 있다. 인간의 행위를 통해 사회적으로 해석할 수 있는 산물이면서 권력의 움직임과 권력관계의 조직적 의미를 나타내기도 한다. 이를 볼 때 '경제개발' '국가안보' '근대화'와 같은 명분 아래 행해진 국가폭력과 한국의 공간변화는 긴밀한 역학관계를 형성하고 있음을 추측할 수 있다. 텍스트는 '5·18 광주민주화운동'이 일어나게 된 사회적 원인을 찾고자 이승만 정권 때부터 박정희 유신독재정권에 이르기까지 한국사회를 조명하고 한국현대사회가 가진 문제와 답을 찾으려 노력한다. 국가안보라는 이름으로 자행되는 연좌제와 빨갱이 메카시즘을 앞세운 논리 앞에서 텍스트 공간은 근대 도시라는 공간의 양면을 낳은 이종공간이 된다.[1]

국가폭력으로 인한 피해자는 존재하되 가해자는 존재하지 않은 현실

속에서 본 이번 장은 '조정래의 『한강』2)을 통해 국가폭력이 인물들의 공간에 미치는 영향을 연구해 볼 수 있지 않을까'라는 호기심에서부터 출발하고 있다. 텍스트에 나타난 국가폭력으로 인해 인물들은 그 공간을 어떻게 기억하고 재구성하는지, 어떤 방식으로 주체적 공간을 확보해나가는지 살펴보자.

2. 국가폭력과 공간의 기억

제주 4 · 3항쟁, 여 · 순사건, 한국전쟁, 4 · 19 혁명, 5 · 18 광주민주화운동3) 등 한국 근현대사의 굵직한 사건들 안에서 민중들에게 가해진 국가폭력은 다양하다. 제주 4 · 3항쟁이나 여 · 순사건, 한국전쟁에서 나타난 민간인 집단 학살은 반군, 지방좌익, 빨치산의 무장투쟁에 대한 남한정부의 토벌에서 비롯되었다. 이런 투쟁이 발발하였던 원인은 쌀과 토지문제를 둘러싼 지주와 소작인 간의 갈등, 외세를 등에 업은 지배계급과 민중들로 이루어진 피지배계급 간의 갈등이라 할 수 있다. 4 · 19과 5 · 18 시기에는 지식인, 좌익세력, 민간인에 대한 고문과 폭행 등의 국가폭력이 행해졌다. 유일한 분단국가에서 수십 년 간 존속된 반공

---

1) 이종공간이란 장소 없는 공간의 자질을 고찰하는데 유용한 구성적 개념으로 푸코가 'Of Other spaces' 에서 처음으로 언급하고 있다. Michel Foucault, Jay Miskowiec (trans.) *'Of Other Spaces'* Diacritics, Vol. 16, No.1 (Spring, 1986), Johns Hopkins UP., 1986, p.24 장일구는 이종공간이 다양한 공간 형상에 내재하는 임의적이고 추상적인 자질을 해석하는데 동원될 이미지 도식에 상응한다고 말한다. 장일구, 「한국 근대 도시 공간의 서사적 초상」, 『어문연구』 75집, 2013, p.301 참고할 것.
2) 조정래, 『한강』, 해냄, 2002.
3) 이후 4 · 19항쟁은 4 · 19로, 5 · 18 광주민주화운동은 5 · 18로 사용하기로 한다.

이데올로기로 인해 이들은 사회에서 보호받지 못하고 희생되었다. 동시에 그의 가족들은 '연좌제'라는 이름으로 끊임없이 국가폭력을 겪어야 했다.

국가폭력은 여러 가지로 정의될 수 있으나 주로 다음 두 가지로 정의된다. 첫째, '주권 국가가 자국민과 전쟁 상황에 있는 타국민을 상대로 벌인 집단 학살 혹은 폭력적이고 반인권적인 행사'이다.[4] 둘째, '과거 독재정권 하에서 정권연장을 위해 반독재 운동가와 국민들에게 가해졌던 각종 국가기구들의 폭력적 탄압이나 억압'이다.[5] 제주 4·3항쟁, 여·순사건, 한국전쟁, 4·19, 5·18까지 한국의 근현대사를 살펴보면 민중들이 겪은 국가폭력은 상당하다. 계급간의 착취와 피착취의 문제, 이데올로기 대립의 문제 등이 교차되면서 민중들은 지배계급과 국가기관에 짓밟혀왔다.

국가폭력은 집단범죄임에도 합법적이라고 받아들여지는데 이는 세 가지 정치적 메커니즘에서 기인하고 있다. 첫째, 헌법준수와 국가기강 확립이라는 명목으로 자행되는 국가폭력은 학살·살상·고문 집행자들의 도덕적 감각을 변형시켜 집행자들이 아무런 죄책감 없이 범죄를 저지를 수 있도록 만든다. 이른바 '도살허가증'을 통해 국가폭력을 정당화시키는 정치적 과정이다. 둘째, 학살·살상·고문 실행에 관한 모든 행동과 절차를 반복하고 일상화시킴으로써 국가폭력이 행해지는 자체를 '기계화된 과정'으로 만든다. 셋째, 앞의 두 가지 메커니즘을 바탕으로

---

4) 김동춘, 「5·18, 6월 항쟁 그리고 정치적 민주화」, 『5·18 민중항쟁사』, 5·18 사료편찬위원회, 2001, p.433.
5) 조희연, 「근대 민주주의 제도정치와 운동정치」, 『시민과 세계』 22집, 2013, p.172.

국가폭력이 행해지면 집행자들은 살상·고문하는 대상이 인간이라는 사실을 잊게 된다. 즉 대상의 비인간화이다.6) 이러한 국가폭력의 메커니즘은 평범한 사람들을 가해자로 만들고 범죄를 정당화시킨다. 이와 같은 논리에 의해 국가폭력의 피해자는 있으나 가해자는 존재하지 않게 되는 것이다.

'근대화'라는 명분으로 민중들에게 이루어진 국가폭력은 공간의 변화를 불러일으키는 요인이 되었다. 전(前)근대 사회에서부터 근대사회에 이르기까지 공간은 인간사회를 이해하기 위한 중요개념 중 하나이자 인간 사고의 중요한 범주로 자리 잡았다. 서로 모순되는 시간 속에서 병존하며 살아가는 우리에게 공간은 그만큼 중요한 의미를 갖는다. 혼란한 세계 속에서 우리들은 여러 첨단 기기를 통해 하나의 연결망을 만든다. 한 공간 안에 있으면서도 서로 다른 공간에 위치한 이들과 정보 네트워크를 형성한다는 점을 볼 때 우리가 위치하는 공간은 동시적이고 병렬적이면서도 분열적인 공간이라 할 수 있다. 공간은 즉자적으로 존재하거나 고정된 대상이 아니다. 오히려 인간의 사회적 행동들에 의해 새로운 의미를 생성하거나 인간을 통제하기도 하는 역동적인 생명체이다. 인간의 행위에 의해 사회적으로 해석 할 수 있는 산물이면서 권력의 움직임과 권력관계의 조직적 의미를 나타낸다. 문화·언어·지식·이념·젠더의 문제 등을 둘러싼 공간은 정치적이고 전략적이라는 점에서 이데올로기의 산물이다.

1960년대 이후 한국에서는 주권권력의 메커니즘이 '국가폭력의 기계'

---

6) 이삼성, 『20세기의 문명과 야만』, 한길사, 1998, pp.19-70 참고할 것.

로서 작동한다. 4·19가 일어났던 공간은 구체적·실제적 공간이지만 국가폭력이 텍스트 안에서 인물들에게 서사적으로 재현되고 구성되었다는 점에서 국가폭력이 자행된 텍스트 내 공간은 실재적 공간이 된다. 이러한 공간을 '현장을 조형하는 사회적 의식의 공간이자 정신적·물질적 경관으로서 경합과 갈등의 과정으로 볼 때, 생성적이고 가변적이며 자기를 확인하기 위한 하나의 과정'으로 정의할 때[7] 국가폭력이 자행된 1960년대 이후 한국에서 공간의 의미를 새롭게 규정지을 수 있다. 자유화와 근대화라는 새로운 세계에 대한 감각은 발산적 공간의식을 요한다. 국가폭력으로 인해 정신적·육체적 트라우마를 얻은 이들에게 현실의 공동체 공간은 더 이상 안전한 공간일 수 없었다. 안정되지 못한 삶의 장에서 이데올로기적 현실에 직면한 이들은 텅 빈 공간에 내몰렸다. 인물들이 자신의 기억을 어떤 의미로 변주하느냐에 따라 그 공간은 거울에 비친 장소처럼 연장(extention) 없이 실재하는 공간이 된다. 실제 세계에 지시장소가 없는 공간이지만 실제 국가폭력이 일어난 공간을 되비추는 실재적 공간이 된다는 점에서 이 공간은 이종공간이 된다. 여기에 되비친 형상을 통해 인물들은 자신의 기억을 재구성하고 하나의 의미 있는 공간을 만든다. 장소를 지시하는 지리적 표지가 없는 공간이지만 인물들의 삶의 양태를 결정하는 이종공간은 상대적 공간이자 반성적 공간이라는 점에서 하나의 의미를 갖는다.

정치적으로는 민주주의, 경제적으로는 자본주의를 지향하는 한국은 1960년대와 1970년대에 급격한 산업화 과정을 거치면서 경제성장을 이

---

7) 전영의, 앞의 논문, p.433.

루었다. 반공정신 강화와 국가안보 유지, 민주주의 수호라는 명분아래 유신독재체제가 지속되자 국가권력은 이제 국가폭력이라는 모습을 띠게 되었다. 통치 권력의 강화로 사회적 통제가 실시되면서 한국은 사회적 갈등과 대립의 공간을 갖게 되었다. 도시노동계층이 성장하였지만 농촌지역과 농민 소외, 지역 간의 갈등, 산업시설확대에 따른 환경오염 및 공해문제, 노동자들의 노동·인권·근로 환경문제, 물질주의적 가치관 확대, 사회구조의 변화 등 산업사회의 새로운 문제들이 떠오르게 되었다. 분단국가에서 가족 중에 월북자가 있다는 것은 국가로부터 보호받지 못한다는 것을 의미했고 오히려 이들은 국가폭력에 저항하지 못하고 그것을 고스란히 당해야만 했다.

> 「죄는 무슨 죄. 죄가 없으니까 풀려났지.」
> 「이건 순 나쁜 놈의 새끼들이야. 아무 죄도 없는 사람들을 무조건 잡아다가 두 달씩이나 죽을 고생을 시키고.」 (중략)
> 「일표야 (중략) 억울하지 않을 수 없지만 분한 것을 표내는 건 어리석은 짓이야. 너. 운명이라는 말 알지? 다 운명이라고 생각해라.」 (중략)
> 두 달……, 몸서리가 쳐졌다. (중략) 정작 견디기 어려웠던 것은 무조건 빨갱이로 몰아대는 공포 분위기와, 터무니없는 의심을 품고 반복하고 또 반복하는 수사였다. (한2, 292)

일민과 그의 모친은 일민 아버지가 월북했다는 이유로 수시로 국가기관에 은밀히 끌려가 폭행과 고문을 당한다.8) 고문의 목적은 주로 일

---

8) 국가폭력은 보통 세 가지로 나뉜다. 첫째, 학생·노동운동 등을 진압하는 과정에서 군·경찰이 행한 가시적 폭력으로 부마항쟁, 5·18 광주민주화운동 등이 있다. 둘째, 국가개입이 직접적으로 드러나지 않고 관례라는 형태로 용인되어 온 폭력이다. 은폐된 국가폭력이므로 입증할 수 없다. 연행 및 구금 후 조사과정에서 행사된 구타, 폭행, 고문 등의

민 아버지와의 접촉, 간첩활동 가담 여부 등을 알아보기 위한 것이었다. 동시에 대학생인 일민의 '학생통일운동' 가담과 배후활동여부를 알아보고 그를 통해 대학생들의 집회 계획과 운동방향을 파악하기 위한 것이었다. 일민이 통일운동에 가담하지 않았다고 밝혀도, 국가기관에서는 '아버지와 접촉할 수 있는 좋은 기회인데 통일운동에 무관심하거나 방관한다는 것은 뻔한 속임수'라며 일민을 믿지 않았다.(한2, 293) 그는 국가기관의 끊임없는 감시와 폭행, 터무니없는 의심으로 힘든 생활을 보내고 있었지만 아버지만 내려오지 않는다면 감시는 무서울 것이 없었고 견딜 수 있었다. 이 상황에서 이들에게 두려운 것은 오히려 가난이었다.(한2, 303) 농업사회에서 산업사회로 발돋움하고 있는 한국에서 전라도 농사꾼이었던 이들에게 가난은 고통스럽고 지긋지긋한 것이었다. 아버지의 월북 후 가족들이 강기수의 빚에 허덕일 때 누나는 가족들을 위해 요정에 나가는 것을 택했다. 어느 날 강기수가 하룻밤 잠자리로 채무를 대신하게 해주겠다고 요청하자 누나는 자살로 응답했다. 모든 것이 누나의 선택이었지만 결과적으로 볼 때 그녀가 요정을 나가게 된 것도, 자살을 하게 된 것도 가난 때문이었다. 누나가 남겨놓은 약간의 돈으로는 굶주림을 면할 수 없었다. 배고픔을 면하기 위해서는 당장 공장에 나가야 했지만 이들 형제는 학교를 선택하고 공부를 통해 가난의 수렁에서 벗어나려 했다.

서울행 야간열차를 타고 상경한 두 형제에게 서울은 '쓰리꾼도 많고

국가폭력이 이에 해당한다. 셋째, 국가기관이 아닌 개인이나 집단에 의한 폭력으로 국가가 이를 인지하고도 방치한 폭력 등이 있다. 정근식·정호기, 「민주화운동에서 국가폭력과 저항폭력의 제도적 승인」, 폭력과 평화의 사회학, 2004, pp.109-111.

깡패 건달들도 득실거리는, 어물거리다가 잘못 걸리면 초장에 신세 망치는'(한1, 18) 험난한 곳이지만 그래도 명문학교를 졸업하면 가난에서 벗어날 수 있는 희망의 공간이었다. 그러나 분단국가에서 월북자를 아버지로 둔 형제들에게 서울은 기회의 공간이 될 수 없었다. 형제가 상경하던 당시 서울에서는 이승만 정권의 노골적 선거운동방해와 부정선거에 항의하는 학생·시민들의 가두시위가 연일 계속되고 있었다. 경찰들은 불법시위를 진압한다는 정당성을 앞세워 이들에게 포탄을 발포하고, 깡패를 동원하여 무차별로 구타하였다. 이러한 가시적인 국가폭력으로 인해 1960년 서울은 인물들에게 서로 다른 공간의 기억을 갖게 한다.

> 평범한 아침을 맞은 사람들은 조간신문을 펼쳐가면서 경악의 소용돌이에 휘말렸다가 분노의 용솟음에 떨었다. 어둠을 배경으로 해 길바닥 여기저기에 시체처럼 쓰러져 있는 대학생들의 모습을 담은 커다란 사진, 그 사진은 깡패들이 얼마나 무자비하고 난폭하게 대학생들을 습격했는지 한눈에 실감게 했다. 시체의 얼굴에 포탄이 박혔던 사진을 볼 때와는 또 다르게 깡패들까지 동원해 서울 시내 한복판에서 그런 일을 저질렀다는 사실에 사람들의 충격과 분노는 한층 더 크고 뜨거웠다. (한1, 245)

부정선거를 규탄하는 학생들의 시위가 서울·부산으로 퍼져나가고, 마산에서 시위도중 피살된 학생의 시체가 인양되면서 이승만 정권을 향한 시민·학생들의 규탄은 커져갔다. 교육을 통해 가난에서 벗어나고자 했던 이들 형제에게 4·19는 다른 학생들과는 또 다른 의미로 다가왔다. 유일민의 어머니 혜촌댁은 4·19가 일어날 수밖에 없는 이유를

알고 있음에도 자식들에게 시위에 참여하지 말 것을 당부하는 편지를
보낸다.

> "……요런 험헌 시국에 절대로, 절대로 나스지 말어라. (중략) 일이 잘
> 못되는 날에넌 영축업시 허방에 빠진 고라니고 덫에 치인 토끼로 덤터
> 기 쓰게 된다. 고것이 얼매나 무서운 것인지 니 알지야? (중략) 요런 말
> 허는 에미 속 알지야? 느그덜 못난 사내 맹글자는 것이 아닝께 말이
> 여……" (한1, 259)

어머니는 연좌제에 묶인 아들이 겪을 심적 고통을 알고 있었다. 가족
들을 위해 시위에 참여하지 못하고 이를 외면해야하는 아들의 심정을
알면서도 일민이 시위에 참여하지 않도록 다시 한 번 당부한다. 혜촌댁
은 '아들이 스스로 자책하거나 부끄러워하지 않도록' 그의 자존심을 지
켜주려 하지만 그럴수록 일민의 부끄러움과 자책은 커져만 나간다.
1960년 당시 이승만의 하야와 내각책임제로 개헌, 민주당 내각 구성 등
정치·사회적 상황을 살펴볼 때 4·19는 자유당의 부정선거를 규탄하
기 위해 일어난 민중운동이자 국민주권주의를 회복하려는 민주주의운
동이라 할 수 있다.9) 시위현장에서는 복부총상으로 배를 움켜잡은 채
담벼락에 기댄 대학생이 총상을 당한 고등학생들부터 병원으로 보내라
고 하거나(한1, 276) 평상시 같으면 감히 생각도 못할 일인데도 데모대를
위해 물바께쓰를 나르고 물바가지를 권하는 여학생들의 적극적인 행동
(한1, 279) 안에서 민주주의에 대한 당시 민중들의 열망을 찾아볼 수 있
다. 현실적 제약으로 일민은 시위에 적극적으로 나서지도 못하고 데모

---

9) 강만길, 『고쳐 쓴 한국현대사』, 창비, 1994, p.353.

대의 뒤나 겨우 따라다닌다. 동료들의 신념에 찬 적극적이고도 서로 배려하는 모습에 아름다움을 느낄수록 그의 자책은 더해간다. 그런 그에게 4·19가 일어났던 공간은 부끄러움과 자기모멸감을 느끼는 공간으로 기억된다.

남천장학사의 김선오와 이규백에게 4·19는 또 다른 기억의 공간이다. 고등고시 최연소 합격자가 되겠다는 야심을 품은 이들에게 남천장학사의 장학금과 숙소는 그들의 신분상승 욕망을 이루기 위한 동아줄이다. 이 동아줄을 계속 잡기 위해서는 일류대 법대생이어야 하고 기간 내에 사법고시에 합격해야 한다. '데모(학생운동)에 참가하면 학비지원은 끝'이라고 으름장을 놓는 강기수의 엄포 앞에서 이들은 고민하게 된다.

> 「형은 어떡할거요?」 (중략)
> 고개를 갸웃한 이규백은 김선오를 빤히 쳐다보았다. 그 눈길은, 지금 무슨 소리를 하는 거야? 하는 반문을 담고 있었다. 김선오는 모호하게 고개를 끄덕이며 눈길을 돌렸다. 우리 처지가 드럽잖아요. 하는 말을 하려다가 그만두었다. 이규백의 눈길은 그만큼 강했던 것이다. (한1, 246)

두 사람의 무언의 대화에서 4·19에 대한 입장이 이미 선명하게 갈려있음을 추측할 수 있다. 무자비한 깡패들의 폭력으로 인해 서울의 거리는 대학생들의 시체로 뒤덮이고, 남천장학사 기숙생들은 행방이 묘연한 법대생 홍석주의 신변을 걱정한다. 이 가운데서 데모에 참여했던 이규백은 살아남은 자로서 부끄러워한다. 그는 시민으로서 '민주화 실현'이라는 대의와 집안의 가장으로서 '성공해야한다'는 명분 사이에서 갈등하지만, 후자를 택하고 결국 사법고시 패스 후 검사가 된다. 검사가 된 후로도 권력이 자행하는 부당함을 견디기 힘들어 했던 이규백은 훗날 동생 규동이의 일을 책임지는 입장에서 옷을 벗고 민중변호사로서 새로운 삶을 시작하게 된다.[10]

반면 데모행렬과 함께 골목을 뛰면서 고민하던 김선오는 샛골목으로 빠지고 도망을 간다. '난 어쩔 수 없어. 이건 비겁이 아니야. 나 하나 빠진다고 데모가 안 될 리도 없고.'(한1, 252)라고 자위하며 도망가던 김선오는 데모대와 맞부딪힐 때마다 한숨을 내쉬고 곤혹스러워 한다. 이렇듯 그의 비겁한 태도는 지면 곳곳에서 찾아볼 수 있다. 배우자를 선택할 때 건축가 집안의 박영자와 의사 집안의 안경자를 놓고 저울질한다던가, 동생 명숙이 보석운반 말단연락책으로 구속되었을 때 자신의 앞날을 위해 동생을 외면하려 했던 행위는 그의 이런 태도를 뒷받침한다.

아들 같은 동생 선진에게만큼은 부끄럽지 않은 형이 되고 싶었던 김선오는 선진에게 자신도 4·19 때 가두투쟁을 하며 민주화를 위해 목소리를 높였노라 거짓자랑을 한다. 늘 형을 자랑스러워하던 선진은 형으로부터 각인된 기억을 가지고 1970년대 민주화운동에 투신함으로써 재현된 공간 안으로 들어간다. 그는 동생에게만큼은 존경과 자랑스러움을 얻고 싶었지만, 현실적으로는 철저하게 출세지향적이고 물질적 가치만을 추구하던 자였기에 선오에게 4·19는 평생 마주치지 않고 회피하고 싶던 공간이었다. 4·19가 벌어지던 서울은 이미 사회악이 되어버린 이승만 정권의 부정과 살상을 고발하고 정의를 위해 궐기하는 민중적 장

---

10) 이 사건을 통해 우리는 4·19 때 시위에 직접 참여하면서 민주화 실현을 위해 고민했던 이규백의 양심이 여전히 살아 있었다는 것을 추측할 수 있다. 이에 대한 자세한 서술은 4절에서 언급하기로 한다.

소가 되어가고 있었다. 그러나 그 장소는 인물의 기억에 따라 부끄럽거나 비겁하고 혹은 양심적인 다양한 공간으로 남아 있게 된다.

3. 각인된 신체의 기억과 공간의 의미변화

우리는 인간을 '세계-내-존재'로 규정하는 하이데거의 말처럼 자신의 의지와는 상관없이 세상 속에 던져진 존재들이다. 우리를 둘러 싼 세계 안에서 세계 내부적 존재자로서 위치하며 그 안에 존재하는 다른 이들과의 관계맺음을 통해 삶을 존속한다.11) 이때 다른 이들은 특정한 목적을 위해 존재하기에 그들이 위치한 각각의 자리는 '어떤 목적을 지닌 도구의 자리'로서 규정될 수 있다. 독재정권 아래서 권력자들은 자신들의 권력유지와 연장을 위해 그 체제에 반하는 이들에게 각종 폭력과 탄압, 억압 등을 쉽게 가하기 마련이다. 이러한 권위적인 체제 안에서 국가폭력은 하나의 수단으로서 정치폭력12)이 되고, 정치폭력을 당하는 이들은 '국가안보와 반공체제' 유지를 위해 대상화된다.

당시 여·야 정치인들은 자신들에게 불리할 것 같은 '민주반역자 처리 법안' 통과를 미루다가, 필요에 따라 '번갯불에 콩 볶아 먹듯' 법안

---

11) 마르틴 하이데거, 이기상 옮김, 『존재와 시간』, 까치, 1998 참고할 것.
12) 정치폭력은 공적 영역에서 특정한 사회적·종족적·경제적·정치적 목적을 달성하기 위해 국가를 포함한 정치집단이 명시적·암묵적으로 행하는 강제, 위협, 신체적 위해 등 직·간접적 폭력을 말한다. 1993년 앰네스티 보고서에서는 불법 형집행, 불공정 재판, 고문, 정치적 살인을 예로 들고 있다.(Amnesty International 1993) 홍성흡, 「국가폭력 연구의 최근 경향과 새로운 연구 방향의 모색」, 『민주주의와 인권』 제7권 1호, 2001, p.7.

을 통과시키는 자들이었다. 학병출신의 전직 대령이었던 국회의원 한인
곤은 지방선거승리를 위해 온갖 불법을 저지르는 이들의 행태를 보면
서 점차 정치에 환멸을 느낀다. 집권당에서 볼 때 대일굴욕외교 반대투
쟁에 앞장서는 한인곤은 눈에 가시 같은 존재였다. 그는 정치적 탄압대
상이 되어 뇌물수수혐의로 조사실에 끌려오고 구타, 물고문 등 물리적
폭력뿐 아니라 옷까지 발가벗겨지면서 심리적 폭력을 당한다.

> 「날 죽여라. 난 절대 그런 일 없으니까」 팬티바람에 등 뒤로 쇠고랑을
> 차고 나무의자에 앉은 남자는 낮으나 분명하게 대꾸했다. 밝은 불빛에
> 뒷모습만 드러나고 있는 그 남자의 몸뚱이는 사람의 몸뚱이가 아니었다.
> (중략) 시간이 지날수록 머리가 물에 잠긴 남자의 발버둥은 심해지고 있
> 었다. (중략) 다음날 한인곤은 그들이 시키는 대로 옷을 챙겨 입었다. 옷
> 을 한가지 씩 입으며 한인곤은 자꾸 눈물이 나려는 목메임을 느끼고 있
> 었다. 이곳에 끌려와 옷이 벗겨진 이후로 처음 입는 옷이었다. 옷의 기능
> 이 단순히 추위를 막는 것이 아니고, 멋을 부리기 위한 것은 더구나 아
> 닌 것을 그는 이번에 절실하게 깨달았다. 옷으로 수치를 가리고 위신을
> 보호한다는 것은 옷의 기능 중에서 가장 큰 것이 아닐 까 싶었다. 옷을
> 벗겨버리는 것, 그것은 또 하나의 잔혹한 고문이었다. (한7, 219-223)

단지 학병출신이라는 이유로 진급하지 못하고 예편 당한 한인곤은
아버지의 경제적·정신적 지원 속에서 정치에 발을 내딛었다. 의원으로
서 정도(正道)의 정치를 꿈꾸지만 초선의원의 시각에서 바라본 정치계는
부정부패가 난무하고, 정당의 목적과 개인의 권력유지를 위해 폭력을
서슴지 않는 무림이었다. 한인곤이 야당의 선거 승리를 위해 박차를 가
하자 당시 정권은 중앙정보부를 이용해 그의 부친 사업에 여러 압박을

가하고 깡패를 동원하여 한인곤의 선거운동을 방해하였다.13) 정권의
하수를 받은 자들은 그를 1천만원 뇌물수수혐의로 구속한 뒤 매일 고문
을 행했다. 여당에서는 정권유지를 위한 '의원좌석수' 확보가 절실했기
에 경쟁에서 우월한 야당의원들을 탈당시키거나 제거해야 했다. 이들
역시 한인곤의 정치생명을 끊어버리기 위해 그에게 누명을 씌우고 고
문을 행했다.

　그가 고문을 당하던 세평 남짓한 '조사실'은 하얀 네 벽과 밝은 전짓
불로만 이루어진 곳이었다. 팬티바람에 쇠고랑을 차고앉아서 「날 죽여
라. 난 절대 그런 일이 없으니까」(한7, 218)라고 대꾸하는 한인곤에게 그
곳은 처음부터 위협적이거나 공포스러운 공간이 아니었다. 특별한 범법
사유가 없어 당당했던 한인곤은 물고문, 전기고문, 구타, 욕설 등 고문
의 방법이 다양해지고 심해질수록 그 당당함을 잃어버렸다. 광대뼈가
불거지고 여기저기 피멍이 잡혀 초췌한 얼굴이 되어갈수록 그는 공간
안에서 치욕스러움과 두려움을 동시에 느꼈다. 이제 그 공간은 단순한
조사실이 아니라 은폐된 국가폭력이 행해지는 공포의 공간이자, 한의원
이 발가벗겨지고 모욕을 당하던 수치스러운 공간이며, 1960~70년대 부
당한 정치권력을 상징하는 공간이 된 것이다. 이 공간 안에서 현실이
그렇지 않음을 깨달은 한의원은 자신이 꿈꾸던 이상적 정치를 실현하
기 위해 정치적 민주화 사회가 우선적으로 이루어져야 함을 깨닫고 능
동적 주체로 차츰 발전하게 된다.

---

13) '그가 여당에 위협적인 존재'라고 느낀 정부는 수사기관을 통해 '술집에서 젖가슴을 드
　　러내놓거나 치마를 걷어 올린 여자들과 얼크러져 있는 그의 사진'을 내놓고 협박하였
　　다. (한6, 158-163 요약)

　일민·일표 형제가 처음 상경했을 때 서울은 희망의 공간이었지만 갈수록 두려움과 좌절을 느끼는 공간으로 변모하게 된다. 월북자의 아들에게 서울은 창살 없는 감옥과 같았다. 감옥은 외부세계에서 격리된 공간이다. 범죄의 원인이 되는 모든 것을 수용자로부터 격리시킨다. 수용자들도 상호간에 격리됨으로써 서로 간 소통이 불가피해지고 공모관계를 만들기 힘들게 된다. 이를 볼 때 감옥은 수용자들이 연대적·동질적 집단을 형성하지 못하도록 이들을 격리하는 장치이자, 개별화된 형벌이라 할 수 있다.14) 연좌제는 격리의 원칙이 적용되는 보이지 않는 감옥이다. 국가는 일민·일표 형제의 사적 자율성을 인정하면서도 공적 자율성은 무시하고 반공체제를 유지하기 위한 하나의 도구로 이들을 타자화 한다.

> 「이 새끼, 똑바로 서! 빨리 벗겨!」
> 　유일민은 윽! 신음을 토하며 주저앉으려 했고, 두 남자가 그의 겨드랑이를 받쳐 올리며 단추를 따기 시작했다. (중략) 두 남자는 순식간에 유일민의 옷을 다 벗기고 팬티만 남겨놓았다. (중략) 「제발 이것만은⋯⋯.」 (중략) 한 남자가 여지없이 유일민의 복부를 갈겼고, 비명을 토하며 그의 몸이 푹 꺾이는 사이에 다른 남자가 팬티를 벗겨버렸다. (중략) 「이 새끼야, 이것도 좆이라고 달고 다니냐.」 어둠 속의 사내는 유일민의 오그라붙은 부자지를 구두 끝으로 걷어 올리고 있었다. (한7, 22-25)

　솜털 하나까지 다 드러나는 백열등 불빛 속에서 발가벗겨진 일민이 느끼는 공포와 수치심은 두들겨 맞는 것보다 더 가혹한 고문이었을 것이다. 보이지 않는 감시 속에 살아가는 일민에게 아버지의 편지를 가져

---

14) 미셸 푸코, 오생근 역, 『감시와 처벌』, 나남출판, 1994, p.341 참고할 것.

왔다는 여행객의 전화는 자신의 목을 겨누는 칼날과 같았다. 「너무 무서워 도망치고 싶었던」(한7, 25) 일민은 만남 자체를 거부했지만 그 일로 수사기관에 잡혀왔다. '넌 빨갱이야'15)라고 외치는 취조실 어둠속의 목소리는 비수가 되어 심장을 찌르고, 몽둥이 구타와 발길질은 그의 신체를 무너뜨렸다. 신체는 육체이면서도 동시에 인간의 영혼과 기호 등 형식을 부여할 수 있는 모든 것이 포함된 것이라 할 수 있다. 그런데 신체가 직·간접적인 폭력을 당하게 된다면 이것은 육체뿐 아니라 정신까지도 모두 파괴당하는 치명상을 입게 된다. 구두 끝으로 그의 부자지를 걸어 올리는 행위는 그의 인격과 정신 자체를 모독하고 무너뜨리는 것이었으며 밀실 안에서 행해진 은폐된 폭력들은 그의 육체를 파편화시키는 강한 폭력이었다.

한인곤과 달리 유일민은 반복강박16)을 가진 인물이다. 아버지의 월북 이후 어머니와 자신은 항상 감시를 당하며 수시로 붙잡혀간다. 취조실에서의 억압, 구타, 고문 등이 끊임없이 반복되면서부터 그는 사소한 언행하나로 자신과 동생, 어머니가 죽을 수도 있다는 두려움을 갖게 된다. 연좌제로 인해 만들어진 '빨갱이'라는 낙인은 그가 법조인이 될 수도 없고, 공무원, ROTC 장교, 해외지사근무까지도 지원할 수 없도록 만드는 무서운 폭력이었다. 일민이 억압, 구타, 고문 등의 실제적 폭력을 당하면 그 고통은 과거의 기억으로 묻히는 것이 아니라 사회 내 보이지

---

15) 「이 새끼, 무슨 말이긴. 왜 간첩이 접선해 왔는데도 신고를 안 해, 그런 일이 있으면 반드시 신고하게 돼 있잖아. 그걸 어기고 간첩을 도왔으니 넌 빨갱이야.」 (한7, 24)
16) 반복강박이란 과거에 일어난 외상체험을 다시 경험하여 고통을 느낀 후 스스로 고통스러운 상황에 자신을 위치시키는 것을 말한다. 현재의 경험을 통해 과거의 기억을 반복한다. 이때는 쾌락원칙을 넘어서는 죽음 충동이 발생한다. 사토 요시유키, 김상운 옮김, 『권력과 저항』, 도서출판 난장, 2012, pp.67-68 참고할 것.

않는 파놉티콘 안에서 현재 경험으로 재현된다.17) 반복강박이 과거의
외상체험을 반복하는 것이기에 이로 인해 일민은 과거로부터 벗어나
고 싶으면서도 과거로 소급해갈 수밖에 없는 양가적 충동을 동시에 갖
는다.

　구조주의적 국가권력은 감시, 스캔들, 연좌제, 법적 제약 등과 같은
미시적인 장치를 통해 유일민, 한인곤 같은 개개인을 감시하고 조정하
며 이들이 국가 내에서 어떤 합당한 자리를 차지하거나 보호받지 못하
도록 한다. 이러한 권력 메커니즘은 완벽하게 작용하며 주체가 저항하
지 못하도록 그 여지를 남기지 않는다.18) 파놉티콘이 권력을 자동화하
고 탈개인화하며 가시성의 장 아래 개인들을 놓아두기에 일민과 같은
주체들은 자신 경험 안에서 미시권력과 개인 사이에 작동하는 권력 메
커니즘을 스스로 각인하고 파놉티콘의 경계 안으로 들어온다. 주체들은
설사 감시당하지 않더라도, 감시당한다고 생각하고 스스로를 감시라는
경계 안에 가두어놓는 것이다. 이런 권력 메커니즘은 자기 자신이 만드
는 복종화의 원리라 할 수 있다. 그러나 사실은 보이지 않은 손이라 할
수 있는 국가권력이 파놉티콘이라는 경계 안에 주체들을 가두어놓음으
로써 그들이 사회의 구성원으로서 보호받지 못하도록 사회의 경계 밖
에 위치해 놓은 것이다. 결국 개인은 조정당하고 권력은 유순한 주체를
생산 혹은 재생산한다. 그러나 권력이 있는 곳에는 저항이 있기 마련이

---

17) 연좌제에 걸렸다 하면 그 어떤 빽으로도 안 된다는 것을 유일민은 뒤늦게 알았다. 그리
　고 광부로 떠나는 일에도 연좌제가 적용된다는 것을 전혀 몰랐던 것이 불찰이었다. 남
　은 것은 감당할 수 없는 빚더미뿐이었다. 유일민은 차라리 죽고 싶은 절망에 빠졌다.
　(한4, 114)
18) 미셸 푸코, 앞의 책, p.314.

다. 권력은 유동적이고 힘 관계가 뒤집힐 위험을 품고 있는 '전략적 관계의 총체'로 정의[19]할 수 있다. 이런 의미에서 투쟁과 대립을 '제압과 저항의 길항관계'로 볼 수 있으며, 저항은 권력관계의 '전략적 장'에서만 존재한다고 볼 수 있다. 권력 장악과 유지를 위한 표적과 경쟁 안에서 권력에 대한 버팀과 저항의 지점들이 돌출된다. 저항은 축소할 수 없는 권력관계의 또 다른 항이며 권력관계 속에 기입되어 있다고 푸코는 말한다. 권력관계의 새로운 장을 형성하기 위한 출발점은 바로 권력에 대한 상이한 저항형태에서부터 비롯된다.[20] 그 저항은 바로 공간의 의미를 깨닫고 새롭게 인식하면서부터이다.

야당 국회의원이었지만은 취조실에서 고문을 당하고 국가폭력의 위압적인 힘을 몸소 경험한 한인곤은 국가 권력의 비열함과 폭력성을 느낀다. 예편 전에는 대령으로서, 이후에는 국회의원으로서 그에게 국가는 국민을 보호하는 정의로운 공간이었다. 그러나 이제 그에게 국가는 일부세력들이 정권을 유지하기 위해 사용하는 하나의 폭력적 공간으로 비춰지게 된 것이다.

한인곤은 중정의 간부가 되어 자신을 회유하는 남재구 전 대령을 보면서 당이 자신을 버렸다는 사실과 한국 정치공간의 현실이 자신의 이상과 달랐다는 사실을 깨닫게 된다. 당내 파벌끼리의 싸움, 성난 대중들의 힘, 정치인들의 보신주의 등을 보면서 인간의 탐욕으로 빚어진 정치는 무상하다는 것, 여전히 척결되지 않은 친일파들이 이 나라의 기득권층을 형성하며 자신들의 탐욕을 늘리고 있다는 것을 알게 된다. 그는

---

19) 사토 요시유키, 앞의 책, p.56.
20) 미셸 푸코, 정일준 옮김, 『미셸푸코의 권력이론』, 새물결, 1994, p.89.

이 땅의 민주화를 위한 첫 번째 발걸음이 바로 '친일파 척결'이라는 것을 인식하고 『친일문학론』을 저술한 임종국을 만난다. 그리고 그와 함께 친일인명사전을 만드는 것을 시작으로 올바른 정치인으로서 새로운 공간을 만들어나가려고 노력한다.

개인이 정치적 주체가 되기 위해서는 자기 자신에 대한 배려로써 스스로에게 시선을 돌려 자신에게 전념하고 윤리적 주체로서 자신을 구출해야 한다. 월북한 아버지를 둔 일민은 어려서부터 수시로 끌려가 고문을 당하고 연좌제에 의해 사회에 진출하는 모든 길을 차단당한다. 그는 반복강박을 경험하면서 좌절과 고통을 번번이 느끼고, 생을 포기하고 싶은 충동까지 생길 정도였지만 자기배려적 시선을 가지고 의식을 전환함으로써 이러한 굴레에서 벗어난다.

> 그래, 이대로 주저앉을 수는 없지. 나와 같은 신세에 처한 사람들 중에서 그래도 나는 나은 편이지. 배운 것을 활용해 다시 최선을 다해 보자. 돈이 나를 보호할 수 있다……. (중략) 그래, 도둑질만 빼놓고 무슨 일이든 어서 시작하자 (한7, 179)

연좌제라는 파놉티콘 안에서 생겨난 반복강박으로 인해 과거로부터 벗어나고 싶어도 다시 소급해갈 수밖에 없었던 일민은 이제 과거에서 벗어나 탈복종적 주체로서 새로운 삶을 시작한다. 주류회사를 시작하고, 플라스틱 공장을 열면서 사회의 주체적 구성원으로서 역할을 담당하게 된 것이다. 서울시민이면서도 빨갱이라고 감시받던 일민이 채옥과 결혼해 가정을 이루고, 회사를 경영하는 사업가이자 아이를 둔 아버지로서 소시민으로 자리 잡게 된 것이다. 일민은 이러한 자기배려적 시선을 통해 한국사회에서 자신이 할 수 있는 일을 찾고 월북한 아버지로 인해 만들어진 연좌제의 덫에서 자신을 구출한다. 폭력적 공간 안에 위치한 일민은 자기배려적 시선을 통해 정치권력에 대한 일차적이고 궁극적인 저항을 시작한다. 폭력적 공간에 위치했던 그는 이로 인해 주체의 존재 양태를 변용시키는 탈복종화된 주체적 공간을 점차 확보하게 된다. 이렇듯 작품 속에 나타난 실재적이고 구체적이던 공간은 이제 인물들의 깨달음을 서사적으로 재현하고 구성하는 이종공간으로 나타나게 된다.

4. 기억의 재구성과 주체적 공간의 확보

4·19는 비위불법(非違不法)을 저지른 권력에 맞선 민권운동21)의 승리이자 자유당 정권의 붕괴와 대통령 하야를 이끌어 낸 자유화운동이다. 이때 나타난 국가폭력22)은 국가지배수단의 하나로서 지속적으로 사용된 폭력이었다. 당시 정부는 도전세력에 대한 정치적 위험과 이에 대한

---

21) <강경일로책은 사태를 악화(사설)>, 『동아일보』, 1960. 04. 19.
22) 국가폭력은 크게 '상황에 따른 국가폭력'과 '제도화된 국가폭력'으로 나눌 수 있다. 전자는 특정 상황에서 국가에 공개적인 도전을 하는 집단을 제압하기 위해 국가가 사용하는 폭력으로 제압상황이 종료되면 국가폭력은 자동적으로 소멸한다. 후자는 국가지배수단의 하나로서 지속적으로 사용되는 국가폭력이다. 국가가 폭력적인 국가기관을 설립하여 이에 의존하는 것이다. 국가에 저항하는 세력들의 도전이 혁명적일 때, 그리고 극렬하게 지속될 때 국가는 이들을 제압하는 데 폭력이 효과적이며 기능적으로 필요하다는 것을 알게 된다. 폭력에 의존하여 저항세력들을 제압하는 데 익숙해진 국가에게 국가폭력은 필수적인 요소가 되어버리고 결국에는 이것이 정권의 종말을 초래하는 요인이 되기도 한다.
Ted R. Gurr, *The Political Origins of State Violence and Terror*, Greenwood Press, 1986, p.9.

국민들의 잠재적 지지가 크다고 보았고, 실제로도 3·15부정선거에 대한 시민들의 저항은 강했다. 시위군중들을 폭도로 간주한 이승만 정부는 비상계엄령을 선포하였고 시위에 대한 합법성과 유효성을 부정하였다.23) 반공, 국가보안법이라는 이름으로 시민들을 경계 안에 가두고자 했지만 이들은 당당하게 그 경계 밖으로 서고자 했다. 한 공간 안에서 국가폭력과 이에 대한 강한 저항이 공존할 때 이종공간이 형성된다. 근대 민주주의 국가 안에서 국가폭력과 시위대들의 저항은 동시에 일어났다. 시위가 정당한 주권행위임을 주장한 시위대들은 이종공간 안에서 삶의 장을 형성하고 기억의 재구성을 통해 주체적 공간을 확보한다.

> 「학생딜, 공부 잘혀서 출세허드라고. 인연 있으면 또 만내질 것이고.」
> (중략) 「아자씨, 돈 징허게 많이 벌어 꼭 부자 되시씨요이.」 (중략) 제일
> 먼저 유일표의 눈을 사로잡은 것은 아이디알 미싱의 네온사인이었다. 재
> 봉틀 모양을 만들어낸 네온사인에서 붉은 불 푸른 불이 커졌다 꺼졌다
> 하는 것이 희한했고, 그것이 높은 건물 위에 설치된 것도 신기했다. 그
> 다음에 그의 눈길은 많은 자동차와 전차에 머물렀다. 광주와는 전혀 다
> 른 그 번잡 속에서 그는 비로소 서울에 와 있다는 것을 실감하고 있었다.
> (한1, 17-18)

네온사인이 번쩍이는 화려한 서울의 모습은 기차에서 처음 내린 일민·일표형제에게 매우 낯선 장소이다. 빨간 불과 파란 불이 번갈아 깜박거리는 서울의 화려한 술집 불빛들은 「서울역에서 조심해라. 쓰리꾼도 많고 깡패 건달들로 득실거린다. 그놈들은 촌놈 촌티를 귀신같이 알

---

23) '폭정 아래서는 언제나 선의의 폭도가 되고자 한다.'(당시 시위대의 선언 중에서), 이강현 엮음, 『민주혁명의 발자취-전국각급학교학생대표의 수기』, 정음사, 1960, p.135.

아본다. 어물거리다가 잘못 걸리면 초장에 신세 망친다」(한1, 18)라고 경고한 선배의 말을 증명이라도 하듯 이들 형제에게 괴기한 느낌으로 다가온다. 반면 널따란 강폭을 지닌 한강은 이들 형제에게 자신의 꿈을 이루고 인생을 열어갈 수 있기를 희망하는 상징적 대상물이 된다. 시골에서 상경한 형제에게 서울은 막연한 동경의 대상이었으며 성공할 수 있는 지름길처럼 여겨지지만 실제적 공간으로서 서울은 그렇지 않았다. 이들 형제들은 '학생이 하와이야?'라며 콩나물조차 팔기 싫어하는 동네 민심들을 겪으면서 그동안 생각했던 서울이 도시에 대한 막연한 동경이었으며, 이미지로만 구성된 '무차원적 이종공간'24)이라는 것을 깨닫는다. 실제 이들 형제가 겪었던 서울이라는 공간은 공포와 불안이 공존하는 공간이었다. 이 공간 안에서 이루어지는 전라도에 대한 차별과 가난은 오히려 이겨낼 수 있었다. 이들은 수시로 끌려가 당하는 고문과 언제 아버지가 연락해 올지 모른다는 불안감. 언제 어디서나 감시하는 보이지 않는 눈, 연좌제로 인해 사회에 진출할 수도, 자리 잡을 수도 없다는 절망감을 두려워했다. 불안은 인간이 세상을 살아가면서 지니게 되는 가장 근본적인 정서 중 하나이다. 우리는 이를 통해 진정한 자기 자신과 자신을 둘러싸고 있는 세계와 맞닥뜨리게 된다.25) 화려한 '이미지의 공간'과 공포와 불안으로 점철된 '실제적 공간'이라는 이종공간 안에서 형제는 이전과는 다른 새로운 공간을 찾게 된다.

도시란 단순히 사람들이 살고 있는 물리적 공간만을 의미하지 않는다. 인간의 현존 자체가 발생하는 자리이자 근거이다.26) 그 안에서 삶

---

24) 장일구, 위의 논문, p.314.
25) 마르틴 하이데거, 앞의 책, 참고할 것.

이 생성되고 공존하며 이를 중심으로 새로운 공간이 형성된다. 일표는 번번이 좌절하는 형27)을 보면서 서울이라는 공간에 대한 환상을 깨고 자신들이 위치한, 그리고 자신들을 둘러싼 세계 내부적 존재자들의 장소를 주체적 공간으로 만들어 나간다. 기억을 재구성하여 과거로부터 자유로워지며, 또 다른 자유로운 세계로 나아갈 가능성을 열어두고 그곳을 향해 걸어감으로써 새로운 이종공간을 만들어 나간다.

일표는 어릴 적부터 형과 어머니가 수시로 끌려가면 보름 혹은 스무날 후 초죽음이 되어 돌아오는 것에 의문을 품었었다. 청소년기를 지나면서 그는 자신들이 어디에 있든 형사들의 감시 속에 살아야 한다는 것, 연좌제 때문에 서울이라는 도시공간 안에서 시민으로서 위치하기 어렵다는 것을 깨달았다. 인간은 세계 안에 있음(In-der-Welt-sein)28)이라는 구조에 의해 현존재로서 규정되지만 그는 자신이 세계 내 존재하면서도 그 존재를 인정받을 수 없다는 것을 안 것이다. 학비가 부족해서 군대를 갔지만 그 안에서도 여전히 그는 세계 밖에 위치해 있었다. 이미 신분이 알려져 있기에 그에게는 주방보조와 같은 허드렛일만이 임무로 주어졌다. 그는 외박이 허락되지 않아도 불평하지 않았고, 군 조사실에 끌려가 아버지가 내려오면 자수시키거나, 신고하겠다는 서약서를 수시로 쓰곤 했다. 그러나 그는 자신이 존재할 수 없는 텅 빈 공간을 죽어버

---

26) 위의 책, p.161.
27) 일민은 어릴 적부터 수시로 드나드는 형사들로 인해 자취방에서 쫓겨나거나, 과외를 그만두기도 하고, 시험을 치르지 못해 낙제하기도 한다. 법조인이 되고 싶었으나 법대를 진학할 수 없었고, 연인 채옥과도 한때 결별한다. 연좌제로 출국할 수 없어 독일광부로 가는 꿈도 포기했고, 회사 해외출장도 갈 수 없었다. 물론 이로 인해 회사에서 잘리게 된다. 이후 주류회사를 운영하며 성공하나 매번 수사기관의 감시를 받는다.
28) 마르틴 하이데거, 앞의 책, pp.95-96.

린 공간으로 방치하지 않았다. 자신의 존재, 인식, 행위 하나하나를 반성하고 총체적으로 사유하면서 스스로를 주체적 대상으로서 새롭게 인식하고 공간의 내부를 꿰뚫어 로컬의 의미를 획득한다. 신원조회 때문에 국가공무원도, 회사원도 될 수 없다는 것을 아는 일표는 넝마주의 재건대 아이들의 정신교육을 담당하는 일을 맡는다. 상당수의 고아들로 이루어진 재건대 아이들은 세상에 대한 불만과 원한을 폭력과 폭행으로 표출했지만 그는 이들의 교육을 통해 자신의 텅 빈 공간을 채우고자 노력한다. 일표의 어릴 적 꿈이 정치인이라는 것을 아는 강숙자는 「좋을 리가 있어? 그 넝마구덩이에서, 나 속상해, 일표만 생각하면 너무 속상해」(6, 256)라며 안타까워하지만 그는 이미 자신의 처지를 스스로의 힘으로 통제할 수 없다는 것을 깨닫고 그에 타협하며 살아가고 있었다.

> 「허나 더 노력하진 마세요. 다 헛수고고, 모두에게 불행일 뿐이니까요. 지금 이 상태로 그냥 지내요.」 (중략) 「뭐, 괜찮아요, 첨엔 나도 꽤나 괴로웠는데 이젠 다 정리가 됐어요.」 (중략) 「다 맘먹기에 달렸다는 말이 명언인 것 같아요. 그 동안 여러모로 생각해 봤는데, 나 같은 신분으로선 재건대 이상 잘 어울리는 데도 없는 것 같아요, 신원조회 필요 없지, 생활 걱정 없지, 똘똘한 제자들 생기지 최고라구요. 안그래요?」 (한7, 64)

이미 일표는 자신의 '운명'을 받아들이며 슬프거나 속상한 마음을 접어버리고[29] 자신의 위치에서 할 수 있는 것을 찾았다. 대신 자본주의의 힘을 역이용하여 자신들의 공간을 확보하고 지키고자 노력한다.

---

29) 「뭐, 그렇게 생각할 것 없어요. 다 운명이거니 해버리면 슬픈 것도 속상할 것도 없거든요.」(한7, 64)

「우리한테 매달 상납 받아먹어 친한 사이인데도 맨입으로는 어림없어, 그게 이것이 발휘하는 힘이야, 자본주의는 인간을 더럽고 치사하게 만들었고, 인간은 돈의 노예가 됐어.」(중략) 「우리가 가진 재산이라는 게 좋은 학교 나왔다는 것밖에 더 있어? 학연·지연·혈연으로 이 사회가 망해가고 있다고 야단들인데, 그런 게 잘 통하는 게 그나마 우리한테는 큰 다행이지, 어차피 학벌은 써먹지 못하게 됐으니까 괜찮은 자리에 있는 동창들이나 잘 활용해야지, 안 그래?」(한7, 229-230)

인간 존재에 대한 근본적인 물음을 항시 생각하던 일표는 참된 인간적·사회적 삶이 가능한 공간을 획득하는 것이 자신의 처지를 극복할 수 있는 답이라는 것을 깨닫는다. 자본주의 사회에서 연좌제라는 쇠사슬을 끊고 자신들의 한계를 넘을 수 있는 방법이 결국 '돈'이었다는 것을 인지한 것이다. 성실함과 근면함 그리고 영특한 두뇌를 가지고 있었던 형제들은 사회의 경계 안에서 자신들만의 공간을 획득하고자 노력한다. 일민은 '주류회사, 플라스틱 관계 사업', 일표는 '재건사업' 등을 통해 자본을 모으고 학연과 지연을 이용해 자신들의 사업을 확장하거나, 보호하는데 주력한다. 인간은 본래 끊임없이 시간과 장소에 도전하는 역사를 전개해왔다.[30] 이들은 자신의 한계를 극복하려는 삶을 지향하기 위해 서울이라는 물리적 공간에서 삶의 주체로서 자신들의 위치를 찾아간다. 나름의 방법으로 타인들과 관계를 맺으며 사회의 구성원으로 자리 잡아 각자의 공간을 만들어 나가고, 공간·인간·사회라는 세 가지 요소가 총체적으로 이루어진 문화적 구성체를 형성한다. 이러한 또 하나의 인물은 이규백이다.

---

30) 김석수, 「탈근대, 탈중심의 로컬리티」, 『21세기 사회에서 로컬리티와 인문학-포스트모던 담론과 연계하여』, 부산대학교 한국민족문화연구소편, 해안, p.19.

4·19 때 시위에도 참여하고 나름 '살아남은 자'로서 부끄러움을 가지고 있던 이규백은 사법고시 합격 후 검사가 되자 적당히 현실에 타협하고 살아간다. 형이 물난리로 죽고, 형수까지 도망가 버리자 홀어머니 영암댁과 조카 셋에 대한 책임감까지 더해져 지금의 아내와 결혼한다. 그러나 본가의 경제적 어려움을 해결해 주겠다는 처가의 약속은 지켜지지 않았고, 오히려 돈 때문에 그는 처가에 굴욕을 당한다. 그는 아내와 대립으로 갈수록 두꺼워지는 심리적 벽을 느끼면서 허깨비 같은 자신의 삶을 후회한다.

> 「역시 소문대로 막강한 모양이군요. 그리 골라잡기도 쉽잖은데 잘해보시오.」 질시와 야유가 섞인 동료들의 이런 말을 들으며 바라보아야 하는 자신의 모습이 어떤 것인지 종잡을 수가 없었다. 그러나 특정 부류의 그런 결혼 행태는 이미 사회적인 지탄거리가 되어 있었다. 여러 문필가들의 글 속에서 조건과 타협해서 결혼한 판검사나 의사들은 '속물들'로 조롱당하고 있었다. 이규백은 가끔 그런 글을 대하며 기분이 언짢았다. 그러나 그들이 지적하는 속물 근성이 자신의 내부에 도사리고 있음을 부인할 수가 없었다. (한5, 254)

막강한 경제력을 가진 처가는 그에게 가정경영권을 빼앗고(한5, 261) 남성성을 억눌렀다. 4·19 때 가졌던 순수함과 열정을 잃어버린 지금 그에게는 외로움과 부끄러움만이 남아 있을 뿐이었다. 그런데 이런 감정들을 새삼 각인시켜준 이는 바로 동생 규동이었다. 평소 아들처럼 생각하는 막내 규동이 데모의 주동자로 잡히자 처음에 그는 검사로서 자신의 앞날 만을 생각한다. 동생의 보증인으로서 '규동의 데모불참서약서'에 도장을 찍고, 군대특별영장을 발부받아 규동을 카츄사로 보내려 했다.

막내 동생 규동이를 생각하면 어이없기도 하고 신기하기도 했다. 긴급
조치9호가 시퍼런 칼날을 휘둘러내고 있는 상황에서 그것을 반대하는
데모를 주동하고 나서다니, 용감한 것인지 어리석은 것인지 알 수가 없
었다. 손을 쓰지 않고 내버려두면 긴급군재에 회부되어 중형을 받을 것
이 뻔했다. 그런데 한편으로 생각하면, 어리고 철없던 막내 동생이 어느
덧 장성해 신변의 위험을 무릅써 가며 데모를 주동하고 나섰다는 것이
신기하고 대견하기도 했다. (한8, 260)

그러나 이 일로 그는 강원도 태백의 동해시 검사로 발령을 받게 된
다. 옛날로 치면 좌천된 것이었다. 갑자기 변한 '동료들의 태도'와 '신연
좌제'[31] 때문에 그는 충격을 받는다. 그동안 함께 사건을 맡고 술자리
에서 흉허물 없이 지내던 동료들은 이제 자신을 따돌리고 '힘센 곳에서
불온시 하는 자를 멀리하려고 급급해하는 타인들'이었다.(한9, 80) 이전과
는 판이하게 달라져버린 환경 안에서 그는 외로움과 적막감을 느낀다.
부당한 권력에 의해 끓어오르는 증오와 분노를 참지 못하면서도 권력
앞에서 허수아비와도 같은 초라한 자신의 모습에 자괴감을 느낀다. 그
런 그가 바위산과 같은 커다란 권력에 저항하는 동생을 보면서 주체적
자각을 하게 된다. 「유신정권은 반드시 망한다.」, 「역사가 이 법정을 심
판할 것이다.」라고 외치는 동생의 모습에서 과거 자신이 함께 했던 4·
19 그날을 떠올렸다. 정권에 대한 불신과 독재정권을 바꿔야 한다는 강

---

31) 지젝은 눈에 보이는 주관적 폭력보다 눈에 보이지 않는 '객관적 폭력', 즉 언어를 통해
구현되는 '상징적 폭력'과 사회의 정치, 경제 구조가 정상적으로 작동할 때 발생하는
'구조적 폭력'에 관심을 두어야 한다고 말한다. 그동안 이규백은 일민·일표 형제들이
당하는 사회의 상징적 폭력과 구조적 폭력에 대해 외면해왔다. 그러나 동생 '규동이 사
건'을 경험하면서 비로소 현 사회에 여전히 그런 폭력들이 남아 있음을 깨닫게 된다.
슬라보예 지젝, 이현우 외3인, 『폭력이란 무엇인가』, 난장이, 2011, p.24.

렬한 욕망, 데모를 통해 사회가 곧 바뀔 것이라고 믿었던 굳은 신념을 다시 떠올린 것이다. 민청학련사건에서 사형선고를 받고 '영광입니다' 를 외쳤던 대학생의 모습과 재판장에서 구호를 외치는 규동의 모습이 오버랩 되면서 그는 일민·일표 형제를 떠올렸다. 일민이 아버지 남파 혐의로 수사기관에 고초를 겪을 때 자신에게 행여나 피해가 올까 두려워 형사 앞에서 그와 가깝지 않다는 것을 보이려고 급급했던 지난날의 기억은 이제 미안함과 죄스러움이 더해져 그를 부끄럽게 만들었다. 반면 동생은 서약서에 도장만 찍으면 실형을 피하게 해준다는 유혹에도 흔들리지 않고 오히려 실형 받기를 요구했다. 선고받으면서도 당당하게 구호를 외치던 동생의 모습에서 이규백은 인간존재에 대한 근본적인 물음을 던지며 자신의 공간을 찾아가려는 마음을 갖게 된다. 규동의 재판 이후 '서울의 한복판 광화문 사거리에서 유신철폐과 독재타도를 외치는 대학생들'이 그에게는 재판장에서 실형을 요구하며 같은 구호를 외치던 '규동이'들이었다. 이규백은 이들 앞에서 4·19 때 데모에 참여하긴 했어도 자신의 앞날을 위해 민주화 운동에 본격적으로 뛰어들지 못했던 부끄러운 기억이 되살아났다. 동시에 갈수록 살벌해지는 진압에도 끈질기게 투쟁하는 규동이들이 눈물겹도록 장하고 고마웠다.(한9, 264-265) 부끄러움과 분노, 반성 앞에서 이규백은 결국 검사를 그만두고 민중변호사의 길을 선택한다.

　서울이라는 실제적 공간 안에서 국가폭력을 경험한 인물들은 생존을 위한 그동안의 수동적인 삶 대신 능동적이고 주체적 삶의 태도를 갖게 된다. 일민, 일표, 이규백, 한인곤과 같은 이들은 인식의 전환을 통해 '드러남의 공간(Space of Appearance)'[32]을 선택한다. 형제들은 연좌제로 인해 이 공간에 당당하게 위치할 수 없었다. 이들은 사회에서 이방인이었으며 쓰레기33)와 같은 존재들이었다. 이규백은 사회가 규정한 불순함을 자신에게서 쫓아버리고 스스로 '빨갱이'34)라는 단어에서 멀어지며, 정화되려고 애쓰던 자였다. 일민·일표 형제는 '주류회사, 플라스틱 관계 사업', '재건사업' 등과 같이 연좌제가 적용되지 않는 공간을 찾아내 사회 내 위치를 잡고, 그 안에서 자신과 타자의 결정권을 모두 존중하는 관계성을 회복하려고 시도한다. 형제들이 가진 것이라고는 성실함·근면함뿐이었지만 영특한 두뇌를 가졌던 이들은 이러한 유일성을 하나의 독창적 특성으로 살려 사회 내에 자신들이 주체가 될 수 있는 창조적 공간을 만든다. 이 공간은 연좌제로 묶인 자신들뿐만 아니라 사회의 일원이 되기 힘든 재건대 아이들까지도 사회의 일원으로 공존할 수 있는 다양성이 존재하는 공간이면서 인물들의 깨달음을 재현하는 주체적인 공간이라 할 수 있다.

이규백은 '규동이' 사건을 겪으면서 그동안 출세지향적 태도로 인해 자신이 잊고 지냈던 인간에 대한 근본적 물음, 삶의 태도에 대해 떠올린다. 동생의 재판 과정에서 자신의 기억을 재구조화하게 된 이규백은 개인과 사회에 대한 주체적 인식을 새롭게 갖는다. 그는 이제 출세지향적 검사로 서있던 획일화된 공간에서 벗어나 서로 다른 사람들을 '결합

---

32) 아렌트는 이 공간을 사람들이 모여서 대화하고 활동하는 곳이면 어디든 성립하는 공간이라고 말한다. 그녀는 고대 그리스의 폴리스를 공공성의 이상적인 상태로 삼는다. 한나 아렌트, 이진우·태정호 옮김, 『인간의 조건』, 한길사, 1996, pp.82-83.

33) 바우만은 사회의 경계에서 제외 된 사람들을 쓰레기라고 지칭한다.
지그문트 바우만, 정일준 옮김, 『쓰레기가 되는 삶』, 새물결, 2008.

34) 규동이 사건을 겪기 전 이규백이 이런 자였다고 할 수 있다. 그는 형제들과 동향사람이자 학교후배라는 것이 알려져 자신의 검사 생활에 조금이라도 악영향을 받을 까 두려워하고 이들과 가까이 하는 것을 조심했었다.

시키면서 동시에 분리하는' 비획일화된 공간으로 지향해 간다. 사회의 정의를 부르짖는 학생들과 시민들을 보면서 다양한 목소리를 하나의 전체의 목소리로 바꾸고, 이를 대변하는 민중변호사의 길을 선택한다.

연좌제라는 파놉티콘 안에서도 자신들만이 할 수 있는 일을 선택한 일민·일표 형제나 공권력에 영향을 받지 않고 자신의 일을 소신껏 할 수 있는 민중변호사를 택한 이규백, 또 친일인명사전 편찬 작업을 시작함으로써 정치인으로서 새로운 삶을 살아나가려는 한인권 등 인물들은 사회의 각 공간 안에서 위치를 잡고, 서사적으로 새롭게 재현되는 공간을 만들어 나간다. 주체적으로 이러한 공간을 만들어내고 자신들을 위치시켰다는 점에서 이들이 만들어낸 공간은 각 개체의 유일성과 다양성이 존재하는 공간이며 새로운 깨달음을 재현하는 추상적 공간이자 타자 누구에게든 열린(open)공간이다. 사람들은 다양한 입장과 시각을 가지고 자신의 권리를 주장하며, 타인의 권리를 인정한다. 이들은 새로운 경험들을 통해 과거의 기억을 재구조화하고 주체적 자각을 통해 자신들 스스로 그 경계를 넘어서고자 한다. '드러남의 공간'에 자신을 위치시킴으로써 경계를 넘어서는 인물들의 적극적 행위야 말로 주체적 공간을 확보하는 것이라 할 수 있다.

5. 타자를 향한 열린 공간

이번 장은 국가폭력으로 인한 피해자는 존재하되 가해자는 존재하지 않은 현실 속에서 '국가폭력이 인물들의 공간에 미치는 영향을 연구해

볼 수 있지 않을까'라는 호기심에서부터 출발했다. 1960년 4·19부터 1980년 광주 5·18 민주화운동이 일어나기 전까지 한국의 근현대사에 나타난 국가폭력을 조명하고 있는 조정래의『한강』은 국가폭력이 인물들의 공간에 미치는 영향을 연구하기에 적합한 텍스트였다. 텍스트에 나타난 국가폭력을 통해 인물들에게 그 공간이 어떻게 기억되고 재구성되어가고 있는지, 공간의 의미는 이들에게 어떻게 변화하며 인물들이 주체적 공간을 확보해 가는지 밝히기 위해 이종공간이라는 개념을 사용하였다. 병렬적이면서도 분열적인 공간은 인간의 사회적 행동들에 의해 새로운 의미를 생성하거나 인간을 통제하기도 하는 역동적 생명체였다. 4·19가 벌어지던 서울은 정의를 위해 궐기하는 민중적 장소가 되어가고 있었지만 인물에 따라 공포, 부끄러움, 자기모멸감, 비겁함 또는 양심적인 다양한 공간으로 나타났다. 억압, 구타, 고문 등은 신체에 각인된 기억을 남겼고, 과거의 고통은 기억으로 생성된 보이지 않는 파놉티콘 안에서 현재의 경험으로 재현되었다. 파놉티콘은 권력을 자동화하고 탈개인화하며 가시성의 장 아래에 개인들을 놓아두기에, 인물들은 스스로 권력관계를 각인하고 그 경계로 들어왔다. 설사 감시당하지 않더라도 감시당한다고 생각한 주체들은 권력 메커니즘이 만든 복종화의 원리에 갇혀버렸다. 그러나 이들은 권력에 대한 버팀의 지점들 안에서 자기배려적 시선을 가지고 스스로를 인식하면서 경계를 벗어나고자 노력했다. 국가폭력에 대한 저항이 정당한 주권행위임을 주장한 이들은 윤리적 주체로서 공간의 의미를 새롭게 인식하였다. 이종공간 안에서 삶의 장을 형성하고 기억의 재구성을 통해 주체적 공간을 만들었다. 화려한 '이미지의 공간'이자 공포와 불안으로 점철된 '실제적 공간'인 서

울에서 인물들은 공간에 대한 환상을 깨고 주체적 공간으로 만들어 나
갔다. 기억을 재구성하여 과거로부터 자유로워지고, 또 다른 자유로운
세계를 향해 걸어감으로써 새로운 이종공간을 만들었다. 연좌제로 사회
에 위치할 수 없었던 일민·일표 형제는 자신들이 속한 자본주의 사회
의 힘을 역이용하여 자신들의 공간을 확보하였다. 정도를 걷고자 했지
만 이상적 정치를 실현하는데 한계를 느낀 한의원은 친일 청산이 우선
임을 깨닫고 임종국과 함께 친일인명사전을 편찬함으로써 주체적 공간
을 만들어나가는 첫 번째 발걸음을 내딛었다. 4·19 때 살아남은 자로
서 부끄러워했던 이규백은 동생 규동의 일을 겪으면서 권력에 대한 부
당함과 분노, 검사로서 권력 앞에서 나약할 수밖에 없는 무력감과 자괴
감, 부끄러움 등을 동시에 느끼고 결국 민중변호사의 길을 택했다. 인물
들은 자기배려적 시선을 통해 폭력적 공간에서 스스로를 구출했다. 이
런 시선들은 정치권력에 대한 일차적이고 궁극적인 저항의 시작이었다.
이후 이들이 위치한 폭력적 공간은 주체의 존재 양태를 변용시키는 탈
복종화된 주체적 공간으로 변모하였다. 새로운 경험들을 통해 과거의
고통스런 기억을 재구조화하고 '드러남의 공간'에 자신을 위치시키는
것이야말로 주체적 공간을 확보하는 적극적 행위였다. 이 공간이야말로
각 개체의 유일성과 다양성이 존재하는 공간이며 타자 누구에게나 열
린(open)공간이라 할 수 있다.

모던 상하이의 욕망과 파사주 프로젝트

IX. 모던 상하이의 욕망과 파사주 프로젝트

1. 와이탄 번드와 상하이의 두 모습

800년이라는 짧은 역사 안에서 상하이는 근래 1세기 동안 경제적·
문화적 도약을 한 현대 중국의 힘을 보여주는 공간이다. 아편전쟁에
대한 패배로 난징조약을 강제 체결한 중국은 상하이의 강제개항 및 조
계지 형성을 영국, 프랑스, 미국, 일본에 허가하였다. 치파오와 드레스,
차와 커피, 빠이주와 와인이 공존하던 개항기의 상하이는 당시 '동방
의 파리'로 불렸지만 동시에 침략의 역사를 교훈으로 받아들이고 전통
관습과 직관, 인문학적 사고를 여전히 지니고 있었다. 현재 중국 내 가
장 서구적으로 변모한 도시인 상하이는 중국경제의 중심이자 세계 경
제의 한 축으로 개방과 폐쇄라는 이질적 문화가 결합된 곳이다. 중국
의 고도(古都)가 가지고 있는 유구한 역사가 없지만 번영과 고통, 영광
과 굴욕의 역사가 교차한다는 점에서 상하이는 상당히 매력적인 공간
이라 할 수 있다. 1839년 시작된 아편전쟁은 1842년 난징조약¹)을 끝으

---

* IX장은 『한중인문학연구』 52집에 게재된 것을 수정 보완한 것이다.

로 마무리되었는데 이때 개항된 상하이에는 여러 조계지들이 남아 있
다. 특히 현재 황푸강(黃埔江)을 바라보는 와이탄(外灘)과 신티엔디(新天地)
등 프랑스 조계지역들은 19세기 말 20세기 초 상하이가 개화되면서 번
화하게 된 곳이다.

　왕안이2)의『장한가』3)는 이러한 상하이를 배경으로 한 여인의 삶을
통해 요동치는 중국 현대사 안에서 모던 상하이의 파사주4)들을 여실히
보여준다. 주인공 왕치야오를 비롯하여 청선생, 꺽다리 등 인물들의 시
선은 모던 상하이라는 도시 위에 닿는 풍유자의 각기 다른 시선이다.
30년 동안 사회주의 국가였던 중국은 개혁개방 이후 변화된 경제사회
안에서 자본주의적 욕망을 드러내고 있다. 왕안이는 이러한 인물들을

---

1) 이때 조약의 내용을 보면 영국에 홍콩섬을 식민지로 내어주고 광저우(廣州), 샤먼(廈門),
　푸저우(福州), 닝보(寧波), 상하이(上海) 등 다섯 개 항구를 강제 개항한다는 항목이 있다.
　중국이 서양과 맺은 최초의 근대적 조약이자 불평등조약이었던 난징조약 체결로 인해 수
　천 년을 거쳐 중국을 유지해왔던 중화사상은 깨어져버렸다. 청왕조는 그동안은 외국인들
　의 교역활동 공간을 광저우(廣州)로만 제한하였으나 난징 조약 후, 영국, 미국, 프랑스, 일
　본 등 다른 제국주의국가들의 압력에 의해 다섯 개의 항구들을 개항하였고 제국주의 국
　가들은 조계를 통해 상해를 점령하게 되었다.
2) 왕안이(王安憶, 1954년생~) 1977년 등단, 전국우수중편소설상(1982), 제1회 당대 중국여
　성창작상(1998) 수상, 2000년 '90년대 가장 영향력 있는 작가 1위'에 선정,『삼련』,『흘러
　가는 것』,『장한가』등 다수 작품이 있다. 현재 복단대학교(夏旦大學) 중문과 교수로 재직
　중이다.
3) 王安憶,《長恨歌》, 南海出版社, 2003.
　(1996년 창작되었으나 2003년 남해출판사에서 정식 출간되었다.)
　왕안이, 유병례 옮김,『장한가』1-2권, 은행나무, 2009.
4) 이행, 통로 등의 뜻을 가진 파사주(passage)는 1829년대 파리에서 처음 등장했던 상점가를
　가리킨다. 유리를 가장 자리에 끼워 넣고 통로는 대리석을 깔았으며 조명이 위아래에서
　비추고 양쪽에는 가장 호화로운 상점이 들어선, 19세기 파리호화산업의 새로운 발명품으
　로 백화점의 전신이라 할 수 있다. 19세기 대중을 판타스마고리아의 세계로 유혹하는 파
　사주는 1930년대 백화점에 밀려 폐허로 변해가고 벤야민은 이런 건축물 안에서 잠재된
　혁명적 이미지를 읽어낸다. 본 IX장에서는 파사주를 단순히 건물로만 지칭하는 것이 아
　니라 조계지였던 상하이에서 문화접변을 통해 만들어지는 파사주의 사유적 이미지들을
　총체적으로 의미한다. 발터 벤야민 지음, 김영옥·윤미애·최성만 옮김,『일방통행로, 사
　유이미지-발터벤야민 선집1』, 도서출판 길, 2007, p.13 참고할 것.

통해 중국 인민뿐 아니라 인간이라면 가지고 있을 법한 욕망의 표상들을 여실히 보여준다.

그리스 양식의 세관 빌딩, 런던 국회의사당 빅벤을 본 따 만든 시계, 19세기 말엽 영국에서 유행한 신고전주의 양식에 따라 신축되거나 중건된 상하이의 건물들은 철저하게 식민지적 색채를 드러낸다. 뉴욕의 마천루 스카이라인과 아르데코 양식의 건물들, 프랑스 가로수 길을 그대로 옮겨온 듯한 상하이의 조계지, 올드 상하이 바는 대로(大路), 카페, 술집, 매음굴이 들어선 소비 공간이자 동시에 선택받은 모던 상하이런(上海人)들의 공공영역이었다. 그러나 이렇게 화려한 풍경 뒤에는 또 다른 풍경이 자리 잡고 있었다. 난징조약 이후 유입된 서양의 건축양식과 중국의 전통적 건축양식은 혼합되면서 스쿠먼(石庫門)이라는 새로운 양식을 만들어냈다. 화려한 도시 이미지 뒤에 쭉 늘어선 스쿠먼(石庫門) 양식의 대문들과 이끼 낀 골목길에는 그늘진 중국인의 상처가 아물지 않고 여전히 흉터로 자리매김하고 있다. 이런 점에서 상하이는 이중적 도시 이미지를 가지고 있으며, 주체가 되지 못한 인물들의 공간은 타자화된다.

이번 장은 벤야민과 같은 거리산보자의 시선에서 아케이드5)에 둘러싸인 상하이의 파사주들을 바라보고 있다. 이런 시선을 통해 '20세기 현대인들이 가지고 있는 물질적 욕망의 알레고리와 판타스마고리아에 의해 지배되는 모더니티의 세계들을 좀 더 가까이 살펴볼 수 있지 않을까'라는 호기심에서부터 출발한다. 그동안 국내에서 이루어진 『장한가』

---

5) 아케이드(arcade)란 죽 늘어선 기둥 위에 아치를 연속적으로 만든 것 또는 아치로 둘러싸인 공간을 말한다.

연구들을 살펴보면 주로 상하이라는 도시공간 안에서 여성의 문제에 대해 이야기 하고 있다.6) 중국에서의 연구 역시 상하이 도시성과 여성 인물에 대한 상관성 연구가 주를 이룬다7)는 점에서 본 연구는 기존 연구와의 차별성을 갖는다. 그러므로 이번 장에서는 왕안이의『장한가』를 중심으로 이러한 알레고리를 해석함으로써 인민 대중들이 물질적 욕망을 가진 속물적 주체가 아니라 역사의 공간에서 자본주의적 신화를 용해하는 주체적 타자로서 가능성을 가질 수 있는지 밝혀보도록 하자.

---

6) 노정은, 「왕안이의 상하이 서사의 지점들-장한가에서 푸핑으로」, 『인문과학』, 104집, 2015.
임춘성, 「왕안이의 장한가와 상하이 민족지」, 『중국현대문학』 60집, 2012.
김진희, 「왕안이 소설을 통해 살펴본 상하이 제반 도시 문제」, 『중국문화연구』 16집, 2010.
박정희, 「당대 중국 문화 속의 왕안이」, 『동북아문화연구』 10집, 2006.
박정희, 「장소와 사람 : 왕안이 소설에 나타난 상하이 로컬 문화」, 『중국학』 33집, 2009.
김순진, 「거울속의 공간, 상하이-왕안이 소설을 중심으로」, 『중국학 연구』 30집, 2004.
박난영, 「왕안이의 장한가 연구, 상하이의 일상과 역사」, 『중국어문논집』 46집, 2010.
7) 張新穎, 金理, 王安憶硏究資料(上下), 天津人民出版社, 2009.
馬春花, ≪論王安憶小說的性別政治与現代性想象≫, 中國石油大學學報(社會科學版), 2008.
馬春花, ≪王安憶小說的代際意識与性別政治≫, 山東科技大學學報(社會科學版), 2008.
李洁非, ≪王安憶的新神話－－个理論探討≫, 当代作家評論, 1997.10.28.
王曉明, ≪從"淮海路"到"梅家橋"－－從王安憶小說創作的轉變談起≫, 文學評論, 2002年第3期.
王堯, ≪'思想事件'的修辭－－關于王安憶<啓蒙時代>的閱讀筆記≫, 当代作家評論, 2007年第3期.
張淸華, 從"靑春之歌"到"長恨歌"－－中國当代小說的叙事奧秘及其美學變遷的一个視角, 当代作家評論, 2003.
吳俊, 甁頸中的王安憶關于－≪長恨歌≫及其后的几部長篇小說, 当代作家評論, 2002.
劉艶, 女性視閾中歷史与人性的双重書寫－－以王安憶≪長恨歌≫与嚴歌苓≪一个女人的史詩≫爲例, 小說評論, 1998.
羅崗, 尋找消失的記憶－－對王安憶≪長恨歌≫的一种疏解, 当代作家評論, 1996.

2. 상하이의 물신성과 도시이미지

오늘날의 자본주의는 욕망을 생산하면서도 억제하는 분열의 이중구속 메커니즘을 가지고 있다. 능력만 있으면 성공할 수 있다는 자본주의 법칙은 사실 성공에 대한 개인의 불안하고 끈질긴 욕망을 건드린 것이다. 성공과 출세를 향한 개인의 욕망으로 인해 우리는 사회 주변에 무관심하고 냉소적 시선을 가지고 있는 것이 사실이다. 1930년대의 상하이는 서구에 의해 강제 개항한 최대 규모의 개항장이자 중국 근대문학의 대부분이 다량으로 생산되고 유통되는 출판 산업의 중추도시였다. 이미 대형극장과 카페, 댄스홀과 모던 걸, 술집과 매음굴이 들어선 이곳은 서구 제국주의 역사의 귀결점으로서 문화와 예술, 퇴폐와 그로테스크한 도시의 기괴함이 공존하는 공간이었다. 황푸강을 따라 위용을 자랑하는 와이탄(外灘)의 유럽식 건축물과 저택의 대문들은 조계지의 골목들을 가로막고 있었다. 그러나 이렇게 화려한 상하이의 모습은 외피일 뿐 이끼 낀 골목과 담쟁이덩굴에 둘러싸인 스쿠먼 양식의 대문 안에는 아편과 담배에 찌든 상하이의 내부가 숨겨져 있었다.

자본주의 사회에서 상품은 일종의 마술환등이다. 대중들은 상품이 만들어내는 시각적인 허상에 빠져들어 이것을 사실인 것 마냥 착각하고 상품들과의 유희를 통해 물신성을 맹신하게 된다. 기술에 의해 모든 것이 복제되는 자본주의 시대에 성(性)은 상품이 되고 우수한 성적(性的) 상품들은 사회적 지위와 권력을 부여받게 된다.

예선에는 정말이지 미녀들이 구름처럼 많았다. 상하이의 미녀란 미녀는 모두 한자리에 모인 것 같았다. (중략) 그들은 자신들의 부친이나 오빠처럼 남보다 더 잘나기를 갈망했으며 출세욕을 지니고 있었다. 가장 아름다운 패션은 그들 몸에 입혀졌고 가장 뛰어난 화장술도 그들 얼굴에 구현되었으며, 가장 모던한 헤어스타일이 그들의 머리를 꾸몄다. 이것은 마치 여성패션 박람회장 같았다. (장1, 103-104)

　박람회는 상품이라는 물신을 찾아가는 순례지이자 상품의 교환가치를 미화하고 사용가치는 희석시켜버리는 하나의 틀이다. 대중들은 박람회가 만들어주는 환상, 판타스마고리아8) 안에서 물신성을 즐기고 정신을 분산시킨다.9) 프랑스의 그랑빌에서 열린 최초의 만국박람회는 애초에 노동자 계급을 즐겁게 해주기 위한 취지에서 생겨났다. 그동안 소비에서 철저하게 배제되었던 이들에게는 일종의 해방적 축제였다. 소비활동에서 강제적으로 배제된 노동자 계급의 대중들은 박람회를 통해 철저하게 교환가치에 빠져들게 되고 교환가치와 자신을 동일시하는 인식의 지점에 이르게 된다.10) 박람회 기간 동안 전시된 물건을 만지는 것은 철저하게 금지되었지만 보는 것만으로도 이들의 정신은 분산되고 교환가치와 자신을 일치시킬수록 박람회가 만들어낸 판타스마고리아에 빠져들면서 축제를 즐기게 된다.

　미스 상하이 대회는 이른바 자신의 몸과 얼굴을 전시하고 판매하는

---

8) 판타스마고리아라는 개념을 처음 사용한 사람은 마르크스이다. 그는 『자본』에서 상품의 물신적 성격을 분석하면서, 사용가치를 상실한 자리에 교환가치가 주된 가치로 등장하고 교환가치를 지닌 상품이 물신적 성격을 띠면서 판타스마고리아적인 형식을 지니게 된다는 점을 지적했다. 발터 벤야민 지음, 최성만 옮김, 「19세기 수도 파리-독일어판」, 『역사의 개념에 대하여, 폭력비판을 위하여, 초현실주의 외』 도서출판 길, 2008, pp.195-196.
9) 위의 책, pp.194-196.
10) 위의 책, 「19세기 수도 파리-프랑스어판」, pp.230-231.

박람회장이었다. 샹들리에가 달린 유리천장과 가스등이 켜진 무대는 하나의 파사주이다. 대회에 출전하는 여성들은 자신의 외모를 하나의 교환가치와 동일시하고 상품화하여 무대 위에 전시한다. 이러한 파사주를 가장 잘 보여주는 것은 미스 상하이 3등이 된 왕치야오가 리주임을 만나 들어가게 되는 앨리스였다. 아르데코 양식의 고급 아파트인 이곳은 '사교계의 꽃'이라 불리는 여인들이 모인 곳이다. 양가집 규수와 창부, 아내와 첩, 권력과 성이 공존하면서 상하이의 사교문화와 정치가 동시에 이루어진다. 회색 벽 담장 뒤편의 은밀한 공간을 꿈꾸는 여성들은 자신 스스로를 하나의 상품으로 내 던진다. 이들은 자신의 외모를 통해 권력과 재력을 얻게 해줄 남자들을 구한다. 교환가치를 지닌 신체를 이용해 앨리스에 입성하고 이곳에서 속물적 이상을 실현하고자 한다. 이런 점에서 앨리스는 이들을 판타스마고리아의 세계로 유혹하는 하나의 파사주이다.

> 앨리스 아파트는 시끄러운 도심의 조용한 모퉁이에 있으며 이곳을 아는 사람은 별로 없다. (중략) 밤이 되면 큰 철문은 잠기고 작은 문, 전등 하나만 남겨놓아서 (중략) 어떤 사람들이 사는 세계인지 더욱 알 수 없다. (중략) 만약 앨리스의 지붕을 열어볼 수 있다면, 온화하고 아름다운 풍경이 눈앞에 펼쳐질 것이다. (중략) 앨리스의 떠들썩함은 (중략) 실은 실속 없는 허세이며 (중략) '사교계의 꽃들의 아파트'라는 것이다. (중략) 그것은 양갓집 규수와 창부 사이에 존재하고 또 아내와 첩 사이에 존재한다. (장1, 172-179)[11]

---

11) 텍스트에서는 고급아파트 앨리스를 한 장(장1, 172-179)에 걸쳐 섬세하게 묘사하고 있다. 서술자는 관찰자이자 거리산보자가 되어 앨리스를 하나의 아케이드이자 그 안에 위치한 파사주로 본다.

강제개항 후 조계로 인해 타 도시보다 일찍 근대화가 시작되었고, 문화적 발전을 하게 된 상하이는 근대화된 중국을 집약적으로 보여준 문화적 모체지였다고 할 수 있다. 은행과 호텔, 클럽과 커피하우스, 공원 등이 들어선 와이탄(外灘), 고급 아파트를 비롯한 서구적 건축물들, 프랑스오동나무(法國梧桐樹, 플라터너스)들이 늘어선 프랑스 조계지는 상하이의 도시이미지를 형성한다. 평범한 것을 달가워하지 않고 특별하고 싶어 하는 왕치야오와 같은 여성들, 앨리스 안에서 살아가는 사람들뿐만 아니라 이곳의 풍문을 들은 사람들, 도시의 거리에 어깨를 부딪칠 정도로 많이 걷고 있는 앨리스들에게(장1, 173) 상하이는 상하이 드림을 꿈꾸게 하고 실현시켜줄 수 있는 공간처럼 보인다. 그러나 상품의 사용가치보다는 교환가치를 우선시하는 상하이에서 미인대회나 앨리스는 상하이의 물신성을 그대로 보여주는 표지일 뿐이다. 이를 볼 때 상하이는 하나의 판타스마고리아를 가진 공간이라 할 수 있다.

3. 욕망의 경계에 선 거리산보자

프로이트와 라캉은 욕망을 '의식적으로 충족되어서는 안 되는 금지된 무의식적 소망'[12]으로 말하지만 들뢰즈와 가타리는 '경제적 동인으로서 생산과 창조의 근원'이라고 본다. 후자의 입장에서 볼 때 경제적 동인인 욕망은 사회경제를 충분히 발전시키는 요인이 될 수 있을 듯하

---

12) 김윤수・이금희・이서윤, 『욕망이 말하다-프로이트・라캉과 함께하는 문학수업』, 2013 참고할 것.

지만 오늘날 사회에 팽배한 경제적 욕망을 생각해본다면 이것은 긍정적이라기보다는 무엇인가 선입견을 갖게 한다. 오늘날 사회에는 '차별과 배제'라는 금기와 터부가 존재하고 사람들은 사회경제적 욕망을 이루기 위해 사회적 금기와 터부를 당연시하며 실제로 타인에게 행한다. 이를 극복하려는 것이 아니라 오히려 예속되기를 욕망한다.13) 이렇게 굴절되고 변형된 욕망은 타인을 가학하는 마조히즘적 욕망이자 오늘날 사회가 갖는 스트레오 타입의 욕망이라 할 수 있다. 오늘날 시민사회는 자유와 평등이 보장되는 것처럼 보이지만 실제로는 차별의 시선이라는 미시 파시즘14)에 의해 작동된다. 미시 파시즘은 사람들의 경계를 나누고 욕망을 차등화하면서 체제를 유지한다. 그런데 이런 미시 파시즘이 오늘날뿐만 아니라 이미 예전부터 존재했다는 점에서 우리는 '마조히즘적, 파시즘적 욕망'과 '생명에너지, 창조에너지로서의 욕망'을 구분하여야 한다.

19세기 중반부터 20세기 중반(1843-1943)까지 상하이에서 우리는 타자 공간을 찾을 수 있다. 당시 상하이는 성 남쪽(성벽에 둘러싸인 도시지구)의 중국인 거류지역과 갑문 북쪽 지구의 외국 조계(국제영미 공공조계, 프랑스조계, 일본조계 등)로 나뉘어져 있었다. 치외법권 지역인 조계지는 중국 내 서구적인 것이 공존하는 지역으로 조계지역 인구의 대다수는 여전히 중국인이었다. 그러나 은행과 호텔, 클럽과 커피하우스, 고급 아파트와 공원 등을

---

13) 신승철, 『욕망자본론-욕망의 눈으로 마르크스 자본론 다시 읽기』, 알렙, 2014, p.25 참고할 것.
14) 들뢰즈와 가타리는 파시즘을 '다양한 수준에 존재하는 욕망의 억압구조'로 정의한다. 주체내부에 있는 욕망의 흐름을 봉쇄하고 왜곡하는 기능을 한다고 말한다. 이는 자본주의 아래 왜곡되고 변질된 주체의 형성과정과 연관된 문제로 보았기 때문이다.
　들뢰즈와 가타리, 김재인 옮김, 『천의 고원』, 새물결, 2004 참고할 것.

이용할 수 있는 사람들은 외국인 부자들과 조계를 관리하는 외국정치
인, 고급당원, 선택받은 소수의 중국 부자들이었다. 와이탄(外灘)과 난징
동루(南京東路)를 비롯한 조계지에 줄지어 늘어선 가로등은 화려한 상하
이의 도시이미지를 만들어 주었지만 돌비석 표지 너머의 중국인 거리
는 상하이의 또 다른 공간이었다. 표면적으로 돌비석은 조계와 중국인
거리를 나누는 하나의 이정표였지만 이곳에 살고 있는 사람들의 생활
양식은 달랐다. 뿐만 아니라 사회 곳곳에 나타난 배제와 차별은 상하이
를 주체가 아닌 타자들의 공간으로 만들고 있었다. 황푸공원(黃埔公園)에
"중국인들과 개는 들어오지 마시오."라는 표지는 타자공간이 되어버린
상하이를 여실히 보여주는 하나의 표지이자 모던 상하이에서 작동하는
미시 파시즘이라 할 수 있다. 1928년 이 규정이 철폐되기는 했지만 여
전히 이런 배제와 차별은 상하이 곳곳에 남아 있었다.

　황푸강(黃埔江)을 따라 빛나는 와이탄(外灘)의 야경들은 상하이런(上海人)
들의 물질적 욕망을 부추기는 판타스마고리아이지만 이끼 낀 스쿠먼
골목길 안의 쾌쾌한 곰팡이 냄새는 상하이런(上海人)들의 폐부를 찌르고
하수구에 흐르는 오물과 이끼 낀 스쿠먼(石庫門) 담벼락은 암울한 뒷골목
의 정서를 형성한다. 자기나라에서 개와 동일한 취급을 받던 중국인들
은 유럽의 식민시스템이 완전히 갖춰진 정권 치하의 '토착민'이며 서구
인들의 인종주의적 태도와 신민으로서 근성을 그대로 가지고 있었다.15)
이들은 서구인들의 차별과 배제에 치욕스러움을 느끼고 분노했으면서
도 동시에 서구인들의 문화적 습성을 그대로 답습하였다. 실제로 1930

---

15) Harold Issacs, *Re-encounters in China : Notes from a Journey in a Time Capsule* (Armonk, N.Y. :
　　M.E. Shatpe, 1985), p.5.

년대 상하이에서 파마한 단발머리의 일부 신여성들은 커피하우스와 댄스홀, 영화관식 카바레에서 자신의 육체를 파사주 안에 전시된 상품들처럼 전시하고 남자들은 그녀들을 응시했다.[16] <상하이생활>의 표지모델이 되어 쇼윈도 속에 전시된 왕치야오의 사진과 지나갈 때마다 힐끔거리는 남성들의 시선은 굴절되고 변형된 욕망을 알레고리화 한 것이라 볼 수 있다. 장한가 1부에서 미스 상하이를 꿈꾸는 왕치야오, 그녀를 미스상하이로 만들어 자신의 사회적 지위를 높이고자 하는 장리리 모녀는 이런 욕망에 예속된 인물들이다. 올드 상하이 바에서 나타나는 욕망은 이들뿐만 아니라 이미 미스 상하이의 세 개 자리(1,2,3등)가 매수되었다는 소문에서 잘 나타난다.

> 결선도 하기 전에 세상에서는 이미 미스 상하이 세 개의 자리가 누군가에 의해 모두 매수되었다는 소문이 파다하게 퍼졌다. 1위는 모 대기업 대표의 딸, 2위는 군정 요인의 정부, 3위는 상하이에서 명성 높은 사교계의 꽃 모씨라고 했다. (중략) 투표용지를 말하는 것으로 국민정부의 관리, 항일민족의사의 호칭도 다 살 수 있는 마당에, '미스 상하이'라고 못 살 리가 있냐고 했다. 이 말은 (중략) 충칭 정부가 고관으로부터 뇌물을 받은 사건을 가리켰다. (장1, 120)

근 100년 동안 조계[17]지였던 상하이에는 식민주의와 근대성, 민족주의가 공존하고 있었다. 제국주의 국가들은 차별과 배제를 통해 미시 파시즘(mikro-faschismus)[18]을 작동시켜 체제를 유지하고 중국인들이 이를 당

---

16) 리어우판, 장동천 외 옮김, 『상하이 모던』, 고려대학교 출판부, 2007, pp.34-35 참고할 것.
17) 1842년부터 난징조약 후 상하이 조계는 1845년 11월부터 1943년 8월까지 근 100년간 지속되다가 중일전쟁과 제2차 세계대전 이후 1946년에 끝났다.

연하게 받아들이도록 만들었다. 미시 파시즘은 시대를 막론하고 어떤 사회에서든지 통제와 체제안정이라는 이름으로 작동할 수 있지만 사람들은 이러한 작동원리를 알아채지 못하고 오히려 역으로 차별과 배제의 또 다른 이름인 특별한 우대나 대우를 받으려고 한다. 이러한 것이야 말로 미시 파시즘에 의해 조정당하는 것이다.

1930-1940년대 상하이에서 '미스 상하이'라는 이름은 여타 중국인과는 차별화 될 수 있는 하나의 보증서이자 신분을 상승시켜줄 욕망의 사다리였다. 미스 상하이를 꿈꾸는 자들뿐만 아니라 이들에게 기대어 재력과 권력을 쥐려는 사람들은 다수자들이었지만 정작 사회를 움직이는 자들은 재력이나 권력을 가진 조계지의 관리자들, 중국 당내의 재력과 권력을 가진 소수자들이었다. 어릴 적 왕치야오의 아름다움을 알아본 감독은 그녀의 이런 착각을 깨뜨리려고 한다.

> 미스 상하이라는 이 월계관은 뜬구름일 뿐이야, 그게 사람들의 이목을 빼앗지만 순식간에 사라져버린다고, (중략) 부질없는 것이라고, (중략) 영광이라는 것은 당장은 대단한 것 같지만 결국은 그저 흑백이 뒤바뀐 투명한 필름일 뿐이야. 허무해진 만큼 허무만 남는 거라고, 이걸 바로 허영이라고 하는 거지! (장1, 114)

---

18) 푸코는 "근대성이라 불리는 근대의 이데올로기들을 은밀하게 지배하는 권력의 주체는 누구인가"에 대해 언급하면서 미시파시즘에 대해 언급한다.
미셸 푸코, 이규현 역, 『성의 역사 Ⅰ-앎의 의지』, 나남, 1990, p.188 참고할 것.
또한 아감벤은 생명정치를 이야기하면서 근대화의 이름으로 행해지는 경계의 구분에 대해 이야기 한다. 조르쥬 아감벤, 박진우 옮김, 『호모 사케르』, 새물결, 2008 참고할 것.
_____, 양창렬 옮김, 『장치란 무엇인가』, 난장, 2010 참고할 것.
전영의는 「한·중 근현대 소설텍스트에 나타난 국가폭력과 공간의 주체성 연구-『한강』과 『형제』를 중심으로」에서 아감벤의 생명정치와 경계의 문제, 푸코의 미시파시즘과 정치에 대해 꽤 자세히 논하고 있다. (『한국문학이론과 비평』 제69집 19권 4호, 한국문학이론과 비평학회, 2015.)

감독은 왕치야오를 설득해 2차 예선에서 사퇴하게 만듦으로써 미스 상하이 선발대회에 비판과 타격을 주려한다. 1946년 당시 상하이에는 '여성해방과 청년진보, 부패척결'과 같은 이념들이 문화계 쪽을 중심으로 팽배해지고 있었다. 진보진영에 속한다 할 수 있었던(장1, 114) 상하이 영화계에서 미인대회에 내재된 미시 파시즘을 꿰뚫어 본 감독의 사퇴 권유는 어쩌면 당연한 것일지도 몰랐다. 반면 사진작가이자 상하이 지식인으로 존경받던 청 선생은 '그녀에 대한 사랑'과 '아름다움이 존중받아야 된다는 신념'으로 왕치야오의 '미스 상하이' 출전 준비를 도왔다. 그러나 그는 '미스 상하이'라는 타이틀이 가지는 미시 파시즘적 의미들을 알아차리지 못했다.

인간의 욕망은 어디에서든 재편화되어 존재한다. 재벌과 국민당의 결탁은 굴절되고 왜곡된 욕망의 결과라 할 수 있다. 이런 욕망을 좇아 부르주아적 삶을 꿈꾸었던 이들은 자신들의 물질적 욕망을 이루기 위해 스스로를 억압하고 존엄한 인간으로서 가져야 할 기본적인 욕망까지도 억압한다. 이른바 '욕망의 도착현상'이 일어나게 된다. 앨리스에 들어가길 원했던 자들, 그곳에서 살고 있는 자들은 사회주의 국가 안에서도 부르주아적 삶을 추구하거나, 삶을 산다고 착각하고, 그렇기를 바라며, 그런 상상을 자신에게 강요한 자들이다. 청 선생은 스스로를 지식인이라고 자부하면서도 왕치야오를 비롯한 주변인들의 예속된 욕망은 알아차리지 못하고 오히려 이들이 물질적 욕망에 길들여지도록 돕는다. 본인은 인지하지 못했을지라도 이는 잠재된 자신의 욕망을 대리만족하는 것뿐이었다. 그는 체제에 순종적이고 종속된 주체로서 왕치야오를 깨우치려고 하지도 않고 스스로를 세상과 격리한 채 사진 인화액 속에서 아름다움만을 찾으려 했다. 벤야민의 말처럼 그는 오히려 거리산보자였는 지도 모른다. 대도시와 부르주아 계급의 문턱에 서있던 청 선생은 그 어디에도 안주하지 못했다. 본인 스스로는 지식인으로서 물질적 욕망을 멀리한 채 품위 있는 모습을 지니고 싶어하였다. 그러나 왕치야오의 욕 망을 통해 대리만족을 꿈꾸었던 거리산보자는 낯익은 도시 상하이에서 군중이라는 베일 안에 숨는다.[19] 1949년 이후 국공내전에서 국민당이 패배하고 중국이 중국 공산당의 통제권 아래 들어가면서 상하이 사회 는 완전히 몰락하게 된다. 행동하지 않고 경계에 머물렀던 지식인은 바 뀌어버린 세상에 적응하지 못하고 무너져 내린다. 건물의 반이 부서져 내부가 환히 들여다보이는 와이탄의 건물들처럼 이들의 자존심은 파괴 되고 이들이 위치했던 공간은 사라져버린다.

1966년에 발발한 문화대혁명은 당지도부의 권력투쟁에서 밀려난 마 오쩌둥이 주자파·자산계급 반동 학술권위자라는 정적을 제거하고 권 력을 재 장악하기 위해 일으킨 사회주의 혁명이었지만 여기에 참여한 사람들에게는 각기 다른 목적을 가지고 있었다. 마오쩌둥은 권력재탈환 이라는 실재적 목적을 가지고 있었고, 조반파와 이들의 논리에 휩쓸린 인민들은 '부르주아 지식인들에 의해 뒤집힌 역사를 인민들의 역사로 되돌려 사회적 평등을 이루려는' 목적을 가지고 있었다. 그런데 문혁시 기 이런 목적을 달성하려는 과정 안에서 중국 사회의 규칙, 문학과 문 화, 예술 등 모든 가치들은 무너졌다.[20] 조계라는 특수한 상황에서 모

---

19) 발터 벤야민, 앞의 책, 「19세기 수도 파리-프랑스어판」, p.205 참고할 것.
20) 전영의, 「위화의 『형제』에 나타난 광기와 공간의 주체성 연구」, 『한중인문학연구』 45집, 2014, pp.80-83 참고할 것.

던 상하이에 내재되었던 물질적 욕망, 미시 파시즘의 작동원리에 종속되어버린 속물적 주체들의 욕망은 1960년대 문화대혁명이라는 역사적 사건 앞에서 철저하게 부서져버렸다. 지식인이면서도 이런 욕망에 맞서지 못하고, 오히려 욕망에 종속된 군중들 뒤에 숨어버린 거리산보자 청 선생의 자살은 이러한 사회적 상황을 상징적으로 보여준다.

> 청 선생은 1966년 여름 수많은 자살자 가운데서도 가장 먼저 자살한 사람이었다. (중략) 사람들은 썩는 냄새가 진동해도 냄새를 맡을 수 없었다. 왜냐하면 그것들은 이미 새로운 생명으로 변하여 탄생했기 때문이었다. (중략) 쥐구멍과 같은 감방이 숨겨져 있어서 일체의 동정을 가두어 놓았다. 1966년 문화대혁명은 상하이 뒷골목에서 이러한 모습으로 진행되었다. (중략) 이 도시의 찬란한 밤과 생기 넘치는 대낮은 모두 저 은밀한 것들로 밑바탕을 이루고 있었다. (중략) 이제 휘장은 모두 찢겨졌고 비밀의 반은 모두 죽어버렸다. (장2, 103-104)

다락방에서 체포된 청 선생은 갑자기 기술정보요원으로 둔갑되어 있었다. 하루아침에 바뀌어버린 세상에서 사진기는 무기였으며, 그에게 사진을 찍어달라고 찾아왔던 여인들은 모두 간첩으로 몰렸다. 몇날며칠 동안 감금되어 자백을 강요당하다가 한 달 후에 풀려날 수 있었다.(장2, 105) 그동안 상하이에서 넘쳐나던 도착된 욕망들은 황푸강(黃埔江)의 물밑으로 가라앉자 버렸다. "가려면 빨리 가세요, 이미 많이 늦었어요……." 라고 속삭이는 어떤 소리는(장2, 108) 그동안 머뭇거렸던 청 선생의 결심을 강하게 만들어준다. 그는 '사실 모든 것이 진작 끝이 나서 최후를 향해 달려갔었지. 그런데 최후를 너무 오래 질질 끌었어.'라며 와이탄의 건물 꼭대기에 위치한 자신의 다락방에서 몸을 던진다. 사진을 통해 세

상을 바라보았던 거리산보자의 마지막은 죽음이었다. 그의 죽음은 문화
대혁명 시기 각기 다른 목적을 가진 착종된 욕망21)들이 올드 상하이 바
에 흐르던 굴절되고 변종된 인간들의 욕망을 넘어섰음을 의미한다.

4. 타자공간의 판타스마고리아와 욕망의 알레고리

앨리스에 입성하게 된 왕치야오는 이제 미시 파시즘에 길들여진 속
물적이고 순종적인 주체였다. 그녀는 옛날에 입었던 자잘한 꽃무늬의
치파오가 아니라 크고 화려한 꽃무늬가 수놓아 진 모닝가운을 입고 있
었다. 옷에 놓아진 자수마저도 주인의 변화된 모습에 따라 이렇게 화려
해졌다. 오랜 만에 왕치야오를 만난 장리리는 처음으로 친구의 삶의 처
세에 대해 이야기한다.

> 물론 체면과 실속 모두 갖춘다면 더 이상 좋을 게 없지, 그건 바로 완
> 벽한 행복을 의미하는 거니까. 하지만 사람에겐 모두 정해진 운명이 있
> 고 그 운명이 단지 어느 하나에만 만족해야 한다면 차라리 실속이 있는
> 반쪽을 택하는 게 낫지. 그건 말하자면 불완전 속의 완벽이라 할 수 있
> 으니까 달은 차면 기울기 마련이고 물은 차면 넘치기 마련이라는 옛말도
> 있잖아! 절반이 부족하면 나머지 절반은 더욱 견고하고 안전하다고 할
> 수 있을지도 몰라! (장1, 194)

리주임의 숨겨진 연인으로 체면보다는 실속을 챙긴 왕치야오의 행복

---

21) 위의 논문, pp.80-83 참고할 것.

은 그리 견고하지도, 안전하지도 않았다. 화이하이 전투에서 패한 국민
당 정부는 치명상을 당하고 베이징발 상하이행 비행기에 몸을 실었던
리주임도 추락사한다. 본명이 짱빙량이었던 그의 죽음을 모르던 왕치야
오는 앨리스에서 나와 외할머니가 사는 우챠오에서 세상이 잠잠해질
때까지 머물다 십년 후 다시 상하이로 돌아온다.

　문혁이 끝나고 그녀가 돌아온 곳은 예전 앨리스가 아닌 핑안리였다.
십년의 문화대혁명은 속물적 주체로서 왕치야오의 삶을 앗아갔지만 그
녀가 여기에서 벗어나 '타자(진정한 주체)로서 삶을 살아가는 계기'를 만들
어주었다. 속물이란 타자와의 인정투쟁에서 승리하고자 자신의 모든 것
을 거는 존재로서 욕망의 메커니즘에 순응하는 주체이다. 속물의 본질
은 외적태도의 천박성이 아닌 그가 종속되어 있는 욕망의 메커니즘에
서 찾을 수 있다[22])는 점에서 앨리스에서의 왕치야오는 속물적 주체였
다. 그러나 핑안리로 돌아온 그녀는 간호보조양성소를 다니면서 주사
놓는 면허증을 취득하고 사람들과의 관계를 맺으며 사회의 일원으로
자리잡아간다.[23]) 앨리스 안에서 스스로를 구속하고 감금하면서 속물적
주체(타자)의 삶을 살아왔던 그녀는 어두운 동굴에서 나와 바깥을 향하게
된다. 간호보조원으로 사람들에게 주사를 놓아주는 것은 그들의 고통을
잊게 하거나 치료하는 것이었지만 자신을 치유하는 행위이기도 했다.

---

22) 김겸섭, 『탈 정치시대에 구상하는 욕망의 정치』, 지성인, 2012, p.6.
23) 『장한가』의 한계 중 하나는 왕치야오가 속물적 주체에서 주체적 타자로 변해가는 계기
　를 구체적으로 그리지 못했다는 것이다. 독자들이 막연하게 문화대혁명으로 세상이 변
　하면서 생존을 위해 그녀가 변했다는 것만 추측할 수 있게 한다. 1부에서 왕치야오가
　속물적 주체로서 변해가는 모습을 그렸다면 2부에서는 주체적 타자로 변한 왕치야오의
　모습이 등장한다. 그리고 3부에서는 변해버린 그녀의 모습을 부각시키기 위해 그녀와
　대비가 되는 다른 속물적 주체들이 등장한다.

핑안리의 어두운 밤 속에서 점차 빛을 발하는 왕치야오는 다양한 욕망의 주체들을 만난다. 앨리스 때 기억을 상기시켜주는 옌가 사모를 통해 그녀는 과거의 기억과 조우하면서도 동시에 반성하고, 채워지지 못한 리주임과의 사랑 대신 캉밍신의 사랑을 얻게 된다. 경제적·사회적 신분의 차이로 옌가 사모가 자신의 사촌동생 캉밍신과 왕치야오의 사랑을 인정하지 않자 그녀는 둘 사이에서 생긴 아이를 지키기 위해 처음으로 주체적으로 행동한다. 캉밍신과의 관계는 친구로 남겨두고 사회적 경계 내에 위치하지 않은 캉밍신의 친구 샤사24)를 아이아빠로 만든다.

도덕적으로는 지탄받을 수도 있지만 중국사회가 암묵적으로 정해놓은 신분의 한계를 넘기 위해서는 왕치야오에게 이 방법밖에 없었다. 그녀의 이런 행동은 미시파시즘에 길들여진 수동적 주체로서 자기검열을 거부한 것이다. 미시파시즘의 작동원리를 거부했다는 점에서 그녀의 행위는 탈주선을 시도하는 주체행위라 할 수 있다. 문혁이 끝나고 왕치야오는 연인 캉밍신과의 사이에서 태어난 웨이웨이를 혼자 낳아 기르면서 변해가는 상하이를 바라본다. 과거의 청선생이 욕망의 경계에 선 거리산보자였다면 이제는 왕치야오가 수동적 주체가 아닌 주체적 타자로서 개혁개방시대를 맞아 변해가고 있는 상하이를 관찰하는 새로운 관찰자였다.

1930년대 모던 상하이와 문혁시절 모든 것이 파괴된 상하이를 모두 다 보았던 왕치야오는 이제 상품자본주의의 거짓된 신화의 모습을 알

---

24) 중국 공산당 아버지와 러시아 어머니 사이에서 태어난 샤사는 스스로를 공산주의 혁명의 혼혈아, 공산주의 국제화가 만들어낸 산물이자 공산주의 혁명의 후계자라고 말한다. (장2, 9)

아차렸다. 자본주의 사회에서 파사주가 신화화되는 과정, 신화화된 이미지로서의 파사주들이 개인 차원에서 소비의 욕망을 불러일으키는 과정, 이 안에서 개인이 자본주의적·물질적 욕망에 종속되는 과정을 실제로 겪었던 그녀는 신화의 공간을 조용히 해체하려고 노력한다.25) 폐허가 되었던 파사주들은 더 이상 신화가 아니라 현대적 신화에 대한 자기파괴를 알레고리한 것임을 깨달은 것이다.

개혁개방시대를 맞아 변해가고 있는 상하이의 여성들은 다시 유행을 이야기하고 이곳에서는 댄스파티와 갖가지 사교모임이 성행한다. 그동안 청선생이 거리산보자였다면 이제 새로운 도시 관찰자가 된 왕치야오는 주체적 타자라는 분명한 위치에서 도시를 관찰한다. 청선생은 대도시의 지식인과 부르주아 계급 사이 어디에서도 안주하지 못하고 그 경계에서 방황하는 관찰자였지만 그녀는 더 이상 그렇지 않다는 점에서 두 거리산보자들의 위치는 분명히 다르다. 1980년대의 상하이에는 멋과 낭만을 아는 젊은이들이 등장했다.(장2, 268-274) 완전히 새롭게 바뀐 세상 속에서도 상하이의 옛 유행을 견지하고 옛날을 고수하는 이들 사이에 왕치야오의 이름은 하나의 전설이 되어가고 있었다. 옛날의 상하이를 추억하는 글들이 신문지상에 발표되고 1946년의 번화했던 상하이의 모습이 다시 재현되면서 인민대중들은 미스 상하이 왕치야오를 그리워했지만 오히려 그녀는 재즈음악과 디스코음악이 번갈아 흐르는 응접실에서 이들을 위해 다과를 준비해주고 뒤로 물러난다.

유행에 관한 천부적 재능을 지녔지만 물질적 욕망을 채워줄 남자만

---

25) 발터 벤야민 지음, 김영옥·황현산 옮김, 『보들레르의 작품에 나타난 제2제정기의 파리, 보들레르의 몇 가지 모티프에 관하여 외』, 도서출판 길, 2000, p.11 참고할 것.

을 고르는 교만한 장용홍, 1930년대 올드 모던 상하이의 향수에 빠져 식민지 문화가 가지는 욕망의 알레고리를 알아채지 못하는 라오커라, 왕치야오에게 숨겨둔 금괴가 많을 것이라고 상상하는 꺽다리 등은 여전히 속물적 주체로서 상하이가 가지고 있는 판타스마고리아를 알아차리지 못한 타자들일 뿐이다. 왕치야오는 교만한 장용홍에게서 과거의 자신을 되새겨보며 여성 대 여성으로서 선험적 마음을 가지고 나이를 초월한 우정을 쌓으려 한다. 나이 어린 애인 라오커라는 올드 모던 상하이에 대한 향수로 자신에 대한 사랑을 갈구하지만 그녀는 "이 세상을 산다는 것은 연극을 하고 있는거나 마찬가지"라며(장2, 279) 그것마저 허상이라는 것을 일깨워주려 한다. 이렇듯 타자공간의 판타스마고리아를 깨뜨리는 것을 통해 '진보의 자기현시욕이 가득 찬 현대도시는 결국 폐허로 나타날 수밖에 없다'는 역사의 알레고리를 전달하려하는 그녀의 노력은 눈물겹기까지 하다.[26]

　장용홍과 라오커라의 친구인 꺽다리는 전형적인 속물적 주체이다. 스스로를 상하이에서 유명한 간장공장 사장의 손자이자 유일한 법정상속인이라고 밝힌다. 그는 수산물 매매사업에 가진 돈 전부를 투자하였지만 결국 빚만 지고 이를 만회하기 위해 소문 속 왕치야오의 금괴에 눈독을 들인다. 상하이 사교계에서는 꺽다리가 홍콩에 투자이민을 가며 거기에서 조부의 막대한 유산을 상속받을 것이라고 소문이 났지만 사실 그는 빈털터리였다.

---

26) 발터 벤야민, 『보들레르의 작품에 나타난 제2제정기의 파리, 보들레르의 몇 가지 모티프에 관하여 외』, 앞의 책, p.19 참고할 것.

왕치야오가 꺽다리를 바라보면서 말했다.

"내가 말했잖아, 난 금 같은 건 가지고 있지 않다고."

꺽다리가 겸연쩍게 웃으면서 그녀의 눈길을 피하며 말했다.

"하지만 사람들은 모두 그렇게 말하지 않던 걸요."

"사람들이 뭐라고 하는데?"

"사람들이 그러는데요, 당신은 왕년의 미스 상하이로 상하이탄에서 아주 유명했다고 하더라고요. 그리고 나중에 어떤 돈 많은 사람과 사귀었는데 재산을 몽땅 당신에게 주고 대만으로 갔고 지금까지 매년 달러를 송금해준다고 하던데요" (장2, 314)

스스로가 속물적 주체임을 깨닫지 못하고 자신의 본 모습을 숨기는 꺽다리는 판타스마고리아의 환상에서 벗어나지 못한 채 왕치야오에게 금괴를 달라고 협박하다가 결국 그녀를 목 졸라 죽인다. 모던 상하이에서 진정한 주체가 되고자 했던 왕치야오의 죽음은 모더니티가 만들어낸 자기파괴의 알레고리이다. 파사주의 환상, 모던 상하이의 판타스마고리아를 직접 겪고 그 환상에서 벗어나려고 노력했던 왕치야오는 개인적으로는 주체적 타자로서 성공했다고도 볼 수 있지만, 환상에 의해 속물적 주체에게 결국 죽임을 당했다는 점에서 그녀는 실패한 거리산보자이자 관찰자이다. 그녀는 근대도시공간에 형성된 판타스마고리아 안에서 '자본주의적 근대성과 물질적 욕망'이라는 사유에 길들여진 속물적 주체들을 주체적 타자들로 바꾸고자 했다. 그러나 꺽다리에게 살해당하면서 파사주 프로젝트27)는 실패하고 말았다. 그렇지만 우리는

---

27) 벤야민은 파사주안에 전시된 상품들을 통해 상품자본주의의 본 모습을 보았다. 소외된 노동의 조건 아래 생산된 사물들은 거짓된 신화의 모습으로 포장된다. 그는 자본주의 소비사회에서 파사주가 신화화되는 과정, 이렇게 신화화된 이미지로서 파사주가 개인 차원에서 소비의 욕망에 끼치는 영향에 놓여있는 것에 대해 주목한다. 이러한 신화의

꺽다리의 행위를 통해 사용가치를 전부 상실하고 모든 것을 교환가치로만 바라보는 속물적 주체의 자기몰락행위를 읽어낼 수 있어야 한다. 타자적 주체로 대변되는 왕치야오에 대한 살인행위는 '현대적 신화의 자기파괴에 대한 알레고리'일 것이다. 이 안에서 우리는 주체적 타자로서 노력한 왕치야오의 잠재된 혁명적 에너지와 그 가능성을 충분히 읽어낼 수 있다.

5. 변증법적 인식의 전환

근대이행기 상하이를 배경으로 하는 왕안이의 『장한가』는 요동치는 중국 현대사 안에서 모던 상하이의 파사주들을 여실히 보여주고 있다. 이를 중심으로 물질적 욕망의 알레고리를 해석함으로써 인민대중들이 속물적 주체가 아니라 역사공간에서 자본주의적 신화를 용해하는 주체적 타자로서 가능성을 가질 수 있는지 밝혀보려는 목적을 가지고 살펴보았다.

모던 상하이라는 도시 위에 닿는 풍유자의 각기 다른 시선들은 사회주의 국가로 30년 동안 잠재되어 있던 중국 인민들의 자본주의적 욕망을 여실히 보여주었다. 미스 상하이 미인대회나 고급아파트 앨리스에서

공간을 해체하는 것이 벤야민이 말하는 파사주 프로젝트의 목적이다. (발터 벤야민, 『보들레르의 작품에 나타난 제2제정기의 파리, 보들레르의 몇 가지 모티프에 관하여 외』, 앞의 책, p.11) 이미 앞에서 밝혔듯 필자는 파사주를 단순히 건물로만 지칭하는 것이 아니라 조계지였던 상하이에서 문화접변을 통해 만들어지는 사유적 이미지들을 총체적으로 의미한다고 언급하였다. 이런 점에서 파사주 프로젝트란 이러한 사유에 길들여진 속물적 주체를 주체적 타자로 바꾸는 것이라 할 수 있다.

나타나는 욕망의 도착현상들은 인물들이 미시 파시즘에 길들여지도록 만들었다. 이러한 작동원리에 종속되어버린 속물적 주체의 욕망들은 문혁기간을 넘어 여전히 지속되고 있었다. 그러나 1930년대 모던 상하이와 문혁기간의 상하이를 거치면서 개인이 자본주의적·물질적 욕망에 종속되는 과정을 실제로 겪었던 왕치야오는 상품자본주의의 거짓된 신화를 알아차렸다. 그녀는 폐허가 된 파사주들이 더 이상 신화가 아닌 자기파괴의 알레고리라는 것을 깨닫고 신화의 공간을 조용히 해체하려고 노력하였다. 그러나 근대도시 공간에 형성된 판타스마고리아의 환상에서 벗어나지 못한 속물적 주체 꺽다리에 의해 살해당하고 만다. 이로 인해 자본주의적 근대성과 물질적 욕망에 길들여진 속물적 주체들을 주체적 타자들로 바꾸려는 그녀의 파사주 프로젝트는 실패하고 말았다. 그렇지만 우리는 꺽다리의 행위를 통해 사용가치를 전부 상실하고 모든 것을 교환가치로만 바라보는 속물적 주체의 자기몰락행위를 읽어낼 수 있었다. 타자적 주체로 대변되는 왕치야오에 대한 살인행위는 '현대적 신화의 자기파괴에 대한 알레고리'였다. 이 안에서 우리는 주체적 타자로서 노력한 왕치야오의 잠재된 혁명적 에너지와 그 가능성을 충분히 찾을 수 있었다. 이런 독법을 통해 자본주의 소비사회의 거짓된 신화를 알고 근대성에 대한 변증법적 인식의 전환을 할 수 있을 것이다.

『허수아비춤』의 자본주의 권력과
공간의 의미망

X. 『허수아비춤』의 자본주의 권력과
공간의 의미망

1. 현대 한국사회 자본주의의 민낯

　IMF 위기 이후 신자유주의[1]적 자본주의 성격을 갖게 된 한국사회는 시장친화적 경제정책을 우선으로 한다. 『허수아비춤』[2]은 이렇게 변화된 한국의 경제사회 안에서 이루어지는 사회문제들을 예리하게 짚어내고 신자유주의가 가지고 있는 계급권력을 보여준다. 일광그룹의 남회장을 비롯하여 윤성훈, 박재우, 강기준이 보여주는 일련의 행동들은 신자유주의적 자본주의를 추구한다는 목적으로 자행되는 권위주의적이고 폭력적인 양상들이다. 이들이 보여주는 불법승계, 비자금조성, 정경유

　* X장은 『현대소설연구』 제54호에 게재된 것을 수정 보완한 것이다.
** 본 장에서 제시된 표와 그림은 전영의, 「『허수아비춤』의 자본주의 권력과 공간의 의미망」,
　『현대소설연구』 제54호 pp.434-454에서 인용한 것이다.
1) 신자유주의는 국제자본주의의 재조직화를 위한 이론적 설계를 실현시키려는 유토피아적 프로젝트이자 자본축적의 조건들을 재건하고 경제 엘리트의 권력을 회복하기 위한 정치적 프로젝트이다.
　데이비드 하비 지음, 최병두 옮김, 『신자유주의』, 한울, 2007, p.36.
2) 조정래, 『허수아비춤』, 문학의 문학, 2010.

착 등은 현 사회에서도 쉽게 찾아볼 수 있는 현상으로 지배계급의 탈취와 축적이 하나의 폭력성을 가질 수 있음을 보여준다. 지금까지 한국현대사회의 경제사회 문제를 다룬 소설들은 대체적으로 하층노동자·소시민들을 대상으로 하여왔다. 궁핍하고 몰락해가는 농촌현실, 산업화에 따른 환경오염과 공해문제, 공동체 사회의 파괴, 인간관계의 단절과 왜곡, 빈부의 격차, 계층 간의 갈등 문제 등은 한국 현대경제사회를 비판하는 소설들의 좋은 소재가 되었다. 이승만 정권의 부정부패, 군부독재, 유신체제, 신군부의 폭력과 정치적 폭압, 산업화로 인해 야기된 노동자들의 인권, 환경, 노동조건 등의 문제는 또 하나의 문제적 소설들로 재구성되어 등장하였다.3)

　반면 『허수아비춤』은 상류계층을 대표하는 남회장, 윤성훈, 박재우, 강기준 등을 통해 신자유주의적 자본주의가 갖는 문제들을 재구성하여 보여준다. 텍스트에서 제시된 재벌들의 주가조작, 재벌인 2·3세들의 불법승계, 비자금 조성, 이를 둘러싼 법관들의 태도와 법조계의 판결, 사법적 특혜의 내용을 담은 시퀀스들은 우리가 얼마나 기업을 옹호하며 스스로 면죄부를 주는지, 재벌을 보호함으로써 대리만족을 느끼는지를 증명한다. 동시에 재벌들의 권력이 우리사회에 얼마나 크게 작용하고 있는지를 추측해볼 수 있는 근거가 된다.

　이렇듯 현대 사회를 배경으로 상류계층에 속하는 몇몇 인물들이 벌이는 여러 행태 안에서 우리는 자본주의 권력의 작용지점을 찾아볼 수

---

3) 황석영, 『객지』, 최인호, 『타인의 방』 외에 다수의 1970년대 산업화 소설 등이 이에 속한다고 할 수 있다.
　이에 관해 권영민, 『한국현대문학사1·2』, 민음사, 2002. 김윤식·김우종 외, 『한국현대문학사』, 현대문학, 2002. 김윤식, 『우리문학 100년』, 현암사, 2001 등을 참고할 것.

있다. 이번 장은 '신자유주의적 자본주의 사회 안에서 발생되는 권력이 공간에 특정한 의미를 부여하며 의미망을 형성하는지를 증명해낼 수 있지 않을까'라는 필자의 호기심에서부터 비롯한다. 근대국가장치로서 공간이 어떤 기능을 가지며 자본주의 권력을 생산하는지 살펴보고 그 안에서 드러나는 공간의 의미를 통해 『허수아비춤』에 나타난 공간의 의미망을 밝혀보도록 하자.

2. 자본주의의 물신성과 계층의 공간화

전(前)근대 사회에서부터 근대사회에 이르기까지 공간은 인간사회를 이해하기 위한 중요개념 중 하나이자 인간 사고의 중요한 범주로 자리 잡았다. 서로 모순되는 시간 속에서 병존하며 살아가는 우리에게 공간은 그만큼 중요한 의미를 갖는다. 혼란한 세계 속에서 우리들은 여러 첨단 기기를 통해 하나의 연결망을 만든다. 한 공간 안에 있으면서도 서로 다른 공간에 위치한 이들과 정보 네트워크를 형성한다는 점을 볼 때 우리가 위치하는 공간은 동시적이고 병렬적이면서도 분열적인 공간이라 할 수 있다. 공간은 즉자적으로 존재하거나 고정된 대상이 아니다. 오히려 인간의 사회적 행동들에 의해 새로운 의미를 생성하거나 인간을 통제하기도 하는 역동적인 생명체이다. 인간의 행위에 의해 사회적으로 해석 할 수 있는 산물이면서 권력의 움직임과 권력관계의 조직적 의미를 나타낸다. 문화·언어·지식·이념·젠더의 문제 등을 둘러싼 공간은 정치적이고 전략적이라는 점에서 이데올로기의 산물이다. 이러한 공간들은 로컬의 의미에 따라 다소 다르게 나타난다. 로컬4)은 '노동과 공동체 사이의 관계에 근거한 장소', '지역적 계층화와 시스템', '현대 자본주의에서 나타나는 집단적 정체성의 핵심적 토대', '주어진 지리적 공간 내에서 공유하는 경험, 유산, 이해 또는 소속감'5) 등으로 정의할 수 있다. 공간이 이러한 로컬의 의미를 가지고 '현장을 조형하는 사회적 의식의 공간이자 정신적·물질적 경관으로서 경합과 갈등의 과정으로 나타날 때, 생성적이고 가변적이며 자기를 확인하기 위한 하나의 과정으로 받아들일 때' 이를 '아래로부터의 공간화'라 부를 수 있다. 이와 반대방향으로 공간화해가는 과정을 '위로부터의 공간화'라 부른다. '위로부터의 공간화'는 갑의 권력을 가진 자가 '장소'라고 부르는 생활·생산·거주의 터전 안에서 을의 공간을 강탈하는 것을 의미한다. 반면 '아래로부터의 공간화'는 공간을 탈취당한 을이 다시 자신의 공간을 획득하고 복귀하는 것을 의미한다고 할 수 있다.6)

---

4) 보통 로컬(local)은 장소 혹은 지방이라는 두 가지 개념으로 인식된다. 그러나 본 X장에서는 중심과 주변, 중앙과 지방이라는 이분법적 논리로서의 로컬을 이해하지 않았다. 오히려 인간과 인간의 관계망을 둘러싼, 발화주체와 발화 전략이 복합적으로 뒤엉킨 담론적 장소로 현실 내부의 사회적 관계 및 과정을 둘러싼 제도적·담론적 구성물이라는 이론적 차원에서 사유되어야 할 개념이다.
   이재성, 「로컬리티의 연구동향과 인문학 연구의 새로운 방향」, 『한국학논집』 42집, 2011, p.110 참고할 것.
5) 류지석, 「로컬리톨로지를 위한 시론」, 『로컬리티, 인문학의 새로운 지평』, 부산대학교 한국민족문화연구소 편, 혜안, 2009, p.23.
6) 배윤기, 「의식의 공간으로서 로컬과 로컬리티의 정치」, 『로컬리티 인문학』, 2010, p.112 참고할 것.

[표 1] 공간화의 방향과 의미

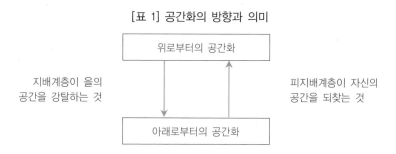

『허수아비춤』의 주요인물들이 상류계층을 대변하는 갑의 자리에 위치한 인물인 만큼 텍스트에서는 표면적으로 '위로부터의 공간화'가 나타난다. 이들은 지배체제가 고안해 낸 로컬의 의식적이고 고정적인 성격을 지키려고 한다.

> 대체 그걸 말이라고 해? 그렇게 한 방에 당하고 말아? 독기 없이 뭐하는 거야. 일단 공격을 시작했으면 끝까지 물고 늘어져야지. 다시 가. 다시! 빌든 불알을 낚아채든 반드시 끌어와, 너, 모가지 둘 아니지. 노숙자 꼴 되고 싶지 않거든 당장 다시 찾아가! 윤 실장이 성난 셰퍼드처럼 으르렁거렸다. (중략) 그런데 초장에 일을 망쳐 버리다니. 자신의 생사여탈권은 회장 이전에 윤 실장의 손아귀에 쥐어져 있었다. (허, 29-30)

강기준은 남회장과 윤실장의 명령으로 동문선배인 박재우를 스카우트하려 하지만 실패하고 윤실장의 협박에 괴로워한다. 출신대학, 외국대학 박사학위, 기업의 전공일치도, 영어실력 등을 볼 때 자신이 한 수 위였지만, 회사 내 실권을 쥔 윤실장은 자신의 생사여탈권을 손에 쥔 갑이였다. 그의 말 한마디에 강기준은 지방이나 해외근무로 발령이 날 수도 있고 파면을 당할 수도 있었다. 어쩌면 그의 생활과 거주의 터전을 순간에 강탈당하게 될 지도 몰랐다. 이들의 갑·을 관계는 상대가 누구냐에 따라, 자신이 어떤 위치에 속하냐에 따라 매 순간 달라진다. 강기준이 노동자들 앞에서는 회사를 대표하는 갑이 되기도 하고, 강기준에게 갑이던 윤실장도 남회장 앞에서는 항상 을로서 위치한다.

비자금 수습의 총책임자였던 윤실장은 남회장이 6개월의 실형을 받게 되자 가장 먼저 면회접견실로 달려간다. '모두 제 잘못입니다. 제가 죽일 놈입니다.'라며 회장 앞에서 무릎을 꿇고 30분 동안 피 토하듯 이 말을 울부짖으며 이마에 바닥을 짓찧어 댔다.(허, 62) 이렇듯 윤실장의 신분이 갑에서 을로 바뀌는 이유는 로컬의 경계가 사회적 체제와 결합되어 이들의 공간을 구분 짓기 때문이다.

근대사회로 올수록 현대인들의 이성은 자본과 노동에 의해 작동하고 인간을 유용성, 효용성 아래 종속시킨다. 동시에 현대인들은 내면적 감성을 억제하고 이성적 행위만을 하려고 노력한다. 현대 자본주의에서 우리는 정치적, 기술적 측면에서의 효율성을 추구하고 이 과정에서 인간성을 왜곡하게 된다. 이러한 왜곡은 우리의 삶을 파멸시키면서 인간이 자본의 힘을 맹신하도록 하는 요인이 된다. 상품의 사용가치 대신 교환가치가 주를 이루면서 우리는 대상을 물신화하게 되고 우리의 욕망은 점차 자본에 종속되어 간다. 이러한 점들을 볼 때 현대 자본주의 사회는 강력한 물신성을 갖는다. 이 순간 우리의 신체, 섹슈얼리티, 언어활동, 세속적이라고 칭하던 모든 우리의 경험들은 세속의 영역을 넘어 물신숭배라는 성스러운 영역으로 전환된다.

아내는 (중략) 마치 회장을 대면하고 있는 것처럼 언제나 깍듯하게 '회장님'이었다. (중략) 주 5일제 근무 시대에 일요일까지 희생시키는데도 웃으며 달게 받아들이는 아내의 충성심이야말로 순도 100%의 충성심이 아니고 무엇이랴. 사마천이 했다는 말, 자기보다 만 배 부자면 그의 노예가 된다. 아내는 영락없이 그 지경에 빠져 있음이 분명했다. 아내는 회장님을 향한 노예의 황홀경에 취해 나날이 마냥 행복하였다. 회장님이야말로 자신의 모든 욕망을 해결해 줄 수 있는 가장 확실 분명한 구세주이니까. (허, 155)

강기준의 아내가 보여주는 회장에 대한 충성은 종교적 신앙심 이상이다. 남회장에 대한 순도 100%의 충성은 곧 그가 가진 물질, 자본에 대한 충성이었고 그 자본이 자신들을 최고의 상류계층 자리에 올려놓아줄 수 있을 것이라는 믿음 때문이었다. 자본주의 사회에서 구성원들의 사회적 관계는 외부에 존재하는 물질적 자본에 근거하는 것처럼 보인다. 이런 점에서 물질적 자본은 하나의 환상성을 갖는다. 아감벤은 "인간들 사이의 특정한 사회적 관계가 감각적이며 초감각적 상품 사이의 관계라는 '판타스마고리아'(환상적인 형태)로 나타나며 이로 인해 상품에 대한 물신숭배가 이루어지고 있다"고 말한다.7) 이러한 물신숭배는 건전하고 생명력있는 노동을 자본에 의해 희생된 죽은 노동으로 대치시키도록 만들고 자본주의가 물신성을 띄도록 만든다.8)

공간적 측면에서 볼 때 자본주의에 대한 맹신이 이루어질수록 사람들은 국가장치를 통해 로컬의 경계를 나누고 공간을 차별화한다. 국가

---

7) 조르쥬 아감벤, 김상운 옮김, 『성속화 예찬』, 난장, 2010, pp.81-82.
8) 자본주의의 물신성으로 인해 '인간의 본질'은 '인간의 존재'와 대립되며 그 관계는 굴종·왜곡·소외화·기형화 된다. 게오로그 루카치 지음, 박정호 옮김, 『역사와 계급의식 -마르크스주의 변증법 연구』, 거름, 1986, p.32 참고할 것.

나 자본의 장치를 통해 특정한 자 이외에는 그 공간에 위치하거나 접촉할 수 없도록 만들거나 특정한 자를 특정한 위치에만 존속하도록 만든다. 이렇게 만들어진 공간은 그 안에 존재하는 토지와 물품을 자본주의적인 교환가치로만 존재하도록 한다. 근대 사회 이후 등장한 자본주의적 국가장치는 인간뿐만 아니라 모든 대상을 자본주의적인 것과 비자본주의적인 것으로 구분하고 자본주의 사회에서 자본주의적인 것이 성스러운 것인 냥 보이도록 한다. 이때 물질은 하나의 권력을 갖는다. 아니 권력을 가진 자가 성스러운 물질을 갖게 되는 지도 모른다. 국가장치는 권력화된 물질에 주체성을 부여하고 물질의 소유 유무에 따라 공간을 경제적·사회적·문화적으로 분리시킨다.

> 한 차관님 건은 쉽게 접근하는 방법을 찾아냈습니다. (중략) 사모님 쪽이 아주 효과적일 것 같습니다. (중략) 사모님 친정아버지께서 금감위 위원장을 지내셨고, 그 시절에 한 차관님을 사위로 삼으셨을 뿐만 아니라, 이번 차관 승진에도 그 힘이 꽤나 작용된 것으로 파악됩니다. (중략) 며칠이 지나 재경금융팀장 정민용은 한 차관의 부인을 어느 호텔의 중국음식점 독방에서 만났다. (중략) 그녀는 그만 마음이 바빠져 오른손 엄지와 검지손가락 끝에 침을 묻혀 주황 봉투 속의 상품권을 재빨리 꺼냈다.
> 핸드백 (허, 175-179)

한 차관의 권력은 금감위 위원장을 지낸 장인으로부터 시작되고 있다. 일광그룹은 재경금융팀장을 앞세워 한 차관의 부인에게 접근함으로써 정치권력을 얻으려고 하며, 한차관의 부인은 아버지와 남편의 권력을 통해 자본주의 권력을 얻고 상류계층의 경계 안에서 위치를 공고히 하고자 한다. 정민용과 한 차관의 부인이 만나는 어느 호텔 중국 음식점 독방은 이미 식당이 아닌 권력의 유대를 강화하기 위한 공간이다. 두 사람이 함께하는 이 공간은 상류계층의 정체성이 드러나는 곳이며, 이들만의 경험과 이해, 소속감 등을 상징하는 로컬의 의미를 갖는다. 이 공간에서 자본주의와 정치는 권력의 결속을 이룬다.

　현대인들에 의해 자본주의 사회가 하나의 물신성을 갖게 되면서 일 광 내 공간들은 차별화를 띄게 되었다. 문화개척센터의 조직이 커지면서 권한 또한 막대해지자 계열사 사장들은 그 위세 앞에서 더욱 위축되었고, 일반사원들은 출세의 특급열차로 소문난 그곳에 근무할 수 있기를 소원했다.(허, 175) 회장의 친위대나 경호실로 불리던 문화개척센터가 어느 순간부터는 청와대를 '푸른집'으로, 백악관을 '하얀집'으로 은어를 사용하여 언급했다. 일개 기업 회장의 비서실과 같은 '문화개척센터'에서 이러한 은어를 쉽게 사용한다는 것은 일광으로 대표되는 현대 자본주의 사회에서 대기업이 국가권력에 맞먹는 자본주의 권력을 가지며 이를 행사하고 있다는 메타포로 보인다. 그곳이 일광 안의 핵심 권력공간으로서 자리잡아가고 있다는 것을 증명했다.

> 　그 비밀금고도 문화개척센터가 발족되면서 탄생한 것이었다. (중략) 금고의 위치까지 예사롭지 않았다. 금고는 회장실 바로 아래층에 자리 잡은 것이었다. 그러니까 회장은 현찰 가득 찬 금고를 깔고 앉아있는 형국이었다. (중략) 회장의 친위대로 불리는 문화개척센터가 회장실 아래층에 자리 잡은 것은 업무의 성격과 효율을 위해서 지극히 자연스러운 일이었고 그 액수가 얼마인지 모를 엄청난 현찰을 보관하는 금고가 회장실 바로 아래 설치되었다는 것도 경비상으로나 보안상으로나 별로 이상할 것이 없었다. (허, 185-186)

남회장은 문화개척센터 내에 비밀현금금고를 둠으로써 현찰이 가득
찬 금고를 깔고 앉아 있는 형국을 취한다. 이러한 위치의 상징성은 회사
내 그의 권위를 더욱 굳건히 해준다. 3중문의 자동경보장치가 되어 있는
금고의 비밀번호는 남회장과 총본부장인 윤성훈만이 알고 있는 정보이
다. 윤성훈의 처음 직함은 윤실장이었으나 문화개척센터가 일광의 중심
으로 자리 잡으면서 그의 직함도 총본부장으로 바뀐다.

이 공간은 일광의 고위직 관리라도 함부로 들어올 수 없는 경계 그어
진 곳으로 남회장은 금고의 비밀번호를 윤 총본부장과만 공유한다. 이
러한 남회장의 행동은 그에 대한 전폭적 신뢰를 실질적으로 보여주는
것이며 이로 인해 윤실장은 스스로 자신이 회사의 실세이자 회장 대리
인이라는 자부심과 우월함을 갖는다. 이 공간 안에 있는 것들은 현찰,
유가증권, 각종 상품권 등으로 국회의원들, 정치계 고위공무원 뿐만 아
니라 잡지사, 신문사 기자들에게도 보내질 것들이었다. 이들은 기사 한
줄을 통해 일광에 도움을 주거나 해를 끼칠 수도 있기에 일광은 이들을
항상 관리하고 있었다. 남회장과 윤실장이 금고 비밀번호의 공유를 통
해 사회의 지배계층이자 자본주의 권력을 행사할 수 있는 주체로서 정
체성을 공유한다는 점에서 금고라는 공간은 충분히 로컬의 의미를 갖
는다. 이렇듯 자본주의적 메커니즘에 따라 형성된 공간들은 텍스트 곳
곳에서 일그러지고 비틀어진 모습을 드러낸다.

[표 2]

현실공간 ⇨ 위로부터 공간화된 공간 ⇨ 자본주의 메커니즘 성격을 띤 공간

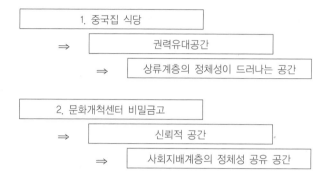

3. 뒤틀린 공간의 미학

사회적 맥락에서 공간은 집단적 사유의 생산물로서 사회구성원들에 의해 경계 그어진 인위적 결과물이다. 공간은 일차적으로 그 구성원들에게 안정성을 부여한다. 안정적 공간 안에서 구성원들의 상호작용에 의해 생성된 권력은 절대적 성격을 가지고 구조적 힘을 생성한다. 구성원들의 사회적 관계행위에 따라 다르게 구성되기도 하는 공간은 그 관계가 사회적·물리적 공간 안에서 고착화되는 순간 행위자를 통제하는 구조적 힘을 갖게 된다.9) 이렇게 고착화된 물리적 공간은 인간들의 권력관계를 증명하며 위치와 행위를 규정하게 된다.

"이 차 이거 6억이 넘잖아. 거기 대우가 이렇게 뻐근한가?" 박재우의

---

9) 이현재, 「다양한 공간 개념과 공간 읽기의 가능성- 절대적, 상대적, 관계적 공간개념을 중심으로」, 『시대와 철학』 23권 4호, 2012, p.231 참고할 것.

의심쩍어 하는 눈길이 강기준의 눈을 파고들었다. (중략) "아닙니다. 이
건 특별히 VIP 영접할 때나 쓰는 회사 의전용입니다." (중략) "선배님을
우리 회사로 모시고자 합니다" (중략) "일류 태봉 그룹에서 잘나가고 있
는 사람을 이류 일광그룹에서 오라고? 자청해서 일류에서 이류로 투신
자살하는 인생도 있다던가?" (허, 19, 25)

강기준은 문화개척센터를 조직하기 위해 인재를 스카우트하고 있는
일광의 목적을 박재우에게 전달하지만 그는 일광그룹의 남회장까지 이
류로 취급하면서 스카우트 제안을 단칼에 거절한다. 순간 제안이 오가
는 통나무집은 태봉그룹과 일광그룹이 일류와 이류의 자리를 놓고 치
열한 기싸움을 벌이는 공간이다. 그 동안 강기준은 회장의 끝없는 돈
욕심과 지식에 대한 열등감, 막무가내식으로 밀어붙이는 태도, 거침없
는 폭언 등으로 그에 대한 강한 반감을 가지고 있었다. 그런데 자기 회
장을 우습게 보는 박재우의 태도에 오히려 강한 반감을 가지게 된다.
이 반감은 일광에 소속된 자로서 가지는 애사심처럼 보이지만 자신의
생사여탈권을 가진 남회장에 대한 자발적 복종과 노예근성에서 만들어
진 것이다. 물리적이고 절대적 공간이던 승용차와 통나무집이 두 사람
의 관계에 의해 기업 간의 기 싸움을 벌이는 상대적 공간으로 변한다.
박재우의 거절로 승진에 대한 자신의 욕망이 좌절되었다고 느낀 강기
준은 앞으로 윤실장에게 시달릴 불안과 공포를 미리 상상한다. 사회 구
성원들의 상상이나 불안, 두려움 등은 상대적 공간을 다시 관계적이고
재현적인 공간으로 만드는데 일조하게 된다.[10]

---

10) 하비는 공간을 절대적 공간, 상대적 공간, 관계적 공간으로 나눈다. 이를 세로축으로 두
   고 다시 가로축으로 물리적(경험적) 공간, 개념화된 공간, 재현된(체험화 된) 공간으로
   나누어 행렬적으로 결합한 후 9가지 공간으로 유형화하고 있다. 데이비드 하비, 박영민

비자금 문제로 인해 6개월간 실형을 당한 남회장은 태봉에 비해 '세상관리조직'(허, 26)이 허술하다고 생각하고 재산권과 경영권 상속을 위한 '세상관리조직'에 힘쓰고자 한다. 이들은 태봉그룹처럼 관리조직을 대폭 확대하기 위해 현재 행정기관의 국장들과 현직 판·검사뿐만 아니라 정계, 언론계, 법조계, 국세청 등 각계 각처의 고위공무원에게 접근한다.

> "지난 정권들 중에서 경제부처 장관들의 출신 경력을 자세히 분석해 본 적 있어? 그들 중에 세 명이나 기업출신, 태봉그룹이란 걸 알아? (중략) 그들은 두 가지 공통점을 가지고 있어. 너처럼 행시 고득점자들이고, 기업에 잠시 몸담았다가 장관으로 도약했다는 점이야. (중략) 야! 빈정거리지 말고 현실을 직시해! 너 알지, 돈이 시장바닥에서만 만사형통이고 장땡이 아니라는 거. 현실은 자본주의고, 자본주의는 돈이 왕이고, 돈을 이길 수 있는 힘은 그 어떤 것도 없어" (허, 137-140)

자본주의 생산양식에 의해 만들어진 근대의 공간은 하나의 '권력용기'[11]가 된다. 사람들은 이 안에 들어가기 위해서 공간이 요구하는 아비투스(habitus)[12]를 가지고자 한다. 또는 이를 사용하고자 하는 이들이 먼저 아비투스를 가진 자들을 선택하여 용기 안으로 집어넣으려고 한다. 공간은 인간에 의해 구성되고 변형되기도 하지만, 공간에 의해 인간이 달라지기도 하고 그 관계가 새롭게 구성되기도 한다. 태봉그룹은 사회적 지도층이라 불리는 이들을 '태봉'이라는 공간 안에 넣음으로써 이

외 역, 『포스트모더니티의 조건』, 한울, 2010, p.217.
11) 앤서니 기든스, 임영일·박노영 역, 『자본주의와 현대사회이론』, 한길사, 2008 참고할 것.
12) 피에르 부르디외, 정일준 옮김, 『상징폭력과 문화재생산』, 새물결, 1997, pp.27-40.

들을 장관이 되기 위한 도약 공간에 위치시키고 재력을 통해 이들의 행동을 규제한다. 이미 사회의 지도층으로서 아비투스를 가지고 있는 이들은 정치적 권력과 재력을 얻고자 하는 시점에서 '태봉'으로부터 특정 공간을 부여받는다. 이 순간 공간은 자신들의 위치를 고정시키는 절대적 권력지점으로 전환되고 권력용기로서 인간을 통제하는 힘을 갖게 된다. 사회적 맥락에서 볼 때 절대적 공간은 구조와 행위가 상호작용하는 상대적 공간이 되기도 한다. 절대적 공간이 행위자들의 위치를 고정시킨다 해도 사회는 도시를 구성하는 행위자들의 상호관계와 능력에 의해 다양한 공간변화를 일으킨다. 즉 지배적 공간구조가 행위간의 상호작용에 의해 달라진다고 볼 수 있다.

그런 점에서 선후배 검사출신 변호사인 신태하와 전인욱은 서로 간의 상호작용에 의해 절대적 공간이 어떻게 상대적으로 바뀌는지 잘 보여준다. 근대 이후 시·공간은 인간의 물질적 생존을 위한 투쟁 속에서 다양하게 사회적으로 구축된다. 이렇게 구축된 공간은 인간이 가진 지적 능력뿐 아니라 문화적, 제도적, 사회적 능력에 의해 객관적인 힘을 발휘한다. 이 공간 안에서는 자본과 노동력에 의한 시장 메커니즘을 통해 사회적 재생산이 이루어진다. 이러한 총체적 과정 안에서 우리는 계급의 경계 안으로 들어가거나 반대로 들어가지 않기 위해 투쟁하는 등 시·공간의 개념을 변증법적으로 재구성할 수 있다.

> 신태하가 그런 모습으로 변해 자신 앞에 나타난 것은 전혀 뜻밖이었던 것이다. 그와는 한때 검사 노릇을 함께 했었다. (중략) 아무리 생각해보아도 검사 자리를 내던지고 재벌의 하수인 노릇으로 나선 이유를 찾을

수가 없었다. 신태하야말로 고작 그런 짓 하려고 사법고시를 패스했던
것일까……. (허, 216, 219)

'상명하복 원칙'과 '검사동일체 원칙'(허, 216)을 누구보다 잘 지키던
신태하는 승진욕과 출세욕이 매우 강한 자였다. 법무부장관까지는 거침
없이 고속 승진을 할 수 있을 것처럼 자질을 갖추었던 그가 검사직을
내던지고 재벌의 하수인 노릇과 같은 대기업 변호사가 된 것은 검사 동
기인 전인욱에게는 의문이 들 수밖에 없었다. 신태하가 눈치 빠르게 꼬
리를 잘 흔드는 애완견이었다면 전인욱은 둔하게 아무 때나 컹컹 짖어
대는 촌개였던 것이다.(허, 216) 전인욱은 대학생 시절 화염병을 앞세우고
가투에 몸을 던졌었다. 시간이 지나고 정치적 민주화가 이루어졌다고
생각한 그는 이제 경제적 민주화도 이룰 수 있다고 믿었다. 자신의 뜻
을 이루기 위해서는 노동현장에 투신하여 세상을 바꾸는 것보다, 법관
이 되어 사람이 사람답게 살 수 있는 바르고 깨끗한 세상을 만드는 것
이 더 빠른 방법이라고 생각했다. 이는 그가 잠시 그만두었던 공부를
다시 해서 검사가 된 이유이기도 했다. 자신의 신념을 가지고 검사가
된 그는 검찰이라는 조직생활에 잘 적응하지만 태봉 비자금 사건에 관
한 철저한 수사요구로 인해 조직에서 소외되고 제주도로 발령을 받게
된다. 제주도……, 바다 건너 그곳은 조선시대 관리들에게만 귀양지가
아니었다. 지금도 관리들은 그렇게 받아들였다. 이제 길은 두 갈래, 그
섬을 비롯해서 변방으로만 떠돌며 월급쟁이 검사로 일생을 마칠 것인
가, 아니면 검사직을 버리고 변호사로 변신해 나라의 중심에서 버틸 것
인가 하는 것이었다.(허, 258) 이후 신태하와 전인욱에게 검찰이라는 조직

은 상대적 공간이 된다. 검사들에게 술자리는 검찰의 2대원칙을 확인하고 강화하는 작업 공간이었다. 그 공간에서 술을 잘 마시는 것은 하나의 능력이었다. 만약 술을 못 마신다는 이유로 그 자리를 거부하는 자는 조직 내에서 비겁자이자 배신자가 되었다. 부장검사가 내는 술자리에 두 번 빠지면 찍혀서 아웃되는 것은 당연한 사실이었다.(허, 223) 이러한 이유로 술이 약한 신태하에게 검찰조직은 검사로서 자신의 능력과는 상관없이 적응하기 어렵고 두려운 공간이었다. 반면 무한정의 주량을 가진 전인욱에게는 그동안 별 어려움 없는 공간이었다. 그런데 태봉비자금 사건으로 전인욱에게 검찰이라는 공간의 의미는 바뀌게 된다. 그는 검찰의 의견에 단 한번 반대했다는 이유로 승진대상에서 제외되고 오히려 제주도 발령을 받으면서 처음으로 검찰조직에 대해 생각해 보기 시작한다. 그에게는 법을 수호하고 깨끗한 나라를 만들어야 한다는 법조인으로서 명분도 중요했지만 결혼을 한 지금은 처자식을 보호해야 하는 가장으로서 명분이 더 우선했다.

이제 그에게 검찰조직이라는 공간은 신태하와 마찬가지로 두려운 공간으로 변한다. 가장으로서의 책임 때문에 자신의 태도를 번복하고, 지금까지 검사로서 가졌던 자부심과 이 땅의 민주화 정착에 기여했다는 뿌듯함을 버려버린 채 검찰조직의 의견에 따른다. 그렇지만 이미 그는 조직의 눈 밖에 난 사람이었고 그 이유로 조직의 핵심에서 제외된다. 전인욱은 제주도로 발령받게 되면서 고등학교 체육시간에 불알을 걷어 채였던 그때 그 충격과 고통을 고스란히 다시 받게 된다.(허, 256) 이러한 경험들로 인해 두 사람에게 검찰조직은 두려움이라는 개념적 공간으로 재구성되지만 이들은 각기 다른 재현의 공간을 만들어낸다.

　고시 성적, 연수원 성적, 수사 평가에도 모두 앞섰던 신태하는 승진에서 탈락한다. 경쟁했던 동기가 총장과 고등학교, 대학교라는 두 번에 걸친 학연이 있었기 때문이다. 분에 못견디어 하는 그에게 박재우는 막강한 연봉을 바탕으로 재력을 쌓는 것이 출세의 지름길임을 알려주고 일광그룹의 변호사로 스카우트 제의를 한다. 그의 제안을 받아들인 신태하가 위치한 공간은 이제 일광에서 자신의 부를 축적하면서 자본주의 권력을 얻는 관계적 공간으로 변한다. 반면 태봉 비자금 사건 이후 전인욱에게 검찰조직이라는 공간은 자신의 신조를 저버린 부끄러운 공간이자 자신의 가족과 안정에 위해를 끼치는 두려움의 공간이었다. 그러나 그는 민중변호사라는 직업을 택함으로써 두려움의 공간에서 스스로 벗어난다. 소외된 민중들의 삶에 들어가 그들의 권익을 보호하기 위해 힘쓰는 과정 안에서 전인욱은 재현적이고 관계적인 새로운 공간과 만나게 된다. 이들의 관계를 살펴볼 때 그 동안 긍정적이어야 할 인간관계가 자본과 권력에 의해 파탄 나거나 부정적으로 변하기도 하고, 정의로워야 할 조직들이 오히려 부정적 현실에 야합했다는 사실을 알 수 있다. 인물들의 관계에 따라 상대적으로 드러나는 공간 역시 본래의 의미를 상실하면서 비틀어지고 왜곡된다는 점에서 이들이 보여주는 상대적 공간들은 현실 부조리한 미학을 보여주는 공간이기도 한다.

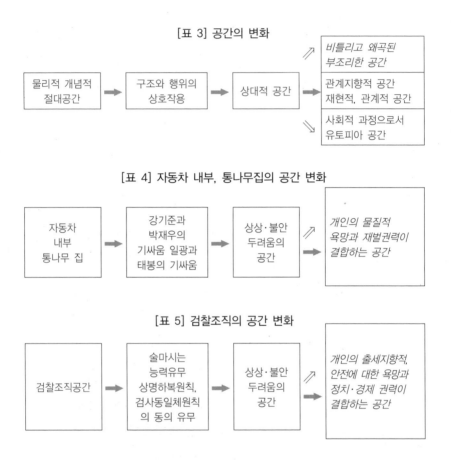

[표 3] 공간의 변화

물리적 개념적 절대공간	→	구조와 행위의 상호작용	→	상대적 공간	→	*비틀리고 왜곡된 부조리한 공간*
						관계지향적 공간 재현적, 관계적 공간
						사회적 과정으로서 유토피아 공간

[표 4] 자동차 내부, 통나무집의 공간 변화

| 자동차 내부 통나무 집 | → | 강기준과 박재우의 기싸움 일광과 태봉의 기싸움 | → | 상상·불안 두려움의 공간 | → | *개인의 물질적 욕망과 재벌권력이 결합하는 공간* |

[표 5] 검찰조직의 공간 변화

| 검찰조직공간 | → | 술마시는 능력유무 상명하복원칙, 검사동일체원칙의 동의 유무 | → | 상상·불안 두려움의 공간 | → | *개인의 출세지향적, 안전에 대한 욕망과 정치·경제 권력이 결합하는 공간* |

4.『허수아비춤』의 공간 찾기
: 사회적 과정으로서 유토피아 공간의 확보

상대적 공간이 변증법적으로 재현된 관계적 공간으로 변할 때 이 공간은 우리들의 위치나 관계를 나타낼 뿐만 아니라 인간의 무의식, 잠재된 감정, 다양한 기억, 독창적인 상상력과 창조력이 응집되는 지점이 될

수 있다. 이런 것들의 복합적인 상호작용은 고착화되거나 안정화된 공
간들을 또 하나의 공간의 장으로 끊임없이 변화시키며, 다층적이고 이
질적인 공간 안에서 새로운 공간을 구성한다. 이 과정에서 바로 공간
투쟁13)이 발생한다. 안정적이던 공간은 사회구성원들 간의 상호작용이
나 구성원들의 요구, 사회를 둘러싼 환경에 따라 변화되어 가지만 시간
이 흐르면 다시 안정적으로 고착화되어간다. 시간이 흐르면서 기존 공
간의 의미가 달라지거나 새로운 의미를 가진 공간이 생성되는 등 공간
의 중요성과 역할은 변하기 마련이다. 이렇듯 공간은 사회구성원들에
의해 끊임없이 변화하고 투쟁하는 역동적 공간이라 할 수 있다.

　산업화 이후 자본주의가 발달함에 따라 근대도시에서는 화폐 유통과
자본의 재생산화, 노동의 상품화 등의 문제가 나타났고 공간이 불균등
하게 발전되었다. 여기에서 우리는 도시공간과 계급이 연관되어 있다
는 것을 포착해 낼 수 있다. 계급은 자본주의 사회에서 상품의 생산자
와 소유자, 자본과 부의 분배, 노동자의 지위 등을 구분 짓는 실질적
주체이다. 그러므로 계급이 차지한 공간은 사회적 특성뿐만 아니라 공
간의 경계와 위계, 사회구성원의 통제, 공간에 따른 가치기준 등을 함
축하며 이런 기준으로 분화될 수 있다. 국가와 지배계급간의 긴밀한
이해관계 안에서 도시공간의 문제는 바로 계급의 공간문제이며 그 공
간의 경계를 어디까지 위치시키느냐의 문제이다. 이 과정에서 자본의
분배와 소비문제, 계급간의 갈등문제와 이를 극복하려는 자들의 저항
이 드러난다.

---

13) Neil Smith, "Scale bending and the fate of the national", Eric S. Sheppard ed., *Scale and Geographic Inquiry : Nature, Society, and Method*, Blackwell, 2004, pp.192-212.

> 그 끝도 한도 없는 부자들의 탐욕을 방치하면 결국 이 사회는 망할 것
> 이다. 그들의 탐욕을 막아야 한다. 그 일을 할 수 있는 사람은 바로 당신,
> 일반 대중인 우리들이다. 그런 경제 범죄를 저지른 기업들의 상품을 사
> 지 않는 '불매운동'을 대대적으로 벌여야 하고, 그 효과적인 추진을 위해
> 여러분들은 시민단체로 모여 들어야 한다. (허, 396)

현대 사회에서 재벌 기업 경영인들은 자신들의 탐욕을 위해 노동자
들의 노동력을 탈취하고 영세 자영업자들의 생활공간에 침투하여 그들
의 자생력을 무너뜨린다. 이들은 자본의 힘을 바탕으로 하여 서민들의
경제력을 빼앗고, 기업의 그늘에 있지 않으면 생존할 수 없다는 것을
서민들이 인식하도록 만들고 있다. 이런 현실을 직시한 허민 교수는 신
문에 '국민, 당신들은 노예다'라는 글을 기고한다. 사회지식인이었지만
대학 경영진들에게는 또 하나의 을이었던 허민 교수는 이 일로 교수 재
임용에서 탈락하고 교수직을 박탈당한다. 표면상 박탈이유는 논문 내용
이 부실하다는 것이었다. 평소 허 교수는 등록금 인상에 관한 바른 소
리를 하는 등 학교 경영문제에 참견하면서 학교 측과는 사이가 좋지 않
았다. 그런 그가 대학재단그룹인 일광을 두고 재산권 불법상속과 경영
권 불법승계에 관해 비판한 글을 기고하였으니 이를 못마땅하게 여긴
그룹에서는 대학 내에서 그의 공간을 없애버린 것이다. 이것은 단순히
교수에게 강의시간을 빼앗고 연구실을 없애는 문제가 아니었다. 허민
교수의 존재 이유를 없애고 의식의 공간을 강탈하는 것이었다. 그러나
그는 전인욱 변호사의 도움으로 경제민주화실천연대의 홈페이지에 재
벌들의 횡포를 고발하는 글을 쓰면서 자본주의의 노예가 되어 자발적
복종을 하려는 이들에게 경종을 울린다. 그의 이런 행동들은 자신의 존

재 이유를 재확인하는 것이며 빼앗긴 의식의 공간을 되찾는 것이라는 점에서, 자기터전을 준거로 의식적 성찰을 통해 이루어지는 생성 로컬리티이자 아래로부터 공간화이다.

일광그룹 사건의 일심재판이 일광의 승리로 끝난다. 범행 당사자인 회장과 아들은 처벌대상에서 제외되고 계열사 사장 셋만 1년 6개월 징역에 3년 집행유예를 받았다. 판사가 이들에게 이리도 관대한 처벌을 내린 이유는 '국가 경제발전에 기여한 공이 컸고, 잠시도 소홀히 할 수 없는 국민경제에 더 이상 부담을 주어서는 안 되기 때문'이라는 것이었다.(허, 403) 이때 윤실장은 승리의 기분에 도취된 박재우에게 다음과 같이 말한다.

> "시민단체 것들 기질을 몰라서 그런 소리 하는 거요? 그 작자들 독하기가 물속까지 따라 들어와 쏘는 땅벌이고, 독사 중에서도 제일 독한 살모사요. (중략) 거 무슨 앞뒤 모르는 소리요. 그자들 대부분이 저 80년대에 화염병 던지던 자들인데, 그자들이 거리로 뛰쳐나와 화염병을 던지기 시작했을 때, 그들 힘에 군부독재가 끝장나리라고 누가 상상이나 했었소? 그런데 그 완강하던 30년 군부독재가 종말을 고했소. 저 구름에 비 들었으랴 하는데 소나기 쏟아진다고 하지 않소. 우리 세상이 오래 가기를 원한다면 적을 우습게보고 무시할 것이 아니라 똑바로 보고 철저하게 경계해야 한다 그거요." (허, 404-405)

『허수아비춤』은 비도덕적인 상류계층을 대표하는 몇몇 이들을 통해 한국경제사회의 문제점을 우리에게 보여주지만 오히려 우리는 그들의 대화 안에서 공간투쟁을 통해 '아래로부터 공간화'를 이루어 생성 로컬리티를 구현하려는 사회구성원들의 의지를 확인할 수 있다. 이를 꿈꾸는 인민들은 국가, 법, 제도권 내의 굴절된 공간 안에서 의식적 통찰을 통해 특정 대상들을 개념화한다. 이들은 생존하려는 강력한 욕망을 가지고 권력의 힘을 자기 터전으로 끌고 오려한다. 만약 '위로부터의 공간화'된 공간 안에서 지배계층의 욕망에 의해 굴절되는 어떤 대상이 재현된다면, 이는 왜곡되고 비틀어진 주체의 욕망을 정당화시키는 일련의 작업이 될 것이다. 이를 인정하는 합리화 작업들은 인민인 타자를 희생하면서 이루어지는 재현의 정치라 할 수 있다. 정당화된 주체의 왜곡된 욕망으로 인해 타자의 의견은 봉쇄될 수밖에 없기에 불완전하다. 이 공간은 강탈한 공간의 부당함을 숨기고 정당한 것처럼 치환된 곳이다.

이와 반대로 타자였던 사회구성원들은 '아래로부터 공간화'를 꿈꾼다. 탈취당한 공간을 다시 찾아 자신들의 공간으로 복귀시키려 한다. 그러나 이러한 역동성을 은폐시키려는 자들은 국가권력 또는 자본주의 권력을 작동시켜 아래로부터 공간화를 제지하고자 한다. 근대 국가는 사회의 담화와 체계를 형성하는 이데올로기적 국가기구이다. 이 안에서 도시라는 사회적 공간은 신자유주의적 자본주의를 바탕으로 한 이윤창출의 공간으로 전환된다. 근대적 지배체제 안에서 부르주아로 대변되는 상류계층들은 이윤창출의 공간을 지배하고 자신들과 다른 경계에 위치한 삶을 부정한다. 다른 경계에 위치한 이들의 공간을 '미개척의 공간'으로 명명하고 이들을 '앎'14)에서 분리시켜 근대적 체계와 제도 안에서 소외시킨다.

---

14) '앎'이란 삶에 대한 지혜이자 추상화되고 제도화된 지식을 포괄하는 개념이라 생각한다. 필자는 '앎'이 환원적 지식체계 속에 들어가지 않거나 못하더라도 노동과 사유, 경험에 의해 체득된 인간 삶에 필요한 방법이자 이치, 진리라고 정의한다.

"힘든 공원 생활 집어치우고 평생 편안히 살 수 있게 해줄 작정이오.
(중략) 병든 노모에 자식들 데리고 아무리 열심히 일해 봤자 평생 임대
아파트 신세 못 면해요. (중략) 월수 천만 원대의 사장님이 되시면 팔자
단단히 고치는 게 되겠지? (중략) 아주 간단해. 다음 재판에 증인으로 나
가서 변호사가 묻는 대로 서너 가지만 예, 예하고 대답만 하면 돼. 다른
말 하나도 필요 없이 예, 예 대답만 하는 거라구. 어떻게, 할 수 있지!"
(허, 360-363)

일광그룹 노조 위원장인 김상호는 2억이라는 돈 때문에 동료를 배신
하고 거짓증언을 한다.[15] 병든 노모와 아이들에 대한 가장으로서 책임,
성매매 처벌에 대한 두려움, 검사출신 변호사의 협박 등은 제도권의 보
호를 제대로 받지 못하는 그에게 견디기 힘든 두려움이었다. 비밀이 보
장된 1~2억을 뿌리치기 힘든 유혹으로 느끼는 가난한 노동자들은 자신
들의 권익을 위해 서로 뭉쳐 투쟁해야 한다는 '앎'이 부족했다. 이들은
대량생산과 대량소비를 특징으로 하는 근대사회 안에서 생산 가치를
지닌 자신들의 노동이 교환가치로 전환되고 다시 노동의 수탈을 통해
화폐가치로 환원되어 착취당한다는 것을 몰랐던 것이다. 이 수탈의 과
정을 부수기 위해서는 노동자들끼리 작은 힘일지라도 합해야 한다는
것을 알고는 있던 사람들마저도 돈의 유혹에 그 사실을 잊어버린 것이
다. '나 하나쯤……'이라는 이들의 안일한 생각이 결국 일광의 목적을
이루는 강력한 힘으로 작용하였다.

반면 근대사회의 지식인들은 자신의 존재에 대한 인식의 지평을 확

---

15) 전후 맥락 상, 또 현대사회의 부조리함을 비판하는 조정래 텍스트의 특징 상 이 부분은
비정규직 근로자의 부당해고에 관한 사회적 현실을 비판한 내용이라 추측된다. (허,
pp.358-369 참고할 것.)

장하고 생산과정에 참여하고자 노력한다. 근대 메커니즘의 경계 안에 들어오지 않는 이상 체제에 의해 소외될 수 있다는 것도 이미 알고 있었던 이들은 지식인으로서의 한계를 극복하기 위해 스스로 소외를 택한다. 허민 교수와 전인욱 변호사는 경계 안에 들어오는 것을 거부함으로써 제도권 내(內)의 지식권력으로부터 자유롭게 되고, 오히려 이미 형성된 제도권의 시스템을 이용하여 지식인으로서 권력을 행사한다. 허민 교수는 '국민, 당신들은 노예다'(허, 322-327)이나 '기업인들의 자화상'(허, 393-397) 등과 같은 글을 신문에 기고하거나 인터넷에 올림으로써 '앎'이 부족한 사람들을 깨우치고 그들이 스스로 의식을 공간화 할 수 있도록 돕는다. '의식의 공간화'란 이미 지배계층에 의해 쓰레기16)로 취급받던 이들이 무지·망각·미개함 등을 떨치고 새로운 주체적 공간을 의식적으로 확보하는 것이다. 이러한 주체적 공간은 인민으로서 사회구성원들의 보편적 권리를 지키려는 노력이자 대안으로서 공간을 확보하는 것이기에 유토피아적 공간이라 말할 수 있다. 이 두 사람은 경계 내에서 쓰레기로 간주되는 예속적 인민들이 스스로 분할하여 데모스(démos)17)가 될 수 있도록 직·간접적으로 돕는다. 전체라는 이미지 안에서 합일되는 것에 벗어나 스스로 데모스가 되는 과정은 불화(mésentente)의 과정

---

16) 바우만은 잉여를 정상에서 벗어난 비정상의 상태가 일시적인 것이 아닌 영원히 지속되는 일상적인 것이라고 말한다. 유동적 근대(liquid modernity)의 두드러진 특징 중 하나가 바로 잉여와 여분의 인간들, 즉 인간쓰레기를 양산하는 것이라고 지적한다. 그가 볼 때 잉여는 버려져도 무방하기 때문에 버려졌다는 것이다.
지그문트 바우만, 정일준 옮김, 『쓰레기가 되는 삶-모더니티와 그 추방자들』, 새물결, 2008, pp.31-32 참고할 것.

17) 데모스는 자신들을 스스로 예속에서 벗어난 인민이라 규정하고 잉여, 쓰레기, 오클로스 (랑시에르는 예속적 인민을 오클로스로 명명했다.)와 같은 정체성을 부여받는 것, 우열·배분·포함이라는 기득권들의 원칙에 합일되는 것을 주체적으로 거부하는 자들이다.
자크 랑시에르, 양창렬 옮김, 『정치적인 것의 가장자리에서』, 길, 2008, p.27 참고할 것.

이자 동시에 주체화의 과정이기도 하다. 이러한 과정은 자신을 사회의 특정한 부분이나 계급으로 정립하는 것이자 사회의 주어진 부분이나 계급으로부터 일탈하는 것이다. 동시에 계급질서에 속하기를 스스로 거부한 주체적 저항이라는 점에서 유토피아적 공간을 확보하려는 과정이라 볼 수 있다.

『허수아비춤』에서 오클로스였던 자들의 주체화 과정은 직접적으로 드러나지 않는다. 그러나 허민 교수와 전인욱 변호사를 통해 인민들이 사회적으로 배정된 자리를 넘어 새로운 자리를 차지하기 위해 노력할 수도 있을 것이라는 희망을 보여준다. 텍스트는 통일적 공동체에서 배제된 자들이 자신의 자리를 찾기 위해 스스로의 목소리를 내면서 주체적 인민인 데모스로 변할 수 있을 것이라는 가능성을 독자들에게 제시한다.[18] 사회적으로 열등한 존재가 아니었던 이들은 그동안 말하지 않았던 혹은 못했던 상태에서 벗어난다. 과거와는 달리 근대 메커니즘 경계 밖에서 능동적으로 말하는 자가 된다. 이들은 몫이 없는 자들이 스스로 몫을 배분하는 과정에 참여하고 그것을 가질 수 있도록 하기 위해 힘쓴다. 지배적인 정치의 장에서 벗어나 새로운 정치의 장을 마련하려고 노력한 주체였다.[19] 두 사람은 스스로 제도권의 경계 바깥으로 나와 제도권에서 제외된 경계 내로 들어온다. 그리고 의식의 공간화를 통해

---

18) 전영의는 이러한 과정을 통해 민중이 민중적 주체로 변모한다고 언급하였다. 결국 (주체적) 인민, 데모스, 민중적 주체는 의미상 유사하다고 볼 수 있다. 주체적 저항이 있기 전 이들의 모습을 지칭하는 것으로는 군중, 오클로스, 민중이 있으며 이 세 단어들은 전자의 대항어라 할 수 있다. 민중과 민중적 주체에 관한 논의는 전영의, 「『태백산맥』의 탈식민성 연구」, 『한국언어문학』 제76집, 한국언어문학회, 2011 참고할 것

19) 전영의, 「조정래의 『태백산맥』에 나타난 문학의 정치성 연구」, 『한국문학이론과 비평』 제57집, 한국문학이론과 비평학회, 2012, pp.443-444 참고할 것.

인민들이 배제된 공간에서 나와 드러남의 공간[20) 안에 위치할 수 있도록 돕는 역할을 한다.

근대 메커니즘 안에서 동질성을 만들어가고 동질적으로 변해가는 것을 표상이라 할 때 이들은 제도권의 공공 영역 안에서 표상과의 대비를 통해 분명하게 자리를 잡고 탈취당한 자신의 공간을 재확보한다. 적은 수임료를 받으면서도 노동자들의 인권보호와 권익을 위해 앞장서는 전인욱 변호사나 신자유주의적 자본주의에 찌든 현대 도시인들에게 자발적 복종이 얼마나 무서운 것인가를 알려주는 허민 교수의 행위는 이러한 공간을 재확보하는 노력이라 할 수 있다. 이들이 보여주는 일련의 행동들은 위로부터 공간화된 현대 사회에서 아래로부터 공간화를 통해 사회적 과정으로서 유토피아 공간을 확보하는 과정이자 『허수아비춤』에서 찾을 수 있는 공간이다

[표 6] 허민 교수가 이루는 아래로부터 공간화

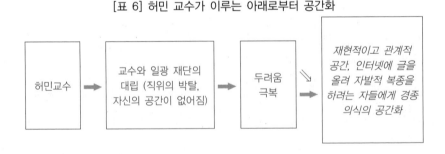

---

20) 아렌트는 공공영역을 '드러남의 공간'으로, 사적영역을 '드러남의 가능성이 박탈되는 공간'으로 본다.
한나 아렌트, 홍원표 역, 『혁명론』, 한길사, 2004, p.50.

[표 7] 전인욱 검사(변호사)가 이루는 아래로부터 공간화

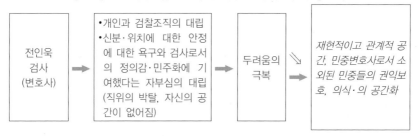

[표 8] 유토피아 공간의 확보과정과 공간의 의미망

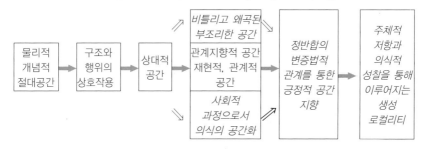

[표 9] 공간의 층위

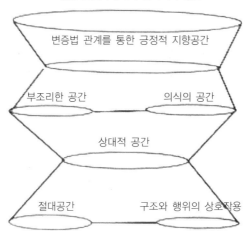

[표 10] 변증법적 주체적 공간의 의미망

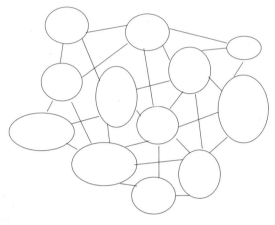

5. 변증법적 주체의 공간

이번 장은 자본주의 권력 안에서 드러나는 미학을 통해 텍스트 공간의 의미망을 밝혀보고자 노력한 결과물이다. 공간은 인간의 사회적 행동들에 의해 새로운 의미를 생성하거나 인간을 통제하기도 하는 속성을 지니고 있다. 텍스트의 공간 역시 역동적 생명체이자 정치적이고 전략적인 공간이라는 점에서 이데올로기적 공간이라 할 수 있었다. 표면적으로 '위로부터의 공간화'가 보이지만 우리는 강탈당한 인물들이 자신의 공간을 획득하고 복귀하는 행위를 통해 '아래로부터의 공간화'를 이루는 과정을 찾을 수 있었다. 자본주의가 물신성을 갖게 되며 물신숭배 행위가 하나의 성스러운 것으로 치환될 때 그 사회적 공간은 자본주의적 메커니즘에 따라 일그러지고 뒤틀린 공간으로 나타났다.

　권력용기라는 절대적 공간 안에 위치한 인물들은 행위간의 상호작용을 통해 상대적 공간을 만들기도 하였다. 이들은 계급의 경계 안으로 들어가거나 반대로 들어가지 않기 위해 투쟁하는 등 시공간의 개념을 변증법적으로 재구성하고, 재현적이고 관계적인 새로운 공간을 만들기도 하였다. 허민 교수와 전인욱 변호사의 행위를 통해 '의식의 공간화'가 새로운 주체적 공간을 의식적으로 확보하는 것임을 알 수 있었다. 지배계층에 의해 쓰레기로 취급받던 이들이 의식의 공간화를 통해 새로운 주체적 공간을 확보하는 것은 인민으로서 사회구성원들의 보편적 권리를 지키려는 노력이자 대안이었다. 오클로스였던 자들의 주체화 과정은 직접적으로 들어나지 않았지만 텍스트는 허민 교수와 전인욱 변호사를 통해 인민들이 주체적 인민인 데모스로 변할 수 있을 것이라는 가능성을 제시하고 있다. 텍스트는 뒤틀리고 일그러진 현대 자본주의 사회 안에서 경계 밖으로 나온 두 지식인이 아래로부터의 공간화를 통해 탈취당한 인민들의 공간을 재확보하고 변증법적인 주체적 공간을 만들어가는 과정을 보여주었다. 우리는 이 과정 안에서 앞으로 유토피아적 공간을 확보해나갈 수 있다고 긍정적으로 전망 할 수가 있었다. 이렇듯 '아래로부터의 공간화'를 통해 유토피아의 공간을 확보하는 과정 안에서 우리는 『허수아비춤』의 공간들이 갖는 하나의 의미망을 찾을 수 있다.

참고문헌

[기본자료]

王安憶, ≪長恨歌≫, 南海出版社, 2003.

王安憶, ≪副萍≫, 上海文藝出版社, 2005.

余 華, ≪兄弟≫(上), 上海文藝出版社, 2005. 8.

余 華, ≪兄弟≫(下), 上海文藝出版社, 2006. 3.

張愛玲, ≪色戒≫, 北京十月文出版社, 2011.

왕안이, 김은희 옮김, 『푸핑』, 어문학사, 2014.

왕안이, 유병례 옮김, 『장한가』 1-2권, 은행나무, 2009.

위 화, 최용만 옮김, 『형제』 1·2·3, 휴머니스트, 2007.

장아이링, 김은식 역, 『색계』, 랜덤하우스 코리아, 2008.

조정래, 『아리랑』 1-12권, 초판, 해냄, 1994.

조정래, 『태백산맥』 1-10권, 초판, 한길사, 1989.

조정래, 『태백산맥』 1-10권, 제4판, 해냄, 2008.

조정래, 『한강』 1-10권, 초판, 해냄, 2002.

채만식, 『탁류』, 초판, 박문서관, 1939.

채만식, 『탁류』, 문학과지성사, 2014.

조정래, 『허수아비춤』, 문학의 문학, 2010.

조정래, 『조정래 문학전집』 1-9, 해냄, 1999.

[국내·외 단행본]

가라타니 고진, 박유하 역, 『일본 근대문학의 기원』, 2002.

가천대학교, 『동아시아 기억과 방향으로서의 서사』, 역락, 2012.

강만길 외, 『해방 전후사의 인식 2』, 한길사, 1988.

강만길, 『20세기 우리역사』, 창작과비평사, 1999.

강만길, 『고쳐 쓴 한국현대사』, 창비, 1994.

강만길, 『근대동아시아 역사인식 비교』, 선인, 2004.

강수미, 『발터 벤야민과 사유하는 미학-아시스테시스』, 글항아리, 2011.

게리 솔 모슨·케릴 에머슨 지음, 오문석·차승기·이진형 옮김, 『바흐친의 산문학』,
        책세상, 2006.

게오로그 루카치 지음, 박정호·조만영 옮김, 『역사와 계급의식-마르크스주의 변증법 연구』, 거름, 1986.

게오르그 루카치, 김경식 옮김, 『소설의 이론』, 문예출판사, 2007.

게오르그 루카치, 이영욱 옮김, 『역사소설론』, 거름, 1987.

경원대 아시아문화연구소, 『담론의 공간으로서의 동아시아』, 역락, 2010.

경원대 아시아문화연구소, 『동아시아 지식사회와 문화커뮤니케이션-언어매체의 소통 과 확신』, 역락, 2008.

경제교육연구회, 『역사와 쟁점으로 읽는 현대 자본주의』, 시그마프레스, 2009.

고부응 엮음, 『탈식민주의의 이론과 쟁점』, 문학과지성사, 2003.

고영근, 『표준국어문법론』, 탑출판사, 2009.

고인덕, 『한국문학의 해외수용와 연구현황』, 연세대학교, 2005.

고 진, 박유하 역, 『일본 근대문학의 기원』, 2002.

골드만, 조경숙 역, 『소설사회학을 위하여』, 청하, 1982.

공종구, 『경계인을 통해서 본 동아시아 근대 풍경』, 선인, 2005.

군산시사편찬위원회, 『군산시사』, 1991.

권영민, 『문학과 역사와 인간』, 한길사, 1991.

권영민, 『소설과 운명의 언어』, 현대소설사, 1992.

권영민, 『태백산맥 다시 읽기』, 해냄, 1996.

권영민, 『한국현대문학사 I·II』, 민음사, 2002.

권태민, 『일본근대와 근대문학』, 불이문화, 2006.

권희영, 『정체성의 경계를 넘어』, 경인문화사, 2012.

그램 질로크, 노명우 옮김, 『발터 벤야민과 메트로폴리스』, 효형출판, 2005.

기든스, 임영일·박노영 역, 『자본주의와 현대사회이론』, 한길사, 2008.

김겸섭, 『탈 정치시대에 구상하는 욕망의 정치』, 지성인, 2012.

김경태, 『근대한국민족운동과 그 사상』, 이화여대 출판부, 2005.

김기정, 『미국의 동아시아 개입의 역사적 원형과 20세기 초 한미관계연구』, 문학과지 성사, 2003.

김민영 외, 『철도, 지역의 근대성 수용과 사회 경제적 변용-군산선과 장항선』, 선인 2005.

김봉중 외, 『지역과 교류 그리고 문화』, BK21 총서 3, 다른세상, 2009.

김봉중, 『역사에서의 지역 정체성과 문화』, 두뇌한국 총서 4, ENTER북, 2010.

김상웅, 『친일정치 100년사』, 도서출판 동풍, 1995.

김상태, 『근대문화와 역사 그리고 한국문학』, 푸른사상사, 2003.

김성기, 『우리시대 또 다른 시작』, 책세상, 2001.

김수용, 『독일계몽주의』, 연세대학교 출판부, 2010.

김영구·김진공, 『중국현대문학론』, KNOS출판부, 2007.

김영작 엮음, 『한국 내셔널리즘의 전개와 글로벌리즘』, 백산서당, 2006.

김영희, 『1930년대 일제의 민족분열통치 강화』, 독립기념관 한국 독립운동사 연구소, 2009.

김영희, 『생명과학대사전』, 도서출판 아카데미, 2008.

김우종 외 34인, 『한국현대문학사』, 현대문학, 1989.

김운태, 『일본 제국주의의 한국 통치』, 박영사, 1999.

김윤수·이금희·이서윤, 『욕망이 말하다-프로이트·라캉과 함께하는 문학수업』, 2013.

김윤식 외 34인, 『한국현대문학사』, 현대문학, 1989.

김윤식, 『내가 보아온 태백산맥-조정래론』, 솔출판사, 1996.

김윤식, 『우리문학 100년』, 현암사, 2001.

김윤식, 『한국소설사』, 문학동네, 2004.

김윤식, 『한국현대문학사』, 일지사, 1976.

김재용 외, 『한국근대민족문학사』, 한길사, 1993.

김종희, 『디아스포라를 넘어서』, 민음사, 2007.

김채수, 『동아시아 문화와 문학』, 보고사, 2001.

김채수, 『학문과 예술의 이론적 탐구』, 박이정 출판사, 2010.

김홍상 외, 『해방 전후사의 인식』, 한길사, 1980.

김효전, 『근대 한국의 국가사상-국권회복과 민권수호』, 철학과 현실사, 2000.

나병철, 『근대서사와 탈식민주의』, 문예출판사, 2001.

나병철, 『탈식민주의와 근대문학』, 문예출판사, 2004.

노명우 외 지음, 홍준기 엮음, 『발터 벤야민 모더니티와 도시』, 서울시립대 도시인문학총서 07, 라움, 2010.

단국대, 『동아시아 삼국 새로운 미래의 가능성』, 문예원, 2012.

단국대, 『동아시아 삼국의 상호교류와 소통의 양면성』, 문예원, 2001.

데이비드 하비, 김병화 옮김, 『파리 모더니티』, 생각과 나무, 2010.

데이비드 하비, 박영민 외 역, 『포스트모더니티의 조건』, 한울, 2010.

데이비드 하비, 임동근 외 옮김, 『신자유주의 세계화의 공간들』, 문학과학사, 2008.

데이비드 하비, 초의수 옮김, 『도시의 정치경제학』, 한울, 1996.

데이비드 하비, 최병두 옮김, 『신자유주의』, 한울, 2007.

데이비드 하비, 최병두 외 옮김, 『희망의 공간 : 세계화, 신체, 유토피아』, 한울, 2010.

데이비드 하비, 『로컬리티, 인문학의 새로운 지평』, 혜안, 2009.

데이비드 하비, 『로컬의 문화지형』, 혜안, 2010.

데이비드 하비, 『탈근대 탈중심의 로컬리티』, 혜안, 2010.

도이처, 변성찬 옮김,『하우 투 리드 데리다』, 웅진지식하우스, 2008.

동국대학교 한국문학연구소,『동아시아 비교문학의 전망』, 동국대 출판부, 2003.

동방문학비교연구,『동아시아 문학연구』, 국학자료원, 1997.

동아시아 연구회,『동아시아 연구』, 동아시아 연구회, 1997.

동아시아재단,『상생과 공영의 동아시아 질서』, 공동의 비전을 향하여, 오름, 2010.

들뢰즈와 가타리, 김재인 옮김,『천의 고원』, 새물결, 2004.

들뢰즈와 가타리, 최명관 옮김,『앙띠 오이디푸스』, 민음사, 1998.

라비노우 지음, 서우석 옮김,『미셸 푸코 : 구조주의와 해석학을 넘어서』, 나남출판,
        1989.

래쉬・어리 지음, 박형준・권기돈 옮김,『기호와 공간의 경계』, 현대미학사, 1998.

래톨, 권순홍 옮김,『하우 투 리드 하이데거』, 웅진지식하우스, 2008.

레블, 홍재성・권오룡 옮김,『언어와 이데올로기』, 역사비평사, 1994.

루이 알뛰세르, 고길환・이화숙 역,『마르크스를 위하여』, 백의, 1990.

루쉰,『아Q정전』, 베이징 신문 ≪천바오≫ 1921. 12.04-1922. 02.12

리몬-케넌, 최상규 역,『소설의 시학』, 문학과지성사, 1985.

리우어판 지음, 장동천 외 옮김,『상하이 모던』, 고려대학교출판부, 2007.

마르쿠스 슈뢰르, 장인모・배정희 옮김,『공간, 장소, 경계』, 에코리브르, 2010.

맥켄지, 박홍규 외 옮김,『오리엔탈리즘 예술과 역사』, 문화디자인, 2006.

맥클라우드, 박종성 외 역,『탈식민주의 길잡이』, 한울아카데미, 2003.

모슨・에머슨 지음, 오문석・차승기・이진형 옮김,『바흐친의 산문학』, 책세상, 2006.

문정인,『동아시아 지역질서와 공동체 구상』, 아연 출판부, 2010.

문정인,『동아시아의 전쟁과 평화』, 연세대 출판부, 2006.

문학과사상연구회,『한국문학의 근대와 근대극복』, 소명출판, 2010.

미래인력연구센터,『21세기 동아시아 협력-그 필요성과 미래예측』, 넥서스, 1999.

미셸 푸코, 문경자・신은영 옮김,『성의 역사2-쾌락의 활용』, 나남, 1990.

미셸 푸코, 오트르망 옮김, 심세광 역『생명관리정치의 탄생』, 난장, 2012.

미셸 푸코, 오트르망 옮김, 심세광 역『안전・영토・인구』, 난장, 2011.

미셸 푸코, 이정우 옮김,『지식의 고고학』, 민음사, 2000.

미셸 푸코, 홍성민 옮김,『권력과 지식 : 미셸 푸코와의 대담』, 나남, 1991.

미셸 푸코, 김부용 옮김,『광기의 역사』, 인간사랑, 1991.

미셸 푸코, 심세광 옮김,『주체의 해석학』, 동문선, 2007.

미셸 푸코, 오생근 역,『감시와 처벌』, 나남출판, 1994.

미셸 푸코, 이광래 역,『말과 사물 : 인문과학의 고고학』, 민음사, 1987.

미셸 푸코, 이규현 역,『성의 역사Ⅰ-앎의 의지』, 나남, 1990.

미셸 푸코, 이정우 해설,『담론의 질서』, 중원문화, 1992.

미셸 푸코, 이혜숙·이영목 옮김, 『성의 역사3-자기배려』, 나남, 1990.

미셸 푸코, 정일준 옮김, 『미셸푸코의 권력이론』, 새물결, 1994.

미케발, 한용환·강덕화 옮김, 『서사란 무엇인가』, 문예출판사, 1999.

미하일 바흐찐, 김근식 옮김, 『도스토예프스키 시학』, 정음사, 1988.

미하일 바흐찐, 이덕형·최건영 옮김, 『프랑수아 라블레의 작품과 중세 및 르네상스의 민중문화』, 아카넷, 2001.

미하일 바흐찐·볼로쉬노프, 송기한 옮김, 『마르크스주의와 언어철학』, 흔겨레, 1988.

미하일 바흐찐, 전승희 외 역, 『장편소설과 민중언어』, 창작과비평사, 1988.

민두기, 『시간과의 경쟁, 동아시아 근대사 논집』, 연세대 출판부, 2002.

민족문제연구소 지음, 『친일파란 무엇인가』, 아세아문화사, 1997.

민족문학사연구소 기초학문연구단, 『탈식민의 역학』, 소명출판, 2006.

민족문학연구소, 『탈식민주의를 넘어서』, 소명출판, 2006.

박경화, 『탈식민주의 이론과 쟁점』, 문학과지성사, 2003.

박동규, 『한국전후소설연구』, 일지사, 1983.

박상환 외, 『동아시아 근대성에 관한 물음-형식과 과잉』, 상, 2011.

박성진, 『사회진화론과 식민지 사회사상』, 도서출판 선인, 2003.

박영철, 『동아시아 타자 인식-기억의 역사/ 역사의 기억』, 제이앤씨, 2007.

박종성, 『탈식민주의에 대한 성찰』, 살림, 2006.

박지향, 『제국주의』, 서울대학교 출판부, 2000.

박찬승, 『민족주의 시대-일제하의 한국 민족주의』, 경인문화사, 2007.

박현채, 『민족경제론』, 한길사, 1978.

박현채, 『민족경제와 민중운동』, 창작과비평사, 1988.

반민족문제연구소 엮음, 『임종국 선집 1-친일, 그 과거와 현재』, 아세아문화사, 1994.

발터 벤야민 지음, 김영옥·윤미애·최성만 옮김, 『일방통행로, 사유이미지-발터 벤야민 선집 1』, 도서출판 길, 2007.

발터 벤야민 지음, 김영옥·황현산 옮김, 『보들레르의 작품에 나타난 제2제정기의 파리, 보들레르의 몇 가지 모티프에 관하여 외-발터 벤야민 선집 4』, 도서출판 길, 2000.

발터 벤야민 지음, 최성만 옮김, 「19세기 수도 파리-독일어판」, 『역사의 개념에 대하여, 폭력비판을 위하여, 초현실주의 외-발터 벤야민 선집 5』 도서출판 길, 2008.

발터 벤야민 지음, 최성만 옮김, 「19세기 수도 파리-프랑스어판」, 『역사의 개념에 대하여, 폭력비판을 위하여, 초현실주의 외-발터 벤야민 선집 5』 도서출판 길, 2008.

발터 벤야민 지음, 최성만 옮김, 『기술복제시대의 예술작품, 사진의 작은 역사 외-발터 벤야민 선집 2』, 도서출판 길, 2007.

발터 벤야민, 윤미애 옮김,『1900년경 베를린의 유년시절 · 베를린 연대기』, 도서출판 길, 2007.

발터 벤야민, 조형준 역,『아케이드 프로젝트 Ⅰ · Ⅱ』, 새물결, 2006.

배금찬,『동아시아 정체성 창출방안』, 외교안보연구원, 2002.

백승욱,『문화대혁명, 중국 현대사의 트라우마』, 살림, 2007.

백준기,『아시아의 발칸, 만주와 서구 열강의 제국주의 정책』, 동북아역사재단, 2011.

베르나스코피, 변광배 옮김,『하우 투 리드 샤르트르』, 웅진하우스, 2008.

벤파인 · 알프레드 새드-필호 지음, 박관석 옮김,『마르크스의 자본론』, 책갈피, 2006.

볼 튼, 김영민 역,『소설의 분석』, 동천사, 1984.

부산대학교 부산대학교 한국민족문화연구소 엮음,『차이와 차별의 로컬리티』, 소명출판, 2013.

부산대학교 한국민족문화연구소 엮음,『이주와 로컬리티의 재구성』, 소명출판, 2013.

부산대학교 한국민족문화연구소 엮음,『장소경험과 로컬정체성』, 소명출판, 2013.

부산대학교 한국민족문화연구소 엮음,『포섭과 저항의 로컬리티』, 소명출판, 2013.

부산대학교,『동아시아 문화비교 세미나』, 부산대 한국민족문화연구소, 2005.

부산대학교,『탈근대, 탈중심의 로컬리티』, 혜안, 2010.

부산일보 군산 지사,『개항 30주면 기념 군산』, 1928.

비슬리 지음, 장인성 옮김,『일본 근현대 정치사』, 을유문화사, 2000.

사회와 철학연구회,『동아시아 사상과 민족주의』, 이학사, 2003.

새비지 · 와드 지음, 김왕배 · 박세훈 옮김,『자본주의 도시와 근대성』, 한울, 1996.

샤르트르, 박정태 옮김,『실존주의는 휴머니즘이다』, 이학사, 2008.

서연호,『한국 근대 지식인의 민족적 자아 형성-일제 식민지 체험을 넘어서』, 소화, 2004.

성균관 BK21 동아시아학 융합사업단,『근대동아시아 지식인의 삶과 학문』, 성균관대 출판부, 2009.

성균관 BK21 동아시아학 융합사업단,『사상과 문화로 읽는 동아시아』, 성균관대 출판부, 2009.

성균관대 동아시아 학술원 대동문화연구원,『동아시아 근대 지식의 형성에서 문학과 매체의 역할과 성격』, 성균관대 출판부, 2005.

성균관대,『동아시아 민족주의 장벽을 넘어서-갈등의 시대로부터 화해의 시대로』, 성균관대 출판부, 2005.

성균관대,『일본제국주의의 팽창과 동아시아』, 성균관 대동문화연구원, 2005.

세종연구소,『21세기 도약을 위한 세계화 전략』, 세종연구소, 2002.

세종연구소,『아시아의 세계화, 동아시아 국가의 대응』, 세종연구소, 1998.

소련콤아카데미 문학부, 신승엽 옮김, 『소설의 본질과 역사』, 도서출판 예문, 1988.

송현호, 『한국 근대 문학론』, 국학자료원, 2005.

수잔 벅 모스 지음, 김정아 옮김, 『발터 벤야민과 아케이드 프로젝트』, 문학동네, 2004.

수잔 스나이더 랜서, 김형민 옮김, 『시점의 시학』, 좋은날, 1998.

술래스키·스탠리, 『하버드 대학의 동아시아 연구-최근 50년 발자취』, 현학사, 2008.

슈미트, 최재훈 옮김, 『대지의 노모스』, 민음사, 1995.

슈탄젤, 김정신 옮김, 『소설의 이론』, 탑출판사, 1990.

슐츠, 선영규 옮김, 『인적자본론』, 청한문화사, 1984.

슬라보예 지젝, 이수련 옮김, 『이데올로기라는 숭고한 대상』, 인간사랑, 2002.

슬라보예 지젝, 이현우 외3인, 『폭력이란 무엇인가』, 난장이, 2011.

시모어 채트먼, 한용환 옮김, 『이야기와 담론-영화와 소설의 서사구조』, 고려원, 1990.

신승철, 『욕망자본론-욕망의 눈으로 마르크스 자본론 다시 읽기』, 알렙, 2014.

신정호, 『중국현대문학의 근대성 재인식』, 전남대학교 출판부, 2005.

심재관, 『탈식민시대 우리의 불교학』, 책세상, 2001.

아렌트, 이진우·태정호 옮김, 『인간의 조건』, 한길사, 1996.

아인슈타인, 장헌영 옮김, 『상대성이론-특수상대성이론과 일반상대성이론』, 지만지고 전천출, 2008.

알랭 바디우, 현성환 옮김, 『사도 바울』, 새물결, 2008.

앙리 르페브르, 양영란 옮김, 『공간의 생산』, 에코리브르, 2011.

야스타카 마사키, 『군산 개항사』, 군산부, 1910.

에드워드 랠프 지음, 김덕현·김현주·심승희 옮김, 『장소와 장소상실』, 논형, 2005.

에드워드 사이드 지음, 박홍규 옮김, 『문화와 제국주의』, 문예출판사, 2005.

에드워드 사이드 지음, 박홍규 옮김, 『오리엔탈리즘』, 교보문고, 1978.

에드워드 소자, 이무용 외 옮김, 『공간과 비판사회이론』, 시각과 언어, 1997.

여홍상 엮음, 『바흐친과 문화이론』, 문학과지성사, 1995.

연세대학교, 『개항전후-한국 사회의 변동』, 태학사, 2006.

옥실라, 홍은영 옮김, 『하우 투 리드 푸코』, 웅진지식하우스, 2008.

요시유키, 김상운 옮김, 『권력과 저항』, 도서출판 난장, 2012.

우실하, 『오리엔탈리즘의 해체와 우리문화 바로읽기』, 조합공동체소나무, 1997.

위 화, 박자영 옮김, 『세상사는 연기와 같다-작가인터뷰』, 푸른 숲, 2000.

위 화, 백원담 옮김, 『살아간다는 것』, 푸른 숲, 1997.

위 화, 최용만 옮김, 『허삼관매혈기』, 푸른 숲, 1999.

유영하, 『홍콩인들의 영국왕실에 대한 인식』, 아름나무, 2008.

윤병노, 『한국현대소설의 탐구』, 범우사, 1980.

윤병로, 『한국 근·현대 문학사』, 명문당, 1991.

윤수종 편역, 『가타리가 실천하는 욕망과 혁명』, 문학과학사, 2004.

윤인진, 『코리아 디아스포라』, 고대출판부, 2003.

윤충남, 『하바드한국학의 요람 : 하바드 옌칭도서관 한국관 50』, 하버드 옌칭연구소, 을유문화사, 2001.

윤충남, 『하버드 옌칭 한국관자료연구』, 하버드 옌칭연구소, 경인문화사, 2004.

윤평중, 『푸코와 하버마스를 넘어서-합리성과 사회비판』, 교보문고, 1990.

윤해동 외 『근대를 다시 읽는다 Ⅰ』, 역사비평사, 2006.

윤해동 외, 『근대를 다시 읽는다 Ⅱ』, 역사비평사, 2006.

이강현 엮음, 『민주혁명의 발자취-전국각급학교학생대표의 수기』, 정음사, 1960.

이경구, 『개념의 번역과 창조-개념사로 본 동아시아 근대』, 돌베개, 2012.

이구표·이진경 외, 『프랑스 철학과 우리1』, 당대, 1997.

이구표, 「미셸 푸코-근대적 권력에 관한 극한적 상상력」, 『이론』, 진보평론, 1996.

이남호, 『한국현대소설연구』, 집문당, 1997.

이동연, 『아시아 문화연구를 상상하기』, 그린비, 2006.

이등연·김정례, 『동아시아문학의 이해』, 전남대학교 출판부, 2011.

이삼성, 『20세기의 문명과 야만』, 한길사, 1998.

이석구, 『탈식민주의 이론과 쟁점』, 문학과지성사, 2003.

이선이, 『근대 한국인의 탄생-근대 한중일 조선 민족성 담론 실제』, 소명, 2011.

이숙종, 『동아시아 공동체 논의의 현황과 전망』, 동북아역사재단, 2009.

이용희, 『미래의 세계정치』, 민음사, 1994.

이원순, 『한국과 일본에서 함께 읽는 열린 한국사-공동의 역사인식을 향하여』, 솔, 2004.

이윤갑, 『인문정신의 회복과 한국학 길 찾기』, 계명대 출판부, 2008.

이정우, 『전통, 근대, 탈근대-탈주와 회귀 사이에서』, 그린비, 2011.

이정환, 『동북아 집단 이해의 다양성, 근대 민족주의를 넘어서』, 고려대 아시아 문제 연구소, 아연 출판부, 2011.

이정훈, 『동아시아 인식지평과 실천공간』, 아연출판부, 2010.

이종석, 『동아시아 연구의 현황과 과제』, 세종연구소, 2011.

이주영 외, 『고등학교 화법』, 금성출판사, 2003.

이창훈, 『한국 근현대 정치와 일본』, 선인, 2010.

이춘식, 『중국사서설』, 교보문고, 2000.

이-푸 투안, 구동회·심승희 옮김, 『공간과 장소』, 대윤, 1995.

이학주, 『동아시아 전기 소설의 문학세계,』, 북스, 2002.

인하대 BK 한국학사업단, 『동아시아 한국학 입문』, 역락, 2008.

인하대 BK 한국학사업단, 『문화이론과 문화콘텐츠의 실제』, 인하대 출판부, 2005.

임경순, 『외국어로서의 한국어 교육을 위한 한국문화 교육론』, 역락, 2015.

임종국, 『친일문학론』, 평화출판사, 1963.

임춘성, 『소설로 본 현대 중국』, 종로서적, 1995.

임환모, 『한국 현대소설의 서사성과 근대성』, 태학사, 2008.

자크 랑시에르, 안준범 옮김, 『역사의 이름들』, 울력, 2011.

자크 랑시에르, 양창렬 옮김, 『정치적인 것의 가장자리에서』, 길, 2008.

자크 랑시에르, 오윤성 옮김, 『감성의 분할』, 도서출판b, 2008.

자크 랑시에르, 유재홍 옮김, 『문학의 정치』, 인간사랑, 2009.

자크 랑시에르, 주형일 옮김, 『미학안의 불편함』, 인간사랑, 2008.

자크 랑시에르, 허경 옮김, 『민주주의는 왜 증오의 대상인가』, 인간사랑, 2011.

장명국, 『한국노동운동론』, 미래사, 1985.

장사선·우정권, 『고려인 디아스포라 연구』, 도서출판 월인, 2005.

장일구, 『경계와 이행의 서사공간』, 서강대학교 출판부, 2011.

장일구, 『서사공간과 소설의 역학』, 전남대학교 출판부, 2009.

전라 감영, 『호남 읍지』, 1871.

전영의 외, 『분단 트라우마의 치유와 통합 : 고통의 공감과 연대는 어떻게 가능한가』, 통일인문학연구총서 23, 한국문화사, 2016.

정경아, 『위안부리포트』, 길찾기, 2006.

정규복, 『한국문학과 중국문학』, 보고사, 2010.

정근식, 『동아시아 근대와 폭력』, 삼인, 2001.

정선태, 『메이지 유신, 동아시아의 기억』, 지금여기, 2010.

정성진, 『한국자본주의의 재생산구조 변화』, 한울아카데미, 2007.

정용화, 『동아시아와 지역주의』, 지식마당, 2006.

정인문, 『일본근대문학의 어제와 오늘』, 제이앤씨, 2005.

정재서, 『동아시아 연구-글쓰기에서 담론까지』, 삼림출판사, 1999.

정혜경, 『일제말기 조선인 강제연행의 역사-사료연구』, 경인출판사, 2003.

정혜경, 『조선인 강제 연행, 강제 노동 Ⅰ : 일본편』, 도서출판 선인, 2006.

제자르 쥬네뜨, 권택영 옮김, 『서사담론』, 교보문고, 1992.

제임스 왕, 이문규 역, 『현대중국정치론』, 인간사랑, 1998.

제프 말파스 지음, 김지혜 옮김, 『장소와 경험』, 에코리브르, 2014.

조경란, 『중국 근현대 사상의 탐색-캉유웨이에서 덩샤오핑까지』, 삼인, 2003.

조남현 편집, 『조정래 대하소설-아리랑 연구』, 해냄, 1996.

조동일, 『동아시아 문학사 비교론』, 서울대 출판부, 1988.

조동일, 『한국문학의 갈래와 이론』, 집문당, 1992.

조르쥬 아감벤, 김상운 옮김, 『세속화 예찬』, 난장, 2010.

조르쥬 아감벤, 김상운·양창렬 옮김, 『목적없는 수단』, 서울, 2010.

조르쥬 아감벤, 박진우 옮김, 『호모 사케르』, 새물결, 2008.

조르쥬 아감벤, 양창렬 옮김, 『장치란 무엇인가? 장치학을 위한 서론』 난장, 2010.

조르쥬 아감벤, 이경진 옮김, 『도래하는 공동체』, 꾸리에, 2014.

조선농회, 『한국토지농산보고』, 일본농산무성, 1905.

조세희, 『난장이가 쏘아올린 작은 공』, 문학과지성, 1976.

조정래 외, 『젊은 날의 깨달음』, 인물과사상사, 2005.

조정래, 산문집 『누구나 홀로선 나무』, 문학동네, 2002.

조정래, 자전에세이 『황홀한 글감옥』, 씨네IN북, 2009.

조정래, 『우리시대 우리작가 16』, 동아출판사, 1987.

조정래, 『큰 작가 조정래 인물이야기-신채호, 안중근, 한용운, 김구, 세종대왕, 이순신,
　　　박태준』, 문학사상사, 2007-2008.

조정래, 『한국문학대표작선집 27』, 문학사상사, 2007.

조정민, 『동아시아 개항장 도시의 로컬리티』, 소명출판, 2013.

지그문트 바우만, 정일준 옮김, 『쓰레기가 되는 삶-모더니티와 그 추방자들』, 새물결,
　　　2008.

진재교, 『근대전환기 동아시아 속의 한국』, 성균관대 출판부, 2004.

진재교, 『동아시아 서사학의 전통과 근대』, 성균관대 출판부, 2005.

질크로, 노명우 옮김, 『발터 벤야민과 메트로폴리스』, 효형출판, 2005.

차일즈·윌리엄스, 김문환 옮김, 『탈식민주의 이론』, 문예출판사, 2004.

초 레이, 『디아스포라 지식인-현대문화 연구에 있어서 개입의 전술』, 이산, 2005.

최문규, 『파편과 형세-발터 벤야민의 미학』, 서강대 출판부, 2012.

최성만 지음, 『발터 벤야민-기억의 정치학』, 도서출판 길, 2014.

최송화·권영설 편저, 『21세기 동북아 문화공동체 구상』, 인문사회연구서 총서1, 2004.

최원식, 『한국계몽주의의 문학사론』, 소명, 2002.

최정호, 『새로운 예술론-21세기 한국문화의 전망』, 나남. 2001.

츠베탕 토도로프, 최현무 옮김, 『바흐쩐, 문학사회학과 대화이론, 부록-바흐쩐의 논문』,
　　　1987.

카를 마르크스, 김수행 옮김, 『자본론 1-5』, 비봉출판사, 1989-1990.

커밍스, 김자동 옮김, 『한국전쟁의 기원』, 일월서각, 1986.

콜브룩 지음, 한정헌 옮김, 『들뢰즈 이해하기』, 그린비, 2007.

클라크·홀퀴스트 지음, 이득재·강수영 옮김, 『미하일 바흐친 전기-바흐친』, 문학세
　　　계사, 1993.

테르지앙, 『분노의 세월』, 해냄, 2004.

테리 이글턴, 여홍상 옮김, 『이데올로기 개론』, 한신문화사, 1995.

테오도르 아도르노, 홍승용 옮김, 『미학이론』, 문학과지성사, 1984.

테오도르 아도르노, 홍승용 옮김, 『부정변증법』, 한길사, 1999.

프란츠 파농, 이석호 옮김, 『검은피부 하얀가면』, 인간사랑, 1998.

프란츠 파농, 이석호 옮김, 『아프리카탈식민주의 문화론과 근대성』, 도서출판 동인, 2001.

프란츠 파농 외, 이석호 엮음, 『아프리카 탈식민주의 문화론과 근대성』, 도서출판 동인, 2001.

페터 V. 지마, 허창운 역, 『문예미학』, 을유문화사, 1993.

피에르 부르디외, 정일준 옮김, 『상징폭력과 문화재생산』, 새물결, 1997.

피에르 부르디외, 최종철 역, 『자본주의의 아비투스』, 동문선, 1995.

피터 차일즈・패트릭 윌리엄스, 김문환 옮김, 『탈식민주의 이론』, 문예출판사, 2004.

하봉규, 『한국정치와 현대 정치학-시대적 담론과 그 새로운 지평』, 팔모, 2008.

하상복, 『푸코와 하버마스-광기의 시대, 소통의 이성』, 김영사, 2009.

하이데거, 이기상 옮김, 『존재와 시간』, 까치, 1998.

하정일, 『탈식민의 미학』, 소명출판, 2008.

한국18세기학회, 『18세기 한일문화교류의 양상』, 태학사, 2007.

한국공간환경학회편, 『공간의 정치경제학』, 아카넷, 2000.

한국문화기술연구소, 『아시아의 디아스포라 문학과 문화컨텐츠』, 단국대 출판부, 2010.

한국문화정책개발원, 『문화정체성 확립을 위한 정책방안연구』, 한국문화정책개발원, 2002.

한국민족문학연구소, 『로컬리티, 인문학의 새로운 지평』, 혜안, 2009.

한국민족문학연구소, 『로컬리티의 인문학』, 혜안, 2007.

한국민족문학연구소, 『로컬의 문화지형』, 혜안, 2010.

한국민족문학연구소, 『탈근대 탈중심의 로컬리티』, 혜안, 2010.

한국사회사연구회, 『현대 한국 자본주의와 계급문제』, 한국사회사연구회 논문집 제14집, 문학과지성사, 1988.

한국정신대문제대책협의회 2000년 일본군성노예전범 여성국제법정 진상규명 위원회 엮음, 『일본군'위안부'문제의 책임을 묻는다-역사 사회적 연구』, 풀빛, 2001.

한국정신문화연구원, 『21세기 정보화시대 한국학』, 한국정신문화연구원, 1998.

한나 아렌트, 홍원표 역, 『혁명론』, 한길사, 2004.

한림대, 아시아문화연구소 엮음, 『중국문화대혁명 시기 학문과 예술』, 태학사, 2007.

한림대, 『동아시아 근대성과 민족주의』, 한림대 아시아문화연구소, 1996.

한만수, 『소설의 이론』, 문학아카데미, 1990.

한만수, 『태백산맥 문학기행』, 해냄, 2003.

한영우, 『21세기 한국학 어떻게 할 것인가』, 푸른역사, 2005.

한용섭, 『동아시아 공동체의 설립과 평화구축』, 동북아 역사재단, 2010.

한용환, 『소설학사전』, 문예출판사, 1999.

황광수 엮음, 『땅과 사람의 역사』, 실천문학사, 1996.

황광수, 『소설과 진실- 조정래의 소설세계』, 해냄, 2000.

Arendt, *"Communicative Power" in Steven Lukes* (ed), Power, New York University Press.

Bhabha, *The Location of culture*, London : Routledge, 1994.

Collie and S. Slater, *Literature in the Language Classroom : A Resource Book of Ideas and Activitie*s, Cambridge University Press, 1987.

Foucault, Jay Miskowiec (trans.) *'Of Other Spaces' Diacritics*, Vol. 16, No.1 (Spring, 1986), Johns Hopkins UP., 1986.

Gass, William H. 「*The concopt of chracters in Fiction*」, Issue in contemporery Literary Criticism, ed. by T. Polletta, Little Brown and Company, 1973.

Hannah Arendt, *The Humman Condition,* University of Chicago Press, 1989.

Harold Issacs, *Re-encounters in China : Notes from a Journey in a Time Capsule.* (Armonk, N.Y. : M.E. Shatpe, 1985)

Jameson, *"Ideplogy and Symbolic Action" in Critical Inquiry*, Nr. 5.

Marx. K *Capital, 3 Vols. Harmondsworth :* Penguin. 1976.

Moran, *Teaching culture : Perspective inpractice*, Boston : Heinle & Heinle, 2001.

Nairn, *The American Landscape*, New York : Harcourt, Brace and World, 1965.

Smith Anthony, *Theories of Nationalism*, London : Duckworth, 1983, Part One.

Smith, *"Scale bending and the fate of the national"*, Eric S. Sheppard ed., *Scale and Geographic Inquiry : Nature, Society, and Method,* Blackwell, 2004.

Ted R. Gurr, *The Political Origins of State Violence and Terror*, Greenwood Press. 1986.

Weimann Robert, *Structure and Society in Literary History :* Studies in the history and Theory of Criticism. (Charlottesville : University Press of Virginia, 1976)

Zizek, *Mopping Ideology*, London/ New York : Verso, 1994.

中共中央文獻硏究, ≪關于建國以來黨的若干歷史問題的決議注釋本(修訂)≫, 人民出版社, 1985.

[논문 및 신문·잡지]

「강경일로책은 사태를 악화(사설)」, 『동아일보』, 1960. 04. 19.

강경희·강승혜, 「한국어문학교육 연구 현황과 동향 분석」, 『언어와 문화』 11집, 2015.

강만길, 「일본군 '위안부'의 개념과 호칭의 문제」, 한국정신대문제대책협의회 진상조사연구 위원회 지음, 『일본군 '위안부' 문제의 진상』, 역사비평사, 1997.

강봉수, 「한국학의 성립 가능성에 대한 기존논의들」, 『한국학대학원논문집』 11, 1996.

강수정, 「피에르 부르디외(Pierre Bourdieu)의 문화론 고찰-오인과 하비투스 개념을 중심으로」, 『예술학』 1집, 2005.

강찬모, 「대하소설에 등장하는 여성의 인물유형연구」, 『현대소설연구』, 2007.

강찬모, 「조정래의 대하소설 속에 나타난 여성의 택호와 삶 연구-『아리랑』, 『태백산맥』, 『한강』을 중심으로」, 『한국문예비평연구』, 2007.

강찬모, 「조정래의 대하소설 『아리랑』에 나타난 한민족 디아스포라 연구」, 『비평문학』, 2009.

강희숙, 「다양성의 시대, 타자 중심 윤리의 실천으로서의 한국문화교육」, 『어문론총』 62호, 2014.

『경향신문』, 2015. 04. 19.

고경민·김세준, 「한국어 교육에서의 문학텍스트 선정과 활용에 대한 고찰」, 『겨레어문학』 제54집, 2015.

고부응, 「에드워드 사이드와 탈식민주의이론」, 『역사비평』, 2004.

고성빈, 「한국과 중국의 '동아시아담론': 상호연관성과 쟁점의 비교 및 평가」, 『국제·지역연구』 16권 3호, 2007.

공임순, 「식민지 시대 소설에 나타난 사회주의자의 형상 연구」, 『한국근대문학연구』 7집, 2006.

국립국어원, 「한국어교육문법·표현내용개발연구 1-4단계」, 국립국어원, 2012-2015.

권영민, 「역사적 상상력의 집중구조와 확산구조」, 조남현 편저, 『아리랑 연구』, 해냄, 1996.

권영민, 「조정래의 분단문학의 극복」, 『한국문학 대표작선집 27-조정래』, 문학사상사, 2007.

권영민, 「조정래의 태백산맥과 분단현실」, 『소설과 운명의 언어』, 현대소설사, 1992.

권오현, 「전후소설의 지식인상 연구」, 『한국어문연구』 8집, 1993.

권용혁, 「동아시아 공동체의 가능성 모색」, 『동아시아사상과민족주의』, 2009.

권용혁, 「동아시아와 세계체제 이론」, 『정신문화연구』 70호, 1998.

권용혁, 「아시아적 가치 논쟁 재론」, 『사회와 철학』 9호, 2005.

권용혁, 「동아시아 국가에서 세계화와 타자의식」, 『정신문화연구』 87호, 2002.

금선건, 「이데올로기와 마르크스주의 이론」, 『논문집』 15집, 1988.

김경남, 「1930-1940년대 전시 체제기 부산 시가지 계획의 군사적 성격」, 『한일 관계사연구』 34집, 한일관계사학회, 2009.

김경연, 「이광수와 루쉰의 비교문학적 고찰: 초기 평론 및 소설을 중심으로」, 『문창어문논집』 39집, 2002.

김경희, 「문학을 활용한 여성 결혼 이민자를 위한 한국어문화 교재 개발 연구」, 『외국어교육연구』 23집, 2009.

김광억, 「동아시아 담론의 문화적 의미」, 『정신문화연구』 21집, 1997.

김금자, 「대하소설 『아리랑』으로 본 한국여성의 수난사」, 『현대소설연구』, 2007.

김남길, 「인문학의 한류를 위한 '한국어 학' : 무엇을, 어떻게?」, 『겨레어문학』 제51집, 2013.

김동근, 「『태백산맥』의 텍스트적 기호론적 분석-지주/소작인 코드를 중심으로」, 『현대문학이론연구』 16집, 2001.

김동춘, 「5·18, 6월 항쟁 그리고 정치적 민주화」, 『5·18 민중항쟁사』, 5·18 사료편찬위원회, 2001.

김문수, 「한국전쟁기 소설의 이데올로기 수용 양상 연구」, 『우리말 글』 18집, 1999.

김문정, 「해방기 북한 단편 소설에 투영된 소련 이미지 연구」, 『비교문학』 42집, 2007.

김범춘, 「슬라보예 지젝의 이데올로기론에 관한 비판적 접근」, 『시대와 철학』 19집, 2008.

김병익, 「6·25와 한국소설의 관점」, 『두열림을 행하여』, 솔, 1991.

김보찬, 「그람시(Gramsci)의 헤게모니, 국가, 이데올로기」, 『외대』 21집, 1987.

김봉진, 「동아시아 지역주의와 문화-한국과 일본의 동아시아 공동체 구상」, 『세계정치』 28집, 2007.

김상률, 「탈식민주의를 넘어서 : 세계화 시대의 탈식민연구」, 『역사와문화』 제12집, 역사와문화학회, 2006.

김상욱, 「소설 담론의 이데올로기 분석 방법 연구」 서울대 박사학위논문, 1995.

김석수, 「탈근대, 탈중심의 로컬리티」, 『21세기 사회에서 로컬리티와 인문학-포스트모던 담론과 연계하여』, 부산대학교 한국민족문화연구소편, 해안, 2010.

김성국, 「동아시아의 근대와 탈근대적 대안 : 동아시아 공동체론의 심화를 위하여」, 『사회와 이론』 9호, 2006.

김성규, 「하버드 대학의 동아시아 연구소들 : 연혁과 특징」, 『역사문화연구』 29집, 2008.

김성수, 「동아시아론의 전대와 역사 텍스트 속의 동아시아」, 『역사교육』 102집, 2007.

김수진, 「문학작품을 활용한 한국언어문화교육연구」, 『한국어교육』 20집, 2009.

김수환, 「정체성과 그 잉여들 : 문학기호학과 정치철학을 중심으로」, 『사회와 철학』 제18호, 2009.

김순진, 「거울속의 공간, 상하이-왕안이 소설을 중심으로」, 『중국학 연구』 30집, 2004.

김승환, 「민족문학과 지역문학」, 전국민족문학인대회, 2001.

김언하, 「단재와 루쉰의 사상비교-한국 3·1과 중국 5·4의 대표사상」, 『중국학』 제

34집, 2009.

김 영, 「영국에서의 동아시아 한국학의 연구동향」, 『한국학연구』 21집, 2009.

김윤식, 「내가 보아온 태백산맥」, 『조정래론』, 솔출판사, 1996.

김윤식, 「분단, 이산문학의 수준」, 『이산·분단문학 대표소설선』, 동아일보사, 1983.

김윤식, 「한국 근대문학사의 시선에서 본 『국민문학』」, 『서강인문논총』 24집, 2008.

김정한, 「5·18 광주항쟁 이후 사회운동의 이데올로기 변화」, 『민주주의와 인권』 10
집, 2010.

김정한, 「대중운동의 이데올로기 연구 : 5·18 광주항쟁과 6·4 천안문 운동의 비교」,
서강대 박사학위논문, 2010.

김정현, 「오리엔탈리즘과 동아시아-근대 동아시아의 타자화·와 저항의 논리」, 『중국
사연구』 39집, 2005.

김종욱, 「후기식민론의 유물론적 진화-하정일 『탈식민의 미학』(소명출판, 서평, 2008)」,
『민족문학사연구』, 2008.

김중순, 「해외 한국학의 동향」, 『국학연구』 3, 2003.

김지형, 「외국인 유학생 대상 한자어 교육의 내용과 방법 : 전공 및 정공 예비 과정
학습자를 중심으로」, 『한국어교육』 21권 1호, 2010.

김지형, 「학문 목적 한국어 교육의 체계와 내용」, 『영주어문』 25집, 2013.

김지형, 「해외 한국학 온라인 강의의 구성과 운영 방안」, 『어문학』 132, 2016.

김진희, 「왕안이 소설을 통해 살펴본 상하이 제반 도시 문제」, 『중국문화연구』 16집,
2010.

김창규, 「문화대혁명, 그 기억과 망각」, 『민주주의와 인권』 제10권 2호 2010.

김창식, 「민족사의 복원과 민족혼의 부활을 위하여」, 조남현 편저, 『아리랑 연구』, 해
냄, 1996.

김채수, 「동아시아의 전근대문학의 근대문학으로의 전환양상-시문학 장르를 통해서」,
『아세아문화연구』, 12집, 1997.

김채수, 「한국에서의 문화연구의 문제점과 그 극복방안」, 『일본문화연구』 6집, 2002.

김 철, 「인물형상화와 가부장적 인간관계의 문제」, 『문학과 역사와 인간』, 한길사,
1991.

김춘섭, 「문학의 지방화와 탈식민주의」, 『현대소설연구』, 2003.

김태웅, 「대한 제국기 군산 객주의 상회사 설립과 경제·사회 운동」, 『지방사와 지방
문화』 9집, 2006.

김태웅, 「일제하 군산부에서 주민의 이동 사정과 계층 분화의 양상」, 『한국민족문화』
35집, 부산대 민족문화연구소, 2009.

김필임, 「자본이 종교가 되어버린 우리 사회의 자화상-서평」, 푸른 글터 10호, 2010.

김학면, 「분단체제 소설연구」, 『반교어문연구』 15집, 2003.

김혜영, 「최인훈과 오에 겐자부로의 소설의 8·15 형상화 방식 연구」, 『현대소설연구』 제45집, 2010.

김혜영, 「한국어교육과 문화교수의 연계」, 『국제한국어교육학회 국제학술발표논문집』, 2015.

김환봉, 「한국전쟁소설의 서사적 인식 연구」, 경남대 박사학위논문, 2009.

김희우, 「이데올로기의 갈등 속에 표현된 충효관념에 대한 검토-조정래의 『태백산맥』을 중심으로」, 성산효도대학원대학교, 2005.

나병철, 「한국문학과 탈식민」, 『상허학보』 14집, 2005.

나종석, 「헤겔에서의 오리엔탈리즘을 넘어서-아시아에 대한 새로운 상상을 위한 불충분한 성찰」, 『헤겔연구』 28집, 2010.

남　연, 「중국인 학습자를 위한 한국문학 교육과정에 관한 연구」, 『한국어교육』 15집, 2004.

남　연, 「한국 문학사 교육을 위한 한국 현대 문학작품 선정 연구」, 『한국어교육』 26집, 2015.

노정은, 「왕안이의 상하이 서사의 지점들-장한가에서 푸핑으로」, 『인문과학』 104집, 2015.

노　철, 「외국인을 위한 한국문학사 교육의 위치와 문학사 서술방향」, 『국제한인문학연구』 제11호, 2013.

류준필, 「1910년~1920년대 초 한국에서 자국학 이념의 형성과정-최남선과 안확을 중심으로」, 『대동문화연구』 52집, 2005.

류지석, 「로컬리톨로지를 위한 시론」, 『로컬리티, 인문학의 새로운 지평』, 부산대 학교 한국민족문화연구소 편, 혜안, 2009.

민경숙, 「언어, 이데올로기 그리고 문학」, 『인문사회논총』 1집, 1998.

민경숙, 「프란츠 파농과 포스트콜로니얼 문학」, 『인문사회논총』 2집, 1998.

박경화, 「탈식민담론과 제3세계 페미니즘」, 『비평과이론』 제6집, 2001.

박나리, 「한국어교육적 관점에서 본 국내 대학 한국어문학과의 교육과정」, 『영주어문』 제32집, 2016.

박난영, 「왕안이의 장한가 연구, 상하이의 일상과 역사」, 『중국어문논집』 46집, 2010.

박명림, 「한국전쟁의 출발과 기원」, 고려대 박사학위논문, 1994.

박상수, 「한국발 '동아시아론'의 인식론 검토-동아시아연구, '초국가적 공간'으로부터 접근하자」, 『아세아연구』 53집. 2010.

박석준, 「국내 대학의 학문 목적 한국어 교육 현황 분석 : 입학 후 과정을 중심으로」, 『한국어 교육』 19권 3호, 2008.

박승우, 「동아시아 공동체 담론 리뷰」, 『아시아리뷰』 1권 1호, 2011.

박승우, 「동아시아 지역주의 담론과 오리엔타리즘」, 『동아연구』 54, 2008.

박영순, 「문화어를 통한 한국문화교육의 내용과 방법 연구」, 『세계한국어문학』 6집, 2011.

박영재, 「동아시아의 근대화와 인문학」, 『인문과학』 71집, 1994.

박정희, 「당대 중국 문화 속의 왕안이」, 『동북아문화연구』 10집, 2006.

박정희, 「장소와 사람 : 왕안이 소설에 나타난 상하이 로컬 문화」, 『중국학』 33집, 2009.

박현진·프라스키니 니콜라, 「멀티미디어를 활용한 한국어 문학 수업」, 『한국어교육』 21집, 2010.

박현채, 「4월 민주혁명과 민족사의 방향」, 『4월혁명론』, 한길사, 1983.

박혜숙, 「국권회복에 밑그림이 된 소설『아리랑』의 여성들」, 조남현 편저, 『아리랑 연구』, 해냄, 1996.

박호성, 「동아시아 가치 논쟁과 한국 민주주의의 과제」, 『정치사상연구』 4집, 2001.

박홍규, 「에드워드 사이드와 역사학」, 『역사비평』, 2004.

방민호, 「그리는 힘, 교정하는 힘의 가치」, 『허수아비춤-해설』, 문학의문학, 2010.

배윤기, 「의식의 공간으로서 로컬과 로컬리티의 정치」, 『로컬리티 인문학』, 2010.

배현숙, 「한국어 교육과정의 현황과 문제점」, 『우리어문연구』 17집, 2001.

백광필·최석인, 경성지방법원판결문, 『독립운동사 자료집』 5권.

백영서, 「동아시아의 전근대화와 사회문화 변동-전통사회의 해체와 시민사회의 성장」, 『동아연구』 46집, 2004.

변상출, 「게오르크 루카치의 문학·예술이론 연구 : 예술적 사유의 맑스주의적 실천」, 서강대 박사학위논문, 2000.

브레진스키, 박재규 역, 「제2부 불안정한 신앙의 시대 ; 제4장 「이데올로기」를 초월한 이념과 이상」, 『테크네트로닉 시대의 국제정치』, 1974.

사노 마사토(佐野正人), 「이광수 소설에 나타난 시각성(視覺性)의 문제 : 근대 문학의 시작과 '외부'적인 시선」, 『한국현대문학연구』 34집, 2011.

서경륜, 「한국 정치민주화의 사회적 기원」, 『한국정치사회의 새 흐름』, 나남, 1993.

서경석, 「분단문학의 역사적 배경」, 『한국문학』, 1988.

서동수, 「전시소설과 죽음의 정치학」, 『현대문학의 연구』 27집, 2005.

서허왕, 「『아리랑』에 나타난 작가의식」, 『국어문학』 42집, 2007.

설성경, 「유럽한국학회를 통해 본 국학연구 현황」, 『동방학지』 94, 1996.

소 미, 「채만식과 루쉰 지식인 소설의 풍자성 비교 연구 : 단편 소설을 중심으로」, 『세계문학비교연구』 44집, 2013.

손경목, 「민중적 진실과 『태백산맥』의 당대성」, 『문학과 역사와 인간』, 한길사, 1991.

손호철, 「80년 5·18 항쟁」, 『해방 50년의 한국정치』, 새길, 1995.

송명희, 「탈식민주의와 지역문학 연구-김정한·송기숙을 중심으로」, 『현대소설연구』

19집, 2003.

송현호, 「중국 지역의 한국학 현황」, 『한중인문학연구』 35집, 2012.

송현호, 『중국에서의 한국학 연구 동향』, 『한국문화』 33집, 2004.

신광영, 「근대성, 근대주의, 근대화와 민족주의」, 『아시아문화』 14호, 1998.

신병현, 「특집 : 조직과 이데올로기 1 -조직분석 방법론 서설」, 『현상과 인식』 15집, 1992.

신승환, 「학문 이해의 역사와 존재해석학적 학문론」, 『인간연구』 11호, 2006.

신영지, 「외국인 유학생을 위한 한국어문학교육의 방법 연구」, 『우리말교육현장연구』 10집 1호, 2016.

신윤환, 「동남아 지역주의와 "동아시아 공동체" : 그 역사에 대한 재해석」, 『동아연구』 56집, 2009.

신윤환, 「동아시아 발전과 변동 : 회고적 재평가」, 『대동연구』 46집, 2004.

신주철, 「한국어교육에서 문학작품을 활용한 맥락 활성화 교육방안」, 『제25차 국제한국어교육학회 발표집』, 2015.

신진욱, 「비판적 담론 분석과 비판적·해방적 학문」, 『경제와 사회』, 2011.

심혜영, 「위화의 『형제』와 '두 공간'의 공존」, 『중국현대문학』 45집, 2008.

아주대학교 인문학연구소, 「러시아 한국학 교재 개발-<태평천하>의 판소리 수용양상과 의의」, 한중인문학회 20회 국제학술대회, 『해외에서의 한국어 교육 발표자료집』, 2008. 06. 22.

아주대학교 인문학연구소, 「러시아 한국학의 전환과 한국학 전문 교재 개발의 필요성」, 한중인문학회 20회 국제학술대회, 『해외에서의 한국어 교육 발표자료집』, 2008. 06. 22.

안종철, 「광주민중항쟁의 배경과 전개과정」, 나간채 엮음, 『광주민중항쟁과 5월운동 연구』, 전남대학교 5·18연구소, 1997.

양권석, 「파농의 탈식민지 민족주의와 신자유주의 세계화」, 『진보평론』 제13집, 2002.

양명희·이선웅, 「한국어 교육 중급 문법, 표현 항목 선정에 대한 일고찰」, 『반교어문연구』 36권, 2014.

양민석, 「아시아문화콘텐츠에 나타난 민족주의와 여성재현의 탈식민적 독해」, 『여성학논집』 24집, 2007.

연재훈, 「영국에서의 한국학연구와 교육현황」, 『정신문화연구』 76호, 1999.

연재훈, 「유럽지역 대학에서의 한국어 교육현황」, 『이중언어학』 18호, 2001.

염미경, 「여성의 전쟁경험과 기억」, 『정신문화연구』 28집, 2005.

오정미, 「문화적응을 적용한 문화교육 수업 사례 연구」, 『겨레어문학』 제49집, 2012.

오지혜, 「국외 한국어교육의 문학교재 구성을 위한 언어학습자 문학연구」, 『새국어교육』 제95호, 2013.

오지혜, 「문학문화적 접근을 통한 한국어문학 교재 내용 체계 연구」, 『우리말교육현장연구』 제10집 1호, 2016.

오지혜·윤여탁, 「한국어교육에서 비교문학을 활용한 현대시 교육 연구」, 『국어교육』, 131집, 2010.

유권종, 「동아시아 공동체와 공존의 윤리」, 『동양철학연구』 62집, 2010.

유세종, 「루쉰과 한용운의 자유, 월경의 정치학」, 『외국문학연구』 33집, 2009.

유영미·최경희, 「한국어문학 교육학에 있어서의 매체 활용 방향」, 『국제한국어교육학회 17차 발표집』, 2007.

유임하, 「전쟁 속 휴머니즘과 '국가'의 시선」, 『한국문학연구』 34집, 2008.

유해준, 「주제 중심의 한국어 교육 어플리케이션 개발 방안」, 『어문론집』 63, 2015.

유현정, 「문화 교육으로서의 한국 문학 교육방안연구」, 『한성어문학』 34집, 2015.

유홍주, 「문화교육을 위한 현대소설의 활용 방안 연구」, 『인문사회』 21집, 2016.

윤여탁, 「한국어 문학 교수-학습 방법의 현황과 과제」, 『국어교육연구』 18집, 2006.

윤여탁, 「한국어 문학 지식 교육과 연구의 목표와 과제」, 『한국어교육연구』 9호, 2013.

윤인진, 「재미한인의 민족 정체성과 애착의 세대간 차이」, 『제외한인연구』, 제6호, 1996.

윤인진, 「중앙아시아 한인의 언어와 민족정체성」, 『재외한인연구』, 제7호, 1997.

윤인진, 『코리아디아스포라』, 고대출판부, 2003.

윤택림, 「한국학 연구방법의 모색」, 『정신문화연구』 90, 2003.

윤해동, 「동아시아 식민주의의 근대적 성격-예'로부터 '피'로의 이행」, 『아시아문화연구』 22집, 2011.

윤해동, 「친일파 청산과 탈식민 과제」, 『당대비평』, 2000.

윤휘탁, 「중국 문화대혁명시기의 역사 인식과 영사사학」, 『한국사시민강좌』 21, 1997.

이개영, 「태백산맥과 80년대 그리고 문학과 역사」, 『문학과 역사와 인간』, 한길사, 1991.

이 경, 「문화이데올로기와 소설읽기」, 『사회이론』 23집, 2003.

이경원, 「탈식민주의의 계보와 정체성」, 고부응 엮음, 『탈식민주의-이론과 쟁점』, 문학과지성사, 2003.

이광일, 「탈식민지, 한국의 '식민지주체권력'의 재생산과 식민성」, 『식민지 근대화와 제국주의에서 탈식민성으로』, 진보평론, 2010.

이광주, 「학문의 자유와 이데올로기의 문제」, 『인문사회과학논총』 11집, 1994.

이구표, 「미셸 푸코-근대적 권력에 관한 극한적 상상력」, 『이론』, 진보평론, 1996.

이기형, 「담론분석과 담론의 정치학」, 『언론과 사회』 14집, 2006.

이동연, 「동아시아 담론형성의 갈래들-비판적 검토」, 『문화과학』 52집, 2007.

이동하, 「비극적 정조에서 서정적 황홀까지」, 『문학과 역사와 인간』, 한길사, 1991.

이동하, 「한국분단 소설의 새로운 전진」, 『현대문학』 10월호, 1986.

이득재, 「공간, 계급, 그리고 로컬리티의 문화」, 『로컬리티 인문학』 6, 2011.

이명귀, 「한국어 문학수업을 위한 학습자 요구분석」, 『한국어교육』 27집, 2016.

이미영, 「탈식민주의 비평의 조건-에드워드 사이드와 헤테로토피아의 변증법」, 연세대 박사학위논문, 2001.

이민호, 「한국학으로서 현대시문학의 세계성」, 『세계한국어문학』 제6집, 2011.

이봉일, 「전후소설과 이데올로기의 상관성 연구」, 경희대 박사학위논문, 2000.

이상경, 「유럽에 있어서 동아시아 문화의 수용」, 『일본문화연구』 8집, 2003.

이석구, 「탈식민주의와 탈구조주의」, 『탈식민주의-이론과쟁점』, 문학과지성사, 2003.

이 선, 「전쟁과 분단의 인식」, 『현대한국소설사 1945-1990』, 민음사, 1992.

이성무, 「해외 한국학의 진흥 방안」, 『정신문화연구』 62·63, 1996.

이순웅, 「그람시 이데올로기 개념의 형성」, 『시대와 철학』 19집, 2008.

이순웅, 「그람시의 실천철학과 이데올로기론」, 숭실대 박사학위논문, 2006.

이승렬, 「'식민지근대'론과 민족주의」, 『역사비평』 80호, 2007.

이승렬, 「탈식민문학에서 리얼리즘 해체론은 어떻게 만나는가?-모든 것은 무너진다』의 성의 정치학을 중심에 놓고」, 『문예미학』, 1999.

이승희, 「여성수난 서사와 가부장제 이데올로기」, 『상허학보』 10집, 2003.

이영호, 「한국학 연구의 동향과 '동아시아 한국학'」, 『한국학연구』 15집, 2006.

이우용, 「역사의 소설화 혹은 소설의 역사화」, 『문학과 변증법적 상상력』, 문창사, 1994.

이욱연, 「동아시아 공동체 문화담론에 대한 비판적 고찰」, 『동아연구』 52집, 2007.

이윤자, 「학문목적 한국어 읽기 교육의 전략 기반 지도 방안 연구」, 『문화와 융합』 39권 2호, 2017.

이윤희, 「미하일 바흐친의 이데올로기론과 소설이론」, 『외학연논문집』 1집, 2000.

이재선, 「전쟁과 분단의 인식」, 『현대한국소설사 1945-1990』, 민음사, 1992.

이재성, 「로컬리티의 연구동향과 인문학 연구의 새로운 방향」, 『한국학논집』 42집, 2011.

이정숙, 「6·25 전쟁 60년과 소설적 수용의 다변화, 그 심화와 확대」, 『현대소설연구』 45집, 2010.

이정옥, 「산업자본주의시대, 여성의 삶과 서사」, 『여성문학연구』 8집, 2002.

이정희, 「근대 여성지 속의 자기서사 연구」, 『현대소설연구』 19집, 2003.

이춘우, 「빨찌산 소설의 유형과 특성」, 『겨레어문학』 32집, 2004.

이현재, 「다양한 공간 개념과 공간 읽기의 가능성-절대적, 상대적, 관계적 공간개념을 중심으로」, 『시대와 철학』 23권 4호, 2012.

이현주, 「외국인을 위한 한국문학교육 연구」, 『새국어교육』 82호, 2009.

이 호, 「소설 읽기의 한 방법」, 『한국문학이론과 비평』 16집, 2002.

임규찬, 「역사의 태백산맥 저편에 서 있는 태백산맥」, 『시대평론』, 1990.

임성규, 「탈식민주의 시각에서의 소설 읽기 시론」, 『인문과학연구』 19집, 2008.

임채완, 「중앙아시아 고려인의 언어정체성과 민족의식」, 『중앙아시아 한인연구』, 전남
대 사회과학연구소 연구총서 5, 1999.

임춘성, 「왕안이의 장한가와 상하이 민족지」, 『중국현대문학』 60집, 2012.

임헌영, 「한국문학과 동아시아 과거사 청산」, 『동아시아 문화연구』 41집, 2007.

임헌영, 「『아리랑』의 민족운동사적 접근」, 『조정래 대하소설-아리랑 연구』, 해냄,
1996.

임형택·최원식·서은혜·성민엽, 「한국문학연구와 동아시아」, 『민족문학사연구』 4
집, 1993.

임환모, 「1980년대 한국소설의 민중적 상상력-조정래의 『태백산맥』을 중심으로」, 『한
국언어문학』 제73집, 2010.

임환모, 「한국인의 가치관과 윤리의식 연구-조정래의 『태백산맥』을 중심으로」, 『한국
문학이론과 비평』 제13집, 2001.

임환모, 「『태백산맥』의 서사전략」, 『현대문학이론연구』 16집, 2001.

장사선, 「남북한 소설사 연구와 이데올로기」, 『현대소설연구』 25집, 2005.

장사선·김현주, 「CIS 고려인 디아스포라 소설 연구」, 『현대소설연구』 21집, 2004.

장세룡, 「다문화주의적 한국사회를 위한 전망」, 『인문연구』 53호, 2007.

장수익, 「『아리랑』의 서사 전개방식」, 조남현 편저, 『조정래 대하소설-아리랑연구』,
해냄, 1996.

장시광, 「대하소설 갈등담의 구조 시론」, 『국어국문학』 142집, 2006.

장영우, 「사실의 재구와 원근법의 수위」, 조남현 편저, 『조정래 대하소설-아리랑 연구』,
해냄, 1996.

장원석, 「마르크스주의의 비판적 해석에 관한 고찰」, 『이데올로기연구논총』 3집, 1985.

장인성, 「한국의 동아시아론과 동아시아 정체성-'동아시아의 새로운 상상'과 '국제사
회로서의 동아시아'」, 『세계정치』 26집 2호, 2005.

장일구, 「한국 근대도시 공간의 서사적 초상-이종공간의 탄생 신화」, 『어문연구』 75
집, 2013.

전승주, 「1920년대 민족주의문학과 민족 담론」, 『민족문학사연구』 24집, 2004.

전영의, 「『아리랑』의 오리엔탈리즘과 디아스포라」, 『현대소설연구』 제46호, 2011.

전영의, 「『아리랑』의 탈식민성 연구」, 『한중인문학연구』 제32집, 2011.

전영의, 「『태백산맥』의 탈식민성 연구」, 『한국언어문학』 76집, 2011.

전영의, 「『한강』의 이데올로기와 공간의 역학」, 제38회 한국현대소설학회, 2011.

전영의, 「조정래의 대하소설에 나타난 서사구조연구-『아리랑』, 『태백산맥』, 『한강』을 중심으로」, 『한중인문학회 국제학술대회 발표집』, 광저우 화남사범대학, 2011.

전영의, 「조정래『태백산맥』의 서사담론 연구」, 전남대 박사학위논문, 2012.

전영의, 「역사적 트라우마 치유를 위한 문학생산론-조정래의 『태백산맥』을 중심으로」, 『한어문교육』 제27집, 2012.

전영의, 「조정래의『태백산맥』에 나타난 문학의 정치성 연구」, 『한국문학이론과 비평』 제57집, 2012.

전영의, 「조정래『허수아비춤』에 나타난 근대권력과 주체성 연구」, 『한중인문학연구』 41집, 2013.

전영의 「『허수아비춤』의 자본주의 권력과 공간의 의미망」, 『현대소설연구』 54호, 2013.

전영의, 「위화의『형제』에 나타난 광기와 공간의 주체성 연구」, 『한중인문학연구』 45집, 2014.

전영의, 「조정래『한강』에 나타난 기억의 의미변주와 공간의 상관성 연구」, 『한어문교육』 32집, 2015.

전영의, 「한·중 근현대 소설텍스트에 나타난 국가폭력과 공간의 주체성 연구-『한강』과『형제』를 중심으로」, 『한국문학이론과 비평』 제69집 19권 4호, 2015.

전영의, 「모던 상하이의 욕망과 파사주 프로젝트-왕안이의『장한가』를 중심으로」, 『한중인문학연구』 52집, 2016.

전영의, 「한·중 근대도시의 타자공간과 욕망의 표상」, 『현대소설연구』 63호, 2016.

전영의, 「한·중 문학텍스트를 통한 도시문화비교융합연구-채만식, 조정래, 왕안이, 장애령의 작품에 나타난 타자공간과 욕망의 표상을 중심으로」, 『현대문학이론과 비평』 제77집 21권 4호, 2017.

전영태, 「아리랑 노래로 읽어보는『아리랑』」, 조남현 편집, 『조정래 대하소설-아리랑 연구』, 해냄, 1996.

전한성·민정호, 「다문화가족이 함께 하는 한국어 문화 교육 프로그램 개발 방향」, 『국어문학』 61, 2016.

전형권, 「우주베키스탄의 민족정책과 고려인 디아스포라 정체성-고려인 설문 조사분석을 중심으로」, 『슬라브학보』 제21권 2호, 2006.

전형준, 「김지하와 왕명을 통한 <광인일기> 다시 읽기」, 『중국현대문학』 63집, 2012.

전형준, 「동아시아 담론의 비판적 검토」, 『인문학지』 15집, 1997.

전 홍, 「한국 유학생의 문화 간 의사소통 장애 양상 연구」, 『국제한국어교육학회 23차 학술대회 발표집』, 2012.

정경운, 「서사공간의 문화기호 읽기와 스토리텔링 전략-『태백산맥』의 벌교를 중심으로」, 『현대문학이론연구』 29집, 2006.

정근식·정호기, 「민주화운동에서 국가폭력과 저항폭력의 제도적 승인」, 『폭력과 평화의 사회학』 13집, 2005.

정명숙, 「다문화 학생을 위한 한국어 듣기 교육 방안」, 『Journal of Korean Culture』 32, 2016.

정연숙, 「문학텍스트를 이용한 한국어 교육양상」, 『국어교과교육연구』 21호, 2012.

정영훈, 「한민족 공동체 형성과제와 민족 정체성의 문제」, 『재외한인학회』 12권 2호, 2002.

정용화, 「한국인의 근대적 자아 형성과 오리엔탈리즘」, 『정치사상연구』 10집, 2004.

정정훈 「해방적 주체화의 존재론적 토대와 욕망의 인식론적 전화」, 『문화과학』 65집, 2011.

정종진, 「조정래 3대 소설 속의 성표현에 관한 연구」, 『국제문화연구』 22집, 2004.

정종진, 「조정래 3대 소설 속의 인물외향묘사 연구」, 『어문연구』 44집, 2004.

정종진, 「조정래 3대 소설의 '역사바로쓰기'에 대한 연구」, 『청대학술논집』 2집, 2004.

정종진, 「조정래 3대 소설의 이념 선택에 관한 연구」, 『청대학술논집』 7집, 2006.

정종진, 「조정래의 『아리랑』, 『태백산맥』에 나타난 사서인 정신 연구」, 『비평문학』 20집, 2005.

정종현, 「'동아시아'담론의 문제와 가능성-30년대 '동양' 담론과의 비교를 중심으로」, 『대학원연구논집-동국대학교 대학원』 32집, 2002.

정지아, 「한국전쟁의 특수성이 한국 전후소설에 미친 영향」 중앙대 박사학위논문, 2011.

정진용, 「한·일 프롤레타리아 시에 나타난 주제 의식 고찰」, 『한중인문학연구』 10집, 2003.

정호웅, 「분단극복의 새로운 넘어섬을 위하여」, 김승환·신범순 편, 『분단문학비평』, 청하, 1987.

정호웅, 「한·불성·계몽성」, 『한국대하소설연구』, 집문당, 1997.

정호웅, 「『아리랑』의 주제」, 조남현 편저, 『아리랑 연구』 해냄, 1996.

조가경, 「혁명주체의 정신적 혼미-주체성 확립의 목표는 적극적 자유와 경제 부강」, 『사상계』, 1961. 04.

조갑상, 「한국전쟁과 낙동강의 소설화에 대한 연구」, 『동남어문논집』 20집, 2005.

조강석, 「동아시아 문화연구의 성과와 새로운 조건」, 『한국학연구』 25집, 2011.

조규형, 「탈식민 논의와 미학의 목소리」, 『비평과이론』, 제3집, 1998.

조규형, 「탈식민과 몸 : 식민에서 디지털까지의 몸담론」, 『비평과이론』 제6집, 2001.

조긍호, 「세계화와 문화 연구의 문제 : 심리학적 접근」, 『인간연구』 14호, 2008.

조남현, 「소설을 통한 역사와 민족의 새 독법」, 『조정래 대하소설-아리랑 연구』, 해냄, 1996.

조동숙, 「분단소설문학에 나타난 한국전쟁의 이데올로기 체험 연구-1950년대 소설을 중심으로」, 『한국문학논총』 13집, 1992.

조동일, 「동아시아 근대문학 형성과정 비교론의 과제」, 『한국문학연구』 17집, 1995.

조동일, 「한국학 연구의 새 방향」, 『한국학논집』 29, 2002.

조선농회, 「한국토지농산보고」, 일본농산무성, 1905.

조성윤・문형만, 「지역 주민 운동의 논리와 근대화 이데올로기 : 제주도 송악산 군사 기지 설치 반대 운동을 중심으로」, 『현상과 인식』 29집, 2005.

조용훈, 「김은중 1920-30년대 리얼리즘 아동문학의 전개 양상에 관한 연구」, 『논문집』 18집, 2004.

조정래, 「대처승 떠나간 공포의 땅」, 『작가가 쓴 작가의 고향』, 조선일보사, 1987.

조정래, 「『태백산맥』 창작 보고서」, 『작가세계』 26호, 1995, 가을호.

조진기, 「만주이주민의 현실왜곡과 체제순응」, 『현대소설연구』 17집, 2002.

조현수, 「맑스에 있어서의 언어와 정치 : 언어의 이데올로기성, 계급성 및 정치담론을 중심으로」, 『한국정치연구』 17집, 2008.

조희연, 「'급진 민주주의'의 관점에서 본 광주 5・18」, 『5・18 민중항쟁에 대한 새로운 성찰적 시선』, 도서출판 한울, 2009.

조희연, 「근대 민주주의 제도정치와 운동정치」, 『시민과 세계』 22집, 2013.

지봉근, 「바바의 탈식민 이론 연구-차이의 정치학」, 중앙대 박사학위논문, 2001.

차원현, 「문학과 이데올로기, 주체 그리고 윤리학」, 『민족문학사연구』, 2002.

차혜영, 「1920년대 동인지 문학 운동과 미 이데올로기」, 『한국문학이론과 비평』, 24집, 2004.

차혜영, 「이데올로기의 소설적 기능에 대한 연구」, 『겨레어문학』, 35집, 2005.

채오병, 「식민구조의 탈구, 다사건, 그리고 재접합-남한의 탈식민 국가형성, 1945-1950」, 『담론201』 13집, 2010.

최원식, 「탈냉전시대 동아시아적 시각의 모색」, 『창작과비평』 79호, 1993.

채호석, 「탈식민과 카프문학」, 『민족문학사연구』 23집, 2003.

천정환, 「지역성과 문화정치의 구조」, 『사이間SAI』 제4호, 2008.

천화숙, 「동아시아 근대화와 제문제-근대성과 근대화의 의미를 중심으로」, 『아시아문화연구』 2집, 1997.

첸뤼췬, 「중국 변경 지역 기층 지식인의 문화대혁명에 대한 회상」, 한림대학교 아시아문화연구소 엮음, 『중국문화대혁명 시기 학문과 예술』, 태학사, 2007.

첸리췬, 「망각을 거부하라」, 『고뇌하는 중국-현대 중국 지식인의 담론과 중국현실』, 도서출판 길, 2006.

최광렬, 「탈이데올로기해야 할 민중문학의 교조성」, 『한국논단』 22집, 1991.

최권진・채윤미, 「다문화가정 자녀 대상 한국어 교육의 현황과 교재 분석」, 『동악어

문학』54, 2010.

최병우, 「루쉰과 이광수의 소설에 나타난 인습 비판 연구-<고향>과 <소년의 비애>를 중심으로」, 『한중인문학연구』15집, 2005.

최성실, 「동아시아 담론과 문화 스토리텔링의 가능성-전쟁과 섹슈얼리티 표상 문제를 중심으로」, 『아시아문화연구』20집, 2010.

최영종, 「비교지역통합 연구와 동아시아의 지역협력」, 『한국정치논집』40호, 2000.

최영태, 「극우반공주의와 5·18 광주항쟁」, 『역사학연구』제26집, 2006,

최영호, 「동아시아 근대와 영토, 문학」, 『인문연구』51집, 2006.

최용기, 「다문화 사회를 위한 한국어 교육의 현황과 과제」, 『나라사랑』119, 2010.

최인숙, 「'노라'를 바라보는 염상섭과 루쉰의 시선-염상섭의 <제야>와 루쉰의 <상서>를 중심으로」, 『비교문학』50집, 2010.

최재봉, 「식민지시대의 문학적 인식과 상상력」, 조남현 편집, 『조정래 대하소설-아리랑연구』, 해냄, 1996.

최정기, 「광주민중항쟁의 지역적 확산과정과 주민참여기제」, 『광주민중항쟁과 5월 운동 연구』, 전남대학교 5·18 연구소, 1997.

최현주, 「『태백산맥』의 탈식민성 연구」, 『현대문학이론연구』29집, 2006.

최　협, 「동아시아담론과 인류학 : 인류학적 지역연구에서의 동아시아문화」, 『한국동북아논총』38집, 2006.

취안 허 뤼, 「루쉰, 춘원과 일본 근대초기의 사소설」, 『아시아문화연구』22집, 2011.

하세봉, 「근대 동아시아사의 재구성을 위한 공간의 시점」, 『동양사학연구』115집, 2011.

하정일, 「탈근대 담론-해체 혹은 폐허」, 『민족문학사연구』33집, 2007.

하정일, 「태백산맥과 빨치산 문학」, 『연세대학원 원우론집』17집, 1990.

하정일, 「한국 근대문학 연구와 탈식민-'친일문학' 문제를 중심으로」, 『민족문학사연구』23집, 2003.

한국정신대문제대책협의회 2000년 일본군성노예전범 여성국제법정 진상규명위원회 엮음, 『일본군'위안부'문제의 책임을 묻는다-역사 사회적 연구』, 풀빛, 2001.

한　기, 「『태백산맥』의 성취와 모순 : 그 1부의 경우」, 『전환기의 사회와 문학』, 문학과지성사, 1991.

한기형, 「동아시아 담론과 민족주의-신채호의 논의와 관련하여」, 『한국사학사학회』3집, 2001.

한승완, 「민주주의의 심화와 동아시아 공동체-다양하고 중첩된 동아시아 공론장의 형성을 위하여」, 『사회와철학』5집, 2003.

한애경, 「지젝의 이데올로기와 주체」, 『19세기 영어권 문학』10집, 2006.

한완상, 「작가의 투철한 사회적 상상력」, 『조정래 대하소설-아리랑 연구』, 해냄, 1996.

한정일, 「5·18 광주민주화운동」, 한국정치학회 연례학술대회 발표문, 1994.

허상문, 「문학과 이데올로기 : 테리 이글턴의 비평이론」, 『영미어문학』 67집, 2003.

허상문, 「태백산맥의 역사적 상상력」, 『문학과 변증법적 상상력』, 문창사, 1994.

허 정, 「문화횡단으로서의 동아시아-'정체성'과 '차이'의 관점에서 본 동아시아」, 『동북아문화연구』 25집, 2010.

현길언, 「분단 극복과 민족문화」, 『이데올로기연구논총』 3집, 1985.

현길언, 「한국현대 소설과 정치성」, 『현대소설연구』 18집, 2003.

홍성흡, 「국가폭력 연구의 최근 경향과 새로운 연구 방향의 모색」, 『민주주의와 인권』 제7권 1호, 2001.

황광수, 「역사의식과 소설미학의 어울림」, 『문학사상』, 1993.

황광수, 「역사적 상상력과 변증법적 소설미학」, 『조정래 대하소설-아리랑 연구』, 해냄, 1996.

황동연, 「20세기 초 동아시아 급진주의와 '아시아'개념」, 『대동문화연구』 50집, 2005.

황인교·김성숙·박연경, 「집중적인 한국어 교육과정의 문학 교육」, 『외국어로서의 한국어교육』 29집, 2004.

過 橋, <虛假的史詩劇-兄弟的陰影只能是虛幻的剪影>, <当代最新作品点平>, 趙暉 等, ≪中文自學指導≫, 2006年, 第4基. (總188基)

羅 崗, 尋找消失的記憶――對王安憶≪長恨歌≫的一种疏解, 当代作家評論, 1996.

劉 艶, 女性視閾中歷史与人性的双重書寫――以王安憶≪長恨歌≫与嚴歌苓≪一个女人的史詩≫爲例, 小說評論, 1998.

李洁非, ≪王安憶的新神話――一个理論探討≫, 当代作家評論, 1997.10.28.

馬春花, ≪論王安憶小說的性別政治与現代性想象≫, 中國石油大學學報(社會科學版), 2008.

馬春花, ≪王安憶小說的代際意識与性別政治≫, 山東科技大學學報(社會科學版), 2008.

吳 俊, 瓶頸中的王安憶關于-≪長恨歌≫及其后的几部長篇小說, 当代作家評論, 2002.

王 堯, ≪'思想事件'的修辭――關于王安憶<啓蒙時代>的閱讀筆記≫, 当代作家評論, 2007, 年第3期.

王曉明, ≪從"淮海路"到"梅家橋"――從王安憶小說創作的轉變談起≫, 文學評論, 2002年, 第3期.

張新穎, 金理, 王安憶研究資料(上下), 天津人民出版社, 2009.

張淸華, 從"靑春之歌"到"長恨歌"――中國当代小說的叙事奧秘及其美學變遷的一个視角, 当代作家評論, 2003.

찾아보기

저자 전영의

전남대학교 국어국문학과 대학원 졸업, 문학 박사
한국외국어대학교 박사후과정 연구원(Post-Doc)
前 복단대학교 한국어학과 교환교수(Fudan University)
前 조지메이슨 대학교 한국학연구소 방문교수(George Mason University)
前 길림외국어대학교 한국어학과 교수(Jilin University of Foreign Language)
現 전남대학교 국어국문학과 강의교수
現 한국국제장애령연구회 부회장
現 한국문학회 지역이사
現 동아시아학통섭포럼 지역이사
現 전남대학교 동아시아 연구소 편집이사

「조정래『태백산맥』의 서사담론 연구」로 문학박사 학위를 받음. 『아리랑』, 『태백산맥』, 『한강』, 『허수아비춤』, 〈조정래 초기소설〉 등에 관해 연구. 최근에는 「한·중 근현대 소설텍스트에 나타난 국가폭력과 공간의 주체성 연구」, 「한·중 근대도시의 타자공간과 욕망의 표상」, 「모던 상하이의 욕망과 파사주 프로젝트」, 「이창래의『영원한 이방인』에 나타난 혼종적 욕망과 언어권력」, 「한·중 문화텍스트를 통한 도시문화비교융합연구」 등의 논문과『분단 트라우마의 치유와 통합 : 고통의 공감과 연대는 어떻게 가능한가』 등의 저서가 있음. 몇 년 전부터 한국학의 지평을 확장하기 위한 한·중·일 문학비교연구를 하고 있음.

전남대학교 동아시아 연구소 총서 ①

한국과 중국의 문학적 공간과 의미
-한국학으로서 한·중 소설 다시 읽기-

초판 1쇄 인쇄 2019년 1월 21일
초판 1쇄 발행 2019년 1월 28일

저 자 전영의
펴낸이 이대현
편 집 권분옥
디자인 홍성권

펴낸곳 도서출판 역락
주소 서울시 서초구 동광로 46길 6-6 문창빌딩 2층
전화 02-3409-2058, 2060
팩스 02-3409-2059
등록 1999년 4월 19일 제303-2002-000014호
이메일 youkrack@hanmail.net
역락블로그 http://blog.naver.com/youkrack3888

ISBN 979-11-6244-311-8 93800

이 도서의 국립중앙도서관 출판예정도서목록(CIP)은 서지정보유통지원시스템 홈페이지(http://seoji.nl.go.kr)와 국가자료공동목록시스템(http://www.nl.go.kr/kolisnet)에서 이용하실 수 있습니다.(CIP제어번호: CIP2018033765)